KRISTIN H

Night Road
夜路

[美] 克莉丝汀·汉娜 /著

梁欣琢 /译

四川人民出版社

图书在版编目（CIP）数据

夜路/（美）克莉丝汀·汉娜著；梁欣琢译. —成都：
四川人民出版社，2022.5
ISBN 978-7-220-12513-3

Ⅰ. ①夜… Ⅱ. ①克…②梁… Ⅲ. ①长篇小说-美
国-现代 Ⅳ. ①I712.45

中国版本图书馆 CIP 数据核字（2021）第 269903 号

NIGHT ROAD BY KRISTIN HANNAH
Copyright © 2011 BY KRISTIN HANNAH
This edition arranged with JANE ROTROSEN AGENCY LLC
Through BIG APPLE AGENCY, INC., LABUAN, MALAYSIA.
Simplified Chinese edition copyright：
2017 Sichuan People's Publishing House. Co., Ltd.
All rights reserved.
四川省版权局著作权合同登记号：图［进］21-2017-288

YELU
夜路

［美］克莉丝汀·汉娜 著
梁欣琢 译

责任编辑	张 丹
装帧设计	张 妮
责任校对	袁晓红
责任印制	祝 健

出版发行	四川人民出版社（成都市三色路 266 号）
网 址	http://www.scpph.com
E-mail	scrmcbs@sina.com
新浪微博	@四川人民出版社
微信公众号	四川人民出版社
发行部业务电话	(028) 86361653 86361656
防盗版举报电话	(028) 86361661
照 排	四川胜翔数码印务设计有限公司
印 刷	成都国图广告印务有限公司
成品尺寸	160mm×235mm
印 张	22.25
字 数	400 千
版 次	2022 年 5 月第 1 版
印 次	2022 年 5 月第 1 次印刷
书 号	ISBN 978-7-220-12513-3
定 价	88.00 元

*

不可否认，我是那种"直升机妈妈[1]"。我参与每一次的班级集会、派对、实地考察旅行，直到我儿子恳求我说，求你了，求你了，待在家里吧。现在他已经长大成人，是一名大学毕业生了，我也可以带着那些年获得的智慧，回顾我们共同经历的高中岁月。他高三那年毫无疑问是我人生中压力最大的时期之一，亦是最有收获的一年。当我回想那年时——那些回忆是这本小说的灵感之源——我记得如此之多的高潮和低谷。我想，我是多么幸运，生活在一个联系紧密、充满关爱、彼此支持的社区里。因此，这里，致我的儿子塔克，以及所有来过我们家、让我们家欢笑盈屋的孩子们。仅列举一些人：赖安、克里斯、埃里克、加布、安迪、马尔奇、惠特尼、威利、劳伦、安吉拉和安娜。也致其他的母亲们：没有你们，我真的不知道该怎么挺过那一年。感谢你们总是伴我左右，知道何时需要伸一把手，何时需要提供一杯玛格丽塔酒，何时需要告诉我残酷的真相。致朱莉、安迪、吉尔、梅根、安和芭芭拉。最后，但也是同样重要的一点，感谢我的丈夫本，他总是陪在我身边，以千万种不同的方式让我知道，在养育孩子这件事上，和在其他所有事情上一样，我们二人同心。感谢你们所有人。

---

① "helicopter mom"，直译为"直升机妈妈"，比喻那种过度焦虑和宠爱孩子的母亲，像直升机一样盘旋在孩子周围，只要孩子遇到一丁点事情，都会随叫随到，插手各种事情。——译者注。

2010

　　她站在夜路①的急转弯处。

　　即使是在中午，这里的森林也格外幽暗。路两边的常青树古木参天，茂密繁盛，它们的树干长满青苔，长矛一般，高高耸入夏日的天空，挡住了阳光。过膝深的影子沿着坑坑洼洼的沥青路投下来；空气静谧安宁，像屏住了的呼吸。期待着。

　　曾经，这条路只是回家的路。她轻轻松松地开车上路，不加考虑便转到这崎岖不平的路面上——如果说她有考虑什么的话，也不过是偶尔注意到路两边的扬尘渐渐散去。那时候她脑子里想着别的事情，日常生活的一些琐细：家务啊，杂事啊，日程表啊。

　　当然，她已经几年没走这条路了。只要一看到褪色的绿色街牌就足以让她急转车轮方向：最好还是离开此路，别在这儿出现。直到今天，她改变了想法。

　　这个岛上的居民仍在谈论着 2004 年夏天发生的事情。他们坐在酒吧的高脚凳上、门廊的秋千上，各抒己见，谈论着半真半假的所闻，做出不该由他们做出的评判。他们认为报纸上的几篇专栏小文就足以提供他们所需的事实。但是事实并不是重要所在。

　　如果任何人看到她在这里，站在这条孤独的路边厚重的影子里，一切都会卷土重来。他们会想起很久以前那个夜晚，雨水化为了灰烬……

---

　　① 本书的"夜路（Night Road）"只是路名，并不是特指夜色中的路。如按音译，可以译为"奈特路"。但是考虑到故事情节，译为"夜路"更符合全书"人生之夜路"的隐喻含义，特此说明。

上篇

我走过我们人生的一半旅程，
发现自己步入一片幽暗的森林，
因为我迷失了正确的路途。
——但丁·阿利盖利《神曲·地狱篇》

夜路
NIGHT ROAD

01 | chapter
夜路

2000

莱克茜·贝尔研究着一份华盛顿州的地图，直到微小的地理标记让她双目疲劳。这些地名莫名有种神奇的气氛，它们暗示了一处她难以想象的风景：覆雪的山脉一直延伸到海边，树木高耸像教堂的尖顶，清朗的蓝天无边无际。她想象着鹰栖息在电线杆上，星星似乎触手可及。夜晚也许有熊爬过安静的住宅区，寻找不久之前还是属于它们的地盘。

她的新家。

她想，在那里她的生活将会不同。但是，她能相信真的会如此吗？她年方十四，可能知道得不多，但是她知道这一点：在这个体系中孩子是可退养的，就像旧的苏打水瓶子和挤脚的鞋子。

昨天，她的社工一早叫起了她，让她收拾行李。又是如此。

"我有个好消息要告诉你。"沃特斯女士说。

即便还在半梦半醒之中，莱克茜也知道这意味着什么。"另一个家庭。很好。谢谢，沃特斯女士。"

"可不只是一个家庭。是你的家庭。"

"嗯，当然。我的新家庭。太好了。"

沃特斯女士发出了失望的声音——一阵轻轻的呼气声，但不完全是叹息。"你很坚强，莱克茜。一直都是。"

莱克茜试图挤出一点微笑。"别难过，沃女士。我知道给年龄大点的孩子找家多不容易。雷克斯勒家也挺好的。要不是我妈妈回来了，我想我本可以在那家待得好好的。"

"你知道的，这不是你的错。"

"是啊。"莱克茜说。顺利的日子里她会让自己这么想，是那些退养她的人本身就有问题。但是不顺的日子里——最近不顺的日子越来越多了——她在想自己有什么毛病，为什么人们那么轻易就抛下她。

"你是有亲戚的，莱克茜。我找到了你的姨婆。她叫伊娃·兰格。她六十六岁了，住在华盛顿州的乔治港。"

莱克茜坐起身。"什么？我妈说我没有亲戚。"

"你妈妈……搞错了。你确实是有亲人的。"

莱克茜一直在等这珍贵的寥寥数言。她的世界总是危险重重、飘忽不定，像一艘驶向浅滩的船。她几乎是在陌生人之中孤零零长大的，一个现代社会里的野孩子，争夺着一星半点的食物和关心，却从没获得过足够的食物，也没得到过足够的关心。这些记忆的绝大部分都被她完全尘封起来了，但是当她试着回忆时——当州里的一位心理医生迫使她去回忆时——她会记起来自己饥肠辘辘、浑身湿透，急于寻求妈妈的关爱，而她的妈妈要么吸毒正爽根本听不到她的呼喊，要么毒瘾发作根本无暇照顾她。她记得自己一连几天坐在脏脏的游戏围栏里，哭着等待着什么人发现她的存在。

现在，她透过灰狗巴士脏脏的玻璃看着窗外。她的社工坐在她旁边，读着一本爱情小说。

经过 26 个多小时的颠簸，她们终于接近了目的地。车外，铅灰的天空吞没了树顶，雨水打在窗户上，模糊了视野。这里像华盛顿州里的另一个星球；南加州太阳炙烤下的、面包皮色的小山消失不见了，车流堵塞的高速公路的十字路口也不见了。这里的树木格外高大，这里的山脉也是。一切事物看起来都过于繁盛，野性勃勃。

巴士驶向一个低矮的、水泥颜色的终点站，"呼哧呼哧"颠簸地停下来。一朵黑色的烟云飘过她的窗前，将这个停车场挡住了一会儿；之后大雨冲刷走了黑云。巴士的车门"唰"地打开了。

"莱克茜？"

她听到了沃特斯女士的声音，想着"该起身了，莱克茜"，但是她做不到。她仰头看着那个在她人生过去的六年里，唯一一个稳定存在着的女人。每当领养家庭放弃她时，将她像一只腐烂的水果一样退回来时，沃特斯女士总在那儿，带着悲伤的微笑等着她。也许，被退养也没什么，但这就是莱克茜所知道的一切，突然间她甚至害怕失去那点小小的熟悉感。

"万一她不来呢？"莱克茜问。

沃特斯女士伸出手来，她的手指青筋分明，枯瘦如柴，指关节很大。"她会来的。"

莱克茜深吸了一口气。她能做到的。当然，她能做到。过去七年里她已经搬去过七个领养家庭，上过六所不同的学校。她能处理好这一切。

　　她拉住沃特斯女士的手。她们磕碰着两边座位的坐垫，一前一后走过狭窄的车内过道。

　　下车后，莱克茜取回她破旧的红色行李箱，那个箱子几乎重到拎不动，里面装满了对她而言唯一重要的东西：书。她吃力地将它拖上人行道的边缘，站在路边休息。这里感觉像是一个危险的落脚处，一个小小的混凝土悬崖。哪怕错迈一步，都能叫她骨折或让她栽进车流里。

　　沃特斯女士走过来站在她旁边，撑开雨伞。雨打在伞面的尼龙布上发出"噼里啪啦"的声音。

　　其他乘客一个接一个地下了车，消失不见。

　　莱克茜看着空荡荡的停车场，想哭。她有多少次置身于一模一样的处境中？每次妈妈戒毒后，她又回到她身边变成她的女儿。**再给我一次机会，宝贝女儿。告诉那个好法官你爱我。这次我会做得更好……我再也不会忘记你了。**每一次，莱克茜都苦等着。"她也许改变主意了。"

　　"不会的，莱克茜。"

　　"有可能。"

　　"你有家人，莱克茜。"沃特斯女士重复着这句可怕的话。莱克茜脚下一滑；希望踮着脚溜进来。

　　"家人。"她不敢考验这个不熟悉的词。它像糖果一样融化在她的舌尖，留下了甜味。

　　一辆破旧的蓝色福特费尔莱车开过来停在她们面前。这辆车的挡泥板上都是凹痕，下面锈迹斑斑。破裂的车窗玻璃上贴着一个十字形的胶带。

　　驾驶室的门缓缓打开了，一个女人下了车。她个子不高，一头灰色的头发，水汪汪的棕色眼睛，菱斑状的皮肤，浑身一股烟味。令人惊讶的是，她看起来很眼熟——她像一个年老的、满是皱纹模样的妈妈。看到她，那个不可能的词语回到莱克茜这里膨胀起来，现在它有了实际含义：家人。

　　"亚莉克莎?"女人用沙哑的嗓音问。

　　莱克茜无法开口回答。她希望这个女人微笑，或甚至拥抱她一下，但是伊娃·兰格只是站在那里，在她干瘪的脸上深深皱起眉来。

　　"我是你姨婆。你外婆的妹妹。"

　　"我都不认识我的外婆。"这是莱克茜唯一想出来的回应。

　　"这么多年来我都以为你跟你爸爸那边的亲戚住在一起。"

　　"我没有爸爸。我是说，我不知道我爸爸是谁。妈妈也不知道。"

　　伊娃姨婆叹了口气。"现在我知道你的情况了，多亏了沃特斯女士。你的行李是不是就这些?"

莱克茜感到一阵羞耻。"是的。"

沃特斯女士温柔地从莱克茜手中接过行李箱,放到车的后座上。"去吧,莱克茜,上车吧。你的姨婆希望你跟她一起生活。"

就眼下情况来说,太好了。

沃特斯女士紧紧拥抱了莱克茜,低语道:"别害怕。"

莱克茜久久抱着她。在最后一秒,在这种感觉变成尴尬前,她松开了手,独自踉跄着走向那辆破车,扳开了车门。它嘎嘎作响,"砰"的一声摇晃着开了。

车里,有两个棕色的乙烯基长条座位,灰色的坐垫上满是裂缝。车里闻起来像是薄荷和香烟混合的味道,好像有人吸过一百万根薄荷醇香烟。

莱克茜尽可能地靠近门边。透过破裂的窗户,她对着沃特斯女士挥了挥手,随着车子缓缓开动,她的社工消失在灰雾中。她让指尖抵在冰冷的玻璃上,好像这一点点触碰可以将她和那个再也不会见到的女人联结起来。

"得知你妈妈去世的消息我很遗憾,"在一段长长的、令人不舒服的沉默后,伊娃姨婆说,"她现在在一个更好的地方安息了。这对你来说一定也是一种安慰。"

莱克茜从不知道怎么回应这种话。这种情感,她从每个收留她的陌生人口里都听到过。可怜的莱克茜,还有她去世的瘾君子妈妈。但是没人真正知道她妈妈的生活是什么样的——男人,海洛因,呕吐,疼痛;临终时状况有多糟糕。只有莱克茜知道。

她盯着窗外,看着这个新地方。它粗犷,绿树成荫,即便是在正午也很幽暗。几英里后,一个标志牌欢迎她们到达乔治港保护区。这里到处都是印第安人的符号,雕刻的逆戟鲸装饰着商店门面。活动房屋坐落在无人管照的区域,许多房屋的院子里还有生锈的汽车或设备。在这个八月末的下午,空空的烟花筒立在路边,证明最近刚过过节;山边立着一座闪亮的赌场,俯视着海湾。

标志带领她们到了希尔斯酋长活动房屋①停车场。伊娃姨婆开进去,停在一辆黄白色的、双倍宽的拖车式活动房屋前。在雨雾蒙蒙中,不知怎么的它看起来有些模糊不清,被失望包围着。长茎、垂死的矮牵牛花长在灰色的塑料盆中,守护着被漆成复活节彩蛋之蓝色的前门。前窗上挂着格子图案的对开窗帘,被用毛绒绒的黄色纱线拦腰系住,像布质的沙漏一样。

_____

① mobile home,活动房屋,是一种带轮子的平房,外形类似房子。

"房子很简陋，"伊娃姨婆说，看起来有些惭愧，"我从部落里租的。"

莱克茜不知道说什么好。如果姨婆看到过她曾住过的一些地方，就不会给这个小而美的拖车找托辞了。"它很好啊。"

"来吧。"她姨婆说，关掉了引擎。

莱克茜跟在姨婆身后穿过一条砾石小径，走到了大门前。

这个拖车房里的家十分整洁。一个小小的 L 形厨房贴着饭厅，饭厅里有一张黄色斑点的富美家塑料贴面镀铬桌子，配有四把椅子。客厅里摆着一张格子图案的双人沙发，两张蓝色乙烯乐至宝牌沙发，对面一个金属柜子上放着电视机。茶几上有两张照片——一张是一位戴着喇叭形边框眼镜的老妇，另一张是猫王。屋里有一股烟味和凋谢的鲜花混合的味道。

厨房里几乎每个把手上都挂着紫色的空气清新剂。

"抱歉，这地方有点味儿。上周我搞清楚你的情况后就戒烟了。"伊娃姨婆回过头看着莱克茜说，"二手烟对孩子不好嘛，是不是?"

莱克茜心间涌起一阵奇怪的感觉。它像飞鸟般敏捷轻快，让人焦虑不安。它是如此陌生，以至于她并没有马上认出这种情绪。

希望。

这个陌生人，这位姨婆，为她戒了烟。而且，尽管她经济拮据，她还是收留了莱克茜。莱克茜看着这个女人，想说点什么，但是又什么话都说不出来。她很担心说错话，给一切带来厄运。

"莱克茜，我有点不能理解，"伊娃姨婆最终说，"奥斯卡和我——他是我丈夫——我们没有孩子。试过，但是没有。所以我不知道如何养育孩子。如果你——"

"我会很听话的，我发誓。"*求求你别改变主意。*"如果你肯收养我，你不会后悔的。"

"如果我收养你?"伊娃姨婆噘起她的薄唇，微微皱了皱眉。

"你妈妈肯定伤害了你的感情。不过，我倒是不惊讶。她也伤了我姐姐的心。"

"她很擅长伤人心。"莱克茜静静地说。

"我们是一家人。"伊娃说。

"我真的不知道什么才是家人。"

伊娃姨婆笑了笑，但这是一个悲伤的微笑，它伤到了莱克茜，提醒她她有一些心碎。跟妈妈在一起的生活留下了印记。"这意味着你留在这里跟我一起生活。从现在起，你叫我'伊娃'就行了，因为叫姨婆什么的有些催人老。"

她边说边要转过身。

莱克茜抓住了她姨婆细细的手腕，感觉到了她那天鹅绒般柔软的皮肤皱纹。她不想这么做，本也不该这么做，但为时已晚。

"怎么了，莱克茜？"

莱克茜觉得那两个简单的字极难说出口，它们像一对石头一样紧紧压在她的喉咙上。但是她不得不说。不得不。"谢谢，"她说，感到眼睛一阵刺痛，"我不会给你添麻烦的。我发誓。"

"你很可能会，"伊娃微笑着说，"你是个青春期少女，对不对？但是没关系的，莱克茜，没关系的。我孤身一人很久了，很高兴你能住在这里。"

莱克茜只能点点头。她也孤身一人很久了。

＊

朱迪·法拉戴昨夜一夜未眠。黎明前，她终于放弃了尝试。她揭开夏季薄被，小心翼翼避免吵醒熟睡的丈夫，起床离开了卧室。她轻轻地打开了落地玻璃门，走出屋子。

在应急灯的照射下，她家后院里的露水闪着光；郁郁葱葱的绿草坡温柔地向下延伸至一片有着灰色鹅卵石的沙滩。更远处，海湾层层叠叠涌着深灰色的海浪，浪尖被晨光染成橙色。对面的岸边，奥林匹斯山脉呈现出一道粉紫色的锯齿状线条。

她套上总是放在门口的塑料园艺洞洞鞋，走进她的花园。

这一片土地不只是她的骄傲和欢乐，这也是她的避难所。在这里，她蹲在丰饶的黑土边一次次播种、分区、修剪。在这矮矮的石墙内，她创造了一个完全由美和秩序来定义的世界。她在这片地上种植的植物就保持在她种下的位置；它们生根发芽，深深扎入这片土地中。不管冬日苦寒或狂风暴雨，她喜爱的植物总能活过来，和季节一起复苏。

"你这么早就起床了啊。"

她转过身。她的丈夫站在卧室门外的石头露台上。他穿着一条黑色的平角短裤，因为刚起床，长长的金灰色头发仍是乱糟糟的一团，他看起来像一个性感的古典文学教授，或一个过了全盛时期的摇滚明星。难怪二十四多年前，她会对他一见钟情。她踢掉橙色的洞洞鞋，沿着通往露台的石径走过来。"我睡不着。"她坦白道。

他拥抱住她。"今天是开学日。"

他一语中的，就是这件事像窃贼一样潜入她的睡梦中，毁掉了她的平静。

"我简直不敢相信他们就要上高中了。他们一秒钟前还在上幼儿园呢。"

"看看他们四年后会变成什么样，这会是一段有趣的历程的。"

"对你来说是有趣，"她说，"你是站在看台上，看比赛。我是在场上，承担打击。我很害怕会出什么问题。"

"能出什么问题啊？他们聪明，有求知欲，非常可爱。他们会顺顺利利的。"

"能出什么问题？你在开玩笑吗？外面……很危险，迈尔斯。到目前为止我们能将他们保护得好好的，但是高中就不同了啊。"

"你也知道的，你要对他们管得松一点。"

这是他一直以来的提议。其实，这么多年来，很多人给过她同样的建议。她被指责身为母亲，对孩子管得太严，太过于控制他们的生活了，但是她不知道如何放手。从她决定成为一个母亲的那一刻起，这就是一场史诗般的斗争。在生下这对双胞胎前她流产了三次。之后，长达数月，每月经期的来临让她陷入灰蒙蒙的抑郁。再后来，奇迹降临：她又怀孕了。怀孕期很艰难，她总是身体虚弱，医生要求她卧床休息六个月。每天，她躺在那张床上，想象着她的孩子们，她将怀孕生子想象成一场战争，一场意志的较量。她全心全意地坚持着。"还不行，"她最后说，"他们才十四岁。"

"朱迪，"他叹了口气说，"我所说的，是稍微松一点。你每天都给他们检查家庭作业，伴护他们的每场舞会，组织学校的每次活动。你给他们做早餐，他们要去哪儿你就开车送他们去。你给他们打扫房间、洗衣服。如果他们忘记做家务了，你就给他们找借口，然后全部自己做掉。他们又不是斑点猫头鹰①。对他们管得松一点吧。"

"什么事我能不管？如果我不给他们检查作业，米娅就不做作业。或者，也许我该停止给他们朋友的家长打电话确认孩子们是不是真的去了他们所说的地方？我上高中的时候我们每周都有啤酒聚会，我的两个闺蜜怀了孕。现在我需要掌握他们的动态，相信我。接下来的四年很多地方都容易出问题。我要保护他们。等到他们上大学了，我就能松口气了。我保证。"

"上了中意的大学。"他逗趣道，但是他们都知道这不是个玩笑。两个孩子刚上高一，朱迪已经开始考察大学的情况了。

她抬头看着他，希望他能理解。他觉得她太一心扑在孩子身上了，她理解他的想法，但是她是个母亲，她不知道怎么能随随便便对待这些事。她的成长

① 斑点猫头鹰是美国的珍稀动物。

过程中没有感受到父母的关爱，她不能忍受她的孩子像她那样长大。

"你跟她不一样，朱迪。"他轻轻地说。她喜欢他这么说。她靠在他身上，他们一起看着天亮起来，最后迈尔斯说："嗯，我得准备动身了。我十点钟有台手术。"

她深深吻了他，跟在他身后回了屋。她冲了个澡，吹干披肩金发，化了个淡妆，穿了一件船领的羊绒衫和一条褪色的牛仔裤。她打开梳妆台的抽屉，抽出两个包装好的小盒子——每个孩子一个。她拿着盒子，走出卧室，下到宽敞的石地板门厅。这栋房子主要是用玻璃、石头和具有异国情调的木材建造的，晨光透过落地窗洒进来，房子似乎由内而外发着光。在这个主层上，从哪个角度看都经过精心装修，显得富丽堂皇。朱迪花了四年时间混在建筑师和设计师堆里，将这个家打造得美轮美奂，实现了她对家的每一个梦想。

楼上就全然不同了。这里，在向上延伸的石台阶和铜扶梯的顶端，是一片儿童天地。一个巨大的电视房占据了房子的东边，里面装有大屏幕的电视机和一张台球桌。除此之外，还有两个大卧室，每间都带有独立的浴室。

她轻轻敲了敲米娅的卧室门，走进她的房间。

如她所料，她十四岁的女儿躺在四柱床的毯子上，还在睡着。衣服扔得到处都是，堆在一起的，踢到一边的，像是什么神秘爆炸后的弹片。米娅正在积极寻找自我，每一次新的尝试都要彻底地换一次着装。

朱迪坐在她的床边上，抚摸着散落在米娅脸颊边的柔软的金发。有那么一刻，时间仿佛消失了，突然她又变成了一个年轻的妈妈，俯身看着一个天使般可爱的女孩，玉米丝色的头发，口水黏黏，咧着嘴笑，像小尾巴一样跟着她的双胞胎哥哥。他们像小狗一样，生气勃勃地玩乐着，爬过彼此的身体，用他们的神秘语言不停地聊着，笑着，从沙发上、台阶上、大腿上蹒跚着翻下来。自打一出生起，扎克就是两个孩子中的领头者。绝大多数时候都是他第一个说话。米娅直到她四岁生日时才说出了第一个真正的词。她并不需要说话，她的哥哥总是陪着她。那时如此，现在也如此。

米娅迷迷糊糊地翻了个身，睁开眼睛，缓缓地眨了眨。她那张白皙的瓜子脸有着极好的骨架结构——这遗传自她的爸爸——这张脸现在是青春痘的战场，即使再多的关心也无法将它们祛除。多彩的橡皮筋绕在她的牙套上。"你好，妈妈。"[1]

"今天是开学第一天。"

---

[1] 这里米娅用的是西班牙语。

米娅做了个鬼脸。"杀了我吧,真的。"

"你会发现高中比初中好多了。"

"你说得倒轻巧。你在家就不会管我了吗?"

"你还记得六年级我试图帮你做数学作业那次吗?"

"糟透了,"米娅闷闷不乐地说,"尽管现在会好很多。我不会对你发那么大火了。"

朱迪抚摸着她女儿柔软的头发。"你无法逃避生活,宝贝。"

"我不想逃避生活。我只想逃避高中。就像跟鲨鱼一起游泳一样,妈妈,实话实说,我可能会被咬掉一只脚。"

朱迪忍不住笑了:"看,你很有幽默感嘛。"

"当他们想给一个丑姑娘下套时,他们就会这么说。谢谢了,妈妈。反正谁在乎?我又没有朋友。"

"不,你有朋友的。"

"才没有。扎克的朋友中是有人试图对他的笨蛋妹妹好点,但这不是一回事。"

这些年来,朱迪竭尽全力想让她的两个孩子都快乐,但这是一场她无法打赢的战役。做一个学校最受欢迎的男孩背后羞涩的妹妹并非易事。"我有个礼物给你。"

"真的?"米娅坐起身,"是什么?"

"打开看看。"朱迪递给她那个包装好的小盒子。

米娅打开了盒子。里面是一个薄薄的、粉色的皮革面日记本,带有一把闪闪发光的铜锁。

"我在你这么大时有一个这样的日记本,我在里面写下了发生在我身上的所有事情。写下来,会有所帮助。我也很害羞,你知道的。"

"但是你当年很漂亮啊。"

"你是个美少女,米娅。我希望你看到这一点。"

"啊,对。青春痘和牙套真时尚。"

"对人开朗些,好吗,米娅?这是个新学校,让它成为一个新的机会,好吗?"

"妈妈,我是和从幼儿园就认识了的那帮同学一起上学。我不认为换了个新地方有什么帮助。除此之外,我试过对哈利……敞开心扉,记得吗?"

"那都是一年多前的事情了,米娅。对过去发生的坏事念念不忘没什么好处。今天是高中的第一天。一个新的开始。"

"好吧。"米娅勇敢地笑了笑。

"很好。现在起床吧。今天我想早点把你送到学校，这样我可以帮你找到你的储物柜，让你第一时间落座安稳下来。你有一节戴维斯先生的几何学课，我想让他知道你在华盛顿州学生学习评估测试中考得很好。"

"你不许陪我进教室。我自己可以找到我的柜子。"

理智上朱迪知道米娅是对的，但她没有准备好放手，还不到时候。很多事情都可能出错。米娅也很脆弱，很容易慌乱。如果有什么人取笑她呢?

一个母亲的职责就是保护她的孩子——不管孩子们想不想要。她站起来。"我不会让别人看见的。你等着瞧吧。甚至不会有人知道我在那儿。"

米娅抱怨地哼了一声。

02 | *chapter*
夜路

开学第一天，莱克茜早早醒来，犹豫着穿过狭窄的走廊进了浴室。她看了一眼镜子，就知道她最担心的事情成了真：她脸色苍白，透着灰黄色，蓝色的眼睛浮肿而充血。她肯定又在睡梦中哭过了。

她快速冲了个温水澡，小心避免浪费姨婆的钱。没什么必要吹干头发了，她这把及腰黑发会自然卷曲，因此她拢起头发扎了个马尾，回到自己的房间。

在房间里，她打开衣柜门，盯着她仅有的几件衣服。选择太少了……

这里的孩子们都穿成什么样？派因岛的孩子们会像布伦特伍德或希尔斯那样穿得像时尚先锋模特吗？或者像东洛杉矶，教室里满是想成为饶舌明星的学生？

一阵敲门声响起，声音是那么微弱，莱克茜差点没听见。她迅速铺好床，打开门。

伊娃站在门外，拿着一件棉花糖粉的运动衫。那件衣服前胸上有一只晃眼的水钻蝴蝶，肾形的翅膀是紫色、黄色和酢浆草绿色。"我昨天上班时给你买了这件衣服，我想每个女孩开学第一天都要穿点新衣服。"

这是莱克茜见过的最丑的衣服，它给一个四岁小孩穿还差不多，而不适合给一个十四岁的女孩，但是她立即爱上了这件衣服。没有人在开学第一天给她买过什么特别的东西。"它漂亮极了。"她说，觉得喉咙一阵发紧。她才跟她的姨婆住了四天而已，但每分每秒都体会到了家的感觉。这种安顿下来的感觉吓倒了她。她知道开始喜欢上一个地方、一个人，有多危险。

"如果你不想穿的话，就不要穿。我只是觉得……"

"我等不及想穿上它。谢谢你，伊娃。"

姨婆给了她一个大大的微笑，脸上挤成一团。"我就跟米尔德里德说你会喜欢它。"

"我很喜欢。"

伊娃微微点了点头，退回走廊里，关上了门。莱克茜穿上这件粉色运动衫，套上一条褪色的塔吉特牌牛仔裤。然后她把伊娃昨晚下班带回来的笔记本、纸和笔装进旧书包。

她走进厨房，发现伊娃正站在水槽边喝着咖啡，身着蓝色沃尔玛超市工作服、柠檬黄的腈纶毛衫和牛仔裤。

她们的视线越过那个小而整洁的空间相遇了。伊娃棕色的眼睛里写满担忧。"沃特斯太太费了好大劲才让你进了派因岛高中。这是本州最好的高中之一，但是校车不开过桥来，所以你得坐郡县巴士。可以吗？我之前跟你说过这个情况吗？"

莱克茜点点头。"可以的，伊娃。别担心。我坐巴士很多年了。"她没补充说当她和她妈妈无处可去时，她经常睡在巴士脏脏的座位上。

"那就好。"伊娃喝完了咖啡，洗净了杯子，将它留在水槽里，"好了，我可不想你上学第一天就迟到。我开车送你去。我们走吧。"

"我可以去坐巴士——"

"开学第一天可不行。我特意调了晚班。"

莱克茜跟着姨婆坐进车里。在她们开往派因岛的途中，莱克茜打量着四周。她曾在地图上见过这里的一切，但那些小小的线条和标记只讲述了有限的信息。比如说，她知道派因岛长十二英里，宽四英里；从西雅图市区坐轮渡，或者从大陆上的基萨普县过桥可达。在大桥的乔治港这头，土地是属于部落的。现在她所看到的派因岛不属于部落。

她可以从房子辨识出岛上住的都是富人家。这里的房子都是豪宅大院。

她们转弯从高速公路上下来，开上一个小山坡，抵达高中。这所高中中央竖着一根旗杆，周围环绕着一片矮矮的红砖建筑物。就像莱克茜上过的很多学校一样，派因岛显然比预想的发展更快。主校园周围是一片活动房屋。伊娃将车停在空空的巴士专用道上，看着莱克茜。

"记着，你不比这些孩子差。"

莱克茜对这个收留自己的女人涌上来一阵爱意。"我会好好的，"莱克茜说，"你不必担心我。"

伊娃点点头。"祝你好运。"最后她说。

莱克茜没敢说"好运"在新学校里毫无用途。相反地，她挤出一个微笑，下了车。就在她挥手道别时，一辆校车停在伊娃的车后，孩子们蜂拥而出。

莱克茜低着头往前走。经常转校成为新生的她已深谙掩藏之道。最佳策略就是混入人群中，消失不见。要做到这一点，你只需要低下头，走快一点。第一条规则：绝不停步。第二条规则：绝不抬头。如果她能遵循这两条，到星期五，她就会成为这个新班级中的一员，到那时候她可以试着结交一到两个朋友。尽管在这里，交友并不容易。她跟这些孩子们哪可能有什么共同点呢？

当她走到 A 楼时，又看了一遍她的课程表。就是这里了。104 房间。这群学生似乎彼此都认识，她混入其中，被这股人流带着向前。教室里，孩子各自落座，兴奋地交谈着。

她的错误就是停顿了一下。她只是快速抬了下头弄清楚自己在哪里，整个班级就变得鸦雀无声。孩子们盯着她，然后又开始窃窃私语。有人笑出了声。莱克茜敏锐地感知到了她的缺陷——她的黑色浓眉、不整齐的牙齿、卷曲的头发、难看的牛仔裤和运动衫。这可是一个每个孩子到了青春期就戴牙套、十六岁时就有新车的地方。

教室后方，一个女孩指着她，咯咯笑起来。坐在她旁边的女孩点点头。莱克茜觉得她听见有人说"蝴蝶不错"，然后，"是她自己做的吗？"

一个男孩站起身，教室又安静下来。

莱克茜知道他是什么样的人。每个学校都有一个像他这样的男孩——相貌英俊，受人欢迎，有运动细胞，不需要努力就可以获得他想要的一切。足球队长，班长。他穿着一件水蓝色的阿伯克龙比牌 T 恤衫和一条松松垮垮的牛仔裤，看起来像莱昂纳多·迪卡普里奥，面带微笑，光芒万丈，自信满满。

他向她走来。为什么？她身后还有一个更漂亮的姑娘吗？他是要做些什么来羞辱她，好让他的朋友们发笑吗？

"你好。"他说。她能感到所有人都盯着他俩，看着这出好戏。

莱克茜咬着下唇藏住她不整齐的牙齿。"你好。"

他微微一笑。"苏珊和莉兹是坏女孩。别让她们影响到你。蝴蝶很酷。"

她傻子一样愣在那里，被他的笑容迷倒了。*镇静，莱克茜。你以前见过帅哥。*她应该说点什么，保持微笑；说点什么。

"这边。"他拉住了她的胳膊说。他的碰触像一阵电流，让她有一点震惊。

他本该迈步，将她带到什么地方。那才是他触碰她的胳膊的原因，对不对？但他只是站在那里，盯着她。他的笑容消失了。她一下子无法呼吸；整个世界都渐渐消退，只剩下他的脸，他迷人的绿色双眸。

他开口说了些什么，但莱克茜的心脏"怦怦"跳动得如此之快，她听不见他在说什么，然后他被拉开了，被一个裙子比餐巾布还短的漂亮女孩带走了。

莱克茜久久怔在那里，注视着他的背影，仍然觉得喘不过气来。然后她记起来自己是谁、身在何处：一个穿着花里胡哨粉色运动衫的新生。她下巴抵着胸口，匆匆跑回后排的座位。她刚在光滑的椅子里坐下来，上课铃就响了。

老师讲着早期的西雅图，课堂沉闷乏味；莱克茜一遍又一遍地回想着那个瞬间。她告诉自己他的碰触没什么意图，但就是放不下。他那会儿本是打算跟她说什么来着？

到下课时，她才敢看了他一眼。他和一群学生一起走着，那个穿迷你裙的女生不知道说了什么，让他哈哈大笑。经过莱克茜的桌边时，他顿了一下，向她投来一瞥，没有微笑或停步。他继续走过去了。

他当然不会停步了。她慢慢地站起身来，走向门口。剩下的一上午时间里，她都试着昂头穿过人挤人的大厅，但到中午时，她已经被挤到后面去了，然而最糟糕的还没来呢。

在新学校里吃午饭简直糟透了。你根本不知道什么是新潮什么是落伍，如果你胆敢坐你不该坐的位置，整个社交秩序都会让你心烦意乱。

在通过餐厅的门口，莱克茜停住了。一想到走进餐厅她会被审视评判，就已经超过今天她可以忍受的极限了。通常，她远比这坚强，但是不知怎么的，万人迷男孩让她失衡，让她想得到那不可能的东西，而她的亲身经历让她深知，当一个人渴望什么时，会变得多么易受打击。这是在浪费时间。她回到外面，阳光正好。她在书包里翻找了一通，找到伊娃为她包好的午饭和一本易读版的《简·爱》。有些孩子有毛绒玩具或特别的童毯。莱克茜有简。

她无所事事地在校园里走着，想找一个可以坐下来边吃午饭边读书的地方。穿过校园，她发现一棵美丽的小树长在一块三角形的草地上，但并不是那棵树吸引了她的注意力，而是草地树荫下盘腿坐着的、埋头看书的女孩。她的金发被分开两股，松散地编着两个辫子。她穿着精致的粉色薄纱裙、黑色的背心和黑色的高帮运动鞋，浑身上下透露出一种明确的信号。

这是莱克茜能懂的信号：我跟你不一样。我不需要你。

莱克茜曾有几年也穿成她那样，那时她不想结交朋友，她害怕被问起她住在哪里或她妈妈是什么样的人。

她深吸了一口气，向那个女孩走去。当她接近时，又停住了脚步。她不想说错话，但是她都到女孩面前了，却不知道怎么开口。

女孩从书上抬起了视线。她看起来很娇弱，满脸痘痘，一双绿眼睛周围画了很深的紫色眼线，牙套上挂着色彩明艳的橡皮筋。

"你好。"莱克茜说。

"他不在这里。他不会来的。"

"谁？"

019

女孩耸了耸肩表示不感兴趣，继续读书了。"如果你不知道，那就没什么关系了，是不是?"

"我可以坐在你旁边吗?"

"社交自杀。"女孩头也不抬地说。

"什么?"

女孩又抬头看了她一眼。"跟我坐一起是社交自杀。即使是戏剧社那帮孩子也不会跟我玩。对，很不好。"

"你是指我跟你玩就进不了拉拉队了? 真悲剧。"

女孩第一次对莱克茜来了兴趣。她嘴边浮现出一个微笑。"绝大部分女孩在乎那些。"

"是吗?"莱克茜将书包放到草地上，"你在看什么书?"

"《呼啸山庄》。"

莱克茜拿出她自己的书。"《简·爱》。我能坐下来吗?"

女孩向旁边挪了挪给她腾出一小片草地。

"我还没读过那本。好看吗?"

莱克茜在她旁边坐下来。"我最爱的书。当你读完你手上这本，我们可以交换。"

"太好了。顺便自我介绍一下，我叫米娅。"

"我叫莱克茜。这本书是讲什么的?"

米娅缓缓地讲起故事情节来，有些结结巴巴的，但是当讲到希斯克利夫时，她有些兴奋起来。莱克茜接下来知道的就是，她们像多年老友那样哈哈大笑。当上课铃响，她们起身穿过校园，一起走到储物柜那里，一路酣聊。莱克茜不再低着头，不再紧紧把她的书抱在胸口或故意避免和他人的眼神接触。相反，她笑了。

走到西班牙语教室门外，米娅停下来匆忙地说："今天放学后你可以来我家，我是指，如果你愿意的话。"她发出邀请时看起来很紧张。"我知道你可能不愿意，没事。"

莱克茜很想微笑，但她齿间的紧张感阻止住了她。"我乐意至极。"

"那在行政楼旗杆那里碰头，好吗?"

莱克茜走进教室，在后排找了个位子坐下来。接下来的时间里她都盯着时钟，希望时间过得快点。终于到了2：50，她走到旗杆下，等待着。孩子们蜂拥在她周围，推推挤挤地走向校园外一字排开的巴士。

也许米娅不会来。她很可能不会来了。

正当莱克茜准备放弃时，米娅出现在她身边。"你还在等我。"她说。她的声音听起来像是大大松了一口气，莱克茜也是同样的感觉，"走吧。"

米娅领着她穿过成堆的学生，走向一辆停在主干道上铮亮的黑色凯迪拉克凯雷德汽车。她打开乘客车门，爬上车。

莱克茜跟着她的新朋友坐进充满皮革味的米黄色座位。

"你好呀，妈妈，"① 米娅说，"这是莱克茜。我请她到我们家来玩。可以吗？"

坐在驾驶座的女人转过头来。莱克茜被她的美丽惊呆了。米娅的妈妈看起来像米歇尔·法伊弗，她有着完美的白皙脸蛋和一头光滑的金发，穿着一件明显十分昂贵的橙红色毛衣，整个人就像诺德斯特姆百货公司商品目录的封面女郎。"你好，莱克茜。我是朱迪。很高兴认识你。不过我之前怎么没见过你呢？"

"我刚搬到这儿。"

"啊，怪不得。你从哪里搬来的？"

"加利福尼亚。"

"我不是反对你来玩啊，"朱迪甜甜地笑着，"你放学不马上回家，你妈妈会介意吗？"

"不会。"莱克茜回答道，对接下来那个不可避免的问题紧张起来。

"如果你愿意的话我可以给她打个电话，介——"

"妈——妈——"米娅说，"你又这么做了！"

朱迪冲莱克茜一笑。"我让我的女儿丢脸了。这些日子我都不能做这些问长问短的事啦，但是我没法不尽母亲的职责，是不是？我敢肯定你妈妈也一样，是不是，莱克茜？"

莱克茜不知道说什么好，但是没关系。朱迪笑着，继续说下去，好像她什么都没问过一样。"我应该人在场，少多嘴。好吧，系好安全带，姑娘们。"

她发动汽车，米娅立即开始谈论她听说的一本书。

她们驶离学校，开上一条美丽的小主干道。她们堵堵停停，穿过市中心，上了高速公路，路上就很空了。她们沿着一条弯曲的两车道林荫路行驶着，直到朱迪说："家啊，甜蜜的家。"然后车子转上一条碎石私家车道。

一开始，路两边除了树木什么都没有，那些树木高大繁密，遮天蔽日；但是这条路又转了个弯，接着她们就完全沐浴在阳光中了。

---

① 这句话米娅是用西班牙语说的。

这栋房子像小说中的一样。它骄傲地坐落于一片美景中，高高耸立，由木头和石头建成，到处都是窗子。低矮的石头墙圈出了华丽的花园。房子后面是蓝色的海湾。即便从这里，莱克茜都能听见海浪拍岸的声音。

"哇!"莱克茜下了车，发出感叹。她从没见过这样的房子。她该怎么表现? 她该说什么? 她肯定会做错事情的，米娅会嘲笑她。

朱迪一手搂着女儿，她们一起向前走去。"我猜你们肯定饿了。我给你们做些油炸玉米粉饼，好吗? 你们可以给我讲讲上学第一天怎么样。"

莱克茜本能地踌躇不前了。

在大门口，米娅回过头来。"莱克茜? 你不想进来了是不是? 你改变主意了?"

莱克茜感觉她的不安感消散了，或者更准确地说，她的不安也加入了米娅的不安，变成了另一种东西。她们很像;一个一无所有的女孩和一个拥有一切的女孩竟然很像。

"没有啦。"莱克茜说，笑着奔向门口。

进门后，她脱掉鞋子，发现她的袜子在脚趾处破了洞，但是已经太迟了。她窘迫地跟着米娅走进这间富丽堂皇的大宅。房子里的玻璃墙框出了惊艳的海景，一个石头壁炉，地板闪闪发光。她不敢碰任何东西。

米娅抓着她的手，将她拽进巨大的厨房。八火眼炉灶上有个黑色骨骼形的东西，上面挂着一把把铮亮的铜壶，房间里好几处都摆放着鲜花。她们坐在一张黑色花岗岩的长台边，朱迪做起油炸玉米粉饼。

"她径直走向我，妈妈。我告诉她跟我坐一块无异于社交自杀，但是她不在乎。是不是很酷?"

朱迪听到女儿这话笑了，说了些什么，但是米娅一直说个不停。莱克茜几乎跟不上米娅滔滔不绝的叙述了。就好像米娅把她的这些观察和想法放在心里藏了多年，现在一吐为快。莱克茜懂的，懂得心里藏着事情，一直害怕，又试着轻轻说出来的滋味。她跟米娅交换了对高中、男孩、班级、电影、文身和脐钉的看法，她们对一切事情的看法一致。越是一致，莱克茜就越担心:如果米娅发现了她的过去会怎么样? 她会愿意跟一个吸毒者的孩子交朋友吗?

大约 5 点钟，大门"砰"地打开了，一群孩子冲进来。

"脱鞋!"朱迪头也不抬地从厨房里叫道。

九到十个孩子一拥而入，有男有女。莱克茜能看出来他们都是受欢迎的孩子。任何人都能认出他们来——穿着低腰牛仔裤和露脐 T 恤的漂亮女孩，穿着 PIHS 牌蓝黄条纹运动衣的男孩。他们可能刚结束足球训练和拉拉队排练就过来了。

"我哥是穿灰色衣服的那个，"米娅靠近她说，"不要根据他身边的朋友们来评判他。那些女孩都很脑残。"

是第一节课上的男孩。

他从一群人中挤出来，带着自知自己很受欢迎的自在随意劲儿靠近米娅，一只胳膊拢住她的肩。兄妹俩惊人地相似：米娅的脸就像他的脸经过精雕细琢后的女性化版本。他跟他的妹妹说了些什么，然后注意到了莱克茜。他的眼神锐利起来，变得如此炽烈，这让她感到胸膛里又一阵颤动。从没有人用这样的眼神看过她，好像关于她的一切都很有趣。

"你是那个新生。"他将搭在眼睛上的长金发推开，平静地说。

"她是我的朋友。"米娅说，大大咧嘴笑着，她的牙套糊成一片彩色。

他的笑容消失了。

"我叫莱克茜。"她说，尽管他并没有问她姓名。

他的目光从她身上移开，一副不感兴趣的样子："我叫扎克。"

一个穿着超短裤和露脐装的女孩走到他身后，贴在他身边对他耳语了几句。他没怎么笑，最多只是勉强微笑了一下，然后，他转过身。"待会见，米娅。"他对他妹妹说。接着，他一只胳膊搂着那个超短裤女孩，带她走向楼梯，消失在跑上楼的那群孩子中间。

米娅向她皱了皱眉。"有什么不对劲吗，莱克茜？我说你是我的朋友，没问题吧？"

莱克茜盯着他刚才站过的地方，现在那里空空的。她感到不安。他冲她笑了，是不是？最开始的时候，有那么一瞬？她做错了什么？

"莱克茜？我告诉大家我们是朋友，可以吧？"

莱克茜长长呼出憋了很久的一口气。她强迫自己不要再看着楼梯。看到米娅紧张的样子，她认识到此处什么才是重要的，不是像扎克那样的男孩。怪不得他让她迷惑了，一个在大麻中长大的女孩总是难以理解他那样的男孩。现在重要的是米娅和她们之间这段友情脆弱的初始期。"当然可以了。"她笑着说。头一回，她不在意自己的牙齿了。她很确定米娅也不会在意。"你可以告诉大家。"

*

多媒体娱乐室像往常一样待满了孩子。有些女人可能受不了那个吵闹和混乱，但朱迪可以。几年前——当这对双胞胎兄妹刚上六年级时，她有意让她家变得受欢迎。她希望孩子们在她家里聚会。她很清楚自己不想让别的女人照看自己的孩子，她想当那个掌管一切的人。为了达到这个目的，她精心设计了楼上的空间，这很有用。有些时候，这儿会有十五个孩子，像蝗虫一样一通吃光她准备的零食。但是她知道她的孩子在哪，知道他们是安全的。

现在，她打开大厅的那扇木框滑门，让门大敞，这样她就能听见楼上的动静了：地板"吱嘎"作响的声音，穿过屋子"咚咚"的脚步声。

今天，米娅没有躲开多媒体娱乐室里的玩闹，没把自己关在自己的卧室里看《小人鱼》《美女与野兽》或其他什么安慰人心的迪士尼电影。她去了海边，和莱克茜一起坐在沙滩上。她俩裹着一张厚重的毛毯，黑发和金发交缠在咸咸的海风中。她们在那儿聊着天，坐了很久。

看到她的女儿和朋友聊天的场景，朱迪忍不住会心一笑。她等这一刻等了太久了，热切期盼它太久了，现在终于成真了。她也不禁有点担心。米娅太脆弱太黏人了，要伤害她太容易了。经过和哈利的事情后，米娅无法再忍受任何朋友的背叛。

朱迪需要多了解莱克茜一点，需要知道跟她女儿玩的孩子什么来路。身为父母，她必须做出这样的选择，过去这些年也卓有成效。她对她孩子的生活了解得越多，越能当好一个母亲。她走到屋外的露台，清风吹起她的头发，发丝拂过她的脸颊。一双双鞋子杂乱地堆在门外，她避免踩到它们，赤足走过石板路，经过了一堆黑色的藤编户外家具。在草地和沙地的交界处，一棵巨大的雪松高高耸立，伸向清澈的蓝色天空。她走近两个女孩，听见米娅说："我想试试学校的戏剧表演，但我知道我分不到角色的。萨拉和乔莉总是演主角。"

"我今天都不敢跟你说话，"莱克茜说，"要是我没开口呢？不要害怕。你应该去试试。"

米娅转向莱克茜："选拔赛你陪我一起去好吗？其他那些戏剧社的孩子……他们太把这当回事儿了。他们不喜欢我。"

莱克茜点点头。她的神情带着理解，显得很严肃。"我会来的，一定。"

朱迪在她女儿身后停住了。"嘿，姑娘们。"她将一只手搭到米娅瘦削的肩膀上。

米娅抬头冲她笑了一下。"我想去试试《豌豆公主》。莱克茜会陪我一起。我很可能不会得到什么角色，但是……"

"那很好啊。"朱迪说，她很高兴目前的进展，"好了，我最好送莱克茜回家了。你爸爸一小时后就到家了。"

"我能一起送吗？"米娅问。

"不行。你周五有篇论文要交。你最好现在就开始写啦。"朱迪回答道。

"你已经查过网站了？今天才是开学第一天嘛。"米娅的肩膀颓然下来。

"你得早日步入正轨。高中分数很重要。"她低头看着莱克茜，"你准备好了吗？"

"我可以坐巴士走，"莱克茜说，"你不必开车送我。"

"巴士？"朱迪皱了皱眉。她在这个岛上当妈妈的这些年，可从未听过哪个孩子要坐巴士。大多数都会说给他们的妈妈打电话；没有一个会说要坐巴士。这里哪儿能坐巴士啊？

莱克茜松开红白条纹的毛毯。当她站起身时，毯子滑落到沙滩上。"真的不用了，法拉戴太太。您不需要开车送我。"

"别客气，莱克茜，叫我'朱迪'就好。当你喊'法拉戴太太'时，我想到我妈了，那可不是什么好事。米娅，去告诉扎克我准备开车送人回家了，问问他还有谁要搭顺风车。"

十分钟后，朱迪发动了那辆凯雷德汽车。五个孩子相互推搡着坐进豪华的车内，扣好安全带，彼此聊着天。莱克茜在副驾驶座上安静地坐着，直直盯着前方。朱迪叮嘱扎克和米娅快去写作业，然后发车了。这条路线她是如此熟悉，简直闭着眼睛也能开到——左拐到海滩路，右拐到夜路，左拐到高速公路。在山顶，她开进她闺蜜家的私家车道。"你到家了，布赖森。告诉茉莉我们这周仍然一起吃午饭。"

他含糊地回答几句，然后下了车。在接下来的二十分钟里，她沿着岛上的标准路线将孩子一个接一个送到家。最后，她转向莱克茜："好了，亲爱的，你家在哪儿？"

"那里不就是公交车站吗？"

朱迪笑了："我不会把你丢在公交车站的。现在，往哪儿走，莱克茜？"

"乔治港。"莱克茜说。

"哦。"朱迪惊讶地说。派因高中的绝大部分学生都住在岛上，而且，真的，桥的另一头是一个截然不同的世界。派因岛和乔治港地理上只相距三百英尺，但是两地相去甚远。乔治港是那些美好、正直的派因岛男孩会堕落到改造旧磁卡做成假身份证、去小超市买啤酒和烟的地方。那里的学校问题重重。她驶下高速公路，驶离派因岛。

"在那儿转弯，"大概过桥一英里后，莱克茜说，"其实，你让我在这里下车就行了，剩下的一段路我可以走回去。"

"那可不行。"

朱迪跟着路标开到了希尔斯酋长活动房停车场。莱克茜示意她沿着一条弯曲的小路向前开至一小块长满野草的地方，一栋褪色的黄色双宽度移动式房屋就坐落在那片地的水泥砖上。大门是难看的蓝色，中间都开裂了；里面的窗帘破破烂烂，缝边参差不齐。锈迹像毛毛虫一样爬满接缝处。草地上深陷的、泥泞的凹槽显示了车通常都停在哪里。

朱迪将车停在草地边缘，熄了火。她完全没料到。"你妈妈在家吗？我不想就这么把你丢在这里。我想见见她。"

莱克茜看着朱迪："我妈妈三年前就去世了。我现在和我的姨婆伊娃一起生活。"

"哦，亲爱的。"朱迪说。她知道失去父母是什么滋味——她的父亲在她七岁时去世了。世界变成了一个又黑暗又可怕的地方，多年来她都不确定自己的一席之地。"听到这件事我很难受。我知道对你来说一定很不容易。"

莱克茜耸了耸肩。

"你跟你姨婆生活了多久了？"

"四天。"

"四天？但是……那你之前住在——"

"寄养家庭，"莱克茜叹了口气，平静地说，"我妈妈是个海洛因成瘾者。有时我们住在车上。所以我猜你希望我不要再跟米娅来往了。我理解，真的。我也希望我妈妈关心我和谁来往。"

朱迪皱起了眉。没有一件事在她的预料之中。这些确实都让她担心，但是她不想当那种根据一个人的处境来妄断其为人的女人。现在莱克茜看起来像她见过的那些泄气的青少年。与这女孩有关的一切都透露出她的挫败感，毫无疑问她对自己的生活有着诸多失望。

"我跟我妈妈不一样。"她真诚地说。这个女孩蓝色眼睛里透露出的渴求不会骗人。

朱迪相信了她，但是，仍有潜在的危险。米娅很脆弱，很容易被带坏。朱迪无法忽略这一点，不管她多么同情这个女孩。"我也不像我的妈妈。但是……"

"什么？"

"米娅很害羞。我相信你已经知道这点了。她不轻易交朋友，对自己是否招人喜欢过度担心。她总是那样。去年，她心碎了一次。不是哪个男孩让她心碎。比那还糟糕。一个女孩——哈利——跟她成为了朋友。有几个月她们亲密无间。我从没见过米娅那么快乐。但真相是，哈利看上了扎克，扎克落入了她的陷阱。他不知道这让米娅多难过。总之，哈利抛弃米娅扑向了扎克的怀抱，当扎克失去兴趣后，哈利再也不肯来我们家了。米娅极度伤心，几乎一个月没说话。我真的很担心她。"

"你为什么告诉我这些?"

"我想……因为如果你继续和她做朋友的话，她需要知道她可以信任你。我也想知道这点。"

"我绝不会做伤害她的事情。"莱克茜发誓说。

朱迪考虑了这份友情可能给她女儿带来的所有危险和所有好处，权衡利弊，好像是由她来做主是否交友的，尽管她知道自己做不了主。一个十四岁的女孩可以自己选择交友。但是朱迪可以让米娅和莱克茜的友谊进展得更顺利或更困难。哪种对米娅最好?

当她看着莱克茜时，答案变得简单了。朱迪首先是位母亲，终究是位母亲，一直都会是位母亲。毫无疑问她的女儿急需一个朋友。

"我这周六带米娅进城做美甲。闺蜜日。你要不要跟我们一起?"

"我来不了，"莱克茜说，"我还没找到工作。手头很紧张。但还是谢谢了。"

"我请客，"朱迪轻松地说，"我可不接受拒绝哦。"

03 | *chapter*
夜路

2003

过去的三年让朱迪精疲力尽，也将她打磨得更加敏锐。直到她第一次将车钥匙交到扎克和米娅手里，看着他们开车离去时，她才意识到生活变得多可怕。从那一刻起她开始为孩子们担惊受怕。每一件事都能吓倒她：下雨、刮风、下雪、天黑、太吵的音乐、其他驾驶员、一辆车里坐了太多的孩子。

她给两个孩子配了手机，定了规矩。宵禁、问责、诚实。

他们迟到了几分钟，她就不安地走来走去，直到他们安全地躺下睡觉她才能放松地呼吸。曾经她以为拿到驾照后的自由就已经是最糟糕的了，现在她才知道这只是小巫见大巫。

这一切都是高三的序曲。学期才刚开始，它已经变成了一口高压锅，一个充斥着截止日期和论文的魔方。大学像蘑菇云一样出现在地平线上，污染了每一口呼吸的空气。几年的接送孩子体育比赛、训练、戏剧排练、表演，都无法跟高三的生活相提并论。

她桌子上方的墙壁上挂着两大本日历，一个用大字标着"扎克"，一个标着"米娅"。每所大学的申请截止日期都用红墨水标出来了，每个考试日期都用黑体字标出。朱迪花了好几年研究入学策略、了解各所大学情况，考量哪所大学对她的孩子来说最好。

上大学对扎克来说易如反掌。他进入高三时 GPA[①] 已经是 3.96 了，并且有着完美的 SAT[②] 分数。他想上哪个大学就能上哪个大学。

米娅就不同了。她的分数也不错，但是不够出色；SAT 也是。况且，她心仪的是有名的南加州大学戏剧系。

---

① GPA（Grade Point Average），是美国教育体制中的平均成绩点数。美国普通课程的 GPA 满分是 4.0 分，而一些高级课程单科 GPA 满分可达 5—6 分。

② SAT（Scholastic Assessment Test），学术评估测试，由美国大学委员会主办，其成绩是世界各国高中生申请美国大学入学资格及奖学金的重要参考，被视为美国高考。

朱迪开始操心得睡不着觉。她晚上躺在床上，在脑海中回顾入学统计数据和标准，直到自己觉得恶心。她经常在想如何让女儿美梦成真。将一个孩子送进竞争激烈的大学已经很不容易了，何况她有两个孩子。两个孩子得一起上大学，其他任何情况都不堪设想。米娅需要她的哥哥陪在身边。

现在，好像升学压力都还不够糟糕似的，她一直害怕的词语被孩子们提出来了。

派对。

朱迪深深地吸了一口气，稳住呼吸。

她坐在餐桌前，家人围绕着她。那是十月上旬的一个周五晚上，天空是梅青色。

"行吗？"扎克坐在他的位子上说，"我们能不能去？茉莉和提姆同意布赖森去。"

米娅坐在她哥哥旁边。她的金发在湿着的时候就被编成了辫子，干了后变成卷卷的之字形。过去三年里，她长成了一个真正的美女，拥有无瑕的肌肤和超级明亮的笑容。她与莱克茜的友谊像磁北极那么牢靠，这份友谊也给了米娅新的自信。她女儿仍然不是很勇敢，不擅社交，但是她很快乐，这对朱迪来说就意味着整个世界了。"你呢，米娅？你想不想去这个派对？"

米娅耸耸肩："扎克想去。"

这正是朱迪期待的回答。他们是天生一对，这两个孩子，在每一个方面都是。一个要去什么地方，另一个也要跟着去。他们从一出生就这样，甚至可能出生之前就已经这么形影不离。一个不在，另一个就无法呼吸。

"你听到了吗，迈尔斯？"朱迪说，"孩子们想去凯文·艾斯纳家举办的派对。"

"有什么问题吗？"迈尔斯一边问，一边将荷兰酱倒在他的烤芦笋上。

"如果我没搞错的话，艾斯纳家的大人在巴黎。"朱迪说，瞥见双胞胎一致退缩了。"又是个小岛。"她提醒他们。

"凯文的姨妈在家，"扎克说，"不是没大人在的。"

"就是就是。"米娅点头补充道。

朱迪靠回椅子上。当然，她早知道这一刻会到来。她自己也曾年轻过，高三正是青春无限的时期。所以，她清楚当高三学生想要开"派对"时是什么意思。

她跟孩子们喋喋不休地讲过喝酒的事情，反复告诉他们酒有多危险，他们发过誓说对喝酒不感兴趣，但是她可没那么好糊弄。她也不是假装自己孩子完美无缺的那种女人。对她来说重要的是保护他们，让他们免遭青春期带来的风险，哪怕这结果可能是他们咎由自取。

她可以不准他们去，但是那样的话他们就会反抗，会不会反而更危险？"我会给凯文的姨妈打电话，"她缓缓地说，"确保有大人监督这派对。"

"我的**天啊**，"米娅抱怨道，"这真是让我们丢脸啊。我们不是小孩了。"

"真的，妈妈，"扎克说，"你知道你可以信任我们。我绝不会酒驾的。"

"我宁可你发誓说自己绝不会喝酒。"她说。

他看着她。"我可能会喝一罐啤酒。不要紧的。你希望我对你撒谎吗？我认为那不是我们家的风格。"

他竟用她自己的话回击她，以牙还牙带着致命的精准。对你的孩子诚实，代价就是你经常觉得还不如对他们不诚实。在朱迪眼里，有两种为人父母之道：要求孩子们诚实，但也要接受不想要的真相；或将头埋在沙子里，任由孩子们对自己撒谎。扎克的诚实是她相信他的一个原因。"我会考虑的。"她用一种命令式的口吻结束了对话。

接着，大家很快吃完了饭。等到开始收拾餐桌，孩子立即将盘子放进洗碗机里，跑上楼去了。

朱迪知道他们是在为派对做准备了。他们认为自己已经取得胜利——她能从他们的眼睛里看出来。

她和迈尔斯一起站在玻璃落地窗前，看着天色渐晚。海湾变成了石墨色，天空则是深铜色。"我不知道，"她对迈尔斯说，"我们怎么防止他们喝酒，怎么保护他们安全呢？"

"将他们用链子拴在墙上有用。真可惜国家不准那样。"

"真好笑。"她抬头看着他，"我们无法阻止他们喝酒——你知道这点。即便不是今晚，总有一天晚上他们会喝醉。就是这样。所以，我们怎么来保护他们呢？也许我们应该在家里举办派对。我们收走孩子们的车钥匙，确保每个人都是安全的。我们可以确保他们不喝多。"

"呃。不。这样的话我们可要冒一切风险了。更不用说，如果谁受伤了，我们是要负责任的。你知道年轻人就像细菌一样。他们繁殖得太快，你无法一直死盯。我真不敢相信你竟然有这种念头。"

朱迪知道他是对的，但无济于事。"你还记得高中生活么？我很肯定我记得。莫罗农场的啤酒聚会每周一次。我们酒后开车回家。"

"你必须信任他们，朱迪。让他们开始学着做一些决定。米娅很聪明，她肯定不是那种喜欢派对的女孩。扎克也绝不会允许她出任何事。你知道的。"

"我想是吧。"朱迪点点头，将这事又前前后后想了无数遍。对她来说似乎没有好答案，没有毋庸置疑的正确道路可走。

剩下的一整晚，朱迪都在"这种情况下如何做个好妈妈"这一问题上左思右想。9 点钟的时候她还在想这个问题，孩子们跑下楼梯。

"怎么说?"扎克问。

她看着她的两个孩子。扎克，穿着低腰牛仔裤和美国鹰牌条纹运动衫，是那么高大、英俊、稳健；米娅，穿着破洞的蓝色牛仔紧身裤，白色 T 恤，斜斜地系着一条男士蓝色丝绸领带。她的头发梳到后面，在头顶处扎成马尾。自从认识了莱克茜以来，她走出了自己的壳，但仍然脆弱，有一点黏人。她很容易伤心，容易因为害怕被嘲笑而做出错误的决定。

他们是好孩子，是对自己未来上心的诚实孩子。朱迪没有理由不相信他们。

"妈妈，"扎克笑着说，伸手去拉她的手，"好啦，你知道你可以相信我们的啦。"

朱迪知道他想利用她的爱来操控她，但她无力抵抗。她太爱这两个孩子了，希望他们快乐。"我没想好……"

米娅翻了个白眼。"这简直像女巫审判。我们能去还是不能?"

"都说了我们不会喝酒的。"扎克说。

迈尔斯走到朱迪身边，一只胳膊搂住她的腰："那么，我们可以相信你们的话喽?"

扎克的脸上露出一个大大的笑容："当然。"

"你们的宵禁是午夜 12 点。"朱迪说。

"午夜?"扎克说，"太差劲了。好像我们还是初中生似的。晚一点嘛，妈妈。爸爸你说呢?"

迈尔斯坚持说"午夜"，而与此同时朱迪改成了"夜里 1 点"。

扎克和米娅冲向她，给了她一个热烈的拥抱。

"注意安全。"朱迪紧张地说，"如果有任何麻烦，给我打电话。我是说真的。如果你们喝酒了——当然你们不该喝酒，但如果你们喝酒了，给家里打电话。我和爸爸会过来接你们，包括你们的朋友。我是认真的啊。我不问问题，不给你们找麻烦。我发誓。好吗?"

"我们知道，"米娅说，"你都说了这么多年了。"

于是，他们动身了，跑向她和迈尔斯去年给他们买的白色运动型福特野马汽车。

"你应该坚持要求午夜的。"当车门"砰"地关上时迈尔斯说。

"我知道。"她说。这对他来说太容易了。当迈尔斯说"不"的时候，他们就会放弃。而当她说"不"的时候，他们更加努力尝试，好像棉铃虫像蛀蚀玉米一样蛀蚀她的决心，直到得逞。

当扎克车上红色的尾灯消失在夜幕中时，迈尔斯皱起了眉。"高三不容易啊。"

"是不容易。"朱迪附和道。她已经后悔同意他们去了。

有太多可能出错的事情了……

*

在这样一个温暖的秋日夜晚，埃莫冰激凌店挤满了顾客。夏日已到尾声，每个人，无论是本地人还是游客，都知道寒冷的季节即将来临。

从高二开始，莱克茜就在这家冰激凌店里做兼职。她挣的每一分钱都存进了大学基金。她的上司是索尔特太太，一个有着一头钢灰色的头发、喜欢戴串珠项链的六十岁的寡妇。她和索尔特太太配合默契地在柜台边忙活着，一个收银一个舀取冰激凌。今晚，尽管店里很忙，莱克茜还是盯着时钟。艾斯纳家的派对9点开始，米娅和扎克会接上她一起去。

扎克。

他是她新生活里唯一的美中不足。过去三年里，莱克茜找到了属于她的地方。伊娃姨婆深深关心着她——这份关爱很明显，即便这位妇人不擅公开表达感情。米娅成了莱克茜的另一半，她的妹妹，她们不可分离。法拉戴一家张开双臂欢迎莱克茜融入他们，从不对她评头论足。对她来说，朱迪好似她的妈妈，这份感情如此之深，莱克茜每到母亲节时总会买两张贺卡，一张送给伊娃，一张送给朱迪。她总是在贺卡里写上一个大大的**"谢谢"**。

只有扎克是个阻碍。

他不喜欢莱克茜。就是这样。如非必要，他绝不会跟她单独在房间里多呆一秒，他也几乎不跟她说话。当他跟她说话时，他的眼睛总会看向别处，好像无法忍受眼神接触一样。莱克茜不知道自己做了什么冒犯到了他，而且任何弥补都无济于事。最糟糕的是，每次他这样做都很伤她的感情。每次他挪开视线或走开，她都感到一丝失去什么的刺痛。

但这也是好事，她这么告诉自己。他不喜欢她，很好，因为她太喜欢他了。她非常肯定的一件事，从一开始就知道的一件事是：扎克·法拉戴是禁区。

9点刚过，她听见野马汽车开到店门口了。她急忙摘掉彩色的围裙，跑去员工盥洗室拿她的小手提包。她将包包从墙上取下来，匆匆瞥了一眼镜子，确定自己妆容未脱，然后跑向大门，在经过索尔特太太时，她对其挥手告别。

"做个乖女孩。"索尔特太太快乐地挥了挥手。

"我会的。"莱克茜承诺道。她跑向野马汽车，爬进车后座。车载立体声音箱发出的声音吵到他们无法说话聊天。

扎克倒出停车位，向城外驶去。不一会儿，他们就转上了一条长长的碎石私家车道。车道尽头是一座黄色的、古雅的维多利亚风格大宅，有斜斜的平瓦屋顶和大大的白色弧形门廊。屋檐下挂着灯，照亮了一篮篮鲜花。

下车后，莱克茜听见远处传来谈话的嗡嗡声和音乐声，但是只能看见寥寥数人。他们很可能是下到海滩边开派对了，那里邻居们不太可能看到他们，因此也不太可能向本地警察投诉。

扎克绕到车的这一侧，站在莱克茜旁边。她尽量表现得自然，但是跟往常一样，她做不到。她微微侧身，发现他正盯着自己。

她还没想到什么有趣的事情可说，这时米娅走到她身边，握住了她的手。"泰勒会来吗？"

"应该会吧。"扎克回答道。"走吧。"他说着走开了。

莱克茜和米娅跟着他穿过高高的草丛。当他们到达前院时，才看到了派对现场。院子里大概有七十五个孩子，大部分都围在火堆边。大麻的香味充斥在空气中。

米娅抓紧了莱克茜的手，猛地一拉让她停步。"他在。我看起来怎么样？"

莱克茜扫视人群直到看到了泰勒·马歇尔。他高高瘦瘦，一头平直的头发，松松垮垮的裤子低低地挂在臀部，时不时得提一下裤子。米娅从高一结束时就开始暗恋他。

"你很美。过去跟他说话吧。"莱克茜说。

米娅的脸涨得通红。"我不敢。"

"我陪你去。"莱克茜说，捏紧米娅的手。

"你也去吗，进攻者扎克？"米娅说。

扎克耸耸肩，三个人深入派对的人群中。他们经过一对银色的小桶，走到泰勒面前。

"嘿，米娅。"泰勒打了招呼，冲她咧嘴灿烂地一笑。他拿着一瓶半空的酒，是覆盆子味的伏特加。

莱克茜还没来得及反应，米娅已经伸手接过瓶子喝了一口。

"这么一来只能我开车了。"扎克说。然后他加了一句,"小心些,米娅。"

"你想去海滩走走吗?"泰勒问米娅。

米娅给了莱克茜一个"哇!"的眼神,然后跟着泰勒向海滩走去。

莱克茜敏感地意识到扎克就在她旁边。他站在那儿一言不发,但是她感觉到他俩的寂静之中有什么东西。她情不自禁地转过身,抬头看着他问:"你为什么不喜欢我?"

"你这么认为?"

她不知道该怎么回答。似乎有些她不懂的东西萦绕于他俩之间。她真希望自己刚才没有问那个愚蠢的问题。

"莱克茜——"他开口道。

这时阿曼达·马丁突然出现在他俩面前,拿着一瓶半空的摩根船长牌调味朗姆酒。她是个长腿的红发女孩,有着饱满的双唇,像吉普赛人一样斜长的眼睛。扎克的新任女友。

"你在这儿,"她嗲嗲地说,"这么久才来啊。"她抱着他,抵着他的胸膛,像要融化了一样。

莱克茜看着他们走开,两人一路缠绵——现在他在吻阿曼达了——一种熟悉的失落感涌上莱克西的心头。她叹着气,漫步到海滩。那儿,她遇到了一些戏剧社里的孩子。这几年,莱克茜都跟这帮孩子混在一起,看着他们和米娅一起排练。他们坐在沙滩上聊着天。当然,他们聊到了上大学。这是这些日子里最热的话题。从高三开学起,他们就在谈论截止日期、申请表和录取率。每天,不同的大学招生代表会在图书馆里接受感兴趣的高三学生的咨询。周末的校园拜访变成了常规。派因岛的学生可不仅仅会去西雅图考察大学的情况,哦,何止,他们的家长带着他们飞遍全国。

"莱克斯特[①]!"米娅的声音从嘈杂声中传来。

莱克茜转过身,看见米娅摇摇晃晃地走向她。

"我巴(不)知道我喝得这么醉,"米娅摇摇欲坠,"莱克茜,我怎么会醉成这样?"

"你喝酒了?"莱克茜走上前,用一只胳膊稳稳地架住米娅。

"我爱你,莱克茜。"米娅低语着,但是这是一个醉鬼的呓语,演戏一般,含糊不清。她将一只胳膊钩住莱克茜。"你哈(和)进攻者扎克是我最厚(好)

---

① 对"莱克茜"带有点昵称的叫法。根据故事情节,此时米娅已经喝醉了,说话含混不清,所以本段中用错别字表示米娅念错的词。

的朋友。"

"你也是我最好的朋友。"

米娅一屁股坐到冰冷的沙滩上。莱克茜也跟着坐下来，和她靠在一起。"泰勒说我很美，"米娅说，"你觉得他说的是真心话吗？"

"他说的要不是真心话，那他就是大傻瓜。"

"我们一起跳了舞。"米娅说，她的声音听起来很梦幻。她摇晃了一会儿便安静下来。"我感觉不到我的嘴唇了。我的嘴唇还在吗？"

莱克茜不禁大笑起来。"我想该送你回家了。我们去找扎克吧。"

莱克茜扶着米娅站起来，牵着她穿过人群。她们在房屋的阴凉处找到了扎克。阿曼达正在勾引他。至少莱克茜认为她是。

"扎克？"莱克茜斗胆开了口，"米娅情况不太好。我想她需要回家了。"

话音未落，米娅弯下腰吐在了草地上。

扎克冲到米娅身边。"你还好吗？"他一只胳膊搂住她问。

米娅摇摇晃晃，擦了擦嘴，说："我巴（不）好。"

"阿曼达？"扎克问，"能让她在你家歇一下吗？我不能把醉成这样的她送回家。"

"哟，"阿曼达摆了张臭脸，"我不会这么早离开派对的。还不到午夜呢。"她给了扎克一个长吻，然后头发甩甩地掉头就走，向装酒的小桶处走去。

"米娅可以在我家过夜，"莱克茜说，"伊娃这会儿肯定已经睡了。"

扎克看着她："真的？"

"没问题。"

扎克带着米娅回到野马汽车边，将她扶到后座上，这简直就像试图让煮软的意大利面立起来一样。等他终于把米娅安顿好时，米娅大笑着，四仰八叉地瘫在座位上。他花了很长时间才给她扣上安全带。

莱克茜坐上副驾驶位，扎克发动了引擎。他缓缓地倒出车子，向主干道开去。

当他们开下高速公路往大桥那边去时，他的手指在皮革包裹的方向盘上打着节奏。车载音箱里放的音乐莱克茜都没听过，但是它的节奏奇怪地让人上瘾。米娅在后座哼着歌，像往常一样跑调。

到莱克西住的活动房屋时，莱克茜下了车，米娅紧跟在她身后，她步履蹒跚，膝下一软跪倒在潮湿的草地上，哈哈大笑。"样（让）我们去我们的小山吧。"她边说边想摇晃着站起来。

扎克冲到他妹妹身旁，扶她站直。"嘿，米娅，"他温柔地说，"也许你该睡觉了。"

米娅醉醺醺地笑着："是的，该睡觉了。"

扎克看着莱克茜。"我等到她睡下了再走，可以吗？"

"你不必等。我知道你想回去找阿曼达。"

"你不知道我想要做什么。"

莱克茜心里一阵刺痛。她走向米娅，从扎克手里接过她。"我们进屋吧，米娅。"她带着她最好的朋友穿过潮湿的草地，进了屋。在客厅，米娅瘫倒在地板上，咯咯笑着，呻吟着。

"嘘！"莱克茜说。

"我就睡一会儿……"

莱克茜将米娅留在铺了地毯的地板上，又走出了屋子。她站在门廊里盯着扎克。然后她缓缓地向他走去。此时他也看着她，甚至可以说是紧紧注视着她，他的关切让她胃里有什么东西扑腾起来。"她……她没事。"她说。

"你们的小山是什么？"他问。

"米娅和我经常去那儿玩。没什么。"

"我可以去看一看吗？"

"可以。"

当他俩挤挤地穿过浓密的沙龙白珠树林和灌木丛时，莱克茜听见了他脚下踩碎细枝的声音。这条小径如此狭窄，只有熟悉这里的人才能找得到路。当又一次走到开阔处时，他们抵达了高高的断崖。那是一片粗犷之地，可以俯瞰一条繁华的高速公路、闪亮的赌场和黑色的海湾。"我经常来这儿。"她说。

"这里很酷。"扎克在软土地面上坐下来。

莱克茜不情愿地坐到他旁边。他们贴得如此之近，她感到他的腿抵着她的腿。

她等着他说点什么，但他没有。

沉默蔓延开来，气氛变得尴尬。"你们下周末要去考察大学了吧？挺不错的。"最后莱克茜开了口。这是她唯一能想到的话题了。

他耸耸肩："管它呢。"

"你听起来对这事兴致不高啊。"

"米娅说如果我们不能一起上南加州大学，她会死的。别误会我啊，我也想跟她一起上大学，我想像我爸那样当个医生，但是……"他望向赌场，叹了口气。

"但是什么？"

他转过头来，发现她正看着他。"如果我无法割舍它呢？"他说得如此轻声，远处高速公路的嘈杂声几乎淹没了他的话。

她认识扎克已经三年多了，远远地爱慕着他；她像个考古学家一样研究着他，从他的言辞之间挖掘出隐藏的含意。他从未对她说过这样的话。他听起来脆弱又困惑。

夜晚似乎安静下来，车流声渐渐消失。莱克茜唯一能听到的就是她的心跳和他俩的呼吸声。她记起过去那些时候，她等着妈妈回来，却只是一再失望，一再被抛弃。如果说有什么情感是她深有体会的，那就是不确定性。在她最疯狂的梦里她也没想到扎克会有同感。这让她觉得自己与他心有灵犀，和他心意相通。有那么一瞬，他不是米娅的哥哥；他是她开学第一天遇见的男孩，让她心跳加速的男孩。"我没想到你也会害怕。"

"哦，我也害怕一些事情的。"他微微向她那边靠了一些。

也许他只是想挪一下位置坐到硬土渣上，她不知道——她只知道害怕是什么滋味，还有他看着她的样子让她无法呼吸。她大脑一片空白，只是感觉自己不由自由向他靠过去，准备吻他。

她正要闭上眼睛时他猛地后缩了。"你要干什么？"

她差点吻了他这事带来的震撼让她吓了一大跳。他都不喜欢她啊，而且，更糟糕的是，他不是她可以追求的人。朱迪说得很明白，米娅也是。重要的是米娅，而不是对一个每周和不同女孩谈恋爱的男孩那种无用的且无来由的暗恋。

她惊恐万分，嘟哝着"对不起"，起身穿过荆棘和灌木丛向她的活动房屋之家跑去，在那里她才能感到相对安全。

"莱克茜，等等！"

她冲进家中，"砰"的一声关上了大门。米娅躺在她脚下，唱着《小人鱼》里的一首歌。

莱克茜跨过她最好的朋友，从窗帘缝隙间向外窥视。

扎克盯着紧闭的大门，在门外站了很久。最后他走回汽车，发动了引擎。

直到莱克茜刷过牙，换上睡衣，爬上床，和米娅一起躺下时，她才允许自己认真想了想她差点犯下的大错。

"你是个大白痴，莱克茜·贝尔。"她对着寂静的房间说。

"不，你不是。"米娅说，接着她就打起呼来。

*

第二天早晨，莱克茜站在卧室窗前，看着外面大雨瓢泼，感到一阵胃疼。她简直不敢相信昨晚她差点吻了扎克。

真是个大傻瓜。

现在她该怎么办？告诉米娅实情，请求她最好朋友的宽恕，为那一时脑热的愚蠢行为道歉？但是如果说出来毁了一切呢？扎克肯定不会说出来的。也许他会？他有那么讨厌自己吗？

"我感觉自己是坨废物。"

莱克茜听到床垫压在木质床板上吱嘎作响的声音。米娅扭动着想要坐起来，床垫发出"砰"的一声。莱克茜缓缓地转过身，感到一阵羞愧。

米娅将纠缠成一团的金发从眼前推开，眼神看起来有点迷糊失焦。她白皙的脸颊一侧有一道红色的划痕。莱克茜不知道米娅是怎么受伤的。毫无疑问米娅自己也不知道。

"我的天，"她说，"我昨晚糗大了。"

"确实。"莱克茜走回床边，爬上床跟她的好友躺在一起。

米娅靠着她。"谢谢你照顾我。我发誓我没喝那么多。"她的头"砰"的一声靠向墙壁。"天啊，希望我妈不知道这事。"

莱克茜忍不住了，真相从内向外腐蚀着她。她必须做米娅的好朋友。她必须。"说到昨天，我干了件傻——"

米娅突然坐起来。"泰勒邀请我去返校节①舞会。"

莱克茜停下来。"什么？"她和米娅通常都是一起去舞会之夜。去年没有一个人邀请她俩去任何一个舞会。她隐隐有些嫉妒，觉得这次舞会她只能枯坐一边，而米娅可以玩得开心。

"你可以跟我们一起去。真的。会很好玩的。我们可以跟阿曼达和扎克来个三重约会。"

"呃，不。说到扎克……"

"他怎么了？"米娅踢开被子下了床。她站在地板上，脚下有一些不稳，茫然四顾找她的裤子。

"它们在烘干机里。你昨晚吐在上面了。"

"真恶心。"米娅走出房间到走廊另一头。活动房屋因为她重重的脚步而有

① 返校节（homecoming），是美国大学和中学每年一度的盛大节日，一般在每年秋季开学后不久，校友回到母校，学校组织各种庆祝活动招待校友。老校友、新生及他们的父母、朋友都可以参与，其间会选出最受欢迎的男孩和女孩作为返校节"国王"和"皇后"。

些抖动。

莱克茜跟着米娅，站在走廊里等她的朋友套上牛仔裤。她刚想再提扎克的事，伊娃从房间里出来了。

"你好，伊娃，"米娅无疑是强挤出一个笑脸，"谢谢您昨晚让我过夜。"

伊娃说："随时欢迎。昨晚你们玩得开心吗？"

米娅又笑了笑，但是笑容有些惨淡，她的肤色有点发灰。"玩得很开心。派对很棒。"她一只胳膊搂住莱克茜。"没有莱克茜我真不知道怎么办。她永远是我**最好的朋友**。"

屋外，汽车喇叭声响起。

"肯定是我妈。"米娅说，"她昨晚给我发短信了。今天我们要去外婆家。我得走了。"

莱克茜跟着米娅走到大门边。她在脑海中几度不假思索说出秘密，然后她们对此一笑置之，但是实际上她什么都没说，只是盯着米娅金色的长发。

米娅在门口热烈地拥抱了她。"谢谢你，莱克茜。我说的是真心话。"她拉开距离，看起来有一点不确定。"我很抱歉，你懂的。我不该喝那么醉。你会跟我和小泰一起参加舞会的，对吗？"

"说得好像我不够差劲一样。"莱克茜说。

"别这么说。我们会玩得开心的。"

门外汽车喇叭又响了一次。

"她太有强迫症了。"米娅边说边打开了门。

白色的野马汽车停在门外，引擎响着，排出白雾。

扎克下了车站在那里，目光越过白色车顶盯着莱克茜。雨打在他脸上，让他闪着光。

米娅将连帽衫的帽子罩在头上，跑向车边，坐进去。

莱克茜非常肯定自己看到扎克轻轻摇了摇头，似乎在说：*这事从没发生……也不会发生*。然后他回到车里。

莱克茜看着车子开走，然后回到屋内，关上门。他不想她告诉米娅实情。他是这个意思吗？

伊娃坐在厨房桌子边，双手抱着杯子。"他的车昨晚吵醒我了，"她边说边抬起头，"所以我走到窗户边了。我还以为你昨晚不会回来了呢。"

莱克茜试着去想伊娃看到的那一幕：莱克茜几乎是将米娅拖上了楼；米娅瘫倒在地板上唱歌。"我以为我们会留在法拉戴家过夜。"

"我太清楚为什么你没在她家住了。"

莱克茜坐在伊娃对面。"对不起。"她感到太羞愧了，不敢去看她。伊娃姨婆现在恐怕要对她失望了，也许她甚至在想她是不是跟她母亲一个德行。

"你想谈谈?"

"我没喝酒，如果那就是你在揣测的问题。我看见过……我妈妈喝酒，所以我……"她耸耸肩。将那种情感转变成字斟句酌的话说出来，她做不到。"我什么都没喝。"

伊娃伸出手越过桌子握住莱克茜的手。"我可不是要对你行监坐守，亚莉克莎。你不知道我年轻时什么样，但是我记得清楚，我也知道这世界是怎么回事。女孩在那种情况下，很可能陷入真正的麻烦。她可能会做出错误的决定。我不想你受伤。"

"我知道。"

"我知道你懂。还有一件事：米娅和她哥哥跟你不一样。他们两个有你没有的选择，能得到你得不到的机会。你明白我的意思吗?"

莱克茜知道这一点，从她第一次走进法拉戴家的大宅时就知道了。米娅可以承受得起犯错。她不能。

"我会注意的。"

"好，"伊娃看着她，"还有那个男孩。我看到他追着你跑的样子。你也要小心。"

"他不喜欢我。这点你不必担心。"

伊娃仔细审视着她。莱克茜好奇她看出了什么。"反正你在他身边要小心点。"

04 | *chapter*
夜路

朱迪爱极了她十月的花园。这正是组织和规划未来的时候。她沉浸于种植球茎植物，想象着每一种选择将会如何改变明年春天的花园景象。现在她需要这种安宁。

过去的五天对她来说压力太大了，尽管她也说不上来究竟为何。她并不想让孩子们去派对，但他们还是去了，派对也太平无事地结束了。扎克准时回了家，她紧紧拥抱了他（闻着他的呼吸），送他上床。她没有发现他有喝酒的迹象。米娅在莱克茜家过了夜，第二天回的家。很明显，没有任何事情出错。那么，为什么她总觉得有些地方不对？也许迈尔斯是对的，她总是无中生有，鸡蛋里挑骨头。

她坐下来，休息了一会，拍拍手蹭掉沾在她手套上的尘土。微小的黑色颗粒雨点般落下，在她的大腿上形成一个花边图案。

她刚要伸手去拿身旁土堆上的钳子时，听见了汽车声。她将一只戴着手套的手挡在眼前，抬头一瞧，看见阳光在一辆崭新的梅赛德斯—奔驰汽车的引擎盖上闪着光。

"糟了。"她咕哝道。她忘了时间了。

这辆车开到她花园前端的矮石墙处停下。

就在她妈妈下车时，朱迪摘掉沾满尘土的手套站起身来。"你好，妈妈。"

卡洛琳·艾弗森绕过她的子弹头型汽车，带着一副冷冰冰的面孔走进充满生机的花园。她总是这么盛装打扮，无论冬夏。她穿着黑色羊绒裤，一件修身衬衫勾勒出她健康紧致的身体。她的脸棱角分明，一头白发向后梳去；这种一丝不苟的风格让她深绿色的眼睛臻于完美。即便已经七十岁了，她仍然是位美丽、成功的女人，对卡洛琳来说成功才是最重要的。"你同意参加花园巡展了吗？"

朱迪真希望自己没对她妈妈提过这个小小的梦想。"还没准备好呢。不过快了。"

"没准备好？它很漂亮啊。"

朱迪听出了她妈妈语调里的嘲弄，努力让这不伤害到自己的感情。卡洛琳认为爱好毫无意义。对她妈妈来说结果才是最重要的，只要朱迪不能在岛屿巡展中展示这个花园，她就会被视为是失败的。"进来吧，妈妈。午饭已经准备好了。"不等她回答，朱迪带她走向大门。在门廊里，她轻巧地脱去了她的洞洞鞋，将裤子上的尘土掸去，然后走进屋子。

阳光从房子二十英尺高的窗户里洒进来，让这层具有异域风情的木地板像铮亮的铜币一样发着光。大厅装饰着让人舒心的中性色，一个巨大的花岗岩壁炉占据其中。整个房间最出彩的地方就是它的景致了：高耸的玻璃嵌板框住了一片翠绿色的草地，一片钢青色的海湾，还有远处的奥林匹克山。

"我给你倒杯酒吧？"朱迪问。

她妈妈小心翼翼地放下她的小手提包，好像里面装了炸弹一样。

"当然。来杯霞多丽①吧，如果你家有的话。"

朱迪很高兴趁此借口离开房间。她穿过由一张长的鸟眼形枫木桌和十只椅子构成的餐厅，走进开放式厨房。她唯一看不到她妈妈的时候就是在她打开超零度冰箱的门时。

当她回到大厅时，她妈妈正站在沙发的一端，看着挂在壁炉上方的巨幅油画。它是一幅极美的、抽象的艺术作品——滑动的、弯弯扭扭的一道道琥珀色、红色和黑色，不知怎么的就传达出了一种轻快活跃的幸福感。这是她妈妈几十年前画的，朱迪仍然难以把这幅作品中辉煌的乐观主义精神和站在画前的这个女人联系起来。

"你该换一幅画了。现在画廊里有一些不错的作品。"她妈妈说。

"我喜欢这幅画。"朱迪直截了当地说。这是真心话。这幅画也是她爸爸最爱的一幅画——她记得她小时候，跟爸爸一起站在旁边看妈妈作画，她的小手被他宽大结实的手掌握得紧紧的。

看看她画画的样子，真像施魔法一般啊。他说。有很长一段时间朱迪真的信了，相信他们家有某种魔法。"我记得看过你画这幅画。"

"那简直是上辈子的事了。"她妈妈说着背过身去，"你干吗不去收拾一下呢？我会等你的。"

朱迪将那杯酒递给她的妈妈，然后离开了房间。她快速冲了个澡，换上了

---

① 白葡萄酒的一种。

一条舒服的牛仔裤和一件黑色的 V 领毛衣，回到大厅里。她妈妈正坐在沙发上，她的背挺得笔直，像蜂鸟一样啜饮着酒。

朱迪在她对面坐下。一张大大的石头咖啡桌隔开了她俩。"你要是饿了，我们就开饭，"朱迪说，"我做了一道沃尔多夫沙拉。"

话音刚落，她们就又陷入通常的那种沉默中去。朱迪不禁在想她们干吗要继续这种虚伪的会面。每个月她们见面吃一次饭——轮流去对方的地方，好像在哪吃饭对她们很重要一样。一顿由健康的食物和昂贵的酒构成的午饭，她们假装有话可说，假装保持一段母女关系。

"你看了《西雅图时报》上的那篇文章吗？关于画廊的那一篇？"她妈妈问。

"当然。你发给我了。你说过母亲这个身份对你来说有多重要。"

"确实重要。"

"尽管找了保姆。"

她妈妈叹了口气。"哦，朱迪斯·安妮①。不要又抱怨旧事。"

"对不起。你说得对。"朱迪说。她做了让步，并不是只有这么回答才能结束这场对话，这话也有几分真心在里面。朱迪四十六岁了，现在她也应该原谅她的妈妈了。不过话又说回来了，她的妈妈从来没请求过她原谅，从没想过有必要请求她原谅。她不想再当一个母亲了，就像午夜从一个廉价的汽车旅馆退房一样，快捷随意。朱迪七岁之时突遭丧父之痛，然而，父亲的葬礼过后，没有人想过要向她伸以援手，哪怕是她的亲生母亲。她妈妈葬礼第二天就回去上班。接下来的那些年，她从没停止过工作。她放弃了画画，成为了西雅图最有名的画廊主之一。她养育着年轻的艺术家，而她自己的女儿却要靠一个接一个的保姆来照顾。她们之间没有什么母女之情可言。直到大概五年前，卡洛琳打来电话，安排了午餐。现在，每月她们都要假装一次。朱迪甚至不知道为什么。

"孩子们怎么样？"她妈妈问。

"很好。"朱迪说，"扎克的分数很高，米娅成了一个有才华的女演员。爸爸要还在世的话，一定会以她为傲的。"

她妈妈叹了口气。对那个叹息声朱迪也不惊讶。她们之间是禁止提到父亲的。朱迪曾是爸爸的心肝宝贝——现在他去世多年，她俩谁都不想承认这点了，尽管朱迪仍然想念他和他的熊抱。"我想你说得对。"她妈妈紧绷绷地笑了

---

① "朱迪斯（Judith）"是"朱迪（Jude）"的大名。

一下说，"我想扎克想上哪所大学就能上哪所大学。我希望他继续他的计划，成为一名医生。如果他不能继续学业的话就太丢脸了。"

"我猜你是又提醒我当年从法学院退学的事情吧。那时我怀孕了，迈尔斯在医学院。我们别无选择。"

"你流产了。"她妈妈说，好像那才是重要之处。

"是啊。"朱迪轻声说着，陷入了回忆。那时她很年轻，正在跟迈尔斯恋爱；说实话，她人生里的绝大部分时候都害怕当妈，害怕在自己身上发现什么遗传自卡洛琳的异常基因。她跟迈尔斯意外怀上了孩子——太快了，那时他们都还没准备好——朱迪从怀孕一开始就发现她可以爱孩子爱到多深。正是"当妈妈"这个念头本身改变了她。

"你总是太爱你的孩子了。你太过关心，太想让他们快乐。"

她妈妈给的为人父母的建议。完美。朱迪勉强笑了一下。"爱你的孩子再多都不够。尽管我也不指望你理解这一点。"

她的妈妈身子一缩。"朱迪斯，你为什么对那个活动房屋停车场来的小女孩都能深信不疑，对我却百般怀疑？"

"莱克茜——现在你肯定知道她的名字了——过去三年来，就像这个家的成员之一。她从没让我失望。"

"我让你失望了？"

朱迪不回答。意义何在？相反，她站起身来。"开饭吧，怎么样？"

她妈妈也站起身："好。"

她们把剩下的会面时间——整整两个小时，从 12 点到两点，用于谈论不重要的东西。当这次会面结束时，她妈妈敷衍地吻了一下朱迪的脸颊，然后走向大门，在门口她停了一下。"再见，朱迪斯。今天的午餐很不错。谢谢你。"

"再见，妈妈。"

朱迪透过敞开的大门盯着她妈妈苗条的身影，她妈妈快速穿过花园，不屑去注意任何花草。尽管朱迪努力试图压制自己的感觉，但她仍然感到了伴随这种午餐会面而来的无形的压抑。她为什么不能停止渴望母亲的爱？梅赛德斯—奔驰汽车发动了，发出低沉的轰隆声，然后缓缓驶离了车道。

玄关处的桌子上，浮满玫瑰花的玻璃碗旁放着一部无绳电话。朱迪拿起电话，拨给了她最好的朋友。

"喂？"

"茉莉。谢天谢地！"朱迪靠在墙上说。突然她觉得筋疲力尽。"坏女巫刚才在这儿。"

"你妈妈？今天是周三吗？"

"还能有谁？"

"你想出来喝一杯吗？"

"我还以为你不会开口问呢。"

"二十分钟后见。码头边？"

"码头见。"

*

周五放学后，朱迪带着女孩们一起去买裙子。朱迪可笑地对整件事都很满意。虽然她知道只不过是个舞会罢了，不是什么惊天动地的大事，但这是米娅第一次真正意义上的约会，朱迪希望她女儿的一切体验都是完美的。为了达到这个目的，她要为两个女孩都安排美甲和修脚——当然包括莱克茜在内——晚上去商场购物。

她听见有谁推开了她的卧室门，便转过身来。迈尔斯站在门口。他靠着门框，穿着一条旧的李维斯牌牛仔裤和一件史密斯飞船牌 T 恤。在淡淡的秋日阳光里，他看起来强壮又英俊。白天冒出的一撮灰色的胡茬让他的脸看起来格外有型。"我今天下班早了点，你要出门了？"

她微笑着走向他，任由他抱住她。"法拉戴医生，为什么你没刮胡子，头发也开始发白了，但看起来还是那么帅？可如果我哪天忘了化妆，人们会把我误认为摩斯奶奶的。"

"他们只是在喊你身后的人。"

"很好笑啊。"

他摸了摸她的下巴，轻轻地爱抚着。"你很美，朱迪，你也知道的。这就是为什么事事都顺你意。"

对他们两个来说确实都是如此。迈尔斯从童年时就是人们的宠儿，他外表帅气，聪明，总是面带微笑，甚至不用尝试就能迷倒众生。他在医院的外号是"好莱坞医生"。

"带扎克出去吃晚餐。我会尽早回家的。也许晚上我们可以坐在海滩上喝喝酒。我们很久没那样了。"

迈尔斯将她拉过来，吻了她一下，那个吻意味深长。然后他拍了一下她的屁股。"你最好赶紧走吧，免得我记起我多爱下午做爱。"

"相对于早晨做爱和晚上做爱，你讨厌哪种？"她开玩笑地挣脱他的拥抱，上了楼。

她敲了敲扎克的卧室门，等着他说"进来"，然后推开门。他坐在那把昂贵的新游戏椅中，正用 Xbox 游戏机打游戏。她摸了摸他的头，抓了抓他的头发。他刚结束足球训练回来，头发还是湿湿的。随着她的触摸他抬起头来，像一朵太阳花朝向太阳。

"我们要去逛商场给米娅买条裙子参加舞会用。你想一起来吗?"

他笑了。"别忘了，我不参加那个舞会。阿曼达要跟她的家人去洛杉矶。"

朱迪在床上坐下。"我希望你去。这是高三了。米娅告诉我你十拿九稳会是返校节国王。"

扎克翻了个白眼："没什么大不了的。"

"你应该带个朋友去舞会。有一天当你回首时……"

"如果未来我还在乎这荏破事，杀了我吧，真的。"

朱迪忍不住笑了。"好吧，好吧。但至少和我们一起逛街吧。这对米娅来说很重要。"

"我想莱克茜会去吧。"

"是的。她去跟这事有什么关系?"

"米娅有朋友陪着。我可不想坐在换衣室外等我妹妹试衣服。想都别想。"

"好吧，但我坚持认为你应该去参加舞会。"

"真惊人啊，"他笑着说，"你凡事都死咬不放。还有，不要再给我买牛仔裤了。我是认真的，妈妈。你买的都不是我喜欢的款式。"

"好，好。"朱迪最后一次抓了抓他的头，转过身去。

她走出扎克的房间，在门厅里跟米娅碰头。她们一起走向车库。十五分钟后，她们在去商场的途中接上了莱克茜。

在第一家商店，米娅在货架间徘徊，看起来有点困惑和不知所措，然后她突然拽出一条裙子。"看这个，"那是一条浅橙色蕾丝袖百褶拖地长裙。她举着这条长裙问莱克茜，"你觉得怎么样?"莱克茜笑笑，但是有点心不在焉："很好看，你试试。"

"除非你也试一条。好不好嘛? 我不想一个人试衣服。你知道我不行的。"

莱克茜叹了口气。她走向货架，挑了一条蓝绿色的镶珠抹胸礼服裙，跟着米娅进了试衣间。

当她们出来时，朱迪惊呆了——她们俩看起来美极了。"这些衣服再完美不过了。"她说。

米娅转了个圈，看着自己的影子。"这正是我们要去返校节穿的裙子，你觉得呢，莱克斯特?"

"我不去舞会，"莱克茜说，"我没有舞伴。"

米娅停止了旋转："那我也不去了。"

莱克茜低声嘀咕了几句，然后回到试衣间。等她再出来时，她已经换回了自己的牛仔裤和 T 恤。

"我不试衣服了，"她说，"反正我一件也买不起。"

"来吧，莱克茜，"米娅请求道，"你是我最好的朋友。如果你不去舞会，那我也不去了。"

"她可以跟扎克一起去。"朱迪说。

米娅尖叫道："这个主意太棒了，妈妈。我们完全可以双重约会啊。"

莱克茜倒吸一口凉气。"我可不会强迫你哥哥带我去什么愚蠢的舞会。"说完，她扭头就走。

米娅的眼泪立即涌上来了。"我是不是伤害到她的感情了，妈妈？我不是故意的。"

朱迪看着莱克茜离开商店。"你没做错什么。"她轻柔地说，"我们只是……有些时候忘记了莱克茜并没有和你一样的机会。我们本该更照顾她的感受的。来吧。"她们走向收银处，朱迪买下了两条裙子。她让店员将莱克茜的那件打包起来。"去换回来吧，乖宝贝。我会安抚莱克茜的。"

朱迪提着购物袋走出这间小精品商店，进入繁忙的商场。她四处张望，看见一群又一群女孩，毫无疑问她们是用父母的信用卡在购物。难怪莱克茜心情不佳。跟认识的孩子们都不同，跟最好的朋友也不同，好友想要什么就能得到什么，这种感觉一定太难受。

朱迪看到莱克茜坐在书店外的长椅上。她身体前倾，长长的黑发盖在她沮丧的脸上。

朱迪走向她，坐下来。莱克茜往旁边挪了挪给她腾出空间来。

"我刚才太激动了，对不起。"莱克茜咕哝着说。

"我本该更顾及你的感受的。我知道这些裙子很贵。"

"不是这个。"

朱迪将她的黑发别到耳后，这样她能看到她的脸。"我本意不是想让你难堪。"

"没事，我不该小题大做。"

朱迪靠在长椅上。她真为莱克茜心疼。她知道这个女孩过去的生活有多么不容易，现在仍然时而陷入艰难。而绝大部分岛上的孩子——像她自己的孩子一样——正在全国四处寻找最完美的学校，莱克茜只能计划毕业后进入本地的大专。她在冰激凌店里打了那么久工，将每分钱都存下来。她希望渺茫的梦想就是华盛顿大学给她提供全额奖学金，但是这种情况极少。想到莱克茜要错过仪式般的高三返校节舞会，朱迪就感到心痛。"我听说扎克很有可能会成为返校节国王。"

"他会的。"

"凯耶·赫特肯定是王后。"

"也可能是玛利亚·德·拉·佩娜。"

"但扎克不会去的，因为阿曼达那天不在城里。"

莱克茜将脸转向朱迪。要不是朱迪已经很了解她，她会认为莱克茜看起来很害怕。"我不知道他的事。"

"我不想你们中的任何一个错过舞会。扎克跟阿曼达恋爱期间，是不会跟别人真正约会的，但你是他妹妹最好的朋友。阿曼达不会介意的。这样你们三个都可以在舞会上玩得开心了。你会永远记住这次舞会的。"

"我不觉得这是个好主意，"莱克茜轻轻地说，"要是发生了哈利那样的事怎么办呢？"

"哦，亲爱的。你绝不会对米娅做那样的事情的。这完全是两码事。"朱迪微笑着说。她知道莱克茜对她这番好意有多敏感，但是这样对每个人都好。

"要不然我们让扎克决定，怎么样？"

莱克茜盯了她很长时间，没说话。

"这不是个出于同情的约会，莱克茜。这是和朋友一起玩乐的夜晚。我也真心希望扎克被提名为返校节国王时在场。你觉得呢？"

莱克茜叹了口气："是的。"

朱迪递将购物袋递给她："我为你买了那条裙子。"

"我不能接受，"莱克茜说，"太贵重了。"

朱迪看见了莱克茜的感激，但这个姑娘蓝色的眼睛里，还有其他某种东西——一种黑暗的、迷蒙的羞耻感，这让朱迪觉得心碎。"你也是这个家的一分子，莱克茜。你知道的。就让我为你买这条裙子好吗？我知道你想去参加舞会。让扎克带你去。"

莱克茜低头看着地面。她耳后的头发又落下来，挡住了她的脸。"好吧，朱迪，"最后她轻柔地说，"如果扎克想带上我，我就和他去。但是……"

"但是什么？"

莱克茜摇摇头；她的头发因为这个动作闪着光。"如果他拒绝了，你也不要惊讶。"

05 | *chapter*

夜路

"好了。睁开眼睛吧。"朱迪将她的手放在莱克茜的肩膀上说。

莱克茜深吸一口气,然后睁开了眼睛。她的面前是一面被圆球形小灯泡包围的大镜子。有那么一瞬间她看见了一个陌生人——镜中女孩有着一头光滑的黑发,头发在脸颊两边披下来,一双弯弯的眉毛那么完美。精心描画的紫色眼线突出了她蓝色的眼睛,打造出一种精致的烟熏效果;腮红突显了她高高的颧骨。她几乎不敢微笑,担心这是个幻觉。

朱迪靠近她说:"你很美。"

莱克茜从椅子中滑下来,转过身来。"谢谢你。"她紧紧地抱住朱迪。

之后,在回家的轮渡上,朱迪坐在凯雷德汽车的驾驶座,她和米娅坐在后座上。莱克茜偷偷地从镜子里瞄着自己。她想去相信这身大换装多少能有点作用,扎克看到她时会觉得她很漂亮。但是她心里很清楚。

今晚不会顺利的。坦诚地说,她想不出来他为什么会同意带她去舞会——也许因为朱迪和米娅对他无情的施压,但有一点是真的:扎克不想让他的妹妹失望。

要是莱克茜没有试图去吻他就好了。如果那晚她没有那番举动,这些都不会成为问题。或者如果她对米娅说出了实情,也不会有问题。要是……要是。这是一个可以无限拉长的列表,她在脑中不断重读这个列表,直到开始觉得胃疼。

那次派对的事情——山顶的事情,已经过去一周了。莱克茜一次次想告诉米娅真相,但最终没有。她开不了口。现在,当她看到她最好的朋友时,莱克茜头一回觉得自己是个大骗子。每当看到扎克时,她都像田径明星一样飞速跑开。她很害怕她会毁了一切,害怕当她的秘密泄露时,她会失去米娅的友谊和朱迪的尊重。这一切对她来说都很重要。

"我本该拒绝的,"她和米娅顺着法拉戴大宅的楼梯上楼去换衣服时,莱克茜喃喃低语道，"这明摆着就是场灾难。"

"我不明白你的意思，"米娅边说边关上她们身后的门，"我真的不懂。"

莱克茜立即感到了负罪感。"对不起。舞会肯定会很有意思的。我已经迫不及待了。"她走向米娅满是衣服的衣橱，两条裙子都套在塑料衣罩里，挂在那儿。她们穿好衣服，在书桌边的椭圆形镜子里打量着自己。米娅黑白相间的匡威牌高帮运动鞋偶尔会从裙底露出来。

"我想我准备好了。"米娅转向莱克茜说。她绿色的眼睛里充满了担忧。"怎么样？他会觉得好看吗？"

"你看起来美极了。泰勒会——"

敲门声打断了她们。这声音停顿了一下，然后门开了。朱迪站在门口，拿着一台银色的相机。"泰勒已经到了。"

米娅紧张地看着莱克茜。"我看起来怎么样？"

"超美。有你做伴他很幸运。"

米娅伸出胳膊紧紧抱住了莱克茜。"谢天谢地你跟我一起去。没有你我都没有胆量走下楼梯。"

她们手拉着手离开卧室，走下宽阔的旋转楼梯。

扎克和泰勒站在客厅里一起聊天。他们都穿着蓝色西服。扎克的头发还是湿的——足球赛刚结束，他冲回家做好了准备。

他抬起头，看见了莱克茜。她下楼梯时看到他皱了皱眉。她的心跳得那么快，以至于有点头晕。

镇定。她想。

她试图吻他的那件蠢事，她应该立即说抱歉，然后一笑而过。也许她该说自己喝醉了，什么都不记得了。这样她就能推脱掉么？

当她走近他时，扎克上前一步，递给她一个透明的塑料盒，里面是一朵蓝边的白色康乃馨。"谢谢。"她喃喃地说。

"它有一个，有一个橡皮筋一样的东西在上面，可以戴在你的手腕上。"他说，"阿曼达说这种是最好的。"

"谢谢。"她又道了一次谢，不敢去看他。他提到了自己的女朋友，她理解了他的重点。

"好了，拍照时间。"朱迪说。迈尔斯走到她身边。"我们需要留你的指纹，泰勒。"他说。

"**爸爸！**"米娅尖叫道，脸红了。

莱克茜尴尬地走到扎克身旁。他一只胳膊搂住她的腰，但并没有将她拉近。他们就像老西部照片里的人物一样，姿态僵硬，面无笑容。

闪光。快门。

拍了很多张后，扎克终于说："够了，别拍了，两位朋友①。我们要走了。"

他们往门口走时，莱克茜跟扎克拉开了距离。她走到玄关处，之前她将一个棕色的购物袋留在门口的桌子上了。她把手伸进袋子，取出一个小小的绿色塑料盒子，里面装着一盆紫色的矮牵牛花。

"这个是给你的。"莱克茜对朱迪说。她感觉自己的脸红了。这真是一个微不足道的礼物——她在本地苗圃的半价货架上发现的。也许这个礼物送的全然不对，但这是她唯一可以买得起的东西。"我知道你其实并不需要什么东西，但是我看了看……你没有牵牛花，所以我想……不管怎么说，谢谢你给我买的这条裙子。"

朱迪微笑着说："谢谢你，莱克茜。"

"走啦，莱克斯特。"米娅在门口喊道。

莱克茜和朱迪一起走向门口，然后她跟着米娅走向了野马汽车。

"1 点钟宵禁！"朱迪站在门口喊道。

扎克似乎并没听她说什么。野马汽车停在大门口，他径直向汽车走过去。他打开莱克茜那侧的门，但不等她坐进去，他就绕过车子往驾驶室那侧去了。

当米娅和泰勒在后座坐定，莱克茜也在副驾驶的座位上坐好。他发动汽车，打开了音乐。

去学校的路上，米娅和泰勒一直都在窃窃私语。扎克的眼睛一直盯着路。他似乎对莱克茜很生气，或对她是他的舞伴这一事实生气。她也不能怪他。在学校停车场，他把车停在靠近台阶的地方，然后他们四人融入五彩缤纷的人潮，涌入体育馆。体育馆已经被改造成一个俗气版的新奥尔良，室人装饰着彩色纸带和假苔藓。他们走进来时狂欢节主题音乐一直在响，一位女监护员递过来一把颜色艳丽的串珠项链。

放的歌曲是《很好》，舞池里满是人。

他们先拍了照——每对单独拍，然后是两个女孩合影，再是米娅和扎克合影。

莱克茜看得出来扎克有多僵硬。高三班上的每一个女孩似乎都在看他们。难怪阿曼达要他一举一动都向她汇报，扎克也不打算做任何伤害他女朋友感情

---

① 这里扎克用的是西班牙语。

的事。他甚至看都不看莱克茜一眼。

最后，他拉起她的手，带她走进舞池。他们刚下舞池，音乐就换了，节奏慢了下来。他抱住她。

莱克茜盯着他的胸膛，试着跟他一起挪动，而不踩到他的脚。坦白说，她不知道怎么跳舞，她紧张到无法呼吸。最终，她抬头看了他一下，发现他正低头盯着自己。他的眼神琢磨不透。"我知道你不想带我来舞会，扎克。我很抱歉。"

"你什么都不知道。"

"我很抱歉。"她所能想到说的就这么多。

他抓住她的手，将她从人群里拉出来。她踉跄着跟在他身后，试着跟上他的脚步，一路对她推开的人抱歉地微笑，这样扎克把她拉出舞池看起来就不那么怪异了。

他继续往前走，经过盛着潘趣酒的大酒杯，经过那排由家长和教师组成的监护员，穿过大门到达足球场。那里，一切黑暗沉寂。头顶的星空里伴着一轮明月，照着球门柱闪闪发光。

扎克终于停下来了。"你那时为什么想要吻我？"

"我没有。我当时没把握好平衡。很傻……"她叹了口气抬起头，但立即就后悔了。

"要是我希望你这么做呢？"

"别跟我瞎闹，扎克。"她说。沙哑的声音暴露了她的内心。她知道他的名声如何。也许他总是说这样的话。他换了一任一任的女朋友就像她更换一管一管的润唇膏一样。"求你了。"

"我可以吻你吗，莱①？"

她在脑海里说了"不"，但是当扎克低头看着她时，她摇了摇头，发不出声音来。

"如果你要阻止我，"他边说边将她拉近，"就趁现在。"

然后他吻了她。她感觉自己正在坠落，飞翔，扭曲着变成其他什么人、什么东西。当他退回身子，他看起来和她一样，脸色苍白，身子发抖。她很高兴他吻了她，因为她哭了。

哭了。真是个白痴……

"我做错什么了吗？"

---

① "莱（Lex）"是扎克对莱克茜的昵称。

"没有。"

"那你哭什么?"

"我不知道。"

"扎克!"

莱克茜听见米娅的声音,她猛地从扎克身边抽开身,擦掉自己愚蠢的眼泪。

米娅跑到他们俩面前。"他们开始给返校节国王和王后加冕了,你们最好快进去。"

"我不在乎那些。我正在跟莱克茜说话——"

"走啦。"米娅说。

扎克又看了一眼莱克茜,皱起了眉。然后他走开了,往体育馆走去。

"你们俩在外面做什么?"米娅问。

莱克茜也开始往体育馆走。她不敢去看她最好的朋友。"他想告诉我一些今晚比赛的事情。"她强挤出一个笑容。"你了解我的。我一点都不懂足球。"她畏缩了一下。她对她最好的朋友又说了一个谎。她会变成什么样的人?

那是当晚她跟扎克最后一次单独共处。直到舞会结束,他将她送回活动房屋的门口,即便那时,米娅也在车中看着他们。

在家门口,莱克茜不知道该对他说什么。一切都失衡了;她像被捕食的动物,因害怕而僵硬,只剩下敏锐的感觉。那个吻颠覆了她的世界,但在他的世界里是否根本泛不起一个涟漪?

他低头注视着她,金发被月光染成了银色。她想要尖叫着说点什么,但只挤出一个颤抖的微笑。"谢谢你同情我,让我当你的舞伴,扎克。"

"别这么说。"他说。

"宵禁!"米娅从车里喊道,"如果我们回家晚了,妈妈会发火的。"

扎克俯下身,亲了亲莱克茜的脸颊。她竭力忍住才没回应,没有去抱住他,她呆呆站在那儿,感觉他的嘴唇像烙铁一般触碰在她的肌肤上。

兄妹俩走后,她又站了好一会。然后她才进屋,关掉了灯。

· * ·

周一莱克茜没去上学。发生了那样的事,她怎么去面对扎克或米娅呢?

然而,到了周一晚上(他没打来电话,当然,他不会打电话来的,为什么她觉得他要打电话给她呢?),伊娃着急要带她去看医生了——毫无疑问这是她们无力负担的事情。

因此，周二，莱克茜回去上学了。在公交车站，她缩在狭窄的车站顶棚下，看着大雨将世界变成蓝色和绿色的万花筒。

她只要镇定就行了。

她只要随意地对扎克笑笑，继续走就行了，假装那个吻不算什么。她不是十足的大傻瓜。那只不过是一个经常亲吻女孩的男孩的吻罢了。莱克茜不能让自己觉得这个吻别有深意。

在学校里，她轻易地避开了扎克——他们几乎没有共同的社交圈，但是她不可能避开米娅。她们的生活交织得太紧密了。放学铃声响后，米娅陪莱克茜一起往她打工的地方走。

去往市中心的路上，莱克茜面带微笑，听着米娅一遍又一遍讲她的舞会。但"大骗子"这个词一次次从她脑海中呼啸而过，每当她看着自己的好友，都觉得一阵胃疼。

"我们亲热了。我告诉过你这事吗？"米娅说。

"只讲了一百万遍而已啦。"莱克茜在埃莫冰激凌店门口停下，香甜的香草味包裹住她们。她想道声再见就进店去，但是她停住了。"是什么感觉呢？"

"一开始我觉得他的舌头有点滑有点恶心，但我很快习惯了。"

"你哭了吗？"

"哭？"米娅看起来很困惑，然后很紧张，"我应该哭吗？"

莱克茜耸耸肩："我哪里懂接吻！"

米娅冲莱克茜皱了下眉。"你这样很奇怪。是不是舞会上发生了什么？"

"能发生什、什么哦？"

"我不知道。也许是跟扎克的什么事？"

莱克茜讨厌自己；她想说出实话，但一想到会失去米娅的友情就吓坏了。真的，到底有什么意义呢？只不过是一个吻罢了，不是什么事情的开始。"没，当然没有了。我很好。一切都很好。"

"好吧。"米娅相信了她的话。这让莱克茜感觉更糟糕了。"再见。"

莱克茜走进冰激凌店。店里灯光通明，有个长长的玻璃铬合金的冰激凌柜台，还有一块放置着几张桌椅的小小堂食区。在较热的月份里，店里非常忙，但现在是十月中旬，没什么生意。

当她走进店里时，她的上司索尔特太太正站在收银台处。她进门时门铃响了声。

"你好，莱克茜，"索尔特太太高兴地说，"舞会怎么样？"

莱克茜挤出一个微笑。"很好。来，我给你带了几串项链。"

她把舞会上拿到的狂欢节串珠递给她。索尔特太太一看到闪亮的项链就高兴起来，像喜鹊一样抓着它们。

"谢谢你，莱克茜。你太贴心了。"索尔特太太立即将项链戴上了。

接下来的下午直到晚上，莱克茜都在等顾客上门。9 点钟，几乎完全没生意了。她开始清理柜台，准备关店。她刚拿着一瓶清洁剂和一块湿布从后面的房间出来时，扎克走进了店里。

他进门时门铃在他头上愉快地响着，她几乎听不见门铃声，只听见自己陡然加速的心跳声。

他从没单独来过这里。阿曼达总是跟他一起，缠在他身边，好像在恐怖电影看到的路易斯安那州的泥沼。莱克茜溜到柜台后，这样就有什么东西挡在他们之间了。

"嗨。"他打了声招呼，向她靠近。

"嗨。你……想买冰激凌？"

他紧紧盯着她："今晚在拉里维埃公园等我。"

她还没来得及回答，门铃又响了一声，门突然打开。阿曼达冲进店里，贴上扎克，将她触手般的胳膊环住他。"嘿，莱克茜。谢谢帮我盯住扎克。我是说舞会上。"

莱克茜想笑一下，却笑不出来。"你要来点冰激凌吗？"

"不用。冰激凌太增肥了。"阿曼达说，"走啊，扎克，我们走吧。"她向店门口走去。

扎克站着没动。10 **点钟**。他用嘴型说。**拜托了**。

莱克茜看着他跟着他的女朋友走出店铺，心咚咚直跳。

10 点。

她要是认为他是真的想要她跟他在海边碰头就太蠢了。他正在跟黏人的"人形便利贴"阿曼达约会。他们是学校里最受欢迎的一对。

而且，如果米娅发现了，这会伤害到她。舞会上的吻是一回事，甚至可以理解，也很寻常。但这个——和他偷偷溜出去——就是另一回事了。一个更大的谎言。

莱克茜不能这么做。不应该这么做。

她扫了一眼她的上司。**不要这么做，莱克茜**。"呃，索尔特太太？我在想我可不可以早走几分钟。也许 9 点 50？"

"我自己关店没问题，"她说，"有火热的约会？"

莱克茜真希望自己的笑声不像听起来的这么紧张。"你什么时候见着我有火热的约会啦?"

"你们学校的男孩子们肯定都瞎了眼,我只能这么说。"

在剩下的当班时间里,莱克茜拒绝去想她做出的决定。她专心于工作,做到最好。但当她离开店铺时,那种紧张感击败了她。

她这么做太蠢了,但她仍然继续走着。

寒冷的秋天夜晚,主街道上已经安静下来了。餐馆里的灯还亮着,但这个点也没什么顾客了。她经过了灯火通明的岛上中心杂货店,继续前进,经过了轮渡码头,经过了温德米尔不动产办公室和利尔·万斯幼儿园。不到五分钟,她出了市中心。这里,黑夜染透了天空,一轮明亮的蓝月照在尖尖的树顶上。这里房子不多,仅有的一些几乎都是西雅图市人的夏日避暑房,窗户都是黑灯瞎火的。

在拉里维埃海滩公园的门口,她停下了脚步。

他不会在的。

但是,她仍然沿着蜿蜒的柏油路走下去,来到了沙滩。月光照在巨大的漂流木上,它们胡乱地堆在粗糙的灰沙地上。

停车场里没有车。

当然不会有。

她向海滩走去。那堆巨大的漂流木——整棵整棵的树木被冲上海滩,纠缠在一起,倒在沙地上像巨大的牙签。一只灯火通明的渡轮"轧轧"地穿过海湾,看起来像黑暗海面上挂着的中国灯笼。它的后面,西雅图的天际线像一道彩灯的皇冠。

"你来了。"

她听见扎克的声音,转过身来。"我没看见你的车。"她能想到的就是这句话。

"它在另一个停车场的尽头。"

他拉起她的手,带她去了一个地方,他已经在那里的沙地上铺好了毯子。

"我猜你带过一些女孩来这里。"她紧张地说。她需要记住这点:对她来说特别的事情,对他来说再普通不过。

他先坐下来,又温柔地拉她在他旁边坐下来。她立即把手抽回去了。当他碰触她时她没法保持脑子清醒,但是她需要保持理智。这是她最好朋友的哥哥。

他说:"看着我,莱克茜。请看着我。"她无力抵抗。他将她的一缕卷发别到她耳后。这是她感受过的最温柔的触碰,让她很想哭。"我知道我们不该在一起。但是你想和我在一起吗？"

"我不该。"她轻轻地说。她闭上眼睛，不去看他。在黑暗中，她听见他的呼吸，感觉他的气息就在她的唇边，而她所能想到的只是自己曾经受过那么多伤害。莱克茜想起了她吸毒的妈妈，她妈妈总是说自己有多爱她。她会紧紧抱着莱克茜，让她无法呼吸，然后突然，一切结束了。她妈妈会生气起来，怒气冲冲地离去，忘了她还有个女儿。在她来派因岛之前，莱克茜所记得的唯一一段快乐时光，就是她妈妈被关进监狱的时候。那时她已经跟一个很友善的家庭一起生活了：莱克斯勒斯一家，他们努力让她觉得自己属于这个家。然后她妈妈又回来了。

通常莱克茜不会去想跟她妈妈一起生活的那些日子，妈妈吸毒成瘾，易怒又吝啬。莱克茜那时就学到了爱的真相。爱与恨是如此之近，爱又是如此可以将一个人掏空。

"米娅的友谊对我来说就是一切。"她终于敢直视他说。她意识到她的话伤害了他，最后她也明白过来：所有的敌意，那些移开的视线，都是假装。"因为米娅，你假装不喜欢我。"

"从一开始。"他叹了口气说，"我想要约你出去，但是你已经是她的朋友了。所以我远离了你……或者说我努力这么做了。尽管我也不是真的能做得到。然后那次，当你试图吻我时……"

莱克茜的心波澜起伏。她怎么会感到如此高兴，同时又如此悲伤？"我们不该再谈论这些了。我们应该忘了这些。我不能失去米娅或你的家人。我不能。我过去已经被伤得够多了，你知道吗？"

"你觉得我从没考虑过这些？"

"扎克，求你……"

"我再也无法克制对你的爱了，莱。我想你想了三年了。如果你没有回吻我的话……"

"我不该那么做。"

"但你已经做了。"

"我不得不。"她轻轻地说。对他撒谎不可能。她怎么可能做到呢？从见到他的第一眼起她就爱上了他。她开始微笑，又想到自己不整齐的牙齿，于是咬住了自己的嘴唇。

"我爱你的笑容。"他说着向她靠过来。她感觉他们之间的距离在缩短，她闻到了他呼吸中的薄荷味。

这个吻开始得很慢，很温柔。她感到他的舌头触碰她的舌头，她的心飘荡起来。当他抱住她时，她放弃了，投降了。这个吻一直持续着，越吻越深，直到最后她觉得自己无力招架。他们身后，海浪冲刷着海滩，浪涛声变成了一首歌。他们的歌。他们的声音。

欲望从她心底某处涌上来，散发出来，刺痛着她，也让她渴求。她开始不住地颤抖，他拉开身子，看着她："你还好吗?"

不。她想说，不，我不好，但当她看见自己映在他的双眸里时，她感觉自己被摧毁了。她是那么热切地想要他，这种渴望吓倒了她。在她的人生里，想要任何东西都是危险的，他的爱或许是最危险的。"我很好，"她撒谎了，"只是冷。"

他拥她入怀。"明晚我们再来这里好吗?"

从此他们会走上歧途，她应该现在就喊停，告诉他他们俩相爱不好，应该放手。现在就叫停，在她还能停止的时候。她应该告诉他不行，说她不会做任何危害她跟米娅友情的事，但当她看着他时，她无力拒绝。他抚平了她心中所有的疼痛。

危险，莱克茜。她想。拒绝啊。想想你最好的朋友，想想什么最重要。但是当他又一次吻她时，她轻语道："好的。"

06 | *chapter*
夜路

朱迪和她的丈夫一起坐在床上，心不在焉地听着深夜新闻。他们盖着一条套着定制丝绸被套的昂贵鸭绒被，像云朵一样环绕着他们。过去的这些天里——其实是自从舞会后——她的"妈妈雷达"就发出了强烈的信号。扎克有些不对劲，但她不知道到底哪里不对劲。没有比不了解孩子们的生活更让她烦心的了。"扎克跟阿曼达分手了。"她提起这事。

"呃，嗯。"迈尔斯说。

她看着他。为什么不管这个家里有什么戏剧性的事情发生，他看起来都毫不担忧？他指责她是个"直升机妈妈"，片刻不宁地轰鸣、飞行，在孩子们的头顶上盘旋。如果真的如此，那么他就是颗卫星，静止在远远的高空，需要一个高能望远镜才能知道自己家里发生了什么。也许是由于经过医学院的训练，他很好地学会了如何压制他的情绪。"你要说的是不是就这么多？"

"其实我本来要说的更少。这不算什么大事。"

"茉莉说，布赖森说扎克在足球训练后行动怪异。我不觉得他对待分手这件事像他看起来的那么好。你应该跟他谈谈。"

"我是个男人。他是个青春期男孩。谈话可不是我们最好的娱乐。"迈尔斯冲她笑了笑，"你去吧。"

"你什么意思？"

"你不是很想问他发生了什么吗？你控制不了自己。所以，去问吧。去倾听孩子就好，当他说阿曼达的事没什么大不了时相信他。他十七岁了。我十七岁那会——"

"你色鬼一样的过去可不让人觉得舒服。"她在他的脸颊上吻了一下，爬过他下了床。"我去去就来。"

"相信我，没事。"

朱迪笑了笑，离开了卧室。

二楼的灯还亮着。像往常一样，孩子们又忘记关灯了。两个孩子如此聪明，但关灯这件事好像需要让人难以置信的、复杂的手眼协调能力一样。她在米娅的卧室门外驻足，听着房内的动静。她敢肯定女儿正在煲电话，不是打给莱克茜就是泰勒。

朱迪走向扎克的卧室。在紧闭的房门外，她停下了脚步。她不会用一连串问题猛击他或用一大堆建议埋住他。这次她只聆听就好。

她敲了敲门，没有回应。于是她又敲了一次，表明身份，然后推门而入。

扎克坐在游戏椅里，操纵着黑色遥控器，好像他是个战斗机飞行员，在游戏屏幕上，他确实是。

"嘿，儿子，"她走上前走到他身边，"你在做什么？"

"试着打过这一关。"

她坐在他旁边的黑色粗毛毯子上。这房间曾经由一个专业人士装修，这些年来扎克自己又重新布置了。昂贵的巧克力色墙纸上贴满了电影海报。书架简直是他童年时代的考古展示：一堆动作玩偶、胡乱堆在一起的塑料恐龙、一叠电子游戏盒、折了角的内裤超人童书、五本《哈利·波特》小说。

她想说，我们能谈谈吗？但是对一个青春期男孩（或者说几乎任何男性），最好还是说，请问我能听你发泄一下不满吗？

"让我猜猜，"扎克说，"你觉得我是在吸毒？或者，在乱喷乱画？也许你担心我其实是个女孩，困在一具男性的身体里？"

她忍不住笑了。"你误解了。"

"你确实喜欢担心那些乱七八糟的屁事。我是说事情。"

"你想谈谈阿曼达吗？或者，你还好吗？我也经历过一些伤心的时候。凯斯·科克伦高中时几乎毁了我。"

他放下了遥控器，看着她："你怎么知道你爱爸爸？"

这个问题让朱迪很惊讶，但是她很高兴听到这个问题。通常她不得不刺探她的儿子才能有这样的谈话。但也许是他长大了，或者也许他真的被阿曼达所伤。

她有很多话可说，她也可以全盘托出。但这是扎克。她不想说得太多，毁了这个时刻。

"第一次见到他时，我就知道了。我知道这听起来很疯狂，但是真的。当他说他爱我时，我立即相信了他，在我爸爸去世之后我从没相信过其他人。直到迈尔斯……还有你们两个孩子，我以前一直担心我会像我妈妈。我想，你爸爸让我记起了爱是怎样一种感觉；他第一次亲吻我时，我哭了。那时我不知道为什么会哭，但是现在我知道了。那就是爱，它让我害怕极了。我明白自己再也不会像以前那样了。"她冲她儿子微笑，他第一次听进去了每一个字。"总有一天你会遇到对的女孩，扎克。我保证。等你长成一个男人、她也长成一个女人时。当你吻她时，你会知道你属于她。"

"她会哭？"

"如果你足够幸运，她会。"

*

接下来的两周里，莱克茜都死守秘密。当她跟扎克在一起时，她对他的爱压倒一切，那股爱的波浪让她晕头转向。之后，当她跟米娅在一起时，负罪感同样狠狠地捆掌着她。米娅知道扎克有点情况，但是她从没想到找莱克茜要个答案。

这就是最糟糕的地方，破碎的信任。莱克茜不止一次差点脱口说出真相，绝望地想获得她的赦免，但她没有这么做，没有对她最好的朋友敞开心扉。为什么不？因为爱。她无法拒绝扎克任何事，他似乎也不准备跟他妹妹透露他俩的事。莱克茜甚至不完全肯定是为什么，她只知道扎克害怕告诉米娅，连扎克都害怕，莱克茜就更怕了。

每晚，他到莱克茜打工的地方接上她，然后开车去"他们的"海滩。他们躺在蓝色的格子羊毛毯上，谈天说地。莱克茜跟他讲了自己的早年生活，跟她妈妈一起生活是什么样，被遗忘被抛弃是什么感觉；扎克倾听着，握着她的手，告诉她她是他所知最坚强的人。他跟她谈论了他想上医学院的梦想，他渴求成功，而这有时击垮了他的精神。

他们头顶的星空变成了他们的私人小宇宙。扎克指着那些星座，告诉她每一个星座的故事：神和怪兽的传说，爱情和悲剧。在寒冷的黑夜里他的声音变成她从未想到的母港；在他的臂弯里，她发现了安宁。她看到了他的另一面，她从未料想过的一面。他对事物的感知是如此之深，这有时让他害怕自己的情绪，担心自己会让父母失望。她惊讶于他也有不安全感，而这一点反而让她更爱他。

今晚，他们躺在一起，抬头看着无垠的宇宙。他抱着她，翻身上来，将她压在自己身下。她深深地吻着他，将她的整颗心都投入到这个吻当中，仿佛这样她就可以靠纯粹的爱的力量将他们的灵魂融化在一起。

他的手滑进她的衬衫里，攀上她赤裸的后背，她任由他抚摸。他的爱抚让她感觉很好。

他解开了她的内衣。她感到柔软的胸罩从胸上滑开，他正摸着她的双乳。

她向侧边扭动身体，从他身下挪出。她躺在那里，重重地喘息着，渴望着他的抚摸。

"莱，我做错什么了吗？"

她翻了个身面对着他。月光下，他是那么英俊，她难以说出她想要他。但是她见过太多次她妈妈把身体交付出去，最后对自己的身体变得轻率。她坐起来，低下头。这就是爱在人们身上所做的事情吗？让他们缠绵在一起，掏空一切，直到除了需求之外其他什么都不剩？如果是这样，她怎么从爱中生存下去？"你在对我做什么，扎克？"

"你什么意思？"

莱克茜让自己冷静下来。如果说她从妈妈那里学到了什么，那就是黑暗中没什么好事。"我不想当你的秘密，扎克。如果你觉我给你丢脸了——"

"丢脸？你就是这么想的？"

"你不想跟米娅……或对你的家人提及我们。"

他摇摇头。"啊，莱……我爱你。难道你不知道吗？"

"你真的爱我？"

他叹了口气，他的声音中有一些东西让她记起自己曾经吃过多少苦，她有多深信不会有人爱她。"你不知道作为双胞胎是什么滋味。我爱米娅，但是我希望你是我的。我妈就像跳进一个游泳池一样轻易跳进我的生活里。她会对此有意见的，相信我。"

"我也爱你，扎克。我都不敢相信我竟然那么爱你。但是我无法只是你的。米娅是我的好友。我们必须告诉她。你的父母对我来说也很重要。我需要他们喜欢我。"

"我知道。但是我不想伤害米娅。如果她觉得我偷走了你……"

"我可以同时属于你们俩。"莱克茜严肃地说，"我已经是这样了。"

他又一次吻了她，拉着她的手让她坐下来。在一种突然让人感觉不吉利的沉默中，他们收起毯子，面对面站在星空下。他们做出的这个沉重决定让人无法承受，莱克茜几乎想收回这个决定，说，让我们把秘密守得再久一些吧。如果她因此失去他呢？她没有自欺欺人。这是有可能的。如果扎克必须在莱克茜和他的家庭之间作出选择，结果是显而易见的。他一定会选择米娅，因为米娅就是他的一部分，就像他的绿眼睛是他的一部分一样。两个双胞胎之间的纽带更深。去年，扎克在足球场受伤了，米娅立即就知道了，她能感觉到她哥哥的疼痛。

"明天吧。"他说。

"要是——"

"别这么说。她会理解的。她也必须理解。"

*

第二天，莱克茜上着一节又一节的课，本该听老师枯燥地讲这个那个，脑中想的却是告诉米娅真相。她一遍又一遍地想象这场对话，像打磨一颗玛瑙一样字斟句酌每一句懊悔之辞。但是，当放学铃声响起，她仍然只有撒腿就跑的冲动。

要是米娅不原谅她呢？那么她会失去一切她在乎的东西。

如果一开始她就做了正确的事情，说了实话就好了。她，在所有人当中，是最清楚不过的。她成长于谎言之中，她知道说谎时那种苦涩的滋味。

放学后，她加入了走廊里的学生流。她的两边，柜子打开又关闭，学生们笑着，聊着，推挤着。米娅在她最后一节课的教室外等着她，她们一起走向旗杆。

扎克走到莱克茜身边，若无其事地伸出一只胳膊揽住她，但是他一碰她，她全身都像活过来了似的。她已经适应了他最微小的动作，他的呼吸，他耷拉在眼睛上的头发，他轻抚她上臂的手指。

她脱开身去。这本该是个很随意的动作，但是她动作幅度过大了，无意中碰到了米娅。

"嘿，"米娅笑着说，"你有什么新鲜事要说吗？"

莱克茜看着她的好友。"我需要跟你谈谈。"她不敢看扎克，但是她感觉到他在盯着她，眼神像抚摸一样热烈，"私下的。"

"我也是。"扎克说。

米娅耸了耸肩。她脸上没有一丝担忧的神色。为什么她不担忧？她信任他们两人，胜过世界上任何人。米娅带他们走到行政楼边的一块草地上，离她和莱克茜开学第一天相遇的那棵树不远。"好了，"米娅说，"什么事？"

莱克茜说不出话来。她突然觉得自己暴露了，一个大骗子。现在她要失去她最好的朋友了。也许还有她爱的男孩。

扎克伸出手，牵住莱克茜的手："我们想告诉你我们在一起了。"

"嗯，咄，我知道啊。"米娅回头向一排灌木望去，"你们看到小泰了吗？"

"我们在一起了。"扎克重复了一遍。

米娅慢慢地转过身，看着他们，皱起了眉。"一起？勾搭在一起的那种

'一起'？你们俩？"

莱克茜点点头。

米娅脸色变得苍白："什么时候开始的？"

"她在艾斯纳家的派对后差点吻了我。"扎克说。

"那就是两周前了，"米娅说，"莱克茜本该告诉我的。是不是，莱克茜？你什么事都会告诉我的。"

"除了这件事。"莱克茜承认了，"我没想到会发生那样的事。我在开学第一天就遇到了扎克——甚至在遇到你之前——我便想……不，这不是我想说的。我一直都喜欢他，这才是关键，但是我从没想到他也喜欢我。我指……他是扎克而我是……我。我之前没有告诉你，是因为我不想让你以为……我是那种通过你来接近他的女孩。像哈利那样的。事情不是那样的。"

"不是那样？"米娅说，她的嘴唇颤抖着，"为什么不是那样？"

"我爱她，米妹①，"扎克说，"我们也爱你。"

"爱、爱？所以这么长时间来，你们俩都在我背后偷偷摸摸？我一直问扎克出了什么事，他说没事。你也什么都没说。你们俩是不是一直都在嘲笑我？"米娅受挫地说。

"不，"扎克说，"好啦，你知道我们不是那样的人。"

"是吗？你们俩都是骗子。"米娅的眼睛里充满了泪水。她转身向校车那边跑去，在车门正要关闭前上了车。

莱克茜看见米娅坐在校车上，透过模糊的车窗玻璃盯着他们，苍白的脸上爬满泪水，她的手抵在玻璃上。

扎克抱住她。"没事的，莱。她会接受的。我保证。"

"如果她不能接受呢？"莱克茜低声说，"如果她永远不原谅我呢？"

*

接下来的几个小时里，莱克茜孤单地坐在她的卧室里，盯着一个没有米娅友谊的未来。

是的，她爱扎克。整个身心、整个灵魂都爱着他，但是她对米娅的爱也不少一分。这是一种不同的情感，更圆润，更柔软，更舒服，也许也更坚实，更可靠。她所知道的就是自己无法拿这两种感情彼此交换。就像让一个人在呼吸

---

① 根据后文（第十二章）可知，"米妹（Me—my）"是扎克幼时对米娅的昵称，他们俩自己造出来的词。

的空气和喝的水之间作出选择。她需要两者才能生存。

她不该对自己的朋友保密。她应该从一开始就做正确的事情——如果她做了，现在这一切都不会发生。这是她从童年时就该懂的道理：总是从一开始就做正确的事情。相反，她做了错误的事情，伤害了她最好朋友的感情。

她知道她必须做什么。她走出小而整洁的卧室，沿着狭窄的走廊走到客厅，她发现伊娃正坐在客厅的沙发上看电视。

"我可以去米娅家吗？"莱克茜问。

"这个点？上学日的晚上？"

"有重要事情。"莱克茜说。她不知道要是姨婆不同意，她该怎么办。

伊娃看着她："是关于你那个男孩的事？"

莱克茜点点头。

"你能处理好吗？"

莱克茜又点点头，感到一阵羞愧，原来伊娃早就知道一切。"我必须告诉米娅实话。"

"实话总是好事。"伊娃放下了遥控器。她笑了一下，她忧心忡忡的脸上褶皱因此更深了。"你是个好姑娘，莱克茜。"

莱克茜讨厌这句话给她带来的感受。她最近不是个好姑娘。她艰难地咽了口气，微笑了一下，短促地、几乎是绝望地笑了一下，然后离开了家。

不一会儿，郡县巴士将她带到了夜路。通往法拉戴大宅剩下的几百码路，她步行过去。在这个黑暗的秋天夜晚，他们家灯火通明。她穿过精心设计的前院，走到大门。她犹豫了一会儿，然后按响了门铃。

好几分钟过去，最终扎克开了门。"莱，"他看起来很崩溃，"她不肯跟我说话。"

"你爸妈在家？"

他摇摇头。"她在楼上。"

莱克茜点点头，经过他身边，上了楼。在米娅的房门口，她没有敲门就推门而入。米娅站在大大的椭圆形镜子前。即使灯光朦胧，莱克茜也能看到米娅被他们伤害得多深。"米娅，"莱克茜边说边走向前。她感到扎克也跟了上来。

"我信任过你。"米娅颤抖着嘴唇说。

莱克茜宁可她生气、尖叫，任何反应都比安静地心碎要好。"米娅，你是我这么久以来最好的朋友。我爱你，像爱亲姐妹一样。如果我伤害到了你，我很抱歉。"

"你确实伤害了我。你们两个都是。"

"我知道。但我希望你明白你对我来说有多重要。没有人比你更重要。你必须相信这一点。如果你想要我跟他分手，我就——"

"别这么说。"扎克边说边向她走来。

莱克茜忽视了他。她的眼睛紧紧盯着米娅。"我会跟他分手，我会。但是我无法停止爱他。我也不知道是怎么了。我很早之前就应该告诉你这些。"

米娅擦了擦眼睛。"你们彼此看对方的样子有点奇怪。我以为我是……因为哈利太过敏感了。"她重重地叹了口气，"我知道我对泰勒是什么感觉。如果是像那样的话……"

"是的。"莱克茜认真地说。

"你答应我你不会因为我甩掉他？"米娅说。

这是个非常容易做出的承诺。莱克茜松开扎克的手，向米娅走去。"我保证。我再也不会对你撒谎了。我发誓。"

"还有，如果他伤了你的心，"米娅坚定地说，"你仍然会是我最好的朋友吗？因为那时你会需要我的。"

"我永远都需要你。"莱克茜说。"如果我不能来这里了，我会死的，说真的。不管扎克和我之间发生了什么，你和我永远都是最好的朋友。"她朝米娅又迈近了一步，"告诉我你能接受这点，米娅。求你了。"

米娅吸着鼻子。莱克茜想让她的好友微笑一下，但那恐怕就是得寸进尺了。"我很害怕。"米娅说。

"我知道，"莱克茜说，"而且这听起来挺疯狂的，但你可以相信我。"

"我们。"扎克补充道。

"我希望你们俩幸福，"米娅最后说，"如果我不这么想的话，那我成什么人了啊？我爱你们两个。"

"我们也爱你。"莱克茜说。这是真的，她完全、彻底地爱着米娅。她最好的朋友是个勇敢的人，就像这一切证明的那样。米娅受了伤害——她信任的两个人对她说了谎——但是她仍然站在这里，试着微笑，关心着他俩的幸福。

"高三都会是我们仨了，"扎克明显松了一口气，"这该有多酷啊！"

"我现在还不能高兴得太早，"米娅看着她的哥哥说，"明天我们要去告诉妈妈。"

"她不在乎的，是不是？"莱克茜皱起眉头问。"我的意思是，她喜欢我。"

米娅终于笑了："你在开玩笑么？我们的妈妈在乎每一件事。"

*

第二天晚上 6 点，高三历程会议在高中图书馆举行。岛上大部分家长都出席了。

"我们都知道派因岛是多么特殊，"坐在主桌上的罗伊·艾弗里警官发言道，"我的小儿子是两年前毕业的。我认识很多这届高三学生，也看着这个班级从少年棒球联合会发展到大学校队。我看着你们用汽车座、头盔和气囊保护孩子们的成长。你们中的一些人也许认为，他们面临的最大危险就是被大学拒之门外，但还有一个新的威胁——你们中的一些人过于清楚，而另一些人毫不知情。

"派对。你们中的一些人认为这个岛保护着孩子们的安全，免受大城市的危险。但是这里也有危险。它就在每座空空的房子里，在空无一人的沙滩上，在啤酒瓶和朗姆酒瓶中。几乎每年这个时候开始，高三的孩子们都会变得急躁易怒、难以管教。所以，盯紧你们的孩子。不要让他们用计谋打败你。让他们知道派对有多么危险。"

当人群开始提问时，朱迪看着那些熟悉的面孔。

她和其中许多女人合伙开过车，这些年来，她们一起观看孩子们的足球赛，在看台上坐到浑身冰凉；为舞会布置体育馆；做班级的妈妈。她们在一个安全的社区合力养育孩子。现在她们有了新的敌人：喝酒。她毫不怀疑妈妈巡逻队会再一次合力，监视潜在的麻烦。

当艾弗里警官回到座位上时，朱迪站了起来。"谢谢艾弗里警官这个重要的提醒。谢谢安·莫福特介绍了大学申请流程。我相信，随着截止日期临近，我们会带着更多的问题去向你们请教。现在，作为家长团体的带头人，我想谈谈一个有趣的活动：毕业晚会。正如你们绝大多数人所知，派因岛致力于杜绝孩子们酒后驾车。为了达到这个目的，我们计划为高三学生打造一个充满乐趣的夜晚。他们在庆典结束后就立即离开，坐巴士回家，第二天早晨 6 点前到达。今年的庆典会很棒……"

接下来的几分钟里，朱迪阐述了她和她的委员会想出来的计划。因为这是派因岛，每个人都有自己的想法，她又花了十分钟回答问题，然后给每位行为监护人志愿者发了一张报名表。之后，她找到她最好的朋友茉莉，和她一起随着家长的人潮走出体育馆。像往常一样，茉莉穿着一身款式新潮的衣服——低腰牛仔裤、一件修身的男式白 T 恤、戴着手工锻打的铜片和绿松石做成的项链。她的头发剪短了，今年染成了白金色，衬托出她黑色的眼睛和笑口常开的样子。她和朱迪十多年前就成了朋友。茉莉的儿子，布赖森，跟她的儿女同岁，因此茉莉和朱迪发现她们俩都忙于一个又一个活动——班级活动、参观考察、查克芝士餐厅的生日派对。她们从此成了朋友。如果没有茉莉和她们周四晚上的玛格丽特酒，朱迪不觉得自己可以挺过辛苦的中学时光。

她们一起走进寒冷的夜晚。朱迪刚想开口对茉莉说点什么时，她听到有人说：

"这个派对听起来不错。"

朱迪转过身，发现朱莉·威廉姆斯在她旁边。"你好，朱莉。"

"我希望扎克好点了。"朱莉边说边扣上她的外套。

朱迪把手伸进手提包里，在一团东西中翻找着她的车钥匙。"什么意思？"

"马什说他扭伤了脚踝。他这周的训练都没怎么来。"

朱迪停下了脚步转过身来。"扎克没去足球训练？因为脚踝受伤？"

"哦，我的天啊。"茉莉轻声说。

"一整周。"朱莉说。

"我想他好多了，"朱迪波澜不惊地说，"其实我觉得他没大碍了。告诉教练他明天会去训练的。"

"马什会很高兴他归队的。"朱莉说，"我也报名参加监督那个大派对。如果你还需要我做什么，尽管说。"

朱迪心烦意乱地点了点头。其实，她都没在听她说话。她紧紧攥着车钥匙，果断穿过人群，尽量不与周围的人有眼神接触。在车边，茉莉停在她身边说："我想，他并没有扭伤脚踝。"

"这个说谎的小畜生，"朱迪说，"他这周每晚都是按训练完的时间回家的，准时。他的头发也是湿的。"

"那他去做什么了呢？"茉莉问。

"我也想知道。"她挤出一个微笑，"明天一起吃午饭？"

"当然，我想知道独家新闻。"

朱迪点点头，坐进车里。回家的路上，她一直自言自语，练习怎么找扎克谈话。

一到家，她就给扎克的手机打电话，但是他没接，于是她留了一条短信，然后开始踱步。她应该让孩子们今晚回家来吃饭。

晚上这个时间，窗外的景色都看不见。黑色的水面上是黑色的天空。对岸时不时有一些明亮的灯光。在门廊灯的橙色灯光里，朱迪看到玻璃上映出自己万圣节的模样。

她脚轻敲着地板，看着自己的影子，正在这时，两个孩子像银行抢劫犯一样穿过大门，相互推挤着，声音一个高过一个。

"扎卡里^①，我需要跟你谈谈。"朱迪说。

他们赶紧停下脚步，抬头看着她，两人动作完全一致。

"嗯?"扎克说，突显了他对英语这门语言的掌握。

朱迪指指大厅里的组合沙发："现在。"

扎克慢慢挪动着，他的身体像糖浆一样倒在又软又厚的沙发上。"什么事?"他已经眯起了眼睛，双臂抱在胸前，一缕金发遮住了一只绿色的眼睛。

米娅在他身旁"扑通"坐下。

"没你的事，米娅。"朱迪对她的女儿说，声音里不容一丝违抗。

"妈妈，就让——"

"走开。"朱迪又一次说。

米娅夸张地叹了口气，站起身气呼呼地离开了房间。朱迪怀疑她没走远，她女儿很可能正从壁炉那里偷听他们谈话。

朱迪坐在扎克对面的椅子上。"你有什么要对我说的吗，扎卡里?"

"什么意思?"他问，回避眼神接触。"我们去披萨工厂吃了晚饭。你今晚有那个会。你让我们自己在外面吃饭的。现在也还不晚。"

"这事跟你今晚吃了什么无关。你有一些事要告诉我，我们两个都心知肚明。"朱迪犀利地说。

"你指足球?"扎克说，听起来痛苦又戒备，"教练给你打电话了?"

"在这个巴掌点大的岛上，你认为我就是这么发现状况的? 真的吗，扎克? 如果威廉姆斯教练给我打了电话，他会跟我说什么?"

"我五天没去训练了。"

"我听说你受伤了。真可笑，我看你走路一点儿也不跛嘛。"

他垮下来的肩膀回答了她的问题。

"你对我撒了谎。"

"严格意义上说，我没有撒——"

"不要狡辩，扎克。这帮不了你。你为什么不去训练?"

米娅回到房间，坐在她哥哥身边。她握住了他的手。"告诉她。"她小声说。"你今晚回家时我们就打算告诉你的，妈妈。告诉你实话。"

朱迪交叉起胳膊，靠在椅子上等着。让米娅走开没有意义。朱迪本就不该管她在不在场。"好啊，请讲啊，扎克。让我开开窍。"

"我跟莱克茜在一起了。"

———————

① "扎卡里（Zachary）"是扎克的大名。

"你什么意思?"朱迪问。

"我爱上她了。"他说。

爱。莱克茜。

在她设想过的所有借口里,这个理由根本不在范围之内。扎克爱上了他妹妹最好的朋友。

朱迪看着米娅,她没笑,看起来也不生气。

"米娅?"

"很酷啊,妈妈。"她说。

朱迪不太确定该如何回答。面前就是她镜像一般的儿女,他俩如此相像,甚至连呼吸都是一起,两人坐着时身体都微微前倾,不知怎么的都面露些许担忧和轻蔑,等着听她对此事的反应。他们对她隐瞒了这件事,这让她有点心痛。"多久了?"

"几周。"扎克说。

听到这话米娅缩了一下身子,朱迪知道她一定被这件事伤害到了,至少有一点点。

朱迪呼出一口气。这真是毁灭性的。如果……扎克跟莱克茜分手,会怎样?如果莱克茜不再过来了呢?米娅会心碎的。

她小心斟酌着措辞。"显而易见,扎克,我不是要管你跟谁约会,不跟谁约会。但莱克茜对我们大家来说都很重要。你要记住,在你跟她交往之前,她是米娅最好的朋友;如果你们分手了,她仍然将是米娅最好的朋友。我们家不留秘密。你知道的。好吗?"

"好的。"他爽朗地笑着。像往常一样,他期待自己可以随心所欲。

"还有关于足球训练。从现在起,你的每一次训练都必须准时,接下来一周都不许开车。我不喜欢你对我撒谎。"

扎克的笑容消失了:"这太不爽了。"

"就像谎言一样。"朱迪说。

车前灯透过客厅窗户照进来,一瞬间照亮了扎克和米娅。

大门开了,迈尔斯走进屋子,他的肩膀上搭着一件夹克衫,胳膊下夹着一本小说。他走到壁炉边,看着他们三人沉默地站在那里。他知道出了麻烦,于是皱起眉问:"怎么了?"

"没什么。"扎克说。他看了看米娅,挠了挠头。然后他们跑上楼消失不见了。

"刚才都是怎么回事?"迈尔斯边发问边将他的运动衫扔到沙发上。他走到房间角落那张优雅的、装有镜子的吧台边。

　　一会儿工夫他递给朱迪一杯白葡萄酒。

　　"扎克恋爱了。"朱迪说，内心感激有这杯酒。

　　"又恋爱了？"迈尔斯说，"真快。"

　　"是跟莱克茜。"

　　迈尔斯想了一会。"哦，好吧。"

　　"不，不好。他逃掉了足球训练。"

　　迈尔斯在她身边坐下来。"我想你已经跟他推心置腹地谈过话了。他明天就会回到正轨的。"

　　"但是他为什么要脱轨？扎克从高一起每月都跟新的女孩约会。就我所知，他从未为了跟什么女孩在一起逃过任何事。莱克茜一定很特别。实际上，他用了'爱'这个词。"

　　"嗯。"

　　她咬着嘴唇，很担心。"迈尔斯，我知道问题所在。莱克茜是那种家庭出来的。而且，嫉妒心也会很残忍的——记得他们过去为胡克船长玩偶打架的事吗？"

　　"胡克船长玩偶。你是在开玩笑吧？"

　　她看着他。"这是很微妙的局面。很多事都可能出错。"

　　他笑了，带着一点宠爱。"这就是我爱你的地方，朱迪。"

　　"什么？"

　　"任何事你都能看到阴暗面。"他逗趣道。

　　"但是——"

　　"他们才开始约会。能不能推迟一点空袭啊？"

　　她被这句话逗笑了。她知道他是对的——她反应过度了。但是这段新恋情，可能导致很多事出错。有人可能会伤心。但是，现在她也无能为力。她走向她的丈夫，抱住他，抬头说："你真是一点忙也帮不上。"

07 | *chapter*
夜路

第二天早上，朱迪醒来，惊喜地发现这是一个凉爽又明媚的日子。迈尔斯冲澡换衣准备上班，她站在卧室窗前，喝着咖啡，试着想象该如何改进花园的边界。线条还不够卷曲，她确实对一些光照也不甚满意。九月份她没注意到这点真是太糟糕了。现在是秋天了，雨季，园艺活非常需要通气管和覆膜。

迈尔斯走到她身后，拿过她的咖啡杯喝了一口，然后递还给她。"让我猜猜：你不喜欢你上周种的玫瑰，杜鹃花可能更好。"

她靠在他身上："你在取笑我。"

"怎么会。你今天打算做什么？"

"跟我妈吃午饭。"

他俯身亲了亲她的脸颊。"别让她欺负你。"

"是啊，对。我只要忍受过去就行了。"她对他微笑，走进浴室冲澡。之后，她跟迈尔斯吻别，开始了她的一天。她把孩子们叫过来吃早饭，之后收拾干净厨房，拥抱、亲吻两个孩子，送他们上学。

他们走后一小时，她出门了。她顺路将迈尔斯的衣物送去干洗，从她雇用的大学顾问那里取回一些文书，做了美甲，归还了租的电影，去了趟杂货店，为感恩节预订了一只新鲜的放养有机土鸡。

办完了这些杂事，她匆匆赶往轮渡码头，直接开上轮渡。过海只需不到四十分钟。在西雅图市中心，她在离画廊几个街区之外的地方找到一个停车处，12：06 时停好了车。她只迟到了几分钟。

在外面的人行道上，她挺直腰板，绷直脊柱，抬起下巴，像一个即将面对大敌的职业拳击手。她穿着灰褐色的羊毛裤和奶油色的羊绒高翻领毛衣，她知道自己看起来不错……但是对她母亲挑剔的眼光来说是不是够好呢？

想到这里她叹了口气。真荒谬，她何必要担心她妈妈的看法呢。天知道卡洛琳根本不在乎朱迪的想法。她将挎在肩膀上的手提包又调整了下，然后走向画廊。在正门口的外墙上，一个谨慎的标志欢迎她光临 JACE 画廊。

她进入画廊。这是一个由砖墙构成的巨大空间，散布着一些竖框的大窗户。一幅幅出色的画作挂在那里，每幅都配有精确的阐释。像往常一样，作品里都有种悲伤的气息，不禁让朱迪皱起了眉。它们都是绿色、棕色和灰色调的。

"朱迪斯，"她妈妈走过来。她穿着修长的黑色裤子和玫瑰色的丝绸衬衫。一条漂亮的石头项链衬托着她绿色的眼睛，"我几分钟前就在等你了。"

"太好了。"

"当然。"她妈妈的微笑好像上了年纪的骨头一样脆弱。"我想今天我们可以在室外吃饭。今天天气太好了，真是意想不到。"不等她回答，她带着朱迪穿过画廊，登上俯瞰阿拉斯加路的屋顶露台。从露台望去，艾略特湾和派因岛在秋天淡淡的阳光里闪耀着。修剪过的大常青树生长在巨大的赤土陶盆里。一张桌子装饰着银和水晶。像往常一样，一切都很完美。**好极了**，她妈妈会这么说。

朱迪坐下来，将椅子挪近。

她妈妈倒了两杯酒，然后坐到朱迪对面。"那么，"她拎起一只银盖子，端上尼斯风格的沙拉，"最近这些日子你都在做什么？"

"两个孩子上高三，把我忙坏了。"

"当然。等他们上大学了，你打算干什么？"

这个问题让人心绪不宁。"我看到一个园艺大师班，觉得有点意思。"她说，听到——也很讨厌——自己声音里微弱的语调。最近，她的确开始考虑未来的生活了。等她的孩子都上大学以后，她该做什么呢？

她妈妈看着她。"你有没有考虑过管理画廊？"

"什么？"

"画廊。我老了。绝大部分朋友老早都退休了。你挑人的眼光不错。"

"但是……这间画廊是你的毕生心血啊。"

"是吗？"她妈妈啜了一口酒，"我想是吧。它为什么不能也是你的心血呢？"

朱迪想了想。她目睹她妈妈放弃了生活里的其他一切，在这间画廊里工作了很多年。她甚至放弃了画画。除了她选择的艺术家和他们的作品，其他事情对她来说都不重要。它是一个空白的存在。然后才是真正的问题：她妈妈绝不会退出，想到她们要一起工作真是太恐怖了。过去的三十多年她们连一次坦诚的对话都没有。"我不这么想。"

她妈妈放下了酒杯："我可以问问为什么不行吗？"

"我无法想象我们一起工作，也无法想象你真的退休，妈妈。你会做什么？"

她妈妈掉转目光，看着海湾里一只小船靠近码头。"我不知道。"

这么多年来第一次，朱迪对她妈妈产生了一点亲密感。

她们俩都面临着生活里的挑战，面对着年纪衰老的自然后果。她们之间的区别就是朱迪身边有她爱的人。从这个意义上说，她妈妈是个警世故事。"你不会退休不干的。"她说。

"你说得对，当然。好了，吃饭吧。我只有四十分钟了。真的，朱迪斯，我们的午餐约会，你应该准时来的……"

她们用剩下的四十分钟进行着痛苦又折磨人的小聊天，谁都没有真的在听对方说话。每句评论后都是长长的沉默，在那种寂静中，朱迪经常想起她孤单的童年。这么多年来，她都等着这个女人说出一句善言来。当午餐终于结束，朱迪道了别，离开了画廊。

出了画廊，她站在街道上，意外地感觉心烦意乱。她妈妈用一句"**你打算干什么？**"说中了她的心思，更让朱迪恼怒的是，她竟然在意这件事。她沿着繁华的街道走向她的车。就在快要走到时，她瞥见一个橱窗，停下了步伐。

那里有一个玻璃展示柜，里面陈列着一枚漂亮的金戒指。

她走进店里，凑近细看。它太惊人了：锐利和精致、现代和永恒完美结合。它的形状微微有一些不对称，在顶边有一块三角形的平面。艺术家肯定以某种方法将加热后的金属包裹在一种形状上，然后微微扭转它，刚好给宽宽的戒环留下一个有趣的小尾巴。空空的戒托也微微有些偏离中心。

朱迪抬起头。一位年长一些的女店员看到她后走过来。她戴着高雅的头巾，穿过店铺走来时几乎没有发出声音，她优雅地走到柜台后，问："有你满意的吗？"

朱迪指着那个戒指。

"啊，非常精致。"店员打开玻璃柜，取出这枚戒指。"这是巴孜拉。一种只有一枚。"她将戒指递给朱迪，朱迪将它戴在自己的食指上。

"我想将它作为一份美丽的毕业礼物送给我女儿。你建议上面镶什么样的宝石？"

店员皱着眉头想了一会。"你知道的，我没有孩子，但是如果我给自己的女儿买一枚这样的戒指，我想我会希望她一起参与这个过程。也许你们可以一起挑选宝石。"

朱迪觉得这个主意不错。"多少钱?"

"六百五十美元。"店员回答道。

"哎哟。"

"也许你可以看看其他便宜——"

"不,这就是我想要的戒指。你可以再给我推荐一些手表吗?给我儿子买的……"

朱迪又在店里花了半小时,决定刻什么字,然后买好东西离开了。

她开车到海边,赶上了3点的轮渡。4点前,她回到了派因岛上,转上了夜路。

回到家,她发现米娅坐在餐厅桌子前,开着笔记本电脑,正在看什么东西。

"我在《我们的镇子》上表演过火了,"米娅悲伤地说,"为什么没人告诉我?南加州大学会讨厌这一点的。"

朱迪走向米娅,站在她旁边。"回到《街车》那一幕,你站在阳台上那段。那段会给他们留下深刻印象。"

米娅拿出来一张 CD 光盘,放入另一张。

"今天在学校过得怎么样?"

米娅耸耸肩。"荣德尔太太突然来了个当堂测试。真差劲。他们宣布了冬季戏剧。《罗密欧与朱丽叶》,设置在越南战争时期。我可以演主角,这很棒。扎克训练完要送莱克茜回家,但他会回来吃晚饭。"

朱迪抚了抚米娅的背。"你对扎克和莱克茜在一起有什么看法?"

"我打赌之前你没问我这个问题,憋坏了。"

朱迪笑了:"是有点。"

米娅抬起头:"这事很可怕……但也有点酷,我觉得。"

朱迪想起没认识莱克茜之前的米娅。那时她的女儿像一个吓坏的、脆弱的乌龟,将头深深缩在壳里。米娅的朋友只有小说中的人物。莱克茜改变了这一点。"不管他们之间发生什么,你和莱克茜必须相互坦诚。你需要有朋友。"

"你的意思是说,在扎克跟她分手后?"

"我刚是说……"

"我也想过,相信我。但是……我认为他真的很喜欢她。他一直在谈论她。"

朱迪又多待了一分钟,琢磨着如何将她正在思考的另一件事说出来。最终,她决定直说。"还有一件事……"

"什么？你又想问我我和泰勒做了那事没有？我们没有。"米娅大笑。

"我还记得我第一次恋爱的时候。凯斯·科克伦。高三时。就像你一样。直到凯斯吻了我，我才知道原来坠入爱河就像乘着瀑布进入大海的暖水区。"她耸了耸肩，"没人跟我说那个。你外婆是个漂亮但保守的女人。她唯一对我说过的有关爱情的话就是它会让一个女人误入歧途。因此我是自学的，而且，像大家一样，我犯了一些错。现在，世界比以前更危险了。我不希望你跟泰勒上床——你太小了——但是……"她走到炉灶边第二个抽屉那儿，打开它，拿出一个棕色的小袋子，将它递给米娅。"这些给你，以防万一。"

米娅向袋子里窥视了一下，看到"避孕套"这个词印在颜色鲜亮的盒子上。她倒吸了一口凉气，一只手捂住袋子。"妈—妈—。太恶心了。我们什么也没做。"

"我不是说你就要用到它们。其实我也希望你用不到，但是你了解我。并且我能看出来你认为自己确实很爱他。"

"我不需要这些，"米娅含糊地说，"但是谢谢了。"

朱迪低头看着她的女儿。她捏着她的下巴，让她抬头看着自己。"性会改变一切，米娅。当你准备好了的时候——年龄再大点的时候，它是有益于一段关系的，但当你还没准备好时，它可能就像汽油弹。在你没准备好时小孩也是。我只是想让你知道。"

*

到了十一月中旬，每个高三的孩子都背负着巨大压力。高中走廊上满是谈论着大学的孩子。他们的家庭将整个周末花在路上，参观学校、和入学顾问聊天，设法找到最适合的学校。

莱克茜的想法和压力没那么复杂。她没有什么可以无限取钱的银行账户，因此她的选择仅限于州立学校。而且可悲的是，自从恋爱以来，她的成绩下降了。虽然没有下降很多，只是 0.1%，但是在申请大学入学这种竞争激烈的世界里，那也是相当大的退步了。最近，当她在法拉戴家或跟扎克、米娅和泰勒出去时，她感觉自己像一个外国访客，无法真正理解他们的对话。他们谈论着南加州大学、洛约拉大学、纽约大学，好像它们是你随便一指就能买到的鞋子一样。

莱克茜很难理解那种自信。

她低头盯着面前的资料，一栏栏数字奚落着她。不管她多么努力，钱还是不够。不够大学四年的费用。如果她不能获得政府的全额奖学金，便没有成功的可能。

走廊那头，门开了。

莱克茜抬起头，看到伊娃走过来。"你看了很长时间了。"

"大学很贵。"莱克茜叹了口气说。

"我希望……"

"什么？"

"我怎么会到了这个年龄还没有存下钱？我恨自己不能给你更多帮助。"

莱克茜对这个改变了她生活、给了她容身之所的女人涌起一阵爱意。"别这么说，伊娃。你已经给了我一切重要的东西。"

伊娃俯身看着她。她看起来很担心；她嘴边的皱纹凹陷成了深沟。"我今天跟芭芭拉谈过了。"

"你妹妹怎么样？仍然在为第三世界国家编织一大堆篮子？"

伊娃在莱克茜对面坐下。"她希望我搬到佛罗里达州跟她一起生活——当然，是在你毕业后。我本来想都没想过这事，但是……我的膝盖受不了这样的天气。我们在想也许你也可以一起过来。那边有个美容学校。那是个好选择。人们总需要理发。"

莱克茜想报以微笑，却有心无力。生活里不再有伊娃——这个想法太吓人了，但是佛罗里达州太远了。她要是生活在佛罗里达州，还怎么见米娅和扎克？她真的需要在她爱的人当中作出选择吗？这就是成长的一部分吗？

"我想你在顾虑你的小伙子。你们要一起上大学喽？"

"不。我们会在假期见面。我会在西雅图，他会回家看望父母。"

"那么你的问题都已经解决了。"

"都解决了。"

"你小心点，莱克茜，"伊娃姨婆平静地说，"我知道当男孩们准备好去上大学时会发生什么。那就是女孩们做出糟糕的决定的时候。你不要成为那些女孩之一。"

"我不会的。"

伊娃缓缓地站起来。莱克茜注意到天气变冷后，姨婆的行动是多么缓慢。她拍了拍莱克茜的肩膀，走向大门的挂钩处，蓝色的沃尔玛超市工作服挂在那里，等着她。她套上工作服，然后穿上外套。"我去上班了，"她说，"我们有一大堆感恩节商品要摆放。"她转过身："我会买只火鸡回来。我们可以就着配料吃晚饭。你觉得怎么样？"

"太好了。"

伊娃打开门，走进阴暗的雨中。

片刻不到，传来了一阵敲门声。姨婆一定是忘记了什么东西，把自己关在门外了。

莱克茜走过去开了门。

扎克捧着一束红玫瑰站在最上面一级的台阶上。"我都以为她不准备走了。"

"扎克！你在这做什么？"

他一把将她拥入怀里，吻着她，直到她像溺水的姑娘一样依偎着他。"我必须见到你。"他最后说，他的呼吸像她一样乱。然后他抱起她走过走廊。整个屋子都在晃动，她不知在什么地方弄掉了花。

他将她放在她狭窄的单人床上，翻身压在她的身体上，吻着她。当他紧紧抵着她时，她隔着自己的牛仔裤感觉到他的坚挺。

他的舌头逗弄着她的舌头，这种感觉将她推向一些东西，一种渴望——一种需求——那是一种全新的东西，让人害怕，强而有力。她来不及去想，将他拉向她，这样她就能感受到他有多想要她。

他咒骂了一句，挣脱出来，从她身上滑下来。看着她困惑地皱起眉头，他试图微笑，但眼神阴郁。她从他的眼里看见了自己的欲望。区别就是他并不害怕。"我们最好还是不要做。"他颤抖地说。

"我知道。"她边说边将毛衣穿起来。她的眼睛感到刺痛，也不知道究竟是为什么，但是她感到羞愧。她翻身躺到另一侧，离开他的身体。他弓起身子贴着她，让他的身体包裹着她的身子。

"你为什么这么怕我，莱克茜？我不是指性。我指我。你为什么那么肯定我会伤害你？"

"因为我爱你，扎克。"

"但我也爱你啊。"

她叹了口气。扎克的爱情观是由他的家庭勾画出来的；她的则有一些阴暗。她知道被一个声称爱你的人抛弃是什么滋味。"抱着我就好，扎克。"她说，在他的怀抱里又缩得深了一些。

他们躺在床上，她盯着地板。一朵玫瑰落在灰色的地毯上。它被踩踏过，鲜艳的红色花朵破败了，撕裂了。

*

随着圣诞节假期而来的是第一批大学的截止日期。到十二月二十三日课程结束时，莱克茜寄出了大部分申请，等待开始了。她常在半夜醒来，心脏"怦怦"跳，被拒绝的噩梦仍然停留在她的记忆里。扎克和米娅也有很大压力，但是他们的情况还不算太糟。即便他们上不了心仪的南加州大学，等着他们的也不会有坏结果。他们的问题不是是否能去成四年制的大学，而是他们想选哪一所大学。唯一一个似乎对申请过程感到筋疲力尽的人就是朱迪，她没有一次谈话不提到大学参考信息。

今晚，莱克茜在冰激凌店工作到很晚。学校放假让生意好起来。许多家庭来到市中心逛圣诞节商店，树木被闪亮的白色灯管勾勒出形状，他们穿行树下，从一个店逛到另一个店。

她正给一夸脱的无花果羊奶奶酪冰激凌记账时，电话响了。感谢站在收银台前那位衣装考究的女顾客宽容，莱克茜接了电话。"埃莫冰激凌店。我是亚莉克莎。请问有什么可以帮您的吗？"

"莱，我是米娅。"

"你不该打电话到店里来。"

"奥托曼一家周末不在家。"

"所以？"

"金姆要举行派对。我们9点来接你，好吗？"

"莱克茜，"索尔特太太坚定地说，"这是工作电话。"

"好的。"莱克茜说。

米娅说："一会见。"挂掉了电话。

莱克茜回去工作了。从那会儿开始，分针似乎像病痛的膝盖那样，缓慢地向前挪着，但最终冰激凌店还是到打烊时间了，莱克茜在寒冷的店外等着。她的周围，圣诞彩灯挂在屋檐下，缠绕在商店前的盆栽树上。路灯柱上挂着鲜艳的旗帜，在晚风中飘扬，巨大而明亮的星星灯悬在主街道上方。

一辆红色的 SUV 停在她前面。米娅打开车门探出身："嘿！"

莱克茜绕到车后门，坐进后座，扎克在那里等着她。

"你好，莱克茜。"泰勒从驾驶座向她打招呼。

"你好。"莱克茜缩进扎克的怀里说。

"我真想你。"他说。

"我也是。"

他们俩昨晚还在一起，在法拉戴家的大多媒体娱乐室里跟米娅一起学习（只要米娅离开房间，他俩就亲热起来），但是感觉如隔三秋。

"我给你姨婆打过电话了，"米娅说，"她说你今晚可以住在我家。"

莱克茜靠着扎克，将她的手放在他的大腿上。

她必须要触摸着他。

当他们到达时，奥托曼家门口已经有十五辆车了。他们四人沿着碎石私家车道走到门前。在他们进屋前，派对的喧闹声听起来温和且遥远。进门后，音乐声大到震得耳朵疼。厨房里全是孩子，还有一些懒散地躺在客厅亲热；透过玻璃滑门，他们看见十来个人围着火堆站在外面。

泰勒将米娅拉进怀里，让她踮起脚转了个圈。米娅大笑着贴在他身上，然后他们疯狂地接吻。

扎克牵着莱克茜的手，带她走到火堆旁，一队足球队员正在那里拼酒。

"扎克……扎克……扎克……"

他们走过来时，那群人反复喊着他的名字。

布赖森上前一步，举着一瓶康胜轻啤。"来点啤酒，兄弟？"

"泰勒是指定司机。"扎克说，"该死，好嘞。"他接过啤酒，将一支笔卡在瓶盖边撬开盖子，一口气喝完。他擦着嘴，对他身边的那群人咧嘴而笑。

"你也来一瓶吧，莱克茜？"布赖森问。

"不了，谢谢。"

"喝吧，莱克茜。"扎克摩挲着她的胳膊说。

她无法拒绝他。"好吧。我也喝一瓶吧，但是别给我灌酒。我自己慢慢喝。"

扎克笑了，又叫了一瓶啤酒。

接下来的两小时，派对火热进行着；人群越来越吵，越来越轻率，越来越醉。空气里时不时地传来大麻味。有人总是在笑，然后，突然，音乐变了。

《小人鱼》里的电影配乐响起。整个屋子里的男孩们——包括扎克，都抱怨起来。莱克茜笑了笑："我喜欢女孩儿办的派对。"

米娅不知道从什么地方冒了出来。她穿着一条昂贵的粉色厚绒布宽松运动裤和一件厚厚的白色帽衫，看衣冠不整，且喝醉了，脚下有点不稳。"这是我的歌。"她抓着莱克茜的手说，拉着她走到外面的露台，一群孩子在露台上跳舞。

她紧紧抓着莱克茜，试图跟着节奏扭动，离得这么近，莱克茜能看到米娅有多醉，有多悲伤。"米娅？发生了什么事？"

"泰勒迷恋上了阿莱娜·史密斯。"

"你也许只是误解了某些蛛丝马迹啦。你喝醉了。"

"我只是灌了几瓶啤酒。我没有反应过度。"她靠向前，低语道，"因为她做过了。所有的男孩都知道。"

"如果他爱你——"

"是啊，是啊，"米娅说，"关键是，我爱他。那么我还等什么?"

莱克茜还没来得及回答，泰勒出现了，他将米娅带离了这个临时的舞池。莱克茜看到米娅因泰勒回到自己身边而露出可怜巴巴又快活的神情。这让她感到难过，因为她知道深爱一个人有多危险，也因为她知道自己就是用这种眼神看扎克的。

"我妹妹甩掉你啦，嗯?"扎克走到她身后，抱住她说，"我绝不会那样对你。"

她转过头来，吻了他。她尝到了啤酒味和别的什么味道，一种辛辣的、金属感的味道。他的神情有一点朦胧，好像无法对焦一样。

他又一次深深地吻了她。然后，他拉着她的手，带她穿过派对，下到海滩边。还没躺下来他已经开始吻她了。他的手伸进她的衬衫里往上滑，解开她的内衣。她知道她应该阻止他，但是这感觉太好了，当他摸着她的双乳时，她感觉她在漂浮着，飞翔着……她发出了自己从未听过的声音。远远在他们身后，音乐换了曲子，也许继续着，也许甚至已经停了；除了她自己沉重的呼吸、他不断叫着她的名字并对她低语他爱她，她听不到其他任何声音。

她使了极大的力气才推开他。"别，扎克……"

他从她身上翻下来，躺在地上。她感到失去他的抚摸像一种肉体上的痛苦，她立即后悔自己喊了停。"对不起，扎克。只是……"

"你们在这儿。"米娅一边说一边撞撞跌跌地向他们走来。月光下，莱克茜看见米娅此时眼睛水汪汪的，好像马上就要哭出来一样。她脚下不稳，衬衫扣错了扣子，衬衫挂在她瘦瘦骨架上的样子让她显得格外反常。她"扑通"一声在莱克茜身边坐下。

莱克茜试着在不被任何人注意到的情况下重新帮她扣上内衣。

扎克坐起来，盘着腿，看着黑色的海湾。在长长的沉默后，他平静地说:"米娅? 我不想离开莱克茜。"

"我们不需要现在就走。"米娅靠着莱克茜说，她看看手表，"还不到1点。"

"八月。"扎克说。他望向她希望得到她的支持，但是她毫无表示。她悬在两人之间一个危险的位置，两个人她都爱。"我们就不能都上华盛顿大学吗?"

"我未必上得了华盛顿大学，"莱克茜对他说，"太贵了。我也许不得不从西雅图中央社区学院开始。"

"我们也能这样，"扎克说，"这可以让爸爸妈妈省不少钱。"

米娅看着她哥哥："现在你不想跟我一起去上南加州大学了？"

"我不想离开莱克茜。"他平静地说。

米娅望向远方，注视着大海。"哦。"她就说了这一个字，但是在这个字里，莱克茜听出了无穷无尽的失望。

他们都知道米娅需要扎克和她上同一所大学。

泰勒蹒跚地走到他们身边，瘫倒在沙地上。"嘿，米娅，"他醉醺醺地说，伸手想去抓她，"我想你。"

"妈的，"扎克说，"他喝醉了。"

泰勒笑起来。"哦，耶，哇。我不能开车了，这是肯定的。"

莱克茜站起来看看派对。孩子们懒散地躺得到处都是。少数几个还站着的也是步履蹒跚。"我们该怎么办？"她开始恐慌起来了，"不能让你妈妈知道我们喝酒了……"

"妈的。"扎克又骂道，一只手捋过头发。

"妈妈说我们可以任何时间给她打电话，"米娅边说边试着扶泰勒站稳，"她说过，不问问题，不追责。"

扎克看着莱克茜。

"我们没有其他选择了。"她说。**这真糟糕。**

他又骂了一遍，拨通电话。"嘿，妈妈，"他挺直了身体，试图让声音听起来清醒，但是失败了，"是。我知道。对不起。但是……我们需要你来接我们……对……泰勒……我知道……谢谢了。"他挂了电话看着他们。"她听起来很生气。"

"已经1点钟了。"莱克茜说。要是她没喝啤酒就好了。那样她就能开车载他们回家，他们都将免于即将到来的风暴。

他们回到房子里，孩子们仍然围在火边。草地上到处是亲热或昏睡的人。

他们站在在私家车道上泰勒的 SUV 车旁。接他们的车似乎永远不会来，终于，一对车灯从路上照过来，转向他们，变得更加明亮。

黑色的大凯雷德汽车停下来了。朱迪从驾驶座下来，走向他们。她的睡衣外裹着一件厚重的羊毛绒长袍。她没化妆，看起来苍白且疲惫，非常生气。她眯着眼睛一一打量他们。莱克茜毫无疑问明白她已经看穿一切：米娅水汪汪的眼睛，扣错的衬衫，扎克不稳的站姿，泰勒垂着的眼睛。

莱克茜不敢和她有眼神接触，她太难堪了。

"上车，"朱迪叹了口气说，"扣上你们的安全带。"

　　回去的一路，大家陷入彻底的沉默。当他们都进屋到玄关处时，朱迪说："让泰勒去多媒体娱乐室，他可以睡在沙发上。现在我要回去睡觉了。"说完，她转过身向走廊那头走去。她在卧室门口停了一下，转过来。"打电话叫我来接，干得好啊。"她疲惫地说，然后走进房间关上了门。

　　米娅立即咯咯笑了起来。扎克嘘声让她安静，然后他们上了二楼。泰勒几次摔倒，骂骂咧咧。等他们把他弄到沙发上去时，他已经睡着了。

　　在米娅的卧室门口，扎克吻着莱克茜直到她无法清楚思考，然后离开了她。

　　她和米娅爬上宽大的床。月光从窗户洒进来，照亮她们。

　　"今晚你妈妈看起来很生气。"莱克茜说。

　　"别担心。我们做了正确的事情。她也不会希望我们自己开车回来的。"

　　莱克茜躺在柔软的枕头上，看着黑漆漆的高高的天花板。"关于扎克说的……关于学校的事情……"她不知道怎么继续说下去。这个梦想因为太尖锐，难以处理。

　　"其实……"米娅叹了口气，"我想去南加州大学。我真的梦想能上那所大学。你知道吗？但是我害怕没有扎克，自己一个人去。我希望我能坚强一点……但是我不坚强，我需要他陪着我。"

　　"我知道。"

　　米娅翻身躺到她的那侧，看着莱克茜。"我有一个秘密。关于泰勒和我。"她停顿了一下，"我们做了。"

　　莱克茜翻过身来和她面对面。"那事？你们做了那事？"

　　米娅的脸离莱克茜那么近，她能闻到她呼吸里的酒气和沐浴液的花香。她绿色的眼睛闪闪发亮。"他说他爱我。我现在知道他是真的爱我了。"

　　"细节！"莱克茜叫道，努力将自己的声音压低为窃窃私语。她听米娅讲述事情经过时，忍不住想到扎克，想到自己多么爱他，现在她真希望自己当时没有推开他。

　　"我猜你正式算是我们班上最后一个处女了。"米娅最后说。

　　莱克茜闭上眼睛，感觉奇怪地漂浮着，好像她错过了一艘每个人都登上的船。扎克说过他理解她的不情愿，要是他只是随便说说呢？要是有一天他……爱上了别人呢？

　　米娅已经在她身边打起呼来了。

　　莱克茜想溜出房间去扎克那儿。她之前从没那么做过——她向朱迪和米娅都保证过不会那么做——通常情况下，这也是个很容易遵守的承诺。但是今晚，他不在身边，让她强烈感到空荡荡的。他们在一起的时间太少了。现在已经是十二月末了。不管他们说过什么——他们肆意梦想的是什么——他们都无法一起上大学。从九月开始，他们就只能在假期才能见到对方了。如果那样的话。

她闭上眼睛想着扎克，记起他们在海滩的时光……

"莱克茜。莱克茜。"

她突然惊醒过来。

扎克正俯身凝视着她，他的金发垂向前。"跟我来。"

她拉住他的手。就这么简单。他将一根手指压在嘴唇上，嘘了一声，他们踮起脚尖穿过走廊进入他的房间。

她本可以拒绝他，像之前很多次那样抽身，但是突然间所有让她退缩的理由都显得很愚蠢。不管他想要什么，那也都是她想要的。她不能忍受可能会失去他的念头。她想在自己力所能及的范围内成为他的一切，这样他就可以继续爱她。

她跟着他爬上他的大床。难以置信，他床上的床单是那么柔软，鹅绒枕头是那么轻盈。月光从敞开的窗户洒进来，照在白棉被上。

"这个给你。"他递给她一个粉色纸包裹的小盒子。

"圣诞节没两天就要到了。我没带给你的礼物。"

"我们可能没有其他机会单独待在一起了。"他说。

她打开盒子时手都在颤抖。盒子里的蓝丝绒垫上，嵌着一枚细细的银环，上面有一颗小小的蓝宝石。

"这是一个誓盟戒指，"他严肃地说，"店里的女店员说，应该给你所爱的姑娘送这样东西。它意味着未来我想和你结婚。"

莱克茜低头看着戒指，感觉热泪盈眶。他真*的*爱她。像她爱他那么深。当她抬起头时，她从童年时代就贮藏起来的所有爱都闪烁在她的眼睛里。她将这些爱都给了他，她自己的一切都给了她。"你有避孕套吗？"

"你确定这是你想要的吗？"他说，"因为如果你不——"

"我确定，"她一边低语一边脱掉他的衬衫，"爱我，扎克。那就是我想要的。"

08 | *chapter*
夜路

从童年时起，朱迪对圣诞的记忆就很少。她记得的只有这些：在马格诺利亚断崖上的大宅里安静的早晨，一棵由专人装饰的假树，壁炉架上挂着的一只由设计师特制的袜子。早餐是现成的。当然，有拆礼物的环节——一件短暂且沉默的事情：卡洛琳坐在昂贵的镀金椅子上，她的脚紧张地拍打着硬木地板，朱迪盘着腿坐在地上。一些严肃的"谢谢你"来回传递着，然后整个折磨就结束了。当最后一份礼物被打开时，她妈妈真是迫不及待地逃出房间。

她爸爸还在世时，她记得自己有次写了封信给圣诞老人……但是那种奇思妙想随着爸爸的去世也死亡了。

朱迪在自己家里过圣诞的方式稍微有些不同。自从她惊讶于当妈这件事所具有的强大力量之后，她变成了一个节日迷。她装饰了家里的每个角落，直到整个房子看起来像一个摊开的商品名目册。但是她真正期盼的是圣诞节的早晨，家人聚到一起拆礼物，他们的脸颊因为刚睡醒还有些痕印。在这些清晨时光中，她睡眼蒙眬中咧嘴笑着的孩子们围在她身边，她可以看到自己努力的成果。她的一双儿女会满怀喜爱地回想起这些时光。

现在，盒子啊包装纸啊饰片啊都放到了一边，他们在桌上吃着传统的节日大餐——佛罗伦萨鸡蛋、新鲜水果和自制肉桂卷。

昨晚，在节日的欢呼声中，西北部下雪了，窗外的景色是一幅白蓝交织的壮丽画卷。

朱迪一直都很喜欢下雪天，当节日下雪时，真是双重奖励。今天，在早午餐后，全家将要去米勒路的池塘上溜冰。她想，这是个好时机，可以跟孩子们严肃地聊一聊那晚派对的事情。真是要像超人那么努力才能忍住不去责骂他们，但是她努力做到了。尽管如此，还有一些谈话工作要做，她需要重申高三的一些基本原则。

她深思着如何进行这次谈话，她要对他们说什么，以至于她几乎没听到扎克刚刚对她说了什么。

她转向她的儿子，他正忙着给一根肉桂卷上涂抹黄油。"你刚说什么？"

扎克笑了。她的目光越过宽大、铮亮的正式餐桌，投向对面的他，他刚起床，一头金发乱糟糟的，看起来像十三岁一样。"一枚誓盟戒指。"

沉默笼罩下来。甚至连迈尔斯都皱起了眉。他半伸出去的手停住了动作。"什么？"

扎克看着桌子那边的妈妈，她挺直了身子。"什么，你说戒指？"

"它真的很漂亮，"米娅边说边将肉桂卷上的糖霜部分扯下一块，丢进嘴里。"妈妈？你中风啦？"

朱迪不得不强迫自己保持镇定。她的儿子——还不到十八岁，就给他的女友买了枚戒指当圣诞礼物。"你到底要给莱克茜承诺什么？"她感到迈尔斯向她靠过来，他的手指抓住了她的手腕。

"意思是，我有一天会和她结婚。"

"哦，看，水果吃光了，"迈尔斯平静地说，"过来，朱迪，我帮你再多弄点水果。"在她还没能抗议前——她仍然呆坐在那里——他拉着她出了餐厅，进了大厨房。

"什么——"

"嘘，"他将她拉到电冰箱后面，"他们会听见的。"

"不，该死的，"她说，"我希望他听见。"

"在这件事上我们不能猛烈批评他。"

"你觉得我们的儿子给约会了三个月的女孩送誓盟戒指，没问题吗？"

"我当然觉得有问题。但是这事已经发生了，朱迪。已经是既成事实了。"

她将他的胳膊推开。"你真是个好爸爸啊，迈尔斯。什么都不管不问。如果我们发现他是在逞英雄呢？"

"这不是逞英雄，朱迪。"他疲惫地说。

"对，不是。这是爱。或者他认为是爱。"

"这是爱，朱迪。你从孩子脸上的表情就能看出来。"

"哦，我的天啊，算了吧。"

"我不想跟你争论这个。如果你想把自己扔在刀刃上，尽管去，但是当你流血时别指望我给你缝针。"

"但是——"

"不要小题大做。他不过是在一家珠宝商店给他的女朋友买了个礼物，他被浪漫冲昏了头。仅此而已。男人们也会这样，我们没进化好。"他将她拉向他，"不幸的是，我们的儿子是个傻瓜。当他出生时他们就该告诉我们的。那样的话我们就会降低期待了。"

"你居然还逗我笑。我对他很生气。"

"今天是圣诞节，"他说，"他们离家前跟我们一起过的最后一个圣诞节。"

"卑鄙勾当。"

她任由他抱着她："我们别毁了这个节日，好吗？"

"瞧瞧，这个傻小子，承诺要娶一个女孩——"

"总有一天——"

"——我是那个危害到圣诞节的人。"

"扎克和莱克茜不会一起上大学，朱迪。别担心了。这没什么的。我向你保证。"

"行吧，"她最后说，"我持保留意见。"

"太好了，"他宠溺地笑着说，"你很擅长这一点。"

朱迪叹了口气："我尽量。但是我告诉你，迈尔斯，他们最好各上各的大学。"

朱迪格外僵硬地走回了大厅，回到她桌尾的位置。迈尔斯为她拉开椅子，在她坐下后捏捏她的肩膀。

气氛变了。没错，气氛突然变得十分安静。米娅和扎克带着小心和内疚的神情看着她。

她试着紧绷绷地笑了下说："圣诞节下雪了，不正是你们喜欢的吗？"

有人接话了——坦诚地说，她都不知道是谁接话的。也许她的妈妈，也说过一些关于天气的话。

朱迪的手有一些颤抖，如果她是个患高血压的女人，现在她就该担心发病了。她突然理解为什么那么多朋友警告她要小心高三这一年的压力。这才十二月，他们的生活已经失常，好像总是托着他们漂浮的暖流突然间开始排空。在浅水区有危险，有看不见的浅滩——就像爱情、派对和对你撒谎的孩子。

"我需要退还那件粉色毛衣，"米娅一度说，"它实在太大了。我希望周六提米的派对上有衣服穿。你想跟我一起去商场吗，妈妈？"

朱迪抬起头："提米的派对？"

"周六。还记得吗？"米娅说。

"你们周六不许去派对。"朱迪说，震惊于他们竟然还敢开口提这事。

扎克抬起头犀利地看着她："你说过我们可以去的。"

"那是在你凌晨 1 点 20 醉醺醺地打电话让我来接你们以前。"

"你说过我们应该给你打电话，"扎克说，"我就知道这事要给我们惹麻烦。"

"你让他们参加了派对？"朱迪的妈妈扬起了仔细描画过的弯弯眉毛说，"提供酒水的派对？"

朱迪深吸了一口气再呼出来以保持平静。现在她最不需要的就是她妈妈的育儿经验。因为她对待这件事就像处理放射性废弃物一样。"你们打电话是对的。我很高兴你们打了电话。但是你们喝醉了，那是不对的。我们谈过这点。"

"我们吸取教训了，"扎克说，"我们不会再喝酒了。但是——"

"没有但是。这是圣诞节假期的最后一周，我希望我们一家人共同度过。明天我们要去茉莉和提姆家，你们外婆的画廊周一晚上有个特别的展览。如果你们想要泰勒和莱克茜过来，欢迎他们来，但是周六不许去派对。"

扎克想要从椅子里跳下来。迈尔斯将一只手放在他儿子的肩膀上，让他坐回去。

"我就知道。"扎克咕哝着，闷闷不乐地坐好。

朱迪想要再微笑一下，但是笑不出来。也许老天设计高三，就是为了让她这样的妈妈们能放手让孩子离家自立。如果这种情况继续下去，会比她想象的更容易。

*

一月里，在圣诞节假期的最后一天，先是下起了雾蒙蒙的冰雨，很快变成了花边的白色雪花，给篱笆桩和电话线都镀上了冰霜。不一会儿，厚厚的新雪覆盖了道路，在陡陡的小山底部，摆上了红色的安全锥。孩子们穿得厚实，去设了路障的小山上滑雪，他们的妈妈三五成群地站在旁边，相互交谈着，给孩子们拍照。

扎克待在莱克茜的家里，两人依偎着睡在那张单人床上。床头柜上，一只熏香蜡烛明亮地燃烧着，驱散了微微潮湿的气味——在窗户紧闭的活动房屋里，总有这种湿气。

"我姨婆很快就要回来了。"

"肯定很快就到了。"

她冲他笑着，拍了一下他的胳膊，然后翻身下了床。"你答应你妈妈今天要完成大学申请的，她最近都很生气，我可不想再火上浇油了。所以快点。"她穿好衣服向卧室门走去。她本想直接走出卧室，径直去厨房整齐摆放着大学申请资料的桌子边。

最后关头，她的意志力又薄弱下来，转过了身。

他赤裸地躺在她的床上，她破旧的蓝色被子盖在他的屁股上，他光着的脚伸在被子外。他的微笑就像有魔力，她向他走去。当她走近时，他伸出手来，将他暖和的手环抱在她的颈后，将她拉过来亲了一下。就在他的唇要碰到她的唇时，她听见他说："我深爱着你。"她用尽全部的意志力才没又爬回床上。

"你是个性欲狂。"

"你也好不到哪里去。"

那一会儿，他的笑容里有什么东西，或是他的绿色眼睛里有什么东西，还有她看到的爱，总之，有什么东西抓住了她的心。她怎么能让他去上大学，就那样离开她呢？

"起来吧。我希望你妈妈继续喜欢我，我向她保证今天会监督你完成南加州大学的申请。你知道她要检查的。"

"要是我错过了截止日期呢？"他说。

"你不会的。现在快滚起来。你需要把这些材料都完成。"

"圣诞节假期的最后一天，我们还要做这摊愚蠢的破事。"扎克边抱怨边掀开了被单。他看到她对他赤身裸体的反应，贪婪地笑了，但还没来得及说什么，莱克茜已经离开卧室，在厨房桌子前坐好了。

扎克坐进她旁边的椅子里，手肘支撑在桌子上。"莱？"

她看着他。"什么？"

"你去哪儿我就想去哪儿。真的。"

他倾身向前吻了她，她想象着让他走、跟他道别是什么感觉。他说想和她一起当然好，不过那不意味着真的能做到。跟莱克茜一起，他将不得不抵抗他的父母，让米娅失望，而米娅不仅仅只是他的妹妹。这是不可能发生的事，所以也没有必要幻想。

"快点吧，"她最后说，"我不想再惹你妈生气了。让我们填完申请表，准备出发吧。米娅说大家都在特纳山上滑雪呢。"

*

二月里，扎克和米娅十八岁了。这个神奇的数字标志着他们长大成人了，突然他们开始质疑一切的规矩和约束。现在他们不在乎宵禁了，认为那是毫无必要的。他们经常挑战限制，想要更多的自由。

随着天气变暖，班级派对像路边的蘑菇一样层出不穷，迅猛发展。只需一个电话和某个人手里的一张假身份证，派对就能办起来了。"我爸妈不在"成了班级格言，等同于部落号召。孩子们带着五六包大麻去空房子、海边或树林里开派对。一些家长选择自己主办派对，严格地收走车钥匙，即使找不到"酷"爸妈，派对也要继续开。

整个情况让朱迪筋疲力尽。她感觉自己更像一个学监而不是一个家长。与一对儿女持续的斗争，关于安全、妥协、好的选择削弱了她的精气神。他们说不会再喝酒，她已经不再相信他们了。一开始她施加压力，拒绝他们，但是这样只会促使他们偷偷溜出去，导致她施加更多的压力——然后是他们更愤怒的叛逆。每天都像要翻山越岭一样，他们留在家里的每一个夜晚都像一场胜利。

重中之重，还是上大学的压力。这已经变成了一口关着所有家长和孩子的大汽锅，水加热得很快。一个问题被反复问及：**你收到消息了吗？** 这个问题在妈妈们之间传递，在喜互惠超市里，在邮局排队时，在轮渡上。

坦白地说，朱迪像她的孩子们一样紧张。

甚至现在，在这个美好的三月下午，她本该开始进行园艺活，却站在窗子前，盯着私家车道。现在快到3点半了。孩子们刚从学校到家。他们会像蝗虫一样吃空厨房，然后上楼去。

"你都要把地板压出凹槽来了。"迈尔斯从客厅里说。他今天有台手术取消了，从医院回来得早，现在正坐在客厅看报纸。

她看见一抹白色。

邮件到了。

她抓起外套，套上走廊里的洞洞鞋，走向碎石私家车道。在小山顶部，她打开邮箱，看到了她久等的邮件。

那里躺着一个漂亮的厚信封，左上角印着南加州大学的徽章。

当然，信件的厚度并不是绝对的证明，但是大家都知道一般几页纸的是欢迎学生入学的，一页纸的是拒信。

然后她遭到了打击。只有一个信封。

她长长叹了口气，伸手去找其他邮件。

真的还有。在一堆邮件的底部。

第二个厚信封，上面是一样的徽章。

朱迪匆忙沿着私家车道走回来。一进门，她就大喊孩子们过来。

"是不是有什么东西到了？"迈尔斯摘掉他的阅读眼镜问。朱迪将一堆信件扔在门口的桌子上，向他展示了两个特殊的信封。"邮件点名。"她说，突然觉得很紧张。她不得不叫了两次——其实是吼了两次——然后孩子们才匆匆忙忙地跑下楼梯。

朱迪将写着扎克名字的信封递给他。

米娅一把抓过另一个信封，边走开边撕开。没走出十步，她旋转了一圈。"他们录取我了!"她的脸上露出大大的笑容，然后她看着她的哥哥，笑容又消失了。

"扎克?"她紧张地说。

老天爷求求你了，朱迪祈祷着，让他们两个都被录取吧。

扎克打开信封读着信。"他们录取我了。"

朱迪的尖叫简直能震碎玻璃。她冲向前一把抱住扎克和米娅。

"我太为你们骄傲了!"她等着扎克来抱她，但是他震惊得呆立在原地。最后，她后退了一步，愉快地看着他们。

"你们都进了南加州大学。你们的梦想成真了。"

"我们必须给莱克茜和小泰打电话。"米娅说。她抓住扎克的手，拉着他往楼梯跑。

"这群人疯啦。过来吧，熊妈妈。"迈尔斯边说边走到她身边，"我给我们倒杯香槟。"

朱迪抬头看着空空的楼梯。"为什么我们是唯一庆祝的两个人?"

"我们不是，他们上楼去给他们的朋友打电话报喜去了。"

"真扫兴。"她双臂环着他的腰说，抬头看着他。

"的确。大部分家长都这么觉得。但是我们仍然可以庆祝一下。"他轻轻地在她嘴唇上吻了一下，"也许现在你可以松一口气了。"

*

前段时间过后，莱克茜去了顾问办公室。那是一个狭窄的小房间，四壁都是书架。那些书架上放着成千上万本大学手册。

她坐在一把蓝色的塑料椅子上，等待着。

刚过 3 点半，接待员从她的桌子上抬起头来。"莱克茜，莫福德太太现在可以见你了。"

莱克茜点点头，将沉重的背包挂在肩膀上。她走过贴满了大学海报的狭窄走廊，进入里面的房间。透过窗户，她看到体育馆，还有两个瘦瘦的孩子——很可能都是新生——正在玩沙包球。

一张棕色大桌几乎占据了整个房间。莱克茜坐在桌前，她的顾问莫福德太太坐在桌后。

"你好，莱克茜。"

"你好，米兹·莫福德。"莱克茜伸进书包里掏出两个厚厚的信封。里面分别是华盛顿大学和西华盛顿大学的录取通知书。她将信件交给她的顾问，莫福德太太读完信后将它们放下来。

"祝贺你，莱克茜。那么，我有什么可以帮到你的呢？"

"两个学校都给我提供奖学金。两千美元。但是……看看花费。华盛顿大学的学费是5300美元，住宿费6200美元，书本费又是1000。这都超过13000美元了。我怎样才能获得更多帮助呢？"

"上学期你成绩下降时我们就谈过这点，莱克茜。华盛顿大学和西华盛顿大学都是竞争很激烈的学校。你可以申请一些派因岛的奖学金，也可以贷款。他们有一些非常好的教育项目。"

"我每年需要借10000美元。即便这样，读书期间我也必须打工。到我毕业时仍然会有欠债。"

"很多人都是贷款上大学的，莱克茜。这是拿你自己的未来打赌的方法。"

莱克茜叹了口气。"我想社区大学也不是那么糟糕。我可以两年之内去上华盛顿大学。"

莫福德太太点点头。"这是省钱的好办法。两年会过得很快的。没多久你又能跟你的朋友们一起了。"

但不是重要的那几个人。

莱克茜谢过了顾问，走向公交车站。在回家路上，她一直反复计算着开销，试图神奇地想出一个可行的办法。

但是没有。如果不借一大笔钱，她就去不成四年制的大学。

等到家的时候，她彻底沮丧了。她从没像现在这样觉得自己是派因岛上的外人。她愿意放弃一切来换得岛上孩子视为理所当然的选择。

进了家，她径直回到自己的房间，扑倒在床上。

电话响了。

她接起来。"喂？"

"莱克茜！扎克和我被南加州大学录取了。我们两个都是。泰勒进了加州大学洛杉矶分校。是不是**棒极了**？今天你能过来和我们一起吃晚饭吗？我们要庆祝一下！"

"太好了。"莱克茜将头抵在床头板上。她真想淹死自己。泪水刺痛了她的眼睛。她并不为自己感到遗憾，但是人生为什么就不能有一次如她的意？"当然我会过来和你们一起庆祝。"

米娅开始讲其他人都上了哪所大学，但是莱克茜无法忍受了。她含糊地找了个借口挂掉了她最好朋友的电话。

几分钟之后，一阵敲门声惊到了莱克茜。"请、请进。"她在床上坐直了说。

伊娃走进这个狭窄的小房间。墙壁上贴满了照片：扎克踢足球的、米娅滑水的、他们三人在返校节舞会上的。"这些墙壁像纸一样薄。我听见你哭了。"

莱克茜擦擦眼睛："我很抱歉。"

伊娃坐在床边："你愿意跟我说说出了什么事吗？"

莱克茜知道她看起来很糟糕。她的眼睛因为哭过而发肿。"扎克和米娅进了南加州大学。"

"你不希望他们被录取？"

"不是。"光是说出这句话就让她感到自己悲惨又渺小了。"我很害怕他走以后……"

"你知道么，我遇见我的奥斯卡时，我才十六岁，他二十八岁。简直是一团糟，我可以这么说。一个十六岁的女孩还不清楚她想要什么，一个那个年龄的男人也不该想要她。"她叹了口气，笑了，"如果他敢在我们家附近露面，我爸爸简直会一枪毙了奥斯卡，所以我们等待着。奥斯卡在服兵役，走了好几年。我们给彼此写信。然后，等我十八岁那天，我嫁给了他。在越南战争期间，我们又分开了。"

"你怎么挺过那一切的？"

"这与在同一个学校上学，或在同一个城市，甚至在同一个房间无关，莱克茜。这只和**在一起**有关。爱是你的一个选择。我知道你还年轻，但是没什么关系。你相信你感觉到的东西吗？那才是关键。"

"我想去相信。"

"这是一回事吗？你好好想一想。"伊娃拍拍莱克茜的手，站起来，"好了。如果我现在不动身，上晚班就要迟到了。今晚你有什么计划吗？"

"法拉戴一家今晚想庆祝一下。他们邀请我去吃晚饭。"

"那可真是我听过的最敏感的一件事了。你能接受吗？"

"我必须接受。"莱克茜说。当她的姨婆走到门口时，莱克茜说："谢谢你，伊娃。"

伊娃挥了挥一只粗糙的手，似乎是在说，**别客气**！然后她离开了房间。

房间里又剩莱克茜一个人了。她看着墙上的照片和剪报。然后，她疲惫地叹了口气，起身，收拾好床，穿过走廊。

四十五分钟后，她已经准时坐在客厅里等着了。她穿上了自己最好的衣服，又花了一些时间弄头发和化妆。当一切就绪，她的情绪崩溃已经一丝痕迹都看不出来了。

外面，一辆汽车开到门口。车灯照进客厅又灭掉。

她想要站起来，但似乎无法动弹。

敲门声让整个活动房屋"咯咯"作响。

最后，她终于让自己站起来，走过去开了门。扎克和米娅站在门外。

"真不敢相信！"米娅冲向前拥抱住莱克茜说，莱克茜也尽自己最大努力拥抱了她。

莱克茜越过米娅的肩头看了看扎克，他看起来像被击垮了一样，跟她的感觉一样。

"恭喜。"她木然地说。

他点点头。

莱克茜感到米娅拉住了她的手，她任由好友牵着她走下木头台阶，穿过潮湿的草地，走向等在那里的凯雷德汽车。他们三人坐进车后座，像往常一样，莱克茜坐在中间。

"你好，莱克茜，"迈尔斯从后视镜里看着她说，"我们很高兴你愿意加入我们的庆祝。"

"我绝不会错过这样的庆祝的。"她挤出一个微笑说。

"我们都值得庆祝，"米娅说，"莱克茜获得了华盛顿大学和西华盛顿大学的奖学金。梦想成真啦，是不是，莱克茜?"

"梦想成真。"莱克茜疲惫地附和道。

在接上泰勒之后，他们谈兴愈浓了。去餐馆的路上，米娅和朱迪一直谈论着南加州大学和洛杉矶，以及在南加利福尼亚州的海滩上逛会是什么感受。每个句子都以类似"这一定会很棒……"这样的话开头。

扎克握住了莱克茜的手，紧紧攥着。

当他们终于到达餐馆停好车后，莱克茜才敢看他。

我不想去，他用口型说。但他还是会去的，他俩都心知肚明。

*

五月像人们最爱的亲戚一样来到了西北太平洋，带来了阳光。经常出现的灰色天空和滴滴答答不停歇的雨水走了。似乎一夜之间，色彩回归到这片雾蒙蒙的大地上。整个岛上，人们拉开了长期被忽视的帘布，从车库隐匿处推出了烧烤设备，掀掉了露台家具上的罩布，将它们擦干净。五月总是一个美妙灿烂的月份，是黯淡忧郁的六月前明媚的缓冲期。今年的五月特别热。明晃晃的太阳和惊人的温度让孩子们涌入海滩公园和自行车径。

周六，十五号，莱克茜早早醒了。整个焦躁不安的夜晚全是关于飞机在跑道滑行和起飞冲入云霄的噩梦。她拖着脚步走出卧室，穿过走廊。

伊娃已经在厨房里等她了，她穿着白色绒线旧浴袍，戴着一顶尖顶的金属帽子。她旁边的桌子上有两个油亮的甜甜圈，盛在黄色的纸盘子上，其中一个甜甜圈上插着一支弯弯扭扭的蓝色蜡烛。"生日快乐！"她说，然后吹响了一个小喇叭。

莱克茜的眼泪几乎夺眶而出。在为了上大学的那些跌宕起伏中，她忘记了自己的十八岁生日。但是伊娃还记得。

"今年我有两个礼物送给你。"伊娃撇撇头，示意桌上两个包装好的包裹。

莱克茜忍不住想起她跟伊娃生活之前的生日来——漫长、沮丧的日子，独自等待一个从不露面的妈妈。她吻了吻姨婆满是皱纹的柔软脸颊，然后在桌边拉开椅子坐下来。

"打开看看。"伊娃边说边拿了把椅子坐在莱克茜对面。

莱克茜兴致勃勃地撕开包装纸。盒子里面是一件镶着银色小纽扣的天蓝色棉毛衫。她拎起衣服，欣赏着它。"很好看。"

"如果不合身，我们可以去商店换个号。"

莱克茜绝不会把它退回商店的，即便它小了两个码。这件衣服会一直放在她抽屉的第一层，和那件她已经穿不进去的印有炫目蝴蝶的粉色运动衫放在一起。"它太完美了，伊娃。谢谢你。"

伊娃点点头："再打开那个盒子。"

另一件礼物大约是一小张纸那么大，比较轻。莱克茜小心地打开了它，掀开盖子。

最上面的是一本佛罗里达州波姆庞帕诺滩公寓大楼的四色小册子，"享受阳光之乐"，上面用大大的粗体写着这句话。下面是布劳沃德社区大学的班级课程表。

"那是芭芭拉的公寓大楼，"伊娃倾身向前，"我也考虑了你的未来。我想，哎呀，你为什么不能跟我搬到佛罗里达州去呢？芭芭拉有两间卧室，我和她之前也住一间屋。你可以有自己的房间，白天去上课，不需要付任何房租。"

莱克茜看着桌子对面的这个女人，她为自己付出了如此之多，她的喉头收紧了。"看起来很棒。"

"我早该明白你不想去美容学校。芭芭拉跟我聊了许多。你是我们当中第一个上大学的。大学，"伊娃虔诚地说出这个词，"我们太为你骄傲了。你需要认识你的另一个姨婆。她的孩子和孙子都很想认识你。"她拍拍莱克茜的手，"我知道你还要考虑你的男朋友，但是他和他的妹妹要去别的地方上学。因此，我希望你知道，我也为你考虑过。你不再是一个人了，亚莉克莎，除非你想一个人。好了，让我们吃掉这些甜甜圈吧。我很快要去上班了。许个愿，吹蜡烛吧。"

一个愿望。

莱克茜盯着在那支弯弯扭扭的蓝色蜡烛上舞动的小小火焰。她只有一个愿望，而且它不会实现，但是，她还是许了这个愿。

"祝你好运，莱克茜。希望你的生日愿望成真。"

之后，她们吃掉了甜甜圈，以牛奶代酒，举杯为这个生日祝福，然后各自走向不同的方向——伊娃去沃尔玛超市上周六班，莱克茜去冰激凌店。接下来的时间里，莱克茜一直都在忙活。像这种阳光明媚的周末，店里非常忙。

直到晚上扎克和米娅来接她下班时，她才放松下来。

在他们两人面前，莱克茜尽了自己最大的努力表现得兴高采烈。在晚饭桌上她笑着、开着玩笑、聊着天，但是当朱迪端出插着蜡烛的生日蛋糕时，她脆弱的伪装有了一丝裂痕，她用尽了意志力才没哭出来或跑开。

明年，她就要独自一人过生日了。米娅和扎克会在阳光明媚的南加州，生活在大学的美梦里。她想为他们高兴，她也确实为他们高兴。但是她老是去想像暴风骤雨一般即将来临的未来。哦，他们谈论着保持联系，将他们的生活缠绕在一起不分开，他们的想法也像他们的情感一样真挚，但是这还不够。当她告诉他们要跟伊娃搬去佛罗里达州的事情后，两人都大声抱怨着，恳求她不要去太远的地方。他们想在学校放假时可以见到她。

他们这么请求多容易啊。但是，她也想能见到他们。

"以后会变成什么样啊？"那天晚上，他们三人躺在沙滩的毯子上时，米娅问。这是他们之中第一次有人敢把这个问题问出口。

他们手拉着手，仰望着星空。

"我梦想这一切太久了，"米娅说，"现在它真的临近了，我却很害怕。"

莱克茜听见扎克在她身边叹了口气。因为她爱他，她知道他的这声叹息是什么意思：他卡在了中间。他爱莱克茜——她知道这点，她灵魂里的每一部分都对此深信不疑——但是他和米娅不仅仅是彼此联结着。他们是双胞胎，这个词所包含的深意都在他们身上体现出来。他们可以彼此读心。真的，莱克茜最爱扎克的一点就是他非常在乎他所爱的人。他讨厌伤害任何人，尤其是米娅。

这就是为什么他要去南加州大学。不管他多爱莱克茜，他更爱米娅和他的父母。他无法让他们失望。他担心米娅因为太胆小而无法独自度过在南加州大学的四年。

"我们永远都是朋友。"莱克茜说。她希望这是真的，也需要这是真的。

她听见身边的米娅吸了一口气，安静地哭起来了。

"别哭。"扎克说。

悲伤也在莱克茜心中泛起，在她意识到之前，她也哭了。"我们……我们是笨蛋，"她擦着眼睛说。尽管这份情谊是真的，让她可以会心微笑，但她还是无法停止哭泣。她爱他们两个，但是不久后他们都要走了。

"我会想念你的，莱克茜。"米娅说。她翻过身抱了下莱克茜，然后又翻身躺回去。

他们的头顶上，夜空朦朦胧胧，像他们的未来一样不可捉摸；夜空之下，莱克茜知道他们有多渺小。

扎克把他的手从莱克茜紧握的手中抽出来说："我去去就来。"然后他起身匆匆返回了屋子。

"你会给我打许多许多的电话的，对吧？"莱克茜问。

米娅握紧了她的手："我们会像詹妮弗·安妮斯顿和科特妮·考克斯①一样，永远都是最好的朋友。"

"山姆和佛罗多。哈利和赫敏②。"

"莱克茜和米娅。"米娅说。"只要想想：有一天我们会一起老去，我们会笑着回忆自己当年多害怕上大学。"

"因为我们到那时还是朋友。"

"对。"

莱克茜陷入了沉默。她很久之前就明白了，世上有她想要但是永远不会拥有的东西，如果她不去想获得那些不可企及的东西，就不会那么受伤。这份友谊也像那样吗？它是不是就是高中同学之间青涩的初恋，随着时间和距离消减为一段美好的回忆？

扎克跑回来了，有些上气不接下气。他站在她们前面，在月光照亮的海浪的衬托下，变成一道剪影。"起来。"

---

① 詹妮弗·安妮斯顿饰演了《老友记》里的瑞秋·格林，科特妮·考克斯饰演了《老友记》里的莫妮卡·盖勒，两人在剧中是一对好友。

② 分别是《指环王》和《哈利·波特》故事系列里的一对好友。

"干吗?"米娅问。

莱克茜没问为什么,她立即起身,拉住他的手。她爱他温暖而有力的手指包裹着她的手指的感觉。

他递出一个忍者神龟保温杯。"我有一个主意。快起来,米娅,不要再问问题。"

"有人认为他是我的头头。"米娅边说边站起来,拍掉她屁股上的沙子。

扎克带她们走到守护着这片沙滩的大雪松树下。

月光下,他看起来苍白和像鬼魂一般,但那绿色的眼睛里有一丝明亮的东西,像泪光一样闪烁着。

他递出保温杯,打开盖子。"我们放一些东西进去,然后把它埋起来。"他盯着莱克茜,"它会是……就像……我们的约定。"

"只要这个时间胶囊还埋在这里,我们就会是最好的朋友,"米娅严肃地说,"上大学不会改变这一点。没有什么能改变这一点。"

"我们不会像其他人那样。"莱克茜说。她希望她的话听起来不像个问句,但是即便是现在,这个庄严的时刻,她也不太敢相信。对扎克和米娅来说,一切都太容易了。"我们永远不会真的说再见。"

"只要这个还埋在这里,就不会。"米娅点点头。

扎克将开盖的保温杯递过来。月光在它银色的内边上闪过,杯子熠熠生辉。"放点什么进去,作为证据。"

要是在另一个时间、另一个地点,这也许很可笑、很夸张或很愚蠢,但是在这里不是,现在不是,在这种因为未来而倍感沉重的黑暗中,未来像十八轮大货车一样沉甸甸地压在他们身上。

"我爱你,莱克茜,"扎克说,"上大学不会改变这点。我们会继续相爱的。一直。"

莱克茜凝视着他。感觉就像他们相互联结着,一同呼吸着。

米娅将一对昂贵的金耳环丢进了保温杯里。

扎克摘下他一直戴着的圣克里斯托弗勋章,丢进瓶中。

莱克茜只有她十年级时米娅送的这串友谊手链。米娅老早就弄丢了莱克茜为她做的那串,但莱克茜从未把米娅送的这串拿下来过。她缓缓地摘下它,丢进保温杯里。当手链触底时,她的纪念品没有发出声音,这让她很担心,好像她是三人中唯一一个没有留下印记的人。

扎克将盖子拧紧。

"我想我们不会再把它挖出来了。"米娅说。她的身后,一阵风越过海浪吹来，拂起了她的头发。"把它挖出来就意味着……再见，我们不想那样。只要它在这里，就意味着我们仍然爱彼此。"

莱克茜想说出得体的话来。这个时刻似乎富有魔力，饱含深情；她将永远记得这一刻。"不要说再见。"她说。她真心希望如此。

他们脸上的神情跟此时的感情一样沉重；他们的眼睛里传递着那个悲伤的事实——他们不久后就要分开了，他们爱着彼此；还有那个甜蜜的真相，或称之为希望；在即将到来的未来里，有些事情会继续下去，这三个少男少女站在月光下，发誓他们永远是朋友，并将信守这个誓言。

他们跪在沙地上，远离涨潮线，在老树根下冰冷的灰沙中挖了很深的坑，埋下了他们的时间胶囊——忍者神龟保温杯。

莱克茜希望一切继续，信守承诺继续寻求一个感觉难以抓住的未来，但当时间胶囊被埋好后，沙地看起来完好如初像没被动过一般，那个时刻消失了。

09 | *chapter*
夜路

六月初的花园令人惊叹。这是一年中朱迪终于可以歇口气的时候，她靠在椅子上欣赏她辛苦完成的杰作。每一个目光所及之处，她都能看到她认真规划和明智修剪所带来的成果。花床里充满了各种美丽的颜色，茶托大小的香甜粉色玫瑰，褶皱边的黄色牡丹，尖尖的紫色飞燕草。她花了那么多时间打理的深绿色英国黄杨木长势喜人，长成了花园的框架。除此之外，一棵忘忧树开满了金花，它映衬着明亮的蓝色天空，有些模糊不清，看起来像莫奈的画作。

她看着这些花草是如何生长、如何拼凑出如今的美景的。不久，最快也许是明年，她准备向花园之旅的参与者展现她的骄傲和喜悦。

她摘掉了脏手套，站起身来。玫瑰醉人的香气让她陶醉，让她又多留了一会儿。在这里，她感到如此安宁。每一株植物、每一朵花、每一丛灌木都是根据她的计划栽培的。如果她不喜欢某些植物生长、蔓延或开花的样子，她就会将它拔出，换上别的植物。她是这个王国里的红皇后①，全权掌控着一切，因此，她也从未失望过。

除了花园带给她的幸福感之外，直到两个孩子都被南加州大学录取后她才意识到，高三一年她有多紧张，多筋疲力尽。她无止境地为孩子们的事担心，为孩子们本身担心。她担心哪个孩子会错过截止日期，或是犯下不可弥补的错误，又或是他们没有一起入学的机会。现在，她可以安然入睡了，而神奇的是，她对他们即将离家感到兴奋。哦，她仍然为他们焦虑，仍然担心等他们一走家里就空了。但春天不仅照亮了阴沉的天空，也照亮了她的路。她可以瞥见自己的新未来了，那时她将成为自己新航程的船长。如果她想回到大学读景观建筑的话，她可以去了；如果她想开一个花园配件商店，她也可以开了；如果她只想整个夏天坐在草地的椅子上阅读她错过的经典书籍，她也可以做了。天

---

① 《爱丽丝梦游仙境》里的人物，性格独断专行。

啊，如果她想的话，她还可以花一整个夏天看漫画书。

这个想法很自由洒脱，也有点吓人。

她低头看了看自己的手表。快 3 点了，这也意味着孩子们很快就要放学回家了。如果上个月的情况仍然持续，他们会跟一帮高三学生一起回家，所有人看起来都好像有些轻度崩溃。这就是伪成年人时期①和即将到来的毕业给这群孩子身上带来的影响。他们将自身的事情放大，变得格外情绪化。男孩们有时笑得太响了；女孩们随时都能变得伤感，为不如意的一天痛哭流泪。

难怪在夏天最开始的黄金期里，情绪会变得如此高昂。用伟大的山姆·库克②的话来说，变化即将到来，每个人都知道，都感觉到它热呼呼的呼吸正在靠近。岛上绝大部分孩子们从小学开始就在一起，他们的友谊深厚。现在他们的内心被撕裂开了：他们既想留下来——这里的生活安全又熟悉，又想飞向远方，远走高飞，测试他们刚刚丰满的羽翼。每过一天，每过一个小时，都让高中的终点离他们更近了。他们感到有必要一起留下永恒的回忆。在一起，对他们来说就是最重要的。也正是这件事吓坏了家长们。派对猖獗蔓延。

为了对抗孩子们对派对的痴狂，朱迪从她花园的老蜘蛛那里受到了启发：她布下了一张有吸引力的网。她让迈尔斯拉出那艘喷气式水艇和滑水艇，调试好投入使用。她给狼吞虎咽的男孩们做了无数盘食物，给女孩们准备了一碗碗裹着巧克力的樱桃干。她让孩子们的朋友乐于在这里度过白天和黑夜，在她时刻留心的眼皮底下。大部分时候，这个计谋都起了作用。她也学着信任她的孩子们。当然，他们会在派对上喝一点啤酒，但是他们信守诺言：总有一个人不喝酒保持清醒，负责开车，他们也从未错过宵禁时间。

她将园艺用具收起来，将每样物品各归其位，并在温室里驻足了一会。那里有莱克茜在返校节舞会时送给她的矮牵牛花，它细细长长的，像被遗弃了一般。她将种植它的事情铭记在心，然后走回屋子。在家里，她冲了个澡，换上一条低腰黑色裤子和一件修身白 T 恤。她将租回来的电影放在了厨房的柜台上：《遇见波莉》《星河战队 2》和《王者归来》。

她正要去车库拿一瓶可乐时，大门“砰”地打开了。

脚步声雷霆万钧，穿过大厅的木质地板，“砰砰”地向楼梯上传去。

搞什么鬼？

朱迪放下了洗碗布，走出厨房。

---

① 指年龄上到了十八岁算作成年人、心理上还没有成熟的时期。

② 美国著名黑人音乐家。

前门还大敞着。

朱迪关上门，上了楼。扎克的房门开着，米娅的房门关着。

她在女儿的房间门外停住了，毫无疑问，她听见了哭声，还有抽泣声。

"米娅？"她问。随之而来的是沉默，于是她打开了门。

她的女儿趴在床上，抱着粉色的毛绒小狗哭泣，那是她童年时最爱的玩具。

朱迪走向床边。"嘿，乖宝贝。"她平静地说。这个昵称老早就丢失在女儿成长的过程中了，塞在了乳牙和漆皮鞋之间的某个地方。

米娅号啕着哭得更厉害了。

朱迪抚摸着女儿柔滑的金发。"没事的，宝贝。"她一遍又一遍地说。

终于，在感觉好像过了很久之后，米娅翻过身来，抬头看着朱迪，眼睛红肿，布满血丝。"他、他和我……我、我分、分……分手了。"她抽泣着说。

朱迪爬上了米娅的大床，坐在她旁边。米娅蜷缩在朱迪身旁，像一只她们过去搜寻的那种马铃薯瓢虫。

她的女儿明媚、漂亮，几乎长大成人了，现在看起来又像变回了小孩子，蜷缩身子哭泣着，抱着黛西狗狗好像它是个护身符一样，也许它是吧。一个人过去的纪念品真的有魔力。

米娅抬起头，眼泪在她脸上肆意流淌。"在班上。"她补充说，好像这么说让他罪加一等。

朱迪记得这种痛苦。每个女人多少都感受过这种痛苦：初恋的终结。那时你才能懂得，一劳永逸地永远懂得：爱可能不是永恒的。"我知道分手有多伤心。"朱迪说，"凯斯在高三毕业舞会的前一周跟我分手的。前一周啊。他带上了凯伦·艾伯纳，我一个人坐在家看周六晚间直播。我哭啊哭啊，连自己都惊讶房子竟然没有被我的眼泪冲走。"她清楚地记得那一晚。她妈妈很晚才回家，抬眼瞥了一眼朱迪说，哦，看在老天的分上，朱迪斯·安妮，你真是个小孩子，然后继续走她的。朱迪俯身看着女儿哭泣的脸。"受伤的心很疼，"她顿了顿，"但它也会愈合的。"

米娅大声抽着鼻子。"没有其他人还想要我了。我真是个白痴。"

"哦，米娅。你甚至都还没有开始去寻找那个真正的自己呢，相信我，其他男孩也会爱上你。如果一个男孩无法看到你有多特别，他对你来说就是不够好。"

"只是爱情太伤人了。"

"但它不会一直如此的。慢慢地，你看到他跟另外一个女孩在一起也不会再犯恶心。然后有一天你会看到另一个男孩，他让你的心跳加速，失恋的感觉就会……慢慢淡去。你的心会自行缝合起来，只会留下一个非常小的伤疤。有一天你会跟你的女儿说泰勒·马歇尔曾经让你多么伤心过。"

"我再也不想看到他了。如果他参加毕业派对的话，我还怎么去？"

"生活里遇事逃避没有任何好处，米娅。过去你常常以逃避处理事情，现在你坚强多了。"

她重重叹了口气："我知道。莱克茜说我不该在意别人怎么想。"

"她是对的。"

"好吧。"米娅说，但是她听起来没有被说服。

朱迪抱着她的女儿，眨眼之间想起了她们的整个人生。"我爱你，乖宝贝。"

"我也爱你，妈妈。我们现在能去接莱克茜了吗？今晚我需要她。"

"当然。你们是最好的朋友嘛。"

*

不到十天，他们就要高中毕业了。

莱克茜站在一群高三学生中，盯着体育馆里成片排好的折叠椅。

耶茨校长站在篮球筐下面，他伸开胳膊，告诉他们毕业典礼将怎样进行，但只有一小部分学生在认真听。其他人都在笑着聊天，彼此推撞着。

"你们按字母表顺序在体育馆外排队，沿着露天看台排到足球场上——如果天晴的话。如果下雨，我们将在这里。"校长说，"好了，让我们排练一遍，好吗？杰森·阿德纳，你给我们大家带头……"

莱克茜按照要求跟着队伍，在地板上找到她的座位。排练占掉了整个第六课时段，当它结束时，他们也放学了。整个班级从体育馆冲出去，好像某部音乐剧里孩子们开始放暑假的场景。

她和扎克基本一下子就找到了对方，就像回波定位一样。他俩都知道对方在哪里，也无法忍受分开。这些天里，每一件事都感觉如此重大，如此重要。毕业。暑假。大学。有些时候，莱克茜所能真正抓住的，就是现在，她对扎克的爱以及她跟米娅的友情。其他的一切都在不断变化中。

扎克牵着她的手，一起穿过校园。在学生停车场，他为她打开野马汽车的车门。

"米娅呢？"莱克茜问。

"妈妈来接她了。她们放学后要来点闺蜜时间。"

"那样对米娅更好。"莱克茜坐进车里。

扎克坐进驾驶座，看着她。"我有一些事告诉你。"

"什么事？"

"换个地方说。"

莱克茜紧张起来。她伸出手，抓住他的一只手，好像那是她的救生索一样——的确，从一开始扎克就是她的救生索。汽车一路穿过市中心，开到拉里维埃公园，她都沉默不语。

他把车停在公园里往常的位置，关掉引擎。她等着他打开他那边的门，但是他却在座位上扭过身来。他绿色的眼睛里含着泪水，闪闪发光。

"怎么了？"她轻声问。

"我爱你，莱克茜。"

他准备跟她分手。她应该想到这个的，应该对此做好准备的。她想说，*我知道你爱我*，却说不出口。这些话像碎玻璃一样留在她嘴里。

"我想跟你一起去上西雅图中央社区学院。我们可以找个公寓。"

"等等。什么？你想跟我一起上社区学院？"

"我不想离开你，莱。"

她颤抖着松了口气，发出了一点嘘气声。

他吻了吻她潮湿的脸颊，擦了擦眼睛，看起来因为哭过有些不好意思，但他的眼泪对她来说比钻石还宝贵。

他们手拉着手，下了车，走到了漂浮木旁他们的老位置，一起坐下来。海浪拍打着沙滩，在莱克茜听起来像初恋的声音。当她看着他时，她几乎又要哭出来了。

他开始为她舞动梦想了。他谈论着他们未来的生活，将会找到的公寓和工作。对这一切他是认真的，她为此更爱他了，但是光有想法还不够。

"米娅。"她所能说的就这么多。她讨厌提醒他这一点，但是如果她不这么做，她还算哪门子朋友啊？她爱米娅像她爱扎克一样深。

扎克叹了口气。他经过她身边，对着海湾大吼："我该怎么做？"然后他又喊了一遍，用更轻的声音："我该怎么做？"

"我认为我们都不该提及这事，扎克。有什么意义？"

"但是它可行啊。为什么不可以？我们可以在西雅图找个公寓。我们三人。我们可以去西雅图中央社区学院上一年或两年，然后转到大学。我仍然能进好的医学院。又不是世上只有南加州大学这一所好学校。"

她感觉自己像一个吊在气球上的小孩，被无力地拉上天空。他的愿景太令人振奋了，这么短暂美好的几分钟，她就让自己尽信了一切。然后他说："我会去告诉他们我想要什么。"她抓不住绳子了，掉回地面。

"还不到时候。"她尽全力紧紧依偎着他说。她没再说话，弓起身体仰起头吻着他，直到眼里的泪水都干了。她任由自己的双手和嘴表达着她有多爱他。

之后，他们躺下来缠绵在一起，听着涌上来的海潮声，看着钴蓝色的天空一点一点暗下来。最后，随着天色变成淡紫色的夜，他们不得不离开他们的梦幻小世界——那个世界里景色始终如一，其他人无法进来。

回法拉戴家的路上莱克茜一直拉着他的手，害怕松开。随着他们转上夜路，她更加紧张，直到变成摆脱不了的头痛，像有谁拿着干草叉戳着她的头一样。

她爱扎克，但是他完全不知道失望是什么滋味。他的一切一直来得太容易了。他都没有考虑过其他情况。

她在他脸上看见了一种钢铁般的决心，和他英俊的模样很不搭，好像一个男孩穿上了他爸爸过大的鞋子，假装它们很合脚一样。"你准备好了吗？"他绕到汽车她的那一侧问。

"没有。"

他给了她一个自信的微笑。"不会有事的。你马上就知道了。来吧。"

她由着他牵着她的手，将她带进屋里。

迈尔斯和朱迪一起躺在沙发上，各自读着一本书。米娅舒展着身体躺在沙发的另一端，看着电视。她穿着粉色的厚绒帽衫，宽松的灰色裤子，镶着水钻的平底人字拖，看起来像在玩装扮游戏的小女孩。直到你看到她充血的眼睛，才能意识到她依然多么受伤，多么脆弱。

米娅站起来。"嘿，伙伴们。"她说。她的笑容有一些过于明媚了。

莱克茜为她的好友心痛，她看到米娅硬撑着想表现出坚强的一面。她走过去紧紧抱住了她。"你还好吗？"

"我很好，"米娅说，"或者说我会好起来的。你们两个不要再担心我了。"

"妈妈，爸爸，"扎克走上前说，"我需要跟你们谈谈。"

朱迪抬起头来，眼神锐利。莱克茜想到在某一档自然节目上看到的，当猎物踩在一根小树枝上时，捕食者突然抬起头来的情景。那就是朱迪现在的样子——十分警惕。"你想跟我们谈谈？出了什么事？"她快速起身走向她的儿子。

扎克深吸了一口气。"我不想去南加州大学了。我想我们三人都去上西雅图中央社区学院。米娅，我们可以找个公寓住。"

朱迪怔住了。

"什么？"迈尔斯也起身了，"我们付了你的学费定金了。这是不可退的。

该死的，扎克——"

"我从没让你们付钱。"扎克吼道。

"你也从没让我们不付。"迈尔斯严厉地说。他站在脸色苍白的朱迪身边："那好，我告诉你，我是不会给你付什么该死的公寓钱的。如果你想把机会随手丢掉，你大可以丢，但是账单你自己付。看看到时候你要全天工作，付账单，你的大学生活还能多快活。"

"这不公平，"扎克说，"你不能——"

"住口。"朱迪发出嘘声，举起一只手。她看起来像得了战斗疲劳症，有一点头晕。"我不明白。跟我们说说怎么回事，扎克。"

"扎克，"米娅皱着眉说，"你不跟我一起上大学了？"

"我不能离开她。"他说，看起来痛苦不堪。

"那你就可以离开我？我？"米娅说着哭起来了。

"不。我说了，我希望你跟我们一起。"扎克回答道，"好了，米娅——"

"我还能有什么选择？"米娅哭着，目光从扎克转向莱克茜，"我猜你就是这种朋友，嗯？"然后她跑上楼梯。

扎克追着他的妹妹从大厅也跑上楼。

莱克茜感到朱迪盯着她，评判着她，责怪着她，内心一阵羞愧。这个家庭为她做了那么多，给了她那么多，现在她要为此事受到指责了。她鼓起全部勇气才敢抬头看朱迪失望的脸。"别对我生气，"她低声说，双手绞在一起，"求你了。"

"你不知道你做了什么好事。"朱迪说。她声音颤抖，脸色苍白。

"我什么也没做。这不是我的错。"

"是吗？"

"我没有让他这么做……也没想这样。"

"想想米娅，而不是扎克，而不是你自己。你知道她多有才华，多胆小。你们三个人要是住在一起会变成什么样——真的一起生活的话。要不了多久，你跟扎克就会开始忽视她了吧？"

"不会发生那样的事的。"

"真的吗？我看刚才的事已经应证了这一点啊。"朱迪顿了一下，说完这句话她的脸色似乎缓和下来了一点，"对不起。我不想把你也搅进这摊事里。但是如果他们不去南加州大学的话，他们会后悔，迟早也会怪你的。"

莱克茜讨厌她在这些话中听到的真相。

"跟他们谈谈。"朱迪紧紧抓着迈尔斯的手说，她的手指都发白了。

莱克茜想说不，至少不确定该做什么，但是她没有。该怎么做已经显而易见。她曾经做错了一次，冒着毁掉她和米娅的友情、失去她在这个家中一席之地的风险。然后，现在，爱和渴望蒙蔽了她的双眼。这是一个她不愿再犯的错误。

她转过身背对着迈尔斯和朱迪，穿过大厅——她突然觉得这个房间更大了，像要跨越一片无尽的海洋一样——走上楼。

扎克在米娅的房间，两人站在那里盯着彼此，好像一对相配的雕塑。

"嘿。"莱克茜说。

他们同时转过身来，带着同样的表情。

"我真希望我更坚强点。"米娅说。

"你比你想象的要坚强。"莱克茜边说边走进房间。扎克伸手想拉她，但她避开了。"但是坚不坚强跟这事无关。"

米娅开始哭了。"我一直梦想着去南加州大学读书。"

"你可以自己去上南加州大学。"扎克说。莱克茜真爱他敢于把这句话说出口，但是她听出了他声音里的崩溃，看到他的目光里已有后悔的神情。

"如果能有上南加州大学的机会，"莱克茜平静地说，"我愿意为此付出一切。"她咽了一口气，看着他俩的脸，惊讶于他们有多像，简直像镜像一般。"你们俩不能仅仅因为我没能进南加州大学就放弃一切。我不允许你们这样。"

她明白她的这番话伤到了扎克，但同时他也松了一口气。她颤抖地吸了一口气。是的，他爱她。但是他也爱他的妹妹，他想让他的父母为他骄傲，他想确保他的未来稳稳当当。所有这些，他都可以在南加州大学实现。莱克茜挤出一个微笑。"够了。你们两个去南加州大学。我会去西雅图社区中央学院。我们每个假期都会见面的。"

"圣诞节假期我们有一个月时间可以待在一起。"米娅说。如果是其他时候她可能就会微笑了，但是现在她跟莱克茜一样崩溃。这个成年时期，这种对梦想的修剪，是否实际？

"我们会想念你的。"米娅说。扎克站在那里一动不动，看起来很愤怒，又如释重负，还有一点绝望。他被困得走投无路。

"这不会改变任何事情。"莱克茜说。他们都知道这是一句谎言。

决定已下，无须多言了。

10 | chapter
夜路

接下来一连几天，朱迪都有些不安，有些茫然若失。毫无疑问，一颗子弹被躲开了。莱克茜不知用什么办法劝服了扎克顺从定下来的计划。这本该是一个极为令人满意的结局，它确实也是，但像所有的妥协一样，每个人都失去了一些东西。现在这个家里有裂痕了，产生了之前没有过的怨恨。朱迪都不记得扎克上次对她如此生气是什么时候了。扎克，她柔韧、可爱的男孩，已经变成了一个乖戾、愤怒的少年，他经常懒散地坐在椅子里，嘴里咕哝着什么。他对他的妹妹和妈妈生气——也许也对莱克茜生气，谁知道呢？并且他希望每个人都知道这一点。

朱迪试图给他一些空间。自从上次不愉快之后，她走路都小心绕过他，格外关切地对待他，但是她要付出的代价太高了。她只是无法忍受被她的孩子们隔绝在外。昨晚，她因为担心这事几乎整夜未眠。她躺在床上，盯着天花板，想象着一场接一场的谈话。在她的想象中，她和扎克总是对他们的分歧笑着和解……他为他妹妹和南加州大学再次奉献了自己。有时他甚至以这样的话结束谈话，*我知道我们还很年轻，妈妈，不要太担心，没事的，谢谢……*

现在，她盯着卧室窗外，看着她的后院，夜幕笼罩在海面上。

今晚是高中本年度最后一次大派对——毕业烧烤派对。说实话，她不想让他们去。他们之间有太多没有解决的事情，太多要讨论的事情了，但是她知道今晚解决不了任何问题。如果她不让他们去参加派对，他们就再也不会跟她说话了。但是明天。明天他们会解决所有跌宕起伏的情况，回到正轨上去。这是他们在一起的最后一年，要是搞得大家像陌生人一样度过，她会觉得自己太可恶。

"妈妈，"米娅敲了敲她的卧室门然后推门而入，"我可以跟你谈谈吗？"

这句话很快变成了一个危险的句子。朱迪转过身，挤出一个微笑："当然了，亲爱的。"

在明媚的午后阳光里，米娅看起来很美。她已经为派对打扮好了，一条破洞的半截牛仔裤，每个洞的位置都是精心设计的；一件紧身的白色 T 恤，一件复古的男士涡纹背心套在她瘦瘦的肩膀上。她的头发向后拢扎了一个松松的马尾，一些红色的金属小发夹别住几缕细碎的头发，避免它们挡住眼睛。"你看起来很悲伤。"

"我没事。"

米娅走到朱迪旁边，一只手抱住她的腰，靠在她身上。她们肩并肩靠在一起，盯着窗外。"他爱她，妈妈。"

"什么意——"

米娅转过身，抬起头："他爱她。"

朱迪沉默了。第一次，这些话真的产生了共鸣。爱。这些时间她一直轻视了爱，因为他们的年龄剪掉了爱的风帆。她跟自己说，他们太年轻了，还不理解人生。但是他们的爱，是真心的；它也许不能持续，但它是真实的。

"我正在拆散他们，让他跟我上一所大学。你知道最糟糕的地方是什么吗？他们被我困住了。"

朱迪摸了摸女儿的脸颊，看到了米娅眼中的痛苦。她的女儿太敏感了。"当然，他们应该这样，他们一直很支持你。"

"我也需要支持他们一次。这才是关键。"

"你也很支持他们啊。"

"我不去南加州大学了，妈妈。我们三个可以去社区大学，然后找个公寓。"

"米娅——"

"如果你和爸爸不给我们出钱，我们会找份工作。这才是正确的事情，妈妈。你总是说没有什么比爱和家庭更重要了。你真的是这么想的吗？"

"米娅，我们交过定金了，作出承诺了。没这么简单。你不能只是——"

走廊里传来的脚步声打断了他们。扎克走进房间。"你在这里啊，米娅。该出发了。"

"妈妈跟我在说事情。"米娅说。

扎克翻了个白眼："告诉她你会做任何她想要你做的事情就好了。那就是法拉戴队能拿 A 的回答。"

"这不公平，扎克。"朱迪说。她感到不安，好像围绕着她的一切都散线了，自由下落着，滚动着，她无法找到任何可以抓住的东西。

"公平？"扎克说，"公平现在重要的吗？你过去常说你想让我们快乐，但是只有当我们做了你想要我们做的事情时，这话才是真的。"他看着米娅，"我们走吧。我们还要去接莱克茜，我不想派对迟到。"说完这句，他转过身，大步走出房间。

"我要走了，妈妈。"米娅给了朱迪最后一个悲伤的微笑，跟着她哥哥走了。

"等等！"朱迪喊道。她追在女儿身后，跟到大门口。她看到门外的那辆野马汽车，听到它的引擎已经发动。

"我们明天再谈，"朱迪对米娅说，"再决定要不要上南加州大学。"

"已经决定了。"米娅给了她一个大大的笑容，"原谅我吧？"

"不。我不会原谅你的。"朱迪说，"这次再想嘴上抹蜜地哄我同意，没门。这事没完。你必须想想你的未来呀。"

"我很抱歉，妈妈，但是事情定了就是这样。爱你。"米娅在朱迪脸颊上亲了一下，然后跑向车子。

"我希望你们1点钟前回来。"朱迪跟在女儿身后说。这句话太不重要了，也不是她真正想说的话，但这是她此时唯一能说的。明天他们会进行一次严肃的谈话，他们三个。"如果过了一点，我会打电话报警或直接开车过来。"

米娅在车边紧紧地抱了一下妈妈。"我们会回来的。"她保证。

"还有不许喝酒。"朱迪说。她俯下身透过车窗看着她的儿子："扎克，你是指定司机。不管什么情况。这是我们的约定。"

"我知道。"他紧绷绷地说。

她不得不又补充道："如果发生了任何事——"

"知道了，知道了，"扎克说，"我们会打电话回家让你来接。上车，米娅。莱克茜还在等着。"

"1点前回家。"朱迪又强调一次，退后，看着他们开走。"我是动真格的。"她说，但是车子已经开走了，没人听到这句话。

*

车里音乐轰鸣，扎克开得非常快，然后转上夜路。莱克茜在每个急转弯处都滑向车门。

"开慢点。"米娅从后座吼道，但扎克只是调大了音乐。是亚瑟小子的歌《耶！》，*在痛苦边缘……我如此着迷，我忘记了……*

当他们到达派对地点时，已经有十几辆车停在空处了。

扎克将钥匙从点火开关上拔下来，将它扔在座位之间的扶手箱里。"我需要喝点什么，"他边说边下了车。

莱克茜下了车走到他身边。"但你是指定司机。"

"我知道。我清楚我能喝多少。你不是我妈。"他推开她，大步走向派对。

莱克茜不知道怎么办才好。

米娅走到她身边。"他在生气。"

"对我?"

米娅耸耸肩。"对你，对我，对我爸妈，对他自己，对所有人。他不知道他想要什么，这几乎要了他的命。他一直如此。当事情顺利时，扎克很酷。但是当他困惑时或伤心时，他就失控了。有时他大喊大叫，有时他沉默不语。这次是前一种。他对妈妈和我尤为生气。"

"你们要是放弃南加州大学，只是为了一个糟糕的公寓和一个社区大学的课程，那就真是疯了。他会明白过来的。"莱克茜说。

米娅拉着她的手，她们一起沿着私家车道走过去。在树林深处，她们发现了一间小木屋，那是岛上的原始宅地之一。海滩上一堆巨大的篝火闪耀着。篝火旁放着一对银色小桶。左边有人在烤热狗。

米娅和莱克茜站在派对外围，聊着天。她们周围孩子们笑着、跳着舞、喝着酒。水上，一对喷气式水艇嗡嗡作响，全速航行着。门廊里一只音箱发出巨响的音乐声。空气里混合着松树的香味和木头的烟味，还有大麻的味道。

她们站在那里时，泰勒经过她们身边。阿莱娜·史密斯整个人都贴在他身上，缠着他不放。他把手搭在她的屁股上。

米娅猛地倒吸了一口气。她擦了擦眼睛，走到小桶处，拿了一瓶啤酒，以最快的速度灌下了酒。

"你还好吗?"莱克茜问。

"陪着我就好，"米娅颤抖地说，"别让我一个人……我……可能会让自己出丑。"

"我绝不会留你一人的。"莱克茜保证说。她也拿了瓶酒，尽管她讨厌啤酒的味道，但不知怎么的啤酒让她情绪缓和了些，米娅也是，不一会儿她们又笑着开起玩笑了。

当她喝完第二瓶啤酒时，米娅说:"我们需要扎克。我有个惊喜要给你们两个。有些事要告诉你们。在海滩跟我碰面。"莱克茜还没来得及阻止她，她已经钻进人群中。也罢，因为莱克茜不想阻止她。虽然她非常想跟她的好友在一起，但她也渴望扎克在自己身边。这是他们的毕业派对，在毕业日来临前的最后一个派对，他们三人应该在一起。

莱克茜走下海滩，坐在沙地上等着。

"你在这里啊，"几分钟后，扎克出现了，坐在她身边，"我刚在到处找你。"

"米娅呢？她去找你了。"

扎克耸耸肩，递给她一瓶朗姆酒。"喝吧。"

"喂，你不该喝酒的。"莱克茜说。

"最后一瓶，我保证。喝吧。"

她讨厌不掺调酒饮料或其他东西就这么喝，但是她不想让他失望，所以她啜了一小口。

"她根本不在乎我想要什么。"他说，又将酒瓶提到嘴边。

莱克茜不知道他是在说他的妈妈还是他的妹妹，但是两者都无妨。"不，她在乎的。"

他又深深闷了一口酒，将酒瓶递给她。"也许我他妈的也不在乎她想要什么。"

莱克茜叹了口气。"不，你在乎的。"

他看着她，睁大了眼睛。"我是那么爱你。"

她完全了解他的感受：这是她自己情感的小宇宙。她害怕看着他离开；他害怕让她留下来。"我知道。"她能说的就是这些。她现在相信他了，相信他的爱，那就是一切。

他们需要为彼此更坚强一点，她将躬先表率。"我会永远爱你，扎克。"

他用紧张的声音说："过来。"然后他拉着她的手，带着她走进树林深处。

在那儿，他们接吻，脱光衣服，用一种新的方法做爱，也许带着悲哀，还有一点粗鲁，他们用身体交流着一切无法说出的言语。当做完了后，他们躺在那里，筋疲力尽，盯着星光闪耀的天空，莱克茜伸手去拿朗姆酒瓶，喝啊喝啊，直到他们的未来看起来不是那么锋利，一种美好的朦胧感模糊了它的边缘。

最后，他们步伐不稳地离开小树林，回到了派对上，派对现在已经完全失控了。大约有一百多个孩子在那儿说着、笑着、跳着舞。男孩们将一个足球踢来踢去，一群人围在小桶周围，更多的人站在巨大的篝火旁。在小屋上，一个标志牌写着：2004 届班级——*再见，祝君好运*。

米娅看到他们尖叫了一声，跟跄地走过来。"你们两个刚才去哪里了？"她边说边递给莱克茜一个半空的朗姆酒瓶，"这是我们的夜晚。我们三人。好吗？"

他们站在原地，带着一点醉意看着彼此，像一群由高三学生组成的海洋里的一个小小岛屿。米娅一手拉住扎克，一手拉住莱克茜，因为这个动作，他们之间的联结恢复了。他们又变回他们自己了。

"让我们尽情享受派对吧。"扎克冲他的妹妹微笑。

莱克茜看得到他们两人之间的爱，尽管她很伤心地知道他俩将要离开她，她还是很高兴斗争结束了。这个最后的夏天，他们需要一起度过。

他们融入派对中，变成其中的一分子，笑着、喝着酒、跳着舞，直到月亮在黑暗的天空中升起，外面冷下来了。凌晨两点的时候，派对渐渐慢下来。孩子们四仰八叉地躺在地上、草地上和门廊里。

米娅想要说些什么，但又戛然而止。"哇（我）要说什么来着的?"①

扎克醉醺醺地笑起来。"你说你要给我们一个惊喜。你整晚都在这么说。什么惊喜?"

"哈，缩（说）得对。"米娅说着，摔倒在一边。她的头撞到一块石头上，她呻吟着说："该死，宅（这）疼……"

莱克茜扶米娅坐起来。"她流血了，扎克。"

话音刚落，他们都哈哈大笑起来。

莱克茜试图用她的袖子擦掉米娅前额上的血，但她失去了平衡感，老是戳到米娅的眼睛，米娅因此笑得更厉害了。

米娅突然蹒跚地站起来，身体摇晃。"哦，天哪……"她将一只手捂在嘴上片刻，然后磕磕绊绊走到路边，跪倒在沙地里，呕吐起来。这可怜的呕吐声和味道差点让莱克茜也犯了恶心，但她还是走到米娅身边，将她的头发捋到后面。

"我喝多了。"米娅说。她用袖子擦着嘴，坐倒在地。

扎克也起身蹒跚地走过来。他如此脚步不稳，被一块石头绊倒在地。"她还好吗?"

"干（该）回家了，"米娅说，"我们要是回去晚了，妈妈会杀了我们的。现在只（几）点了?"

"2点10分。"莱克茜眯着眼睛看了一下手表说。她猜是2点10分，因为表上的数字跳着舞，模糊一片。

"哦，妈的。"扎克摇摇晃晃地站起来，"我们得走了。"

他们摇摇晃晃，跌跌撞撞地一路走到斜坡，穿过草坪，跨过那些昏睡过去的同学的身体。米娅踩到了什么人的胳膊，笑起来，叫着："哎哟！对不起。"

---

① 这里用错别字表示三个孩子喝醉了，说话有些口齿不清，有些地方还有漏字，语句不连贯。

当他们东摇西摆地走到车边时，这个事实击中了莱克茜：扎克喝醉了。她转向他。

他站在那里，像棵在信风中摇摆的棕榈树，眼睛都闭上了。

她又看看米娅，她又吐了，鲜血从她的一侧脸颊上滴下来。

"你不能开车。"莱克茜对扎克说。

米娅走近车子，像布娃娃那样向前倾倒，将脸颊贴在车的引擎盖上。"打电话给妈妈。"她说。她翻找着口袋，将手机弄掉到了地上。

莱克茜捡起了手机。

"想都别想，"扎克说，"上翅（次）她几乎将我们禁足了。"

"他缩（说）得对，"米娅说，"浪（让）我们就这（么）走吧。"

莱克茜努力想集中注意力，但无法做到。她想到的就是他们应该给朱迪打电话，但是那时候朱迪又会对她有什么想法呢？要是伊娃知道了这些会怎么想？莱克茜曾经保证要做个乖乖女，而现在她又要派对了。

米娅剧烈地颤抖着。"我要冻僵了，扎克。我的外套呢？还（有）我的头也疼。为什么我的头会疼？"

"我们应该睡在这里。"莱克茜说。

"妈妈会杀了我们的。"扎克边说边一个踉跄向前，砰地撞到他的车上。他猛地拉开驾驶座的门，跌倒在座位里。钥匙在扶手箱里，他四下摸索了一番，咒骂着，然后笑起来："找到了。"

"出来，扎克，"莱克茜说，"你喝得太醉了，不能开车。"她绕过车子走到驾驶座那侧，尽量让自己不要磕绊或摔倒。"米娅，帮帮我，"莱克茜说，"告诉扎克他太醉了，不能开车。"

"句（就）一英里而已……"米娅说，"而且上次我们打电话，妈妈气疯了。"

"我能开。"扎克傻笑着说。

"来吧。"米娅呻吟着说，擦掉前额上更多的血。她打开车门坐进后座。"哎哟。"她笑着说，然后像胎儿一样蜷缩进座位里。

扎克将钥匙插进点火开关，发动引擎，在安静的黑暗中车子轰鸣着。"上来吧，莱。不似（是）什么大事。浪（让）我们出发吧。"

"我不知道。"莱克茜摇着头说。这个动作让她失去了平衡，她倒向前去，撞到了车侧。"等等。我要想想。这不是个好主意……"

chapter

夜路

哔。

哔。

哔。

朱迪坐起来，眼睛模糊。

她坐在客厅的沙发上。她的手机在旁边的垫子上，鸣叫着。电视购物广告在电视机屏幕上沉默地播放着。

她挣扎着看清手表上的小小屏幕。3：37。然后她翻开手机。有米娅的一条短信。

对不起我们迟到了。我们在路上。爱你。收到短信的时间是 2：11。

哦，他们是对不起她。他们回家晚了，没有跟她报备，并且忘了关掉外面的灯。这将是这段时间他们最后一次派对了。她起身关掉电视和外面的灯，锁上了大门。在上楼梯时，她试着决定是现在叫醒他们还是明天再冲他们发火。

她打开了米娅的房门，打开灯。床是空的。

她感到一阵恐惧，像一滴酸液滴到了赤裸的肌肤上。她又去了扎克的房间。

也是空的。

深吸一口气，朱迪。他们错过了宵禁时间，仅此而已。他们那会肯定是准备动身回来了，但被什么事情拖住了。

她打了米娅的手机。电话响了又响，然后转到了语音信箱。

扎克的电话也是一样。

她下楼跑向自己的房间。迈尔斯躺在床上睡觉，胸口上摊开着一本书，电视机还亮着。

"迈尔斯，这么晚了，他们还没回家。"

"打电话给他们。"他含糊地说。

"我打过了。没人接。"

迈尔斯坐起来，皱着眉，瞅了一眼闹钟。"快四点了。"

"他们从没这么晚过。"她说。

迈尔斯一只手抓了抓头发。"我们不必恐慌。他们很可能是玩得忘了时间了。"

"我们应该开车过去。"朱迪说。

迈尔斯点点头。"我想——"

此时门铃响了。

"谢天谢地。" 朱迪松了一口气，然后感到怒从心中起。"这次真的必须要让他们禁足。"她咕哝着，离开了房间。

她走进长长的、黑暗的走廊。先是黑色……然后是红色……黄色。灯光切开黑暗，闪烁着，嘟嘟响着。

警车灯光。

她绊了一下，差点摔倒。迈尔斯在她身后扶稳了她。

她感到她在往前走，但不是自己在走路。她是一块漂浮物，被她丈夫带着往前。

两个警察站在门外。外面在下雨，下得很大；为什么她要注意到在下雨？她认识这些人，不仅认识他们，还认识他们的妻子和孩子，但是现在他们不该在这里，不该在她的房子前，不该在午夜的时候，红色和黄色的光在他们脸上闪过。

艾弗里警官手拿帽子，上前一步。

她看到的一切都是破碎的，失焦的，好像她是透过为别人的眼睛调好的望远镜在看东西：断裂不连贯的色彩，一个可怕的夜晚，雨水看起来像是从天空落下来的灰烬。

我很抱歉。出了车祸。

词语。声音。移动的嘴唇和沉重的呼吸声。落下的大雨。

米娅……扎克……亚莉克莎·贝尔……

她无法理解这些词，无法理解这些话的含意。*我的宝贝们……你们谈论的是我的孩子们。*

"他们已经被空运去湾景医院了，三个人都是。"

"他们还好吗？"她听见她丈夫问，这让她如此惊恐，她几乎要推开他。他现在怎么能说得出话？怎么能问问题？

警察回答了吗？他说了什么？朱迪在大雨声和她的心跳声中无法听见任何

话。她在哭吗？这就是她什么都看不见的原因？

迈尔斯看着她，她在他的眼睛里看到他们俩都是如此易碎，如此脆弱。这种新的脆弱，是瞬间发生的；在他们从卧室走到大门的时间里，他们已被削弱，他们的内质变得虚弱。她想他此刻的触摸会碰伤她，留下印记。

"我们得换身衣服，"他拉着她的胳膊说，"我们必须赶过去。"

*

开往医院的路程似乎永无尽头。这个点没有渡轮，因此他们必须经过大桥去基萨普县，绕道去西雅图。

他们在车里一言不发。沉默是易于控制的，言语不是。哪怕只是保持一呼一吸忍住不哭，都需要集中注意力。

她真希望自己是个信教的女人。她培养的所有精神现在都帮不了她；她需要信仰，当作对不断升级的恐惧的一剂解药。当停好车时，朱迪转向她的丈夫。他看起来憔悴不堪，眼神痛苦。

她想要安慰他，像他下班回家仍然陷在失去病人的痛苦里时她常做的那样。她想告诉他不要往最坏的方向想，但是她太脆弱了，甚至无法拥抱他。

在明亮白净的医院里，朱迪挺直肩膀，继续前进，试图通过控制她身边的一切来控制住自己的恐惧。但是没有人回答她的问题，没有人注意她的呼救。

"别喊了。"迈尔斯最后说，在拥挤的走廊里将她拉到一边，"让他们忙他们的工作吧。我们所能做的就是等待。"

她不想什么都不做干等着，但她别无选择。因此她站在那儿，被无助感压倒，努力控制自己不要哭出来。等待。

最终，早上 6 点刚过，他们得到了回答。他们感觉好像已经等了几十年了，但其实还不到一小时。

"米娅在手术中。"她面前的男人说。他是一个高大的黑人，二头肌上文有纹身，有一双她所见过的最和蔼的糖浆色眼睛。他橙色的医护服看起来更像是囚服，而不是医院服装。"她受了一些严重的内伤。我知道的就这么多。"当迈尔斯开始发问时他补充说。

"她会没事的。"朱迪说。她脑中乱成一团，声音似乎含混不清。为什么在这么多嘈杂声中她可以听到自己的心跳？

"手术结束后主治医生会出来跟你们谈谈的，但是还要等一会儿。他们刚刚进去。"护士说。

"扎克呢？"迈尔斯问。

"我带你去看他。"护士说，"他的脸和眼睛遭到了一些化学灼伤，现在绑着绷带。在你开口询问之前，法拉戴医生，我知道的就这么多。他也断了几根肋骨。那个女孩，亚莉克莎，现在正和一名医生在里面，但我想她伤得没那么重。断了一只胳膊，前额撕裂伤。"

"灼伤？"朱迪说，"有多严重？他看过专家了吗？有个华盛顿大学的医生——他叫什么名字来着，迈尔斯？"

迈尔斯握着她的手。"之后再说，朱迪。"他坚定地说。无助感又在她心里升腾起来。

他们跟着护士走进扎克的私人病房。她的儿子——上周她觉得这个男孩看起来已经很像一个男人了，现在孤零零地躺在一张带有金属围栏的病床上，周围都是机器。他的右脸淤紫，肿胀，看起来有些畸形。绷带绑着他的头，绕开了他的耳朵。一块长方形的纱布片盖在他右脸颊的下半部和下颌。

迈尔斯握紧她的手，这一次，她紧紧依偎着他。

"我们来了。"迈尔斯说。

"我握着你的手，扎克。"朱迪说。当她俯身看到她儿子淤紫烧坏的脸和缠着绷带的眼睛时，她竭力不让自己哭出来。他的另一只手也缠着绷带，一直绕过手腕处。"就像以前一样，记得吗？以前我牵着你的手一路送你到幼儿园的班上。八年级时你是大小孩了——之后，我只能在车里拉你的手，只能拉几分钟。我习惯于往后座伸手，记得吗？你也会握着我的手握上几分钟，是那么——"

"妈妈？"

一瞬间她以为是自己幻听了。"谢天谢地，"她握紧他的手，轻声说。

扎克试图坐起来。"我在哪儿？"

"躺着别动，儿子。你在医院。"迈尔斯说。

"我……看不见……发生了什么？"

"出了车祸。"迈尔斯说。

"我瞎了吗？"

当然不是，朱迪想这么说。这不是真的，不能发生在她儿子身上，他怕黑。"你的眼睛上缠了绷带，仅此而已。"

"我们还不知道你受伤的程度。"迈尔斯平静地说，"好好休息，扎克。重要的是你还活着。"

"米娅怎么样？"扎克轻轻问，仍然想坐起来。他环顾四周，但是隔着纱布什么都看不见。"还有小莱呢?"

"米娅现在正在手术中。我们也在等消息。"朱迪回答,"我相信她会没事的。这是一家很棒的医院。"

"莱克茜呢?"扎克问。

"护士认为她没事。我们一会儿就知道了。"迈尔斯说。

"好好休息吧,宝贝。"朱迪说。她用她的声音来安慰他,就像他小时候她常做的那样。"我们会在这里陪着你。"

她坐在他的床边,——在他的人生里,她多次这样做过。片刻之后,迈尔斯又出去了一趟,去问米娅的情况。等待回音很可怕,但是朱迪不得不承受住这一切。她还能有什么选择?并且,她在内心最深处相信米娅会没事的。她必须要相信这一点。

她身后,门又开了。"还没有消息。"迈尔斯说。

朱迪又俯身看着扎克,试着去想跟他说点什么。她感到言语沉重、笨拙,她无法驯服她的恐惧,让自己能去思考,因此她深挖过往,回到过去——那时她有两个婴儿,像小奶狗一样在她的大腿上缠在一起。她给他讲了他最爱的故事。她没能记得一字不差,但是她清楚记得怎么开头:"那晚,马克斯穿上他的狼皮外套搞恶作剧,他的妈妈叫他野东西,让他没吃晚饭就去睡觉了……"

随着她记起那些句子——比如他可怕的磨牙声——她试图让自己远离故事激起的回忆。但她怎么做得到?这个故事让她想起那个她一关掉房间的灯就会哭的男孩,那个害怕橱柜里和床底下有怪物的男孩。只有他妹妹在才能让他真的平静下来。朱迪抛开所有的育儿手册,任由这对双胞胎爬上她和迈尔斯的床。

现在他的眼睛被蒙上了,他陷入了深深的黑暗中。

"妈妈?"

她竖起耳朵。"怎么了,宝贝?"

"你看到莱克茜了吗?"

"还没有。"

"去看看她。告诉她……告诉她我没事,行吗?"

她握紧他的手然后松开。"没问题。"她站起来,脚下发颤,转向迈尔斯:"我出去时你会握着他的手吗?"

"当然。"

她假装没有注意到他们都不敢看彼此。"那好。"

她又逗留了一秒，不知怎么地无法离开她的儿子，然后她离开病房，走进亮着灯的走廊。她停了一下调整好姿态，走向忙碌的护士站。

"我能了解一下亚莉克莎·贝尔的情况吗？"她问。

"你是她的亲属吗？"

"不是。"

"她在西 613 房间。我能告诉你的就这么多。"

朱迪点点头，离开了护士站。

在西 613，她停了片刻，推开门。

病房里有两张床。靠窗户边的床是空的。另一张床上躺着莱克茜。尽管她的床被摇起来了，她仍然睡着了。她漂亮的瓜子脸擦伤了，很可能因为撕裂伤的缘故，她的左眼缠着绷带，左胳膊打着石膏。她身后，伊娃·兰格坐在塑料椅子里。她看起来比朱迪印象中更老、更矮小了。她将双手紧紧夹在大腿间。

朱迪这些年听过很多关于这个女人的事，知道她如何事先未见过莱克茜就将她接过来，给了她一个家。伊娃几乎没什么钱，名下只有一辆租来的拖车和一辆二手车，但是她欢迎莱克茜和她一起生活。"你好，伊娃，"朱迪说，"我可以进来吗？"

伊娃抬起头。她深色的眼睛里噙满泪花，脸颊上的皱纹像手风琴的褶皱那么深。"当然。"

"她怎么样？"朱迪问。

"我哪里知道？让医生跟你多说两句话跟买到能中奖的彩票一样。"

"我一会让迈尔斯去帮你问问。是很难。我们也在等……米娅的情况。"朱迪看着伊娃，尽管她们几乎毫无共同点，但是此刻她们的心连在一起，这种母亲式的担忧将她们捆在一起。

"我不明白，"伊娃含泪轻声说，"她告诉我今晚在你家过夜。跟米娅一起。"

"是的，原计划是这样的。"

"但是他们到 3：30 还没到家？"

朱迪突然尖锐地想到，她的孩子们得对这事负责，是他们开的车……也是她同意让他们去的。"他们忽视了宵禁。"

"哦。"

朱迪靠近床边，俯身看着她儿子爱的这个女孩。他儿子因为这份爱情和她起的争斗，上哪所大学的问题，这些现在似乎都不重要了。朱迪会从现在起改变自己。*坦诚地说，老天。我会变得更好。就让米娅、扎克和莱克茜都平安无事吧*。"她就像我们家的一分子。"

"我知道她有多爱你们一家。"

"我们也爱她。好了,我该回去了,"她最后说,向门口退去,"我们也许有米娅的消息了。"

"我为他们三个祈祷。"伊娃说。

朱迪点点头,真希望她知道如何祈祷。

12 | *chapter*
夜路

"朱迪，亲爱的，消息来了。"

朱迪惊醒了。她坐在扎克床边的一把椅子里，不知怎么的竟然睡着了。她眨了眨眼睛，又揉了揉。阳光透过窗户照进来，于她已经毫无意义。她从扎克平稳的气息中知道他睡着了。

迈尔斯扶她站起来，带她来到走廊上，一个穿蓝色医护服的男人站在那儿等着他们。

她紧紧抓着迈尔斯的手。

"我是亚当斯医生，"外科医生边说边将头上多彩的帽子摘了下来。他有一头浓密的灰白色头发和一张巴吉度猎犬般皱巴巴的脸。"我很抱歉——"

朱迪的膝盖一软。她紧紧抓住迈尔斯强壮的胳膊，但是突然间他也开始发抖了。

"伤势过重……没扣安全带……从车里甩了出去……"外科医生一直在说话，但是朱迪听不见。

一个医院牧师出现在她的视线中，身着黑色衣服，像一只冲上来啄骨头的乌鸦。

她听见有人在尖叫，那个声音屏蔽了其他一切。她用力推开那个牧师。

是她。她是那个大哭着、光叫着说"不"的人。

当人们试图拉住她时——也许是迈尔斯，也许是牧师，她不知道谁向她伸过手来——她凭空乱推着，蹒跚地让到一边，哭喊着她女儿的名字。

她听见迈尔斯在她身后，向外科医生问了一连串的问题，一一获得了回答。关于脑血流量和戊巴比妥之类的问题。当听见他说脑死亡时她呕吐了出来，瘫倒在地上自己的呕吐物里。

迈尔斯守在她身边，用他通常照顾年迈病人时的那种温柔来照顾她。他用一只胳膊搂着她，将她抱起来站好，扶稳她。她内心正在不断崩塌。

人们围在四周，盯着她。让这一切没发生吧，她环视着他们想。

求你了，老天。

求你了。

她在当众大吵大闹，丢自己的脸。

迈尔斯将她带进一间空房间，在那儿，她瘫坐在一张塑料椅子里，躬身前倾着。这不是真的。不可能是真的。"我刚刚还和她在一起。"她对迈尔斯说，抬头透过伤心的眼泪看着他。

他在她面前蹲下来，一言不发。她感觉她的身体内部正在流失，变得空荡荡。然后门口响起一阵敲门声。

他们在这儿多久了？一分钟？一小时？

牧师走进房间。在他旁边，一个穿着廉价蓝色套装的女人拿着一个笔记本。

"你们想见见米娅吗？"牧师问。

朱迪盯着他蓝色的眼睛，看到他也流泪了。这个陌生人在为她而哭，这个冰冷的现实深深地扎进她的心里。

"想。"迈尔斯说。她这才想到他，想到他的痛苦。当她看着他时，她看到他也在流泪。

他们都如此脆弱。谁能想到这事呢？肯定不是她。就在刚刚，她伸手去拉她丈夫的手之前，她都以为自己是一个坚强的女人。甚至，强有力的女人，幸运的女人。

他们一起站起来，走过一条又一条走廊，最后来到右手边的最后一扇门处。当然了，这里远离其他病人。

迈尔斯还有力气推开门，尽管朱迪无从知道他是怎么做到的。

房间里很明亮，这让朱迪很惊讶。几乎所有的东西都是不锈钢的。一些机器"嗖嗖"地运转着发出声响。一片黑底的电脑屏幕上显示着心跳的尖峰和谷底。

"谢天谢地。"朱迪低声说。她搞错了。吼着我很抱歉，她发现误解了。米娅没死。她就在这里，看上去像以前一样漂亮，她的胸膛起伏着。"她没事。"

拿着笔记本的女人向前一步："其实，她已经……我很抱歉。这叫脑死亡，我可以——"

"别。"迈尔斯说，他的口气如此严厉，这个可怜的女人脸色都吓白了。"我知道你为什么在这里，我们还有多长时间。我跟亚当斯医生都谈过了。我们会同意的。请你出去让我们单独待一会吧。"

137

女人点点头。

"同意什么?"朱迪看着迈尔斯。"她看起来很好。一点点擦伤,但是……看,她还在呼吸啊。她的脸色也很好。"

迈尔斯的眼睛里充满了泪水。"那都是机器维持着,"他温柔地说,"让她的身体还保持活着,但是她的大脑……我们的米娅……已经不在这里了。"

"她看起来——"

"相信我,朱迪。你知道如果……我们的女儿还在这里,值得抢救,我无论如何也会奋力救她的。"

她不知道怎么去相信他。她心中的一切都在尖叫着"这不公平,这不对,已经犯下了一个错误"。她开始后退,摇着脑袋,但是迈尔斯不肯放开她。他将她紧紧抵在自己的胸膛上,紧紧地抱着她,让她一动也不能动。

"她已经走了。"他在她的耳边轻声说。

她大声尖叫起来,在他的怀里挣扎,说着**不 不 不**,但是他仍然紧紧抱着她。她哭喊着,直到全身软弱无力、彻底掏空,最后他放手了。

她木然地挪到女儿的床边。

米娅被机器、管子、针和静脉注射管包围着。她看起来很健康,好像可能随时会醒来说**"你好,妈妈"**①。

"嘿,乖宝贝,"朱迪一开口,就恨自己脆弱的声音在这个熟悉的昵称上沙哑了,"她需要她的黛西狗狗。我们怎么能没把它带过来?"

迈尔斯走到她身边。"嘿,宝贝女儿。"他说。他也哽咽了。

朱迪想安慰他,但她做不到。

"我对她说的最后一句话是我不会原谅她的。哦,我的天啊,迈尔斯——"

"别。"他简单地说。

如果不是迈尔斯在她旁边支撑着她,她会瘫倒在这个看起来睡得如此安详的女孩旁边。朱迪记得抱着她时是什么感觉,在她还没出生前就爱着她、想象着她的模样是什么感觉……她记得自己过去常常跟她腹中的双胞胎说话,他们在她鼓起来的肚子里游泳,像一对小鱼,盘绕在一起,总是一起……

扎克现在是一个人了。独子。

他们怎么告诉他这个噩耗?

---

① 这里是米娅早上起床时常用的一句打招呼语,且是用西班牙语说的。

这个世界像被气泡膜包裹着一样，感觉非常遥远。除了她的女儿，朱迪无法注意到其他任何事情。接下来的一小时里，他们打电话通知朋友和家人。电话都是由迈尔斯打的。词语飘进朱迪的耳朵里，这些词之前都没有意义。**器官。心脏。角膜。皮肤。救人命。** 她点点头，叹息着，不看任何人，也不说话。人们在米娅身上做着测试，他们推开她，挤撞着她。朱迪不止一次对着什么人厉声说话，让他们小心对待她的女儿。这是她现在唯一能做的了。她提醒他们米娅怕痒，她唱歌跑调，爱哼歌，她怕冷。

似乎没人在听。他们看起来非常悲伤，压低了声音窃窃私语。某个时候牧师悄悄走到她身边，将她从床边拉开，试图用死记硬背的言辞来安慰她。她用手肘用力推开他，冲回米娅身边。"我在这里，乖宝贝，"她说，"你不是一个人。"

只要他们允许，她就站在那儿，一动不动，低语着关于爱的话，讲着故事，努力记起关于米娅的每一件小事。

最后——她不知道是几点钟了，或者她在那儿多久了——迈尔斯走到她面前。

"朱迪?"他说。她意识到他叫了她的名字不止一遍，也许甚至是大叫她才听到。

她将视线从米娅身上移开，转向她的丈夫。

米娅后面站着一队穿着外科手术服的人。她瞥见一个人拿着一个红白的冷却器。

"现在他们必须带走她了，朱迪。"他边说边将她的手指从床的围栏上剥下来。

她透过热泪看着他："我还没准备好。"

他一言不发。又能说什么呢? 谁又能真的对这种事准备好呢?

"你会跟她一起去吗?"她问道，同时将一只手压在他的心上，感觉着他的心跳。

"我会在观察区。"他的声音沙哑了，"她不会孤身一人的。"

"我想坐在手术室外面。"她这么说，尽管她真正想做的是拔腿逃跑。

"好的。"

她又转过身，俯身吻了吻女儿饱满的粉唇。"我爱你，乖宝贝。"她将毯子拉到米娅的脖子处。这是一个发自本能的动作，一位母亲的爱抚。最后，她后退着，浑身颤抖，任由迈尔斯将她从床边拉开。不出一会儿，米娅就真的要走

了······

他们正要将她的女儿推出房间时，朱迪想到他们刚刚忘了什么。他们怎么能忘记？

"等等！"她尖叫道。

迈尔斯看着她："什么？"

"扎克。"她所能说的只有这一个词。

*

莱克茜能听见米娅在说话，笑着······说着什么你的世界的一部分······

她对她的好友含糊地说："嗯？"然后伸手去拉米娅，但是她旁边没有人。莱克茜慢慢地醒过来，眨了一下眼睛。有什么事情不对头。她在哪里？

她想坐起来但是感到胸口一阵剧烈地疼痛。太疼了，她不禁叫了出来。

"亚莉克莎！"伊娃站起来。她刚一直坐在窗边的椅子里看书。

"我在哪儿？"莱克茜皱着眉问。

伊娃走近她："医院。"

这两个字让时间停住了。脑海中一幅幅闪现的画面让莱克茜记起了一切：汽车的白色引擎盖猛烈地撞向前方，树木被车前灯照得雪白，米娅的尖叫，烟，玻璃破碎的声音······

"我们撞车了。"她低声说，转过头看着她的姨婆。只看了一眼伊娃充满悲伤的眼睛，她就知道情况很糟。莱克茜掀开被子，准备下床。

伊娃牢牢抓住了她未受伤那只胳膊的手腕。"别，莱克茜。你的肋骨断了，胳膊也骨折了。躺着别动。"

"我要去看看扎克和米娅——"

"她已经走了，莱克茜。"

莱克茜大大松了一口气。"谢天谢地。她什么时候离开医院的？扎克怎么样？"

"米娅死了，莱克茜。我很抱歉。"

死了。

走了。

莱克茜似乎无法理解这些词的含义。怎么可能？她感到米娅就在她旁边，靠得很近，低语道：别让我一个人。我也许会做出很蠢的事情来。这才是刚刚的事情，一秒之前。我可以坐在你旁边吗？"不，"她低声说，"别说了······"

伊娃摇摇头。真相就是这样，包裹在沉默中，像被戳醒的沉睡的蛇。晴天霹雳。

车。撞车。死亡。

不。不。

"这不可能是真的。"莱克茜低声说。米娅就是她的一部分，她们中怎么能只活一个？"我能感觉到她，不是吗？这不可能是真的。"

"我很抱歉。"

莱克茜颓然倒在床上。她望向门口，指望看到米娅在那里，穿着什么奇怪的服装，交叉着双臂，头发不均匀地编着辫子，带着她惯有的微笑，说，**你好啊，朋友**①，**我们该怎么办呢？**

然后她坐起来。"扎克呢？"

"我不知道。"伊娃说，"他被烧伤了。我就知道这些。"

烧伤。

"我的天啊，"她说，"我不记得有起火。"

烧伤。

"告诉我发生了什么。"伊娃抓住了莱克茜的手，温柔地说。

莱克茜躺回去，感到她的灵魂好像被带着锯齿的刀片挖出躯体。如果她可以用意念让自己进入虚无，她会这么做。**求求你老天，让她平安无事吧。**要不然她还怎么能活下去？

没了米娅她怎么能活下去？

*

朱迪站在轮床旁，握着米娅的手。她知道身边一片混乱：人们来来去去，团队成员谈论着"收割"，好像朱迪是个聋子一样。一个男孩非常需要米娅强壮的、充满爱的心脏，他只比她的女儿小一岁；另一个男孩梦想着打棒球……一个有四个孩子的妈妈因为肾功能衰竭濒临死亡，只希望自己能有力气陪她的孩子走到学校。这些故事都令人心碎，本也应该让朱迪获得安慰——她总是关心那样的事情。但是，不是现在。

让迈尔斯在器官捐献中找到安宁吧。她不能。没有人惹她生气或冒犯到她。她只是不在意。

她心里只剩下痛苦。她将痛苦藏在心里，藏在紧闭的嘴唇后。如果她忍不住尖叫出声了，老天啊帮帮她。

———————————

① 这句话的前半句米娅是用西班牙说的。

她听见身后的门开了，知道是谁来了。迈尔斯带扎克来跟他的双胞胎妹妹告别。门又在他们身后安静地关上了。

现在他们四人都到齐了，这里只有他们一家人了。那些医生和专家都在外面等着。

"米娅出了事，"扎克说，"我感觉不到她了。"

迈尔斯听到这话脸色苍白。"是的，"他说，"米娅……没能挺过来，扎克。"他最终说。

朱迪知道她应该走向她的儿子，陪在他身边，但是她无法让自己松开米娅的手，无法动弹。如果她松手了，米娅就走了。想到失去米娅，她无力招架，因此她不去想。

"她死、死了？"扎克说。

"他们尽了全力。她的伤势太重了。"

扎克开始撕扯眼睛上的绷带。"我要看到她——"

迈尔斯将他们的儿子拉进怀里。"别这么做。"他说。在他这口气的最后，他们俩都哭了。"她就在这里。我们知道你想跟她告别。"他将他们烧伤的、缠着绷带的儿子领向轮床，他的妹妹躺在床上，被皮绳捆住，身上盖着白毯子，靠可推式机器维持着生命。

扎克摸索到他妹妹的手，握住。像往常一样，他们俩在一起时就像两块拼图拼到一起。他向前俯下身，让他缠着绷带的头靠在他妹妹的胸膛上。他低声喊着从他们婴儿时期就有的昵称，"米妹……"，说着一些朱迪听不懂的话。也许它是一个很久以前的词，早已被忘记，直到此刻才想起；是他们独有的双胞胎语言创造出来的一个词。那时总是扎克咿咿呀呀说话，替他的妹妹讲话……现在也是那样。

他们身后，有人敲门。

迈尔斯抓着他儿子的肩膀，将他缓缓带离轮床。"现在他们不得不带走她了，儿子。"

"别把她放在黑暗里。"扎克用沙哑的声音说，"真的怕黑的那个人不是我，是她。"他的声音沙哑了，"她不想让任何人知道。"

听到这个小小的提醒——点明了这对双胞胎是谁，过去一直是怎样的人，——朱迪感到最后一点勇气也荡然无存了。

别把她放在黑暗里。

朱迪紧紧握住米娅的手，久久依偎着她的女儿。

迈尔斯和扎克走到她身边，伸出手。他们站直身子相拥在一起，他们三个人，这个家庭仅剩的三个人。

敲门声又响起来了。

"朱迪，"迈尔斯说，他泪流满面，"是时候了。她已经走了。"

朱迪知道自己该做什么，他们都在等着什么。她宁可把自己的心挖出来。但是她别无选择。

她松开女儿的手，退后。

13 | chapter
夜路

朱迪蹲在手术室门口的走廊里。某一刻她的脚失去了知觉，倒在冰冷的油毡地板上，但是她就待在那儿不动，脸贴着地板。她听见人们在她周围来来往往，从一个伤病员冲向另一个伤病员。有时他们停下来，跟她说话。她抬头看着他们的脸——皱着眉头，带着怜悯，有一些分心——她试着去理解他们在说什么，但是她无法理解。她就是无法理解。她全身因为寒冷而发抖，视线模糊，除了心脏不情愿的跳动声，她什么都听不见。

不。我不会原谅你的。

我们明天再谈。

这些话在她脑中不断循环着。

"朱迪斯？"

她微微侧了点身，看到她妈妈站在那儿，又高又挺，她的一头白发保持着完美的发型，衣服是熨过的。她知道她妈妈已经来了有好几个小时了，她一次次试图跟朱迪说话，但是陌生人之间有什么好说的呢？

"让我帮帮你吧，朱迪斯，"她妈妈说，"你不能坐在走廊里。我去给你买点咖啡。吃点东西会好些的。"

"吃东西也不会好些的。"

"没有必要大喊大叫，朱迪斯。"妈妈上下打量了一通走廊的人，看看谁可能听到朱迪的喊叫，"跟我一起去吧。"她向她伸出手。

朱迪猛地扭向一边，又向角落里缩了缩。"我没事，妈妈。别管我，行吗？去找迈尔斯，或去看看扎克。我没事。"

"你这样怎么可能没事。我想你应该吃点东西。你在这里七个小时了。"

朱迪已经厌倦了人们对她说这句话。好像她胃里有食物就可以填补她心里的大洞一样。"走开，妈妈。我很感谢你过来了，行了吗？但是我需要一个人待着。你不会理解的。"

"我不会理解?"她妈妈轻声反问,然后又说,"好吧。"她在朱迪身边慢慢蹲下来。

"你在做什么?"

她妈妈也一屁股坐到了冰冷的油毡走廊上。"我跟我的女儿坐在一起。"

朱迪的心中激起一阵负罪感——毫无疑问这是她妈妈自私自利的姿态之一,一种迫使朱迪向她的意志屈服的手段。在其他时候,这个手段都会起效,朱迪会在战败中叹气,站起身,做她妈妈要求的事情。现在,她不在乎。直到迈尔斯来找她之前她都不会离开这个地方。"你不该坐在这里,妈妈。地上很冷。"

她妈妈看着她,有那么一瞬间,她的目光中有种不可承受的悲伤。"我以前也经历过寒冷,朱迪斯·安妮。我留在这里。"

朱迪耸耸肩。这一切对她来说太难以承受。现在她无法去想任何事,当然无从顾及她妈妈。"随便吧。"她疲惫地说。但是这个词一出口,她就后悔了。一个词怎么能让她想起过去全部的生活,一个孩子,并且还记得如此翔实的细节?她看到了十三岁的米娅,牙套,青春痘和不安全感,对所有问题都回答"随便吧"……

她闭上眼睛去回忆……

*

"朱迪?"

她抬起头,被这个叫她名字的声音弄糊涂了。她在这里多久了?她瞥了一眼旁边,她妈妈在她旁边睡着了。

迈尔斯站在手术室外面。

"结束了。"他弯腰向她伸出手说。

朱迪想站起来,但是又跌坐回地上。他立即冲到她身边,扶稳她。当朱迪能够自己站稳时,他又扶卡洛琳站起来。

"谢谢。"卡洛琳生硬地说,从脸颊向后理顺她的头发,尽管没有一缕头发掉下来。"我去等待室。"她说。她看了一眼朱迪,几乎有什么话要脱口而出,然后她转身走了。

朱迪抓紧她丈夫的胳膊,让他带她走进手术室。米娅躺在桌上,盖着白布。她银金色的头发被拢在一顶浅蓝色的帽子里。朱迪摘掉帽子,让她女儿的头发散下来。她抚摸着她的头发,像之前做过的很多次那样。

米娅看起来依然美丽,但是她的脸颊像粉笔一样苍白,嘴唇毫无血色。

朱迪握着米娅的手，迈尔斯握着朱迪的手。他们三人联结在一起，谁都没说话，只是流着泪，直到最后一个护士走进来。

"法拉戴医生，法拉戴太太，很抱歉打扰你们，但是我们需要带走你的女儿了。"

朱迪握紧了米娅冰冷的手。"我还没准备好。"

迈尔斯转向她，将她的头发别到一只耳后。"我们现在该去陪扎克了。"

"我们离开她就一去不复返了。"

"她现在已经走了，朱迪。"

朱迪开始感觉到痛苦，她将痛苦推开，让麻木回归。她不能允许自己感觉到任何东西。她俯下身吻了吻米娅的脸颊，注意到她的脸现在也是如此冰冷。她低语道："我爱你，乖宝贝。"然后她后退，看着迈尔斯做了同样的事。她不知道他说了什么，她所能听见的就是自己的血液在心脏里涌进涌出的声音。一开始她感觉眩晕，但是当她沿着忙碌的走廊迈进电梯下到六楼时，她连那点微小的感觉也丧失了。

*

"法拉戴太太？"

"朱迪？"

在大雾中的某个地方，她听见迈尔斯在喊她的名字。这种不耐烦的音调告诉她他已经喊了不止一次了。

"这是莱曼医生。"迈尔斯说。

他们在另一条走廊里，在扎克病房的门外。朱迪甚至不记得是怎么到这儿来的。

"节哀顺变。"莱曼医生说。

她点点头，没说话。

莱曼医生带他们进了扎克的病房。扎克颓然地坐在床上，叉着双臂。

"谁来了？"他问。

"是我们，扎克。"朱迪说，她努力想让自己的声音听起来坚强。

莱曼医生清了清嗓子，走到扎克的床边。"你现在感觉怎么样？"

扎克耸耸肩，好像这无关紧要。"我的脸疼死了。"

"是烧伤。"莱曼医生说。

"我被**烧伤**了？"扎克平静地说，"我的脸？怎么烧伤的？"

"这很少见，"莱曼医生说，"大部分人甚至都不知道可能会有烧伤，但是汽车气囊里含有一些像喷气燃料一样的物质，一种推进燃料。通常情况下气囊弹出不会有事，但是有时候，也就是发生到你头上的事情，扎卡里，它可能会出错，造成化学灼伤。你的眼睛也被烧伤了。"

"我看起来什么样？"

"烧伤处不严重，"医生说，"沿着你的下巴有一小块，我们会密切注意的，但是应该不会留疤或仅有轻微疤痕。我们认为不需要任何植皮手术。我现在可以拆掉绷带吗？"

扎克点点头。

莱曼医生走到水槽边，洗净双手，然后小心地拆下扎克的绷带。扎克的头发一侧已经被剃掉了，另一侧还留着，这使他的面相看上去歪斜不平衡。

随着绷带被拆掉，朱迪看见了整个起泡、渗水的烧伤处，患处沿着他的发际线向下，穿过他的脸颊和下巴。

莱曼医生慢慢拆掉了扎克眼睛上的绷带，还有每只眼睛上覆盖的蜂巢状金属盖。他抬起扎克的头，向他的眼睛里滴了点眼药水。"好了，"他最后说，"睁开眼睛吧。"

扎克的睫毛硬硬的，看起来根根如钉子。他润了一下嘴唇，咬住下唇。

"你可以的，扎克。"迈尔斯边说边向他靠过去。

扎克的眼睫毛扑动如小雏鸟第一次抬起翅膀，然后他慢慢地、慢慢地睁开了眼睛。

"你能看到什么？"莱曼医生问。

扎克不疾不徐，转慢慢过头来。"很模糊，但是我能看到。妈妈。爸爸。一个白头发的陌生人。"

迈尔斯身子向前松懈下来："谢天谢地。"

莱曼医生说："看不清只是暂时的。你的视线很快就会恢复清晰。你是个幸运的年轻人。"

"对。幸运。"

*

朱迪听到扎克在哭，这给她增添了新的痛苦，既因为扎克的哭泣也因为她无法想到怎样才能让他感觉好点。她无能为力，帮不了他，也帮不了她自己或米娅。

"没关系，扎克。"迈尔斯在医生离开后说。

"是我的错，爸爸，"扎克说，"出了这样的事我还怎么活下去？"

"米娅没有怪你。"迈尔斯说。尽管他的话通情达理，但是他的声音流露出深深的痛苦。朱迪听得出来她的丈夫有多努力地为一个孩子哀悼，同时又安慰另一个孩子。她听得出来是因为她自己也是一样挣扎。

"我真希望**我**瞎了。"扎克说。第一次他听起来像个男人了。笃定。"我不想回家看见米娅的房间，或她的照片。"

就在那时，艾弗里警官走进房间。他手里拿着一个皱巴巴的纸袋，担心他笨拙的手指弄出来卷起的折痕。"法拉戴医生，朱迪，"他清了清嗓子说，"在你们家遭难的时候打扰你们我真是过意不去，"他又清了清嗓子，"但是我需要问扎克一些问题。"

"当然，"迈尔斯走近床边问，"扎克，你能回答一些问题吗？"

"随便。"扎克说。

警官清了清嗓子然后尴尬地走向朱迪，将纸袋子递给她。"给你，"他说，"我很抱歉。"

她感到她好像在水底，寻找着一些看起来很近但其实很远的东西。当她触碰到粗糙的牛皮纸时，她微微有一点惊讶。她打开袋子，看到一团软软的粉红色——是米娅的小手提包——她飞速合上了袋子，用颤抖的手紧紧抓着它。

警官后退了一点，保持着尊重的距离，打开一个小笔记本。"你是扎卡里·法拉戴？"

"你知道我是谁。你是四年级的友好警官①。"

艾弗里警官冲这句话微微一笑。"昨晚在夜路上撞毁的白色野马汽车是你的？"

"是我的车。"

"你参加了周六晚上在卡斯特纳大宅举办的派对，和你的妹妹以及亚莉克莎·贝尔一起？"

"还有其他一百来个人。"

"你喝了酒，"警官看着一页文件说。"我这里有测试报告，显示你的血液酒精浓度在 0.28，"警官说，"那几乎是法律规定限度的四倍。"

"是。"扎克平静地说。

我不会酒后驾车的，妈妈……你知道你可以相信我的。朱迪多少次听过他许下那样的承诺？

她闭上眼睛，好像黑暗提供了摆脱这一切的避难所一样。

---

① 友好警官（Officer frierdly）通常指社区中向孩子们普及法律知识、促进社区关系的执法人。

警官翻了一页。"你还记得离开派对时的情况吗?"

"记得。那时大概夜里两点了。米娅对我们回家迟了很着急。"

"因此你们几个就决定上车,开车回家。"警官说。这些话像一把攻城槌。朱迪感到每一下都敲在她的脊椎上,让她的大脑嗡嗡作响。

"莱克茜想打电话回家,"扎克平静地说,"我让她别傻了。我们曾经那么做过一次,妈妈气坏了。我不想之后又不能参加派对。"

"哦,扎克。"迈尔斯摇着头说。

朱迪感觉她又要犯恶心了。

她都要忘了上回事情,他们相信了她的话,打电话求助于她。她都做了什么啊——让他们为此付出代价,迫使他们那个周末好几个活动都放弃参加。

我的天。

"你们开到夜路前都还好好的。"艾弗里警官继续说。

"路上没有人。米娅在……米娅在后座上,跟着广播唱歌。那首凯丽·克拉克森的歌。我让她别唱了,她打了我的后脑勺,然后……"扎克深吸了一口气,"我们甚至都没开那么快,但是路上很黑,拐弯处突然出现在眼前,你知道吗? 刚过史密森家邮箱那里的急转弯。好像突然冒出来似的。我听见米娅尖叫起来,我对莱克茜大吼,让她踩刹车,同时试图抓住方向盘……然后……"

朱迪的脑子抢到这句话。"你告诉**莱克茜**踩刹车?"

"她在开车,"扎克说,"她不想的。本该由**我**开车的。我是指定驾驶员。是我的错。"

"贝尔小姐的血液酒精浓度是 0.09。法律规定的限度是 0.08。当然,她不满二十一岁,喝酒也是违法的。"警官说。

莱克茜开的车,不是扎克。

扎克没有杀死他的妹妹。

是莱克茜。

*

"我要见扎克。"

"哦,莱克茜,"她的姨婆说,松弛的脸上满是悲哀,"自然——"

"我**需要**见他,伊娃姨婆。"

姨婆开口说不行,但是莱克茜不肯听。在她意识到之前,她已经哭着推开她的姨婆,跟跟跄跄沿着走廊过去找他了。

她透过走廊尽头开着的一扇门看到了他。

他一个人在病房里。

"扎克。"她站在门口说，向他走去。

"她走了。"他说，嘴唇几乎都没动一下。

莱克茜感到这三个字又一次撞击着她。她绊了一下。"我知道……"

"我过去能**感觉**到她，你知道的。我的脑子里总能听见她哼歌。现在……现在……"他抬起头。当他看到她时，他的眼睛里一下子溢满了泪水，"安静了。"

她一只胳膊骨折，一根肋骨断裂，尽了最大的努力一瘸一拐地走到他的床前，抱住他。每一次呼吸都很疼，但是她活该受痛。"对不起，扎克。"

他别过头，好像他再也无法忍受看到她的脸。"走开，莱克茜。"

"对不起，扎克。"她又一次道歉，听见这些话是如此微不足道。她将这些话握在手里，像握着一朵脆弱的花，想着当她告诉他这些时，这朵花就会开放。她是多么幼稚啊。

朱迪走进房间，手里拿着米娅的小手提包和一听可乐。

"对不起。"莱克茜结结巴巴地说，想要止住她愚蠢又无用的眼泪。但她失败了。

此时她的姨婆也来到了她的身边，抓着她的一只手。"走吧，亚莉克莎。现在不是时候。"

"对不起？"朱迪迟钝地说，好像她还在理解莱克茜的道歉。"你杀了我的米娅。"提到这点她的声音沙哑了，"对不起对我来说算什么？"

莱克茜感到她的姨婆绷紧了身体，挺直了背。"这是一个知道她的孩子要去喝酒还给他们车钥匙的女人说出的话么？我很抱歉，但莱克茜不是这里唯一一个要负责的人。"

朱迪好像被打了一巴掌般后退了一步。

"对不起。"莱克茜又说，任由她的姨婆将她拉开。当她最终敢回头时，朱迪仍然站在扎克的床旁边，紧紧抓着她女儿的小手提包。

"哦，不。"伊娃停下了脚步说。

莱克茜痛哭不已，不清楚发生了什么事。她感到伊娃把她的手腕抓得更紧了。"怎么了？"她低声问，但并不是真的在乎。她瞥向走廊那头。他的房门现在关上了。

"看。"伊娃说。

莱克茜转过身，擦擦眼睛。

一个警官站在她的病房外。

伊娃握着莱克茜的手穿过走廊。当她们到达病房门口时，警官挺直了身子。他从上衣的口袋里取出一个小笔记本。"你是亚莉克莎·贝尔吗？"

"我是。"莱克茜说。

"我有一些问题要问你。关于那场事故。"他边说边揭开他的笔盖。

伊娃抬头看着他。"我虽然在沃尔玛超市工作，先生，但是我每周都看《法律与秩序》。亚莉克莎要请一位律师。他会告诉她什么问题她能回答。"

*

朱迪关上门。她颤抖得如此厉害，费了好大一番劲才握住门把手，拉上门。

"妈妈？"

她听见她儿子的声音，听见了他声音里的痛苦，她自动向他床边靠过去。

那就是她该待的地方，她属于的地方。所以她站在那里，握着米娅的小手提包，假装自己是完整的。但是每次她低头看着手中这个软软的粉色皮包时，她就想起米娅喜欢的毛绒狗玩具黛西狗狗，她小时候穿过的连脚睡衣裤，昨天她女儿脸颊的颜色……

"是我的错，不是莱克茜的错。"扎克痛苦地说。

"不，是……"朱迪说不下去了，她的声音像一根老树枝，突然折断，归于安静。她木然地想，她从此是否还能在看到扎克时克制住想哭的感觉。一切都这么交缠在一起——她对米娅的回忆，扎克的样子，这两者难解难分地绑在一起。她的两个宝贝。她的双胞胎。但是现在只有一个活着了。当她看着他时，她看到的都是他身边空荡荡的空间，米娅本该站在那里。

她想对他说出正确的话，但是她再也不知道什么才是正确的话了。她如此筋疲力尽。她无法将言辞用磨坊加工，制成更小、更好看的样子。她用尽了全部勇气才能站在这里，站在他旁边，假装他什么可怕的事都没做，假装他们都会好起来。

"怎么？"他透过眼泪汪汪的绿色眼睛看着她。

米娅的眼睛。

"什么怎么？"

"我是那个指定司机，但是我喝酒了。是**我的**错。我该怎么熬过这一切？"

朱迪无法给出他答案。

"告诉我，"他哭了，"你总是告诉我该做什么。"

"但是你总是不听，不是吗？"她来不及阻止自己，话已经脱口而出。她本该收回这句话，至少希望把它收回来，但是她现在太崩溃，已经顾不上了。

"是啊。"他痛苦地说。他拉着她的手，紧紧握住。她感到他的触碰像灼热的阳光洒在路上的微光：遥远，短暂。

"她会原谅你的，扎克。"朱迪说。这是实话，也是她所能想到的。

朱迪木然地看着窗外。*我不会原谅你的。* 她对米娅说的最后一句话。

"为什么我就不能告诉她我想去南加州大学？"

朱迪考虑告诉他，米娅最终决定和莱克茜，和他一起上西雅图中央社区学院，但是意义何在呢？让他知道米娅多爱他，这只会更加伤害他。

"妈妈，也许我还是要去南加州大学。为了我们俩。"

朱迪看到扎克多么绝望地等着她的同意，这让她的心都碎了。好像一个上大学的决定可以神奇地让一切悲剧都没有发生，让他们家重新团聚一样。他这么想，是她的错。是她该死的过于重视上大学这事了，他想要她的爱，就像他需要米娅一样。她知道她应该跟他谈谈此事，告诉他这是个坏主意，但是她发不出声音来。她所能想到的就是自己从前是怎样的一个女人。一个把孩子上南加州大学看得比什么都重的母亲。

我不会原谅你的。

回想起最后的这句话，她身子一缩。"这些现在都不重要了，扎克。睡吧。"

她知道她应该再说点什么，帮助他缓解他的悲痛，但是现在多说还有什么益处呢？她把视线从她儿子悲伤至极的眼睛上移开，盯着窗外，那是明媚、晴朗的一天。

14 | chapter
夜路

他们感觉好像已经在医院待了好些天了，但其实还不到十三个小时。就在朱迪坐在扎克床边的时候，车祸的消息已经传遍了派因岛。到傍晚时，电话陆续打来。一开始的几个电话朱迪都接了，因为她急于找些事做，去想想米娅去世之外的事情，但是没过几秒钟她就知道这是个可怕的错误。她听着那些表示支持的话，从他们的声音里听出来他们松了一口气，听出来他们因为自家孩子没事而感恩戴德。她听了一个又一个"*我很抱歉*"，直到她史无前例地开始鄙视这些话，并且，她还发现她灵魂里涌现出一种新的情绪：愤怒。有毒。

最后，她关掉了手机，将它扔到她的小手提包深处，让迈尔斯处理这些吊唁。她喝了太多咖啡，以至于感到紧张不安，像一匹拴在门边、无赛可比的赛马。一位曾拥有双胞胎、现在只剩下孤子的母亲。

她在明亮的走廊里来回踱步，什么都看不见。她无法再坐在扎克身边了，无法跟迈尔斯说话，无法去看米娅。她的存在被她无法做或无法拥有的事情决定了。因此她继续走动着，哭哭停停，抓着一团克里奈克斯牌纸巾，那纸巾在她手里已经变成了一团湿透的灰色。

"朱迪！"她听见有人好像在远处喊她的名字，她抬起头，毫无方向感。她在哪里？

茉莉出现在她面前，紧紧抓着一只小旅行包抵在她的胃部。她没有化妆，穿着一件橘滋牌粉色宽松长运动裤和一件白色的羊毛衫，一头白发蓬乱不堪。她看起来饱受摧残，就跟朱迪的内心感受一样。

茉莉笨拙地向她走去，把小旅行包"砰"的一声丢在她俩之间的地上。她将它踢到一边，一把抱住朱迪。当茉莉开始哭时，朱迪感觉她好像正在漂远，消失，只有她朋友的拥抱将她留在这个走廊里。

"我很——"

"别说这句话，"朱迪说，悄然脱出茉莉的拥抱。"别。"她感到眼睛干涩疼痛，像砂纸打过一般，视线模糊。现在她看到自己在哪里了——在等候室的门口附近。

茉莉想要努力微笑一下，但是笑不出来。"我给你带了点衣服来。还有牙刷。我想到的东西都带来了。"

朱迪点点头。她最不想做的一件事就是站在这里，假装她的内心没有破碎，但是她也无法动弹。

就在走廊这头的候诊室里，她看到一群女人坐在一起，在安全的距离之外看着朱迪。她们是她在岛上认识的女人，她主持委员会会议时她们一起参会，一起打过网球，一起吃过午饭。她的邻居，朋友，熟人。她们听说了事故，千方百计地前来帮助她，相当于一个现代版的"大家缝"活动①。在艰苦的日子里，这些女人聚到一起相互帮助。朱迪知道所有一切，因为她也是其中一员。如果别人的孩子去世了，朱迪也会放下一切事情赶来提供帮助。

她们需要支持她。朱迪明白，但是她满不在乎。

她怎么能让她们明白，她们熟悉的那个女人已经不在了？她不再是跟她们做朋友的那个女人了。

她不再是自认为的那个能够忍耐的女人了。她不勇敢。如果她是战争时期的士兵，在她的带领下一个山头也无法攻克。她不会将她的身体扑在一颗手榴弹上。

相反地，她僵住了。

对此没有什么好说了。她所有的力气——难以捉摸，像古比鱼一样小，很难抓住——过去她总是控制得住自己的情绪。她不知道自己怎么能接受同情或让其他人感觉置身其中。她用尽了内心的一切力气来假装"处理得了"这事。

"她们是来帮你的，朱迪，"茉莉说，"我们都是。我们能为你做点什么？"

帮助。这是女人们为彼此做的事，即使在没有办法去实现帮助的时候。

她深吸了一口气，试图挺直自己的肩膀。这个尝试遭到惨败，她又缩起肩膀来，内心像一片细木屑一样蜷缩起来。她依然抓着茉莉的手，往前走，一次一步。

等候室里的女人们集体站起来，一群观众站起来。

朱迪走进她们当中，任由她们包围着她，抱着她。她希望她们不要哭，但

---

① 大家缝（quilting bee），从 19 世纪中期起的一种流行的社会活动，女人们聚集到一起，聊天、社交，同时通过缝被子表达她们的艺术能力。

是她们哭了，她们的眼泪让她陷入绝境。

朱迪尽可能多停留了一会，被这些女人包围——多年她们定义了她是谁，她绝望地感到孤独。她以最快速度站起来，颤抖着，比之前更脆弱，跑回了扎克安静的病房。

接下来的二十个小时里，她几乎没再敢踏入走廊一步。她知道人们在外面，徘徊着，游荡着，低语着——茉莉和她的丈夫，提姆，还有一些岛上的邻居，还有她的妈妈，但是朱迪不在乎。

她和扎克坐在一起，两人都木然地盯着挂在天花板上的电视机，很少说话。米娅的缺失充满了这带有抗菌剂味道的空气，她不想谈论她的失去，也没有力气说出这些痛苦的言辞，因此他们沉默地坐着。他们唯一一次换台是因为新闻开始播这事了。媒体已经报道了这次事故，朱迪和扎克都无法忍受观看报道。迈尔斯，谢天谢地，处理了蜂拥而至的电话，平静地回复"不予评论"。

最后，到了周二早晨，医院让扎克出院了。

在开车回家的路上，迈尔斯一直都平稳地说着话。他想要"继续生活"，融入他们这种新境况的轨道上，但是朱迪和扎克都无法跟他一起。迈尔斯的每次尝试都落回凯雷德汽车那个大大空空的后座上，最终他放弃了，转而打开了广播。

"……派因岛少女被杀……"

朱迪猛地关掉广播，沉默又回到车里。她颓然地陷在皮革座位里，靠将温度打得足够高来温暖她冰冻的内心，随着轮渡靠港闷闷地盯着窗外。她深陷于悲痛中，因此几乎没有注意熟悉的岛上风景，直到她突然认出周围环境来。

迈尔斯转上了夜路。

她倒吸一口凉气，认出这里。"迈尔斯。"

"该死，"他说，"习惯。"

路两边的树木非常高大，挡住了努力洒进来的六月中旬的阳光。深深的影子投在路两边。在一根高高的树枝上，一只孤鹰傲然栖息着，俯瞰着远处的什么东西。

他们在急转弯处转了弯，那里就是了：车祸的现场。两个刹车的痕印刻在灰色的沥青上。一棵树被撞断了，拦腰倒在一边。树根处，已经有人放上了纪念品。

"哦，我的天。"扎克从后座说。

朱迪想扭头不看但她做不到。路和断木之间的沟谷里已经被放满了一束束鲜花、毛绒动物玩具、高中的三角旗，还有米娅的照片。停在路边的是一辆厢式车，顶部置有卫星圆盘——一辆本地的新闻车。朱迪知道她将在今晚的晚间新闻上看到什么：青少年们的画面，从他们豁牙巴时期起她就认识的孩子们，这些孩子们现在看起来憔悴、枯槁，他们已经长大成人，为米娅之死而哭，将关于她短暂一生的纪念品放在地上，捧着小玻璃罐里点亮的蜡烛。

这些放在这里的毛绒动物玩具会发生什么？秋天即将来临，雨水将冲掉一切的颜色，这个地方将变成另一个破败的提醒，提醒着他们的所失。

不到一英里，随着迈尔斯转上他们的碎石私家车道时她想。

米娅死在离家不到一英里的地方。他们本可以走回来的……

大门口又是另一处圣祠。朋友们和邻居们在门口处放上了鲜花。当朱迪走下车时，她闻到了香甜的、让人头晕的花香，但是有些花已经开始凋谢了，花瓣变得卷曲，变成棕色。

"弄走这些。"她对迈尔斯说。

他看着她。"它们很美，朱迪。这意味着——"

"我知道这些意味着什么，"她紧绷绷地说，"人们爱我们的女儿——一个再也不会回来的女孩。"她的声音哽咽了，她恨自己看到这些鲜花时那种不堪重负的感觉。她也会为邻居的孩子做同样的事情，买了花束放下时也会哭。她会感到一种难以置信的丧失感，然后是强烈的、甜蜜的慰藉——知道她自己的孩子没事。"它们都会凋谢的。"她最后说。

迈尔斯抱住了她。

扎克走到他们身边，靠着朱迪。她也想一只胳膊搂住他，但感到自己像瘫痪了一样。在这些花甜得发腻的气息下，她需要集中注意力才能呼吸。

"她喜欢白玫瑰。"扎克说。

听到这话，悲伤又向朱迪袭来。她怎么不知道米娅喜欢白玫瑰？她在自己的花园里花费了那么多时间，却从没种过一朵奶白色的玫瑰。她低头看着家门口的这些花。有大丽花、百日草、各种颜色的玫瑰，唯独没有白玫瑰。

她感到一阵愤怒，一把兜起所有的花束，带到车库后面的树林，将它们扔在那里。

她刚要转身就走时，什么东西吸引住了她的注意力。

一朵没开的玫瑰花苞躺在花堆的最上面，花瓣颜色饱满欲滴，像新鲜的奶油。

朱迪穿过灌木丛，感到荨麻划过她的脸和手，灼烧着她的皮肤，但她不在乎。她捡起那枝单朵的玫瑰花苞，紧紧握在一直颤抖的手里，感到刺扎着她的手。

"朱迪?"

她听见迈尔斯的声音传来。她抓着这枝白玫瑰，回过头来。

在刺目的阳光中，突然他看起来有点脆弱。她看到他脸颊凹陷下去，伸出来的手指细长。他拉住她的手，扶她站稳。她抬头盯着他那双灰色的眼睛——那曾是她唯一的、真正的家，但现在她所见的只是空洞。

他们进了家，房子里阳光明媚，闷热异常。

朱迪看到的第一件物品就是一件挂在门口旧衣帽架上的酢浆草绿色的毛衣。她曾说过多少次让米娅把它拿回自己的房间。

我会的，妈妈。真的。明天……

她松开丈夫的胳膊。她刚想去摸那件毛衣，听到了她妈妈的声音。

"朱迪斯?"

她妈妈站在玄关处，穿着一件优雅的钢铁灰色修身衬衫和一条黑色裤子。她伸出手，将朱迪拉进怀里。朱迪真希望她能在这个拥抱里寻到安慰，但是它和她们之间的所有东西一样冰冷和生硬。

她快速地拉开身体，交叉起胳膊。她突然感到非常冷，即便房子里很暖和。

"我将食物放起来了，"妈妈说，"你的朋友们真是鼎力相助。我这辈子都没见过这么多锡纸包着的焙盆菜。我将所有的食物都放进冰箱里了，做了标记，注明了日期。我也做好了全部的葬礼安排。"

朱迪抬起头尖锐地看着她："你怎么敢这么做?"

她妈妈担忧地看着她："我只是想帮你。"

"我们不准备办葬礼。"朱迪说。

"不要葬礼?"迈尔斯说。

"还记得你爸妈的葬礼吗? 我也记得我爸的葬礼。我无法经得住米娅的葬礼。我们也不信教。我打算——"

"办葬礼不需要你信教，朱迪斯，"她妈妈说，"上帝会在——"

"你敢跟我提上帝? 他让她死了。"

她看到她妈妈脸色苍白，后退了一步。就这样，朱迪无法控制住她的愤怒了。没有愤怒，她感到如此筋疲力尽，几乎站不住。

"我需要睡觉。"她说。她紧紧抓着米娅的小手提包和那朵白玫瑰，转身跄跄地穿过走廊进入她的卧室，倒在床上。

米娅小手提包里的东西洒出来，物件散落在昂贵的床单上。

朱迪躺在她常睡的半边，依偎着枕头，低头盯着米娅的东西。

粉色的橘滋牌钱包是去年的圣诞礼物。一管唇彩，一包折弯的、压坏的卫生棉条，一张皱巴巴的 20 美元钞票，一包半空的口香糖，一张用过的电影票。钱包里有扎克、米娅和莱克茜在高三毕业舞会上拍的合影。

原谅我吧？

要是她那时候拥抱了米娅，告诉她她爱她就好了。或者，要是她不让他们去派对就好了。或者，要是她教育了她的孩子们，即便派对很好玩，喝酒是很危险的就好了。或者，要是她坚持开车接送他们就好了。再或者，要是她没有给孩子们买车或……

她的后悔清单变得太沉重了，拖着她往下沉，她闭上眼睛。

她听见身后卧室门开了又关上。

迈尔斯走向床边——她能感觉出是他，但是她无法转过身来对着他，或睁开眼睛。他溜上床，将她拉进自己的怀里。她感到他抚摸着她的头发，她在他的触碰下颤抖着，浑身又僵住了。

"你妈妈走了。她说着什么知道自己不受欢迎，这当然不是真的。"

"扎克呢？"

"这是你第一次问起他。"

"别告诉我如何哀悼，迈尔斯。我已经尽我全力了。"

"我知道。"

"我从没种过白玫瑰，"她静静地说，"为什么我不问问米娅她喜欢哪种花？为什么我不知道？"

他抚摸着她的头发。"我们不能这么做，"他说，"我们不能回顾我们整个生活，翻个底朝天地寻找错误。这会要了我们的命的。"

她点点头，感觉眼泪又出来了。

天啊，她已经厌倦了哭泣，但没有米娅的日子甚至还没开始。失去她的女儿还不到三天。在她面前展开的剩下的人生都像戈壁荒漠。

"我们必须准备葬礼。"迈尔斯温柔地说。

"因为这是该做的事？"

"因为扎克和我需要一个葬礼。"

朱迪将脸埋在枕头里，让枕头吸去她的眼泪。"好吧，"她说，又一次被这一切打倒。"我准备睡觉了。"她闭着眼睛说。

迈尔斯离开了房间，将身后的门掩上。

*

《西雅图时报》：

本地青少年死于酒驾事故

昨日凌晨，一名十八岁的派因岛女孩死于夜路上的一起车祸。

米娅·法拉戴，派因岛高中的一名高三学生，当福特野马汽车撞到树时被甩出车外，警方说。

驾驶员，十八岁的亚莉克莎·贝尔，来自乔治港，据说开车时是喝醉状态。另一名乘客，扎卡里·法拉戴，在本次事故中也受了伤。

派因岛警官罗伊·艾弗里已经"厌倦了向家长和本地青少年报送坏消息"。他指出，在最近这起致命的车祸发生之前，本郡县其他地区的一场车祸夺走了一名伍德赛德十六岁姑娘的生命。

"两起事故都发生在黑暗的、曲折的双车道上，两起事故的年轻驾驶员都喝了酒。"艾弗里警官说。

"我们不得不阻止青少年参加派对。能做的就这么多。后果是悲剧性的。每年都有毕业派对事故。今年有人因此丧命。"

反醉驾母亲协会的本地分会密切关注此次事故。诺尔玛·爱丽斯·戴维森主席公开要求起诉这位年轻的驾驶员。"只有更严厉的处罚才能让青少年注意到危险所在。"她说。

阿斯兰检察官拒绝对贝尔小姐是否被指控为酒驾杀人作出评论。米娅·法拉戴的葬礼将于本周三下午4：00在派因岛的格雷斯教堂举行。

*

整个派因岛都是关于米娅之死的提醒：高中的读报栏里，我们想念你，米娅；电影的大幕上，纪念米娅；在商店大门上和车窗上也贴着悼念标牌。

但是这些提醒还不是最糟糕的。现在，当莱克茜走在主街道上时，她被回忆轰炸着。她和米娅在"舞蹈的刷子"那家店一起画过陶瓷盘……她们在糖果店买过专门设计的软心糖豆，在书店买过书。

书。

那就是最开始让她俩走到一起的东西。两个孤独的女孩，在认识彼此之前，通过文字体验着远方的世界。

我可以坐在这里吗？

社交自杀。

伊娃递给莱克茜一团厕纸。"你在哭。"

"是吗？"她擦擦眼睛，惊讶地发现自己泪流满面。

伊娃温柔地触摸着她的手臂。"我们到了。"

律师办公室就在主街道上，藏在一个被树木环绕的四方院子的后部，院子里有一家毛线店、一家古董店和一家画廊。

那栋小小的、不起眼的砖楼有大大的窗户和宝蓝色的大门，门上写着：斯科特·雅各布斯，律师。

莱克茜跟着伊娃走进办公室。主房间里有一张大大的橡木桌，三把塑料椅子，一幅裱框的黑白照片，拍的是海滩上的漂浮木。一位面色疲惫的、戴着黑色喇叭形框眼镜的年长女士坐在桌子后边。

"你肯定就是亚莉克莎了，"接待员说，"我是贝亚。"

"你好，贝亚。这是我的姨婆伊娃。"

"你们两个现在都可以进去了。"

"你准备好了吗？"伊娃低声对莱克茜说。

莱克茜摇了摇头。

"我也没有。"她们穿过狭窄的走廊，经过一间看起来是会议室的房间。

在最里面的办公室里，一个颇为年轻的男人坐在一张大大的玻璃桌后。见到她们的到来他站起身。他穿着一件皱巴巴的蓝色西装和一件洗得发白的粉色衬衫，看起来挺像她们能请得起的那种律师——当然，她们并不是真的请得起他。他的头发很长，没什么发型，有一点蓬乱，并且他需要剃须了，但是他棕色的眼睛看起来很善良，充满怜悯。

"你好。"莱克茜说，上前一步握了握他圆胖的、微微出汗的手。

莱克茜坐在桌子对面两把布面椅子的其中一把中。伊娃将她的手提包放在地板上，坐在另外一把椅子上。"谢谢您愿意见我们。"她的姨婆说。

雅各布斯先生竖起苍白的手指，打量着莱克茜。"你处在一个很糟糕的位置，贝尔小姐。你的事故在这里引发了一场大爆发。地区性反醉驾母亲协会组织被激怒了。她们想拿你杀鸡儆猴。"

"这是什么意思？"莱克茜问。

"她们觉得如果让你被判入狱，孩子们会得到教训。很多人希望这件事让孩子们引以为戒。"

"监狱？监狱？"莱克茜说，感到脚下的地板轰然塌陷。

"但她还是个孩子呀。"伊娃说。

"事实上，她已经十八岁了。这意味着她是成年人了，而且出事的时候从法律上讲她确实喝醉了。当然了，在她的年龄，十八岁整就是法律规定的界限。”

"她们为这样的事故就把女孩送去监狱？"伊娃问。

"当涉及饮酒，她们可以这么做。她们也可以让她判缓刑和社区服务性劳役。现在有很多种可能的结果，也有很多种选择。那就是我的用武之地：帮助引导莱克茜，为她辩护。"

"那我该做什么？"莱克茜轻声说。想到这些情况她从心底都在战栗。她已经看到了一场事故都发生了什么。何况这是犯罪。现在她明白她不得不去面对更多的风雨，这让她吓坏了。

"我们要反击。"

"反击？但是我做了这事。我酒驾了。"

"这不是你的车，而且你是三人中醉得最轻的，"斯科特说，"根本不用外科医生来指出发生了什么。你认为你是三人中最安全的。陪审员们也会喝酒。他们知道这种事可能发生在任何人身上。我将雇一个调查员，但是你毫无疑问要提出无罪请求。去年我为一个在类似情况下杀死了两个人的男人辩护，我让他无罪释放。这事直到真的结束前，都算没完。"

无罪释放。无罪。莱克茜怎么能在法庭上面对扎克，说她无罪？她怎么能面对岛上的其他任何人说自己无罪？"但是她死了。我不能假装我什么都没做错。"

"被判入狱可不是什么好结果，莱克茜。相信我。"他将桌子上的一些文件整理了一下，装进袋子里。"计划是这样的。你将对高中学校的孩子们讲述并分享你的故事。我会替你安排好一些事情。如果你肯为你的行为负责，事情看起来就好多了。你想向社区和媒体展示出你不用坐牢也能让其他青少年引以为戒。"他冲她惨淡一笑，"我知道你的整个故事，莱克茜。人们对你经历的一切会做出回应的。"

"你什么意思？"

他打开一份文件，看着它。"你的母亲，洛蕾娜·贝尔，1986 年第一次被捕时你才三个月大。前十四年里你跟七个领养家庭一起生活过。每次你母亲出了戒毒所或监狱，她就回来找你。法庭一直在给她机会。"他抬起头，"你过去过的是苦日子，莱克茜。而且，当你母亲服药过量时你也在她身边。"

莱克茜艰难地咽了一口气。这是她试图绝不再去想的回忆。"是的。"

"陪审员们会同情你的。相信我能处理好你的事。好吗？"

"请你要花多少钱？"伊娃姨婆问。

"我是一个人支撑一个店，伊娃。我也对你实话实说，我无法无偿接这个案子。这场官司会很贵，但我会尽量给你省钱。"

莱克茜对此感到恶心。她的姨婆已经一周工作五十个小时来支付日常开销了。她还怎么为打官司付钱啊？

"我有一些积蓄，"伊娃说，"我丈夫的人寿保险。"

"不，"莱克茜说，"那是你的退休金。"

"别跟我争，亚莉克莎，"伊娃说，"是我的钱，我要按我的方式花。"

斯科特拿了几张名片递给她们。"如果警察、检察官办公室或其他律师联系你，什么都不要说，给他们我的电话。什么都不要说。我再怎么强调这一点都不为过。我会告诉他们我代表你，然后看看我能做些什么。如果我们幸运的话，他们会决定不起诉你。如果我们不幸运……"他耸耸肩。

伊娃站起来："谢谢您，雅各布斯先生。"

"叫我斯科特就行了。别客气。你也不要担心，莱克茜。我们会保你不进监狱的。"

*

"你确定今天要去吗？"伊娃问。

莱克茜站在窗边，盯着外面。"我怎么能不去我最好朋友的葬礼呢？"

"这并非易事。"

"我杀死了她，"她平静地说，"我不指望这事容易。"她不觉得今后还有什么事能容易对付了。但是她必须去葬礼。她必须怀着惭愧之心站在那儿，让她的朋友们看到酒后驾车的后果是什么。而且她必须再见扎克一次——还有他的父母，告诉他们她有多么抱歉。

她走进浴室，坐在浴缸米黄色的玻璃钢边缘。她闭上眼睛，感到米娅就在她身边。你想放学后去我家吗？我在旗杆下跟你碰面……她直接走到我面前，妈妈，问她能否坐下来……让开，进攻者扎克，你撞到我最好的朋友了……

莱克茜一直哭到心里都空了。然后，她深吸了一口气，缓缓地呼气，站起来。

她感觉空洞且浑身发抖，穿上了一条普通的黑色裤子，一双黑色平底鞋和米娅给她买的蓝色安哥拉短袖运动衫。

客厅里，她发现伊娃站在厨房桌子边，穿着一身黑衣，神色担忧。她大口喝着咖啡——以莱克茜对她的了解，她紧张时就会这么做。每当伊娃想抽烟时，她就喝黑咖啡，直到那阵烟瘾过去。"这是个坏主意。要是记者们在那儿怎么办？"

"我迟早要面对他们。"

伊娃最后担忧地看了她一眼，想要说些什么，又改变了主意。这些未说出口的话让她抿紧了嘴唇。她走出活动房屋，带着莱克茜向老福特费尔兰汽车走去。

她们沉默地开到岛上。

当她们经过高中时，莱克茜注意到读报栏。现在上面写着：米娅·法拉戴追思会。格雷斯教堂。今天下午4：00。/毕业典礼星期六@1：00。

教堂门前的停车场停满了车。

莱克茜长吁了一口气。

伊娃找到一个空位停好车。

莱克茜下了车。随着她往前走，她受伤的胳膊开始疼痛，她胃部的神经也开始震颤。

"你能做到的。"伊娃边说边握住莱克茜未受伤的胳膊。

教堂里满是青少年、家长和老师。圣坛旁边是米娅的海报，是她演《豌豆公主》时的戏装照。她身着带有珠饰的蓝色紧身胸衣，舞台妆突出了她绿色的眼睛。她看起来容光焕发，十分美丽，是一个有着大好前途的年轻女孩。

莱克茜踉跄了一下，伊娃扶着她继续走。

莱克茜听见人们在她经过时窃窃私语。

"……莱克茜·贝尔……震惊……"

"……她要真算得上是个朋友的话……"

"……可怜的家伙……"

"……有些勇气……"

"嘿，莱克茜，你愿意坐在这里吗？莱克茜。"

她缓缓转过身，看到扎克的前女友阿曼达·马丁坐在右边的长凳上。

阿曼达往旁边挪了挪，让她的父母挤一挤，给她腾出空间来。

莱克茜坐在阿曼达旁边。她看着这个女孩悲伤的眼睛，突然她们都哭起来了。她们在高中时不是朋友，但是现在无所谓了，那些往事已是过眼云烟。"这不全是你的错，"阿曼达说，"我不在乎人们怎么说。"

莱克茜惊讶于这句话对她有多重要。"谢谢。"

在阿曼达要再次开口前，仪式开始了。

牧师念了米娅的名字，教堂里的每一个高中女生都哭了起来，相当一批男孩也哭了。牧师的话描绘出一个快乐的十八岁姑娘的形象，米娅几乎是那样的，但又不全是。他没有说当她躺着睡时她会打鼾，当她看书时她会默读，或当她们穿过商场时她喜欢握着她最好朋友的手。

她能抵挡得住牧师的话，但是展示米娅一生的幻灯片击垮了她。米娅穿着粉色芭蕾舞短裙，她的双臂举过头顶弯成弧线……米娅拿着一个库克船长的玩具，笑着……她和扎克手拉手站在冰冷的海水里，扮着鬼脸。最后一张照片是米娅的单人照，她穿着一件疯狂的扎染 T 恤和毛边短裤，对着镜头笑着，对着世界竖起大拇指。

莱克茜闭上眼睛，抽噎着。音乐开始播放了：这首曲子选得不对。米娅不喜欢这种低沉的、严肃的弦乐。但是不知怎么的，这才是最伤人的地方。那个挑选曲子的人没有想过米娅。应该放一支迪士尼歌曲，一首能让米娅站起来、用梳子当作麦克风跟着唱的歌才对……

和我一起唱，莱克茜。我们可以组一个乐队……扎克，笑着说，别唱了，米娅，狗都要开始嗥叫了……

莱克茜想捂住耳朵，但是这些话从她的心中冒出来，回忆不断翻涌，溢出。

"该走了，莱克茜。"阿曼达温柔地说。

莱克茜睁开眼睛。"谢谢，谢谢你让我坐在你旁边。"

"毕业典礼你会来吗？"

莱克茜耸耸肩。可不是吗？六天前，她和米娅还有扎克还一起在体育馆里彩排毕业典礼。"我不知道……"

人们走进过道，涌向双开门。莱克茜感到他们盯着她。他们经过她时都皱着眉认出了她。家长们看起来在评判她，孩子们看起来悲伤而怜悯。

最后她看到了米娅的家人。他们坐在第一排长凳上，身着黑衣，僵坐着没有动。人们经过他们时停下来，表示哀悼。

莱克茜不由自主地走向他们。她逆着人流而行，吊唁者盯着她，皱着眉头，让开她。

第一排座位上，法拉戴一家一起站起来，转过身。

朱迪和扎克都没有注意到她。他们只是眼神呆滞地凝视着什么地方，满脸泪痕。

莱克茜上百次地练习过她该说什么，但是现在，面对他们如此沉重的痛失爱女的打击和她自己的负罪感，她甚至张不开口。他们全家转身离开，走向教堂的边门。

莱克茜感到伊娃走到了她的身边。她陷在姨婆的怀里，丧失了驱使自己来这里的勇气。

"没有人怪他，"伊娃苦涩地说，"这不对。"

"他没有开车。"

"他本该开车的，"伊娃说，"做下承诺然后不顾承诺有什么对的？他也应该受到谴责。"

莱克茜记起在医院时他看她的眼神：那双她深爱的绿色眼睛里不止是悲痛，显得很阴沉。她在他的眼睛里也看到了负罪感，像她自己的负罪感一样深。"他也很自责。"

"那还不够，"伊娃坚定地说，"我们走。"

她拉着莱克茜的胳膊，带她走出教堂。莱克茜听到人们低声议论着她，责备着她。如果她不那么有罪，她也许会同意伊娃的观点，也许会对扎克生气，但是其他人的责备都比不上她内心的自责。事情不过如此。扎克辜负了他的承诺。她做出了致命的决定。她的心中充满了负罪感和懊悔，已经容纳不下愤怒了。扎克搞砸了；而莱克茜所做的，远比那更糟糕。

"有人本该告诉我来参加葬礼是个糟糕的主意。"她们驶离停车场时莱克茜说。

"即便有人这么说了，"伊娃说，"我相信你也听不进去的。"

莱克茜擦擦眼睛："是的。"

*

朱迪在豪华轿车黑暗的角落里缩成一团。外面开始下雨了，雨点打在车顶上像婴儿的心跳声。

她深陷于悲痛之中，当车门打开，一束灰黄的光照进来时，光线刺痛了她的泪眼，她环顾四周，不辨方向。

"我们到了。"司机站在开着的车门边说。他在雨中显得更黑了，是伞下一道斜斜的影子。他身后，茉莉和提姆拥着他们已成年的孩子们站在一起。

"下车吧，扎卡里。"她妈妈说，将他赶下轿车。

迈尔斯挨着朱迪下了车。然后他对她伸出手："朱迪。"

"你去吧。"她说。她庆幸于自己戴着黑色的太阳镜，让他看不到她的眼睛。

"我等会儿就来。"迈尔斯对卡洛琳说。卡洛琳毫无疑问点点头，确保扎克站直了，没有哭，然后自己很干脆地走开了。那就是朱迪对她父亲葬礼的记忆：没有哭。没有人为他哭。仅仅因为她妈妈不允许。她对待悲痛就像对待什么恶性肿瘤——几刀剪去，缝几针，你又好得像没事一样了。

"你不能不去。"迈尔斯蹲在车旁说。雨水打在他脸上，淋湿了他的头发。

"看着我。"

"朱迪。"他叹了口气。

叹息声现在变成他们的家庭之声了，之前是笑声。"你以为我不想足够坚强面对这些吗？"她说，"我对自己感到羞愧，我也想去现场。我只是……无法做到。我没准备好看着他们把她埋入地下。我也非常肯定我没准备好站在你身边，看着你放掉那些粉色的气球。"说到这里她的声音沙哑了，"好像她在什么天堂中等着抓到它们一样。"

"朱迪。"他疲惫地说。她理解。

他只是想让她相信米娅去了更好的地方，但是朱迪无法做到。

她知道无法坚强面对葬礼要让她付出什么代价，但是她做不到。她浑身上下已经什么都不剩了。不管她多努力去尝试（而且坦诚地说，她的每次尝试都让她精疲力尽），她就是无法出席现场，哪怕自己身为一个母亲。

扎克知道她再也不是以前的妈妈了。他觉得她像是用棉花糖做的一样。他谨慎地靠近她，确保没说任何关于米娅的话。但是有时，当她对他说晚安时，她看到了他眼中的渴求，那种赤裸裸的伤痛，这让她痛入骨髓。那些时刻她会伸手拉他，但是他不会被愚弄过去。他知道那不是她的触摸，她魂不守舍、心不在此。当她走开时，她看到在她安慰他后，他反而比以前看起来更加崩溃。

"你伤了扎克的心，"迈尔斯说，"我知道你清楚这点。今天他需要你。"

朱迪艰难地咽了一口气。"我知道。我做不到。我无法站在那里。你看到今天葬礼上他们都是怎么看我们的吗？我所能想到的就是我恨他们所有人。还有，我一看到扎克，我看到的只是他身边的空缺。他是半个人了，我们都知道这点……而且有些时候我忍不住想责怪他。如果他没有喝醉的话……"她急促地吸了一口气。"或者如果那晚我没有让他去的话……"

"你不能老是这样下去……"

"这还不到一星期，"她厉声说，"如果你告诉我时间能够治愈这些，我向老天发誓，我会趁你睡觉时杀了你。"

迈尔斯久久盯着她，然后将她拉进臂弯里。"我爱你，朱迪。"他对着她的耳朵轻声说。她本不想哭的，此时不禁哭了起来。

她也爱他。她也爱扎克。在她内心的某处。她只是无法到达那里。

"我会替你向她告别。"

她听见车门"咔哒"关上了，她又是一个人了。谢天谢地。很长一段时间，她坐在黑暗中，听着车顶的雨声，试着不要想任何事，但是女儿的身影无处不在，在每次呼吸中，每次叹息中，每次眨眼之间。最后，她偷偷地伸手摸到她的黑色小手提包，取出了米娅的手机。她快速环视了一眼，翻开手机盖，听着米娅预留的语音信息。

嗨！你打通了米娅的电话。我现在太忙了无法说话，但是如果你给我留言，我肯定会给你回电的。

朱迪一遍又一遍听着这条信息，有时跟她的女儿说话，有时哭泣，有时只是聆听。她太过陷于想找回米娅的执念中了，当车门打开时她倒抽了一口气。扎克坐进轿车时，她合上手机盖，将它推进自己的小手提包里。他的眼睛又红又肿。

朱迪靠向他，握住他的手。她讨厌他看着她的样子——他惊讶于她的触碰的样子——她想说些话安慰他，但是她没有可安慰之词。

长长的回家路上，她和扎克以及迈尔斯颓丧地坐在一起。

她的妈妈坐在他们对面，她的手紧紧夹在大腿间，她美丽的眼睛含着泪，但是没有滑落。朱迪惊讶于她流露出了情感，流露出了对失去的悲伤。她妈妈很少会哭，要是一周之前，看到她妈妈这副模样，朱迪会很震惊，会想伸出手去。现在，她不在乎。她自己的痛苦挤走了其他人的痛苦。这是一个可悲的、蒙耻的真相，但即便如此，真相仍是真相。

到家门口，朱迪下了车，一个人走向大门。现在她想做的就是睡觉。她一定是大声说出来了这一点，因为她听到她妈妈说："那是个好主意。睡眠会有帮助的。"

朱迪似乎因为这句话清醒了一点。"是吗，妈妈？真的？"

她的妈妈拍了拍朱迪的手腕。这是一个很轻的触碰，转瞬即逝。"上帝不会给予我们超过我们承受之力的东西。你比这要坚强，朱迪斯。"

愤怒出其不意地攻击了朱迪。这是她新产生的情绪之一。她之前从没有愤怒，没有真正愤怒，但现在愤怒总是如影随形，就像她的脸型、她的肤色一样，是她的一部分。她花了巨大的努力才不让愤怒显现出来。在她即将脱口而出什么会让她后悔的话之前，她大步绕开她妈妈径直走进屋子。

在玄关处，她顿了一下。"米娅的毛衣哪儿去了？"

"什么？"扎克走到她身后说。

"米娅的绿色毛衣。它本来就挂在这里的。"朱迪的愤怒突然变成了恐慌。

"在洗衣房里，"她妈妈说，"我准备和其他脏衣服一起拿去洗——"

朱迪跑进洗衣房，在成堆的脏衣服里翻找，直到找出米娅的毛衣。她将脸贴在毛衣上，将柔软的羊毛贴近她的鼻子，嗅着米娅的气味。她的眼泪弄湿了面料，但是她不在乎。她无视家人的注视，跌跌撞撞走进她的卧室，摔上门，倒在床上。

最后，好像过了好几个小时，她听见卧室门开了。

"嘿。"茉莉站在门口说。她站在那儿，看起来很悲伤、迟疑不决。她穿着一件时髦的、带有腰带的黑色裙子，手绞在一起。她的白发乱糟糟的，用一根细细的发箍拢向后，在她的前额上露出一道黑色的发际线。"我能进来吗?"

"我能让你别进来吗?"

"不能。"

朱迪坐起来，靠在她丝绸软垫的床头板上。

茉莉爬上这张大床，抱住朱迪，像抱一个孩子一样抱着她。朱迪本不想又哭的，但是她忍不住哭了。

"过去我总认为我很坚强。"朱迪轻声说。

"你确实很坚强。"茉莉说，将一束潮湿的头发别到朱迪耳后。

"不，"她抽回身子说，"我再也不知道我是谁了。"这是真的。这一切都展现了她灵魂里的真实面目：她弱小，脆弱。一点都不是她自以为的那个女人。

或者，也许那不是真的。也许现在她只是知道了她过去不曾知道的东西：她并不善良，并不充满爱心，并不富有同情心，甚至脾气也不好。她愤怒，脆弱，甚至有一点怀恨在心。最重要的，她是个坏妈妈。

最近所有的事情都让她生气。阳光。健康的孩子。抱怨自己孩子的家长。莱克茜。

朱迪突然不想被人触碰。她脱开茉莉的怀抱，又颓然地靠着床头板。"她没有扣安全带。"她平静地说，心里感到害怕，这才没过几天，朱迪已经发现人们不想听到有关米娅的事情了。她怎么能停止谈论她的女儿呢?但只要提到她的名字，就会让人们择路而逃。

"跟我讲讲。"茉莉拉着她的手说，在她身边坐定。

"谢谢，"朱迪说，"没人想听她的事了。"

"你想说什么，我都会听着。"

朱迪转向她："她一直都系安全带的。"她颤抖地吸了一口气，伸手去拿床头柜里的抽纸。

这是一个错误，她立即意识到了这一点。

在抽屉里，她看见一个小小的蓝丝绒戒指盒，放在一副科思科牌老花镜旁边。她知道她不该去碰它，但是她还是拿出了它，打开了盒盖。

"这是什么?"茉莉问。

"米娅的毕业礼物。"

茉莉沉默了一会。"很漂亮。"

"我本想带她跟我一起去买宝石的。闺蜜日。也许买完了做个美甲，修个脚趾甲。"说到这里，朱迪的决心破裂了，她哭了起来。

"哦，朱迪。"茉莉说，又抱了抱她。

朱迪本该感到她被朋友的爱包围着，但是她无法感到任何东西。此时此刻不行，她低头看着这枚美丽的、尚未完成的戒指，上面那个敞开的空空的戒托……

15 | chapter
夜路

*

这个阳光明媚的周六午后，高中校园的停车场停满了车。

莱克茜坐在姨婆的福特费尔兰汽车的副驾驶座上，透过脏脏的挡风玻璃盯着旗杆周围聚集的人群。

"你属于这里，亚莉克莎，"她姨婆说，"为了这一天，你像其他人一样辛苦努力。"

"我害怕。"她小声说。

"我知道，"她姨婆说，"这就是为什么我在这里啊。"

莱克茜深吸了一口气，伸手去拉车门把手。老旧的车门"嘎吱"一声敞开到最大位置。

学生的家人和朋友们都赶来观看 2004 届班级毕业典礼，她和伊娃穿过叽叽喳喳的人群。莱克茜低着头，避免和旗杆那边的记者们有眼神接触。在经过他们时，她听见其中一个人说："272 名高中生，菲尔。应该是 273 名。"

在足球场边，莱克茜停下来了。

"你最好快点，"伊娃说，"我们迟到了。"

莱克茜点点头，但当她看到绿色的足球场上摆放的成排折叠椅时，她感到胃里一阵恶心。

"我为你骄傲，亚莉克莎，"姨婆说，"你是个好姑娘。你可千万别不这么想。"

伊娃冲她灿烂一笑，然后消失在涌向露天看台的那群骄傲的家长中去。

莱克茜看到法拉戴一家在露天看台上。朱迪和迈尔斯坐在第二排，还有茉莉、提姆和卡洛琳祖母。即便是从这里，莱克茜也看出朱迪有多苍白消瘦。她戴着黑色太阳镜，衬得她的皮肤更显苍白，颧骨更显凸出了。她没有涂口红；手里拿着米娅的粉色小手提包。

莱克茜那时就知道她做不到。她无法穿过人群走到体育馆里——那里，她所有的朋友都身穿长袍头戴方帽，等着得意扬扬地走到足球场中的席位上去。她无法见扎克，在今天这个日子不行，因为今天他们会更加敏锐地感受到米娅的缺席。

她摘下帽子，脱下长袍，将两者都塞进大拼布手提包里去。她刚要离开，2004届班级就开始入场了，一队皇家蓝和金盏花黄的袍子衬托着万里无云的天空。

她走进露天看台底下一条空空的过道里。下面的足球场上，她的同学们坐进了指定的席位。

扎克一个人走着。他戴着墨镜（也许是为了在这种大太阳天保护他烧伤的眼睛），头发剃过了，下巴上有烧伤，他看起来都不像他了。像朱迪一样，他的脸上有一种新的空洞感，他没有笑。

当这群高中生中的最后一人落座后，观众爆发出一阵热烈的掌声。

在掌声中，耶茨校长走上舞台，站在讲台上。他滔滔不绝地谈论着派因岛，在一个被海环绕的土地上长大是什么感觉，它是如何增强了社区意识的。在讲话的结尾，他说："这是一个被一起突然的、可怕的悲剧打动的班级，这些正在长大成人的学生们上周已经成熟。我们希望，随着他们向前迈进，面临人生的选择，不管是大的抉择还是小的选择，他们都能记得2004年所学到的教训。"他给了全班一个悲伤的会心一笑。"现在，阿曼达·马丁将献唱一首歌，纪念一位非常特别的女孩，她今天本该和我们一起出席毕业典礼。"

莱克茜努力让自己准备好面对这一切，但当音乐响起来时，她感到胸中一阵剧痛。阿曼达纯净甜美的声音响起："我可以带你看这个世界……闪耀的，闪烁的，灿烂的……"

这首歌仿佛让米娅又回来了，在舞池里旋转着，跑调地唱着歌。她是那么喜欢迪士尼电影。我是爱丽儿，她过去总是这么说。你是贝尔①。没有白雪公主或灰姑娘，她们不是为我们打造的；我们是新学院派的迪士尼女孩……我们争取我们想要的东西……

当阿曼达唱完这首歌时，莱克茜不是唯一一个在抽泣的人。至少半个班级的学生都在哭。

掌声如雷鸣，之后，毕业典礼开始了。她的朋友们一个接一个被喊到名

---

① 爱丽儿是迪士尼电影《小美人鱼》中的女主人公。贝尔是迪士尼电影《美女与野兽》中的女主人公。

字，身着蓝袍的女孩和男孩们跳上舞台接过他们的毕业证书，向人群挥手。

"亚莉克莎·贝尔。"

观众安静了。人们四处张望。

舞台上，校长清了清喉咙继续念："安德鲁·克拉克……"

莱克茜的心怦怦直跳。她很肯定有人会指着她，叫道："她在那儿！她就是那个杀了米娅的女生！"

"扎卡里·法拉戴。"

扎克木然地穿过过道走上舞台。他从校长手中接过证书，面对露天看台。他举着一张米娅的裱框照片，然后靠近麦克风。"她今天想翻个跟斗……"

翻跟斗，莱克茜……这样会引起他们的注意。

莱克茜颓丧地靠着被阳光晒得温热的水泥墙，闭上了眼睛。仪式继续进行着，校长一一宣读同学们的名字，给他们颁发证书，但是她都充耳不闻。她所能听见的都是回忆，米娅这些年跟她说过的事情……

"莱?"

她猛地吸了一口气睁开眼睛，看到扎克站在面前。他们身后，底下的足球场上，有声音有色彩有运动，但是这里，一片安静，一片死寂。他俩单独在露天看台下的一处凹室里。"你怎、怎么找到我的?"

"我知道你会在这里。"

她曾希望有这一刻，梦想有这一刻，想过很多方式让他理解她有多抱歉，但她能看出来他知道她的心思，他理解她。"我爱你。"她轻柔地说。这是唯一没变的事情。

"我也爱你，但是……"

"但是什么?"

他摇摇头，耸耸肩。她完美地理解了这个动作的意思：这意味着一切都不再重要了，尤其是他们的爱。他的眼神是她见过的最悲伤的眼神。

"你永远不会原谅我了，是吗?"她说。

"我永远不会原谅的人是我自己。"他说。说到这里，他的声音哽咽了，他转过身："我得走了。"

"等等。"她将手伸进包里，翻过她的涤纶长袍，掏出了那本磨旧了的、卷边的《简·爱》。一个女孩送给一个男孩这样的礼物，是很愚蠢，但这是她唯一拥有的重要的东西了。"我希望你留着这个。"她说。

"这是你最爱的书。我不能接——"

"请收下吧。它有个幸福的结局。"

他伸出手，有一秒钟他们都触碰着这本书。"我得走了。"

"我知道。再见，扎克。"她轻轻地说，看着他从她身边走开。

她离开墙壁，从露天看台下面走出来。她不在乎自己是否弓着肩膀或避开视线不看他人。她不在乎人们是否盯着她。

在停车场，她坐进伊娃的旧车，等着。

"无法做到，是吗？"伊娃握住方向盘时说。

莱克茜耸耸肩。"谁在乎啊？不过是个很蠢的仪式罢了。"

"你在乎。"

"之前是在乎。"莱克茜说。她意识到在她说这句话的时候，她的整个人生都将被划为两部分：她杀死她最好的朋友之前，和之后。

*

毕业典礼让朱迪不堪忍受。这一天充斥着鬼魂、失踪的脸庞、错误的女孩……

当仪式终于结束时，她感觉自己已经支离破碎。她试图说服扎克不要和他的朋友们参加毕业晚会。*你会永远铭记的*，她疲惫地说，尽管他们都知道这是一句谎言。理智上，她知道她应该让他去，假装他的人生仍然沿着同样的旧轨道向前，但是她无法真的*认同*这一点。

因此，他们沉默地开车回家。她颓然地靠着车窗玻璃，尽管车里的暖气开到最大，她仍然觉得冷到骨子里。扎克坐在她后面的座位上，用手指敲打着座椅扶手。一到家，他便匆忙跑下车冲上楼。毫无疑问他想让自己沉溺在电子游戏里。

"莱克茜也在。"当迈尔斯和朱迪单独在厨房里时，他说。

朱迪感到一阵愤怒。完好无损的、健健康康的莱克茜，那晚车祸中只不过让她一只胳膊骨折、打了石膏而已。

"那真要点勇气。我希望扎克没有看到她。"

"他看到了，"迈尔斯看着她说，"别那么做，朱迪。你会让情况更糟的。"

"更糟？你是在开玩笑吗？还怎么可能更糟？"

"不要让扎克在你和莱克茜之间作出选择。他爱你，你知道的。他总是做到力所能及之事，好让你为他骄傲。现在不要利用这一点来对付他。他和莱克茜之间有事情需要解决。"

朱迪重重叹了口气，走向她的卧室，关上了身后的房门。

接下来的四十八小时，她都躺在床上，有时睡着了，有时哭泣。她躺在那里，数小时地闭着眼睛，想，来我这儿，米娅，和她的女儿说话，但是什么都没发生。没有一阵清风感觉像一个呼吸一般拂过她的脸颊，床头灯没有一点闪烁。什么都没有。她并不真的相信米娅可以听见她的呼唤。

等她最终爬下床时，她看起来像个无家可归的九十岁老妇，在街头随便找到一件定制的衣服，穿了几个星期没换。她知道迈尔斯不会理解的。昨晚他发出了那种声音——绝望或失望的叹息，当她无法换上睡衣时，他不理解她感受到的极度脆弱。如果她抬起胳膊，它们可能会折断。

她换上了一身旧卫衣。她不在乎要不要洗澡或刷牙，费力地走出卧室，任由星巴克咖啡的香味拉着她向前。

迈尔斯在厨房里，坐在花岗石吧台边，喝着咖啡。看到她进来，他坐直了一些，给了她一个松了一口气的微笑，这个微笑本该可以温暖她破碎的心。

电视机开着。朱迪还没开口，就听见新闻播音员说："……毕业典礼一周前，在一次酒驾事故中杀死了她最好的朋友。"

朱迪本不该去看电视机屏幕，但是她看了。那辆扭曲的、毁坏的野马汽车，破碎的挡风玻璃，让她强烈地感到不适。她从没看过那个画面……然后莱克茜的脸出现在屏幕上，灿烂地微笑着。"本地的反醉驾母亲协会主席诺玛——"

迈尔斯按了遥控器，屏幕变黑了。

朱迪感到一股新的愤怒又升腾起来了，它淹没了其他一切。她听见迈尔斯在跟她说话，但她听不见任何声音，除了她脑海里轰鸣的噪音。她给自己倒了杯咖啡然后走出了厨房。

她怎么能在经历了这种事之后活下去？她怎么能某天再在街上看到莱克茜时，不膝盖一软跪倒在地？

莱克茜还可以继续她的生活……

朱迪站在大厅里，颤抖着，想着该怎么办。她该回到床上去吗？

她闭上眼睛，试着清除掉刚刚看到的扎克汽车的画面……

一开始，她以为听到了自己的心跳，她想：奇怪了。然后她才意识到是有人在敲门。她擦擦眼睛，走向门口，指望看到一个带着焙盘菜来的朋友，说，我真的很抱歉；但是站在门外的是一个陌生人。他是一个高个子男人，看起来很优雅，头发灰白，穿着细条纹布的蓝色套装。

"您好，法拉戴太太。我不知道您是否还记得我。我是丹尼斯·阿斯兰。

是负责您这个案子的起诉律师①。我的侄女，海伦，跟扎卡里一起毕业。"

朱迪匆匆舒了一口气。她甚至都没意识到她一直屏着呼吸。"是的，丹尼斯。我当然记得你。你协助过劳特莱公园新球场的建设。"

"是的，没错。我很抱歉直接上门了，但是您的电话似乎没放好。"

"记者们，"她说，后退了一步，"他们不断打电话来要求'对我们的悲剧发表看法'。请进。"她将他引进大厅，那里，阳光透过巨大的窗户洒进来。在这种晴朗的天气里，海湾的景色引人入胜。

丹尼斯刚坐下来，迈尔斯正好穿着跑步用的短裤走进房间。

"迈尔斯，"朱迪说，"这是丹尼斯·阿斯兰。他是我们这个案子的起诉律师。"

迈尔斯看着丹尼斯："我没想到我们还要打官司。"

丹尼斯从座位上站起来。"这正是我想跟你们谈的事情。我从反醉驾母亲协会和社区那里受到不少压力，要求起诉亚莉克莎·贝尔犯下酒后驾车车祸致死罪。显然，审判会是一件漫长又令人心碎的事情，我想知道你们对此是什么想法。"

"莱克茜会怎样？"迈尔斯问。

"如果定罪，她将面临十五年或更久的牢狱生涯，尽管，不得不承认，这个判决结果极端了些。她也可能被判无罪，或请求轻判。不管您选择哪条路，对受害者的家庭来说都很残酷。"

朱迪听到"受害者"一词退缩了。

"如果莱克茜入狱，我不觉得对任何人有什么好处。"迈尔斯说，"我们必须原谅她，而不是惩罚她。也许其他孩子能从她的错误中学到些什么，她能——"

"原谅她？"朱迪不敢相信她丈夫刚刚说的话。

"法拉戴太太，"丹尼斯问，"您想要什么？"

朱迪知道正确的答案是什么，知道她在所有这一切前她应该说什么，她应该相信什么：迈尔斯是对的。只有原谅才能减轻朱迪的痛苦。

但是她不再是那个女人了。"正义，"她最后说，看到迈尔斯脸上对她的失望之情，"哪个妈妈不想要正义？"

---

① 美国刑事诉讼中的起诉律师，公诉律师，也称为检察官（prosecuting attorney），是指在追究被指控实施了犯罪行为的被告人的程序中代表国家的律师。

*

高中毕业典礼后九天过去了，莱克茜变得失魂落魄。周一一大早她就去了冰激凌店准备上班，但却被告知（被温和地告知，然而结果还是一样的）她被解雇了。请体谅我吧，索尔特太太说，现在城里有很多人对你很愤怒。让你继续在这里工作对生意不好。

从那之后莱克茜就待在家里，一本接一本地读书。这么多年来第一次，她翻开了《简·爱》寻求安慰。正当她重读这本书时，有人敲响了门。

"莱克茜？"

"什么事？"

"你的律师到了。"

莱克茜放下书，走出房间来到客厅。

"他们起诉你了。"莱克茜还没坐下来，斯科特就开口了，"酒后驾车车祸致死罪和伤害罪。你的传讯是在周三。我们会请求被判无罪，获得一个开庭时间。"

"无罪？"莱克茜说，试着理解这一切。她甚至都不再知道自己是什么感觉了。

"问题不在于是不是你开的车，米娅是不是死了，而是在于法律责任。你出了车祸。你不是罪犯。所以我们的计划是……"

莱克茜在"责任"之后就没听进去任何话。突然，她变成了她的妈妈，试图逃避她犯下的事情。"不。"她尖锐地说。

斯科特看着她。"不？你说什么，莱克茜？"

"我打算请求判我有罪。"她说。

"你万万不能这么做啊。"伊娃说。

莱克茜感激她姨婆的这份关爱之心。"好了，伊娃。难道我该逃脱我杀了自己最好朋友的罪行？我确实害死了她，并且我们也无力负担——"

"你不能请求判有罪，"伊娃又说，"我的退休金里有钱。"

"你在放任你的情绪失控，"斯科特说，"我能看出来你是个好人，你想做正确的事情，但是请求判有罪不是正确的事情。酒后驾车车祸致死罪是头等的重罪，要判都能判终身监禁。相信我，监狱可不会是你想待的地方，莱克茜。不管你对这事有什么样的情绪……我们都必须为你的自由抗争。"

她能在所有人都知道她有罪的情况下，在法庭上挺身而出说自己无罪吗？"我们都知道这里什么是正确的。你难道不希望我做正确的事情吗，伊娃姨婆？"

"你还太年轻，不知道这里什么是正确的，莱克茜。你做了一件可怕的事情，我承认。但是监狱就是答案？不。你去过监狱，你探望过你的妈妈。"伊娃走近些，用她皲裂的、干燥的手捧着莱克茜的脸，"我知道你担心我，但是别担心。我们能付得起必须要付的东西。"

"即便你请求判有罪，我们可以认罪求情，"斯科特说，"法官也未必会遵守执行。他可以在法律法规指导的范围内，下达任何他想要的判决。再加上外面的那些媒体，他也许想拿你以儆效尤。你可能一辈子都要在监狱里度过，莱克茜。"

"我就是前车之鉴，"莱克茜平静地说，"我就是可能发生的最坏情况，孩子们应该知道酒驾的后果。我怎能站在法庭上说我无罪？"

"那晚之后还不够糟糕吗？"伊娃问。

"讨论完毕。你是在花钱问我的建议，这就是我的建议：你要请求判无罪。"斯科特坚定地说。

莱克茜叹了口气。他们在谈论着法律和她的未来。这都不是真正的重点，但他们如此努力想要拯救她。她也不想让他们失望。特别是伊娃。"好吧。"

*

法庭上，朱迪坐在她的丈夫和儿子之间。扎克坐得格外笔直，就像她经常要求他做到的那样。那个懒散、顽皮的少年一去不复返了。现在他提上了裤子还系着皮带，不用人说就主动打扫自己的房间。她也知道这是为什么：他如此努力地想让她高兴些。他活在恐惧里，害怕在她身边说了或做了错误的事情，害怕让她哭泣。特别是在这里，在他们都认识的人面前。

法庭的长椅很快坐满了人：关于莱克茜的逮捕和传讯的消息一放出，法庭的入场券在城里一票难求。人们天不亮就开始排队等，希望能得到一个座位。每个人都对这个案子有看法：有些人认为莱克茜是受害者；另一些人认为她是社会的威胁；有些人指责朱迪和迈尔斯没有好好监管孩子，是不称职的父母——这些是发誓他们自己的孩子绝不喝酒的家长们。少数几个怪人甚至责怪法定可以喝酒的年龄，说如果是十八岁，这种事就不会发生。

本地的记者们，也许还有一两位国家报刊的记者，蹲守在外面的走廊上。朱迪没有环顾四周，她不想看到这些年她在派因岛上结识的朋友们，那些她在班级聚会上、在共乘车道上或在喜互惠超市结账处排队时说过话的女人。她们中的很多人定期给她打电话，她也会接电话，但是她们很少深聊。朱迪只是再也不知道还能说什么。她也不关心反醉驾母亲协会的代表们，她们今早刚开过

181

新闻发布会，要求给莱克茜判上几年监禁。

莱克茜。

光是这个名字就足以让朱迪勃然大怒或突陷绝望。她尽自己最大努力不去想这个造成了如今这一切恶果的女孩，这个杀死了她女儿的女孩，这个她儿子爱过的女孩，这个她爱过的女孩。

"抱歉我迟到了。"她的妈妈边说边在扎克的另一边落座。

法官敲了一下小木槌，要求肃静。

旁听席一下子安静了。

"贝尔小姐，"法官说，"你知道你被指控的罪名吗？"

莱克茜和她的律师站在被告席上。她站在那里，看起来让人难以置信地脆弱和渺小。她的头发蓬乱、卷曲、失控。她廉价的黑色裤子需要熨了，而且有一点太短了。

"我知道，法官大人。"莱克茜说。

"面对你被指控犯下的酒后驾车车祸致死罪，你的辩护是？"

莱克茜顿了一下。"有罪，法官大人。"

法庭里的人们一瞬间震惊了，然后一片闹哄哄的场面。双方的辩护律师都跳起来，扯着嗓门说话才能让对方听见。

"去我的内庭，"法官严厉地说，"现在。你也是，贝尔小姐。"

莱克茜跟着她的律师走出法庭。他们一出去，留在旁听席上的人们开始猛烈地窃窃私语起来。

扎克转向朱迪："我不懂。她在做什么？"

朱迪坐着纹丝不动，尽她最大的努力呼吸着，试着不要去感受到任何东西。这是某种策略，某种获得同情的方法。她不知道说什么好，自然也无法回答扎克的问题。最后，律师们鱼贯入庭。人群安静下来。

法官坐下来看着莱克茜。"关于指控你的驾车攻击罪呢？"

"有罪，法官大人。"莱克茜说。

法官点点头："贝尔小姐，我有责任提醒你，你在本案中有权要求审判，要求让由你的同辈组成的陪审团来审判你的行为。一旦你请求判有罪，就意味着你放弃了这项权利，你明白吗？"

"我明白，法官大人。"

"请求判有罪意味着你将不经过审判就被定罪，你可能将被立即宣判，你明白吗？"

"我明白，法官大人。"

"尽管这种情况很少见，但考虑到此案对社区造成的可怕后果，本庭准备了结此案。贝尔小姐，你有什么想说的话吗？"

莱克茜简短地点了点头，站起身："我有，法官大人。"

"你可以走到讲台前说。"他说。

莱克茜走到讲台上，环视了一圈旁听席。她的目光停留在扎克身上。"我喝了酒，开了车，害死了我最好的朋友。我的律师告诉我有罪还是无罪是法律的问题，但是他错了。我怎么才能赎罪？那才是真正的问题。我没有办法。没有办法。只能弥补我造成的伤害，我深深，深深地感到抱歉。我爱……扎克，法拉戴夫妇，还有米娅。我会一直爱他们，并祈求有一天他们能听到我说的这些话，并且不会被这些话所伤。谢谢。"她回到了被告席的座位坐下来。

法官低头看了看摊在他面前的一些文件。"我有一份来自反醉驾母亲协会的非当事人意见陈述，要求惩罚贝尔小姐，将她作为一个反面教材，让其他青少年引以为戒，让他们知道他们可能面临相似的境况。现在，有请双方家庭。"他抬起眼来，温和地微笑着，"我知道这出乎意料，但是你们中有没有人想对本庭做个陈述？"

迈尔斯看看朱迪。起诉律师告诉过他们，在审判之后他们将被允许发言，因此他们想过发言的事，但是从数周之前直到刚才，他们都没想到真的要发言。

朱迪耸耸肩，迟疑不决。

迈尔斯站起身，在原地跳蹰了一会儿。只有他微微抿紧的下巴流露出他深深的感情。看着现在的他，法庭里没人能想象得到，丧女之后，他也会在睡梦中哭泣。

他将颈子上的浅粉色领带抹直，走到法庭前方的讲台上，看着他们的朋友们和邻居们。"我相信在座的每位都知道，这对我的家庭来说是一个极为困难的时期。我们的丧女之痛无以言表。但是，我仍然惊讶于莱克茜的请求。我相信她的法律顾问建议过她不要这么做。"

"我认识莱克茜。过去几年里她就像我们家的一员。我知道如果能重来一次，她绝不会让这一切发生。我也绝非愚蠢幼稚地认为只有她有错，而我自己的孩子无可指责。我本该禁止我的孩子饮酒，而不是想起我自己的高中岁月就对他们心慈手软。我本该对他们更加严格管教，也许这能更好地让他们懂得喝酒的危险。这里有太多的悲剧，太多的指责了。它不仅仅落在莱克茜一人头上。"

他看看莱克茜。"我原谅你，莱克茜，不管这话有多少分量，我敬佩你自请判有罪的决心。我不确定我可以建议我的任何一个孩子做到同样的事情。"

"谢谢您，法官大人，谢谢给我这个发言的机会。"迈尔斯最后望向法官说，"我只请求您将莱克茜看成一个犯了大错、又能坦白认错的女孩，而不是什么冷血杀手。监狱不是答案，只会是另一个悲剧，而悲剧已经够多了。"他转身离开讲台，回到他的座位。

朱迪本没有想好要去发言。她像牵线木偶一般站起来，动作磕绊又笨拙。直到她站到讲台上，看着她认识多年的人们时，她才想到自己要说什么。她看着他们的孩子和她的孩子一起成长，参加过他们的生日派对。他们中有一些人的孩子年龄还小，今后也将面对高中的喝酒派对。

"我真希望那晚没有允许我的两个孩子去参加派对，"她平静地说，感到内心的裂缝里还有什么东西，"我真希望他们没有喝醉。我真希望米娅系上了安全带。我真希望他们给我打了电话让我来接他们。"她顿了顿，"我再也不能拥抱我的女儿了。不能在她的婚礼上给她梳头发，或抱抱她的第一个孩子了。"她伸手摸进口袋里，拿出为米娅毕业典礼买的戒指。在日光灯下这枚金戒指闪着光，空空的戒托像伸出的手指。"这是我打算在米娅毕业时送她的戒指。我想镶一颗粉色珍珠会很好看，但是我打算让她自己决定。"说到此处她的声音弱下去，她的力气消失了。她看看莱克茜，她坐在被告席上哭泣着。这些眼泪对朱迪来说本该有些意义，她也清楚，但是它们没有意义。后悔不能让米娅重回人间。"我无法原谅莱克茜·贝尔。我希望我能。也许正义才能帮我。最后，也许这事将给下一个想着派对后开车回家没关系的孩子传递一个教训。"她走回自己的座位坐下来，尽量不去注意迈尔斯对她流露出的明显的失望之情。

"兰格太太？"法官说。

莱克茜的姨婆缓缓地走向讲台。她没有看旁听席，而是看着法官席。"我没受过什么教育，法官大人，但是我知道正义和复仇是两件不同的事情。莱克茜是个好女孩，只是做出了糟糕的选择。她能站在这里承认错误，我很为她骄傲。我请求您在判决时仁慈一些。她这辈子还有很多好事可以做。我害怕坐牢会给她造成影响。"伊娃让自己镇静下来，回到了她的座位。

法官抬起头："还有谁吗？"

朱迪感到扎克在他的座位上移动了一下，然后，他缓缓地站起来了。

旁听席上的人们纷纷倒吸了一口凉气。朱迪知道他们看到扎克时都看到了什么：他的烧伤，他新剃的头，他眼睛周围褪色的皮肤，但是认识他的人更多地是看到了他的悲伤。那个过去常常微笑的男孩不见了。取而代之的，是这个苍白的、受了伤的孩子。

"扎卡里?"法官说。

"这不全是她的错,"他没有走到讲台便开口道,"那晚我是指定司机。说不会喝酒的那个人是我。但是我还是喝了酒。我确实喝醉了。如果她没有开车,就会是我开车。我应该坐牢,而不是她。"

他坐回去。

"请起立,贝尔小姐。"法官说,"青少年酒后驾车在我国频发。毒理报告证明,当你决定坐进驾驶室时,你喝醉了。那夜结束时,一个女孩死了,让一个社区和一个家庭深陷于悲伤之中。"他看看扎克,又继续对莱克茜说,"其他人也许也对这起悲剧负有道德责任,但是你对这起犯罪负有全部的法律责任。显然,即使再多的监狱服刑也不能挽回米娅灿烂的生命,也无法给法拉戴一家带来安慰。但是我相信,其他青少年看到这个案例时,会懂得酒驾的危险。我判决你在博迪女子监狱服刑六十五个月。"

小木槌敲落。

*

莱克茜听到她的姨婆哭了出来。

警卫们走向莱克茜,其中一个将她的胳膊别向身后,在她的手腕上扣上手铐。她感到姨婆伸过胳膊护住她。莱克茜无法回应,在过去几周发生的一切以来,现在是真正沉没的时候。

第一次,她真的、真正地感到害怕了。一直以来她所考虑的都是她的灵魂和赎罪,但是她的肉身怎么办呢?她怎么能在监狱度过五年多时间呢?

"哦,莱克茜,"伊娃哭着抬起头说,"何苦啊?"

"你收留了我,"莱克茜说。即便现在,面对这正在发生的一切,这短短一句话已经意味良多。莱克茜发现她难以再多说什么了,"我不能让你在我身上浪费你的积蓄。"

"浪费?"

"我绝不会忘记你为我做的一切。"

伊娃伤心地哭了。"坚强点,"她说,"我会经常来看你的。我会给你写信的。"

"够了。"警卫说。莱克茜感到自己被拉走,100 平方英尺①带出法庭,走下长长的走廊,上了两组台阶。最后,他们将她关进一个 10 乘以 10 见方的房

---

① 约为 9.2 平方米

间里：四壁都是水泥墙，没有窗户，只有一个金属的蹲便器和一条金属板凳。这个地方闻起来是尿液、汗水和干了的呕吐物的味道。

她不想坐下来，所以她站在房间里等着。

她没有等很久。不一会儿，警卫们又回来了，将她带出这个法院里间，带往一辆等待的警车处。一路上警卫们相互谈论着午饭时的见闻。

"我们将直接带你去博迪。"其中一个警卫说。

博迪。华盛顿女子犯罪矫正中心。

莱克茜点点头，没说话。

警卫给她戴上脚镣，将她戴着手铐的手绑在腰间的锁链上。

"走吧。"

她低着头，蹒跚地跟在他后面。进了警车，她被铐在后座上。她腰上的锁链抵着她的背，因此她不得不往前坐，鼻子几乎贴到保护着前座警官的铁格子上。当他们开到转角时，车子停下来等红灯。

车子前方，法拉戴一家正在过马路，他们看起来像纸人一般，消瘦、脆弱、弓着腰。扎克一个人走在后面，他的肩膀垮了下来，下巴低垂着。从这一面看，他剃过的头和烧伤的下巴几乎让她认不出是他。

然后红灯转为绿灯，他们的车子开走了。

*

博迪监狱是一个庞大结实的灰色建筑物，由厚厚的水泥墙建成，外面围着铁丝网围栏。环绕它的是绿树和蓝天，但周围的美景只让这个监狱看起来更阴沉、更凶险。

当莱克茜走向她从未想象过的人生时，她突然希望，热切地希望，自己当时听从律师的建议请求判无罪。

监狱里，他们将她关在一间大牢里。她像动物一样蜷缩在里面，能看到监狱的一部分。铁柱子，树脂玻璃墙壁，穿着卡其布囚服的成群结队的女人。

莱克茜闭上眼睛，试图让一切都消失。

最后，一个警卫走过来接她，他打开牢门，赶着她往前走。他将她的手指按在一个印台上，再将她的手印按压到纸上，整个过程中她都麻木地站在他身边。他们让她站在一台照相机前，拍了一张照片。然后有人喊道**下一个**！她又开始挪动了，拖着脚步走向那吵闹的、跳动的、铿锵作响的监狱心脏。

警卫将她领进一个房间。"她就交给你们了。"

两个女警走上前来。"脱了。"一个女警将她圆胖的手搭在皮带的对讲机上说。

"这、这里?"

"我们可以帮你脱——"

"我自己来。"莱克茜解开裤带,将它从裤腰上抽下来时,她的双手在发抖。

警卫从她那里拿走了皮带,卷起来放在手里,好像那是一件武器一样。

莱克茜艰难地咽了口气,解开她的裤子,褪下来。然后她蹬掉黑色平底鞋,解开白衬衫。她用尽了所有勇气才能伸手往背后解开她的内衣。

当她全身赤裸时,两个警卫中更胖的那个走上前来。"张开嘴。"

莱克茜遵循着一个接一个令人羞耻的指示。她张开嘴,伸出舌头,托起双乳,咳嗽,扭动她的手指,转身,弯腰。

"掰开你的臀部。"

她伸手向后,掰开她的两瓣屁股。

"好的,关入贝尔。"警卫说。

莱克茜缓缓直起身来,又一次转向那个警卫。她无法跟那个警卫对视,因此只能盯着肮脏的地板。

警卫给了她一摞衣服:一双磨损的白色网球鞋,卡其布裤子和衬衫,一件穿过的白色内衣,两条褪色的内裤。

莱克茜快速穿上了衣服。内衣不合适,内裤让她很痒,她需要袜子,但是当然,她什么也没说。

"当心你跟什么人一起厮混,贝尔。"警卫用一种跟她的粗鲁外表不相符的声音说。

莱克茜不知道该说什么。

"走吧。"警卫说,示意了下往门边走。

莱克茜跟着这位女警走出接待区,再一次走进监狱,那里的嘈杂声、重击声、嘘声似乎震耳欲聋。她一直低垂着眼睛,跟着警卫,感到地板真的在她脚下震颤——成百上千名女人在她前面的牢房里跺着脚。

最后,她们到了她的牢房,一个 80 平方英尺①大小的空间,三面都是密不透风的水泥墙,另一面是一扇坚固的金属门,门上有个小窗,也许这样警卫就能监视牢里的情况。这间牢房有两个床铺,铺着薄薄的床垫;一个马桶,一个洗手池,一张小桌。下铺坐着一个骨瘦如柴的白人女孩,喉咙上有个十字形

---

① 约为 7.4 平方米

纹身。莱克茜进来时,她从杂志上抬起了头。

门在莱克茜身后"哐当"一声关上了,但她仍然可以听见监狱里传来的跺脚声和嘘声。她将双臂抱在胸前,站在那里,浑身发抖。

"我睡下铺。"女孩说。她的牙齿是棕色的,一口坏牙。

"好的。"

"我是卡珊德拉。"

莱克茜现在才看清她的狱友有多年轻。她脸上的皱纹和眼睛下的眼圈加重了她的年龄感,但是卡珊德拉很可能才二十三岁上下。"我是莱克茜。"

"这只是刚接收入狱。我们不会做很长时间的狱友的。你知道的,对吧?"

莱克茜什么都不知道。她呆立了一分多钟,然后爬上摇晃的上铺,床铺上闻得出其他女人的汗味。她躺在粗糙的灰色毯子上,盯着脏脏的灰色天花板,不禁想起了她的妈妈,还有那次可怕的探监。

我来了,妈妈。到底像你一样。

16 | chapter
夜路

*

在车祸之前，朱迪敢说她处理得好任何事情，但是现在，悲伤在她心中压倒了一切。理智上，她知道不管怎样都要化解悲伤，但她无法想象如何做到。她就像一个在深水里看着大白鲨游过来的游泳者，脑子里喊着**快游**，身体却悬在水中，动弹不得。

对其他人来说，所谓的审判就是故事的结局。正义已被伸张；现在回到你的日常轨道上去吧。朱迪感到来自四面八方敦促她尽快好起来的压力。

相反地，她变得阴郁。她的生活只能这么来形容。抑郁和她已知或想象的降临到头上的任何事情都不同。她觉得眼前无事可期，无事可做。

过去六周里，人们一个接一个地放弃了她。她知道她让朋友和家人失望了，但她无法去在意。她的感情要么是消失了，要么是埋葬在如此厚重的大雾里了——她的感情躲开了她。哦，有时她也是正常的——她会去商店，去邮局寄些东西，然而她总会突然发现自己站在一排圆胖的紫茄子前，或拿着一封信，却不记得自己是怎么到那儿的，或是自己需要什么。有两次她穿着睡衣就去了商店，还有一次脚上穿的不是同一双鞋。哪怕最简单的事情也变得像攀登珠穆朗玛峰一样困难。她连做顿晚饭也不行了。

她随时都能哭出来，在睡梦里叫喊着女儿的名字。

迈尔斯已经回归工作了，好像带着一颗冰封的心活下去完全正常。她知道他内心仍有多痛，她也为他心痛，但是他已经对她不耐烦了。扎克很少从他的房间里出来。他一整个夏天都陷在新游戏椅里，戴着耳机厮杀动画敌人。

他们，扎克和迈尔斯，都竭尽全力拿出最好的状态，他们都不理解为什么朱迪不能假装，为什么她不能和朋友们出去吃吃午餐或打理打理她的花园，做点什么。这些日子以来，晚上迈尔斯都用泡沫塑料盒打包饭菜拎回家作为晚饭，她知道他看她的神情是怎么样的。他会这么说："你今天怎么样啊，亲爱的?"他真正的意思是:"你什么时候才能好起来,回到我身边?"

他认为那是尾声。对他而言,关于他们女儿的记忆已经变成了一件珍贵的传家宝,你将它放在高高的架子上,罩在玻璃罩里面,一年拿下来一两次,在生日或圣诞节时。因为害怕失手打碎它,你不会太粗鲁或太经常地搬运它。

对她来说不是那样。她在每一处都能看到空白的空间——餐桌边一把不用的椅子,寄给米娅·法拉戴的青少年杂志,留在洗衣篮里的衣服。她经常在扎克身上看到米娅,这让她无法忍受。好点的时候,她能对她的儿子笑笑,但是状态不错的日子太少了;黑暗的日子里,当她无法起床时,她便躺在床上想,自己变成了一个多么差劲的母亲。

到八月中旬,她几乎停下了一切事情。她必须要提醒自己去洗澡、洗头。她唯一下床的时候就是迎接丈夫回家的时候,那种时候他看着她,她看见了迈尔斯眼里的悲伤。

她知道自己抑郁了。迈尔斯一直让她去"见见什么人"。他不知道她心里这份新的阴郁有多深,她有多害怕放开这份阴郁。她不想好起来。真的,她只想一个人待着。偶尔有些日子她想要试试,告诉自己扎克需要她,迈尔斯需要她,她一直认为自己是一个坚强的女人,但是这些话就像是在抽屉里发现的快照一样,展现的是一个陌生人的人生。她无法去在乎什么。

现在,她和迈尔斯都在后面的露台上,假装他们是以前那样的夫妻。

迈尔斯伸着脚靠在她旁边的躺椅上,一份报纸摊开在他的大腿上,但她知道他不是真的在看报。这些天他们都尽量避开新闻,因为报纸上总有什么地方刊登着关于酒驾的新闻报道。她感到他看着她,但是她避免了和他对视。

相反地,她一分一秒数着时间,直到她可以找到什么借口回到床上去。她的手里握着米娅的戒指,它尚未配宝石,尚未完成。最近她经常这么做——只是握着这枚戒指。

"你应该把那个放下。"迈尔斯说。他的声音里有一丝恼怒,她对他的这种情绪已经很熟悉了。

"并且继续生活,"朱迪说,"是,我知道。"

"你不能继续这样下去。"他拔高了嗓门说。

这个音量让她一惊。"收起你跟你下属说话的那种医生腔。"

"你在任由它淹死你。我们。"

"它?"她最终转过脸面对着他,"我们女儿的死。那又怎么样,我反应过度了吗?真是抱歉让你失望了。"

迈尔斯绷紧了下巴。"够了。我可不想任由你抹黑我。我在女儿去世后仍然爱着我的儿子和妻子，不代表我就是个不够爱米娅的坏人。你需要帮助。你需要一个新开始。"

"开始什么？忘记她？"

"放手。总是放不下她是不健康的。扎克需要你。我需要你。"

"好啊，这才是实话。真正的要点。你想念你的妻子，因此我最好乖乖履行一个妻子的职责。"

"该死，朱迪。你知道我不是这个意思。我是担心我们将失去自我。"

她内心深处的什么地方，因为这句话，因为这句话一语道破的真相，感到一阵刺痛。她感到少有的一种想去解释、想让他理解自己的渴望。"昨晚我去了喜互惠超市。午夜时分。我想那里没有人，也确实猜对了。我在货架间徘徊，只是看看商品。走到收银台时，我拿了四个西红柿和十盒幸运魔咒牌谷物。收银员说，'哇，你肯定有很多小孩。'我盯着她想，我有几个孩子？我该对人们说什么？一个，两个，现在是一个？我没有付账就跑了出去。你是对的。我需要帮助。我从你身上获得一些帮助，你不要再插手管这事，怎么样？"

"我不知道怎么不管不问。我非常害怕有一天你打算在口袋里装满石头走进水里，像我们看过的那部愚蠢的电影一样。"

"我倒希望一了百了。"

"我就说吧！是吧！"他站起来，"好，朱迪，你想要我的帮助是吗？我打算给你帮助。我打算让我俩都重新开始。"他走向滑门，进了屋。

她长长叹息了一声，陷进椅子里。最近他们所有的谈话似乎总会变成这样。迈尔斯气冲冲地离去或走开，或试图用一个拥抱治愈她。这些对她来说都没什么意义。

她低头看着米娅没有镶嵌宝石的戒指，看着阳光在戒托上闪过。

然后它击中了她。

她知道迈尔斯打算怎样"帮助"她。这是他最近经常提及的事情。你不能老是拖延下去。他会这么说。好像悲伤是一列必须准时的火车。

她哭了起来，冲出椅子，跑上楼。

米娅的房门开着。

她踉跄了一下停住了，僵住了。自从那个可怕的夜晚后，她就无法再触碰这个门把。她让门关着，好像看不见这个粉色的房间某种程度上可以减少她的伤痛。

但是现在迈尔斯在房间里，很可能在将米娅的遗物打包。

给其他孩子，朱迪。有需要的孩子。米娅也会希望我们这么做的。

她尖叫着他的名字，向敞开的房门跑去，准备对他尖叫，抓住他，钳住他。

他跪在小麦色的地毯上，低着头，抓着那只粉色的毛绒玩具狗——那曾是他们的女儿在这个世上第二要好的朋友，仅次于她的哥哥。"黛西狗狗。"他含混不清地说。

朱迪突然清醒过来，记起来自己有多爱这个男人，她多么需要他。她努力想对他说点什么，但在她还没能发声前，扎克走到了她的身边。

"都怎么回——"他看到他爸爸正抱着黛西狗狗哭着，立即退了出去。

"扎克！"迈尔斯擦了擦眼睛说，但是扎克已经走了。楼下的大厅里，门"砰"的一声关上了。

"我们正在失去他。"迈尔斯轻声说。他缓缓地，好像胳膊不太好使的样子，放下了毛绒玩具狗。

朱迪听到责难之意又悄悄潜回他的声音里，他怪罪于她，她感到自己被这种指责压倒。"我们都迷失了，迈尔斯。"她说，"你是唯一一个没有意识到这点的人。"

不等他回答，她走下楼梯，爬回床上。

*

莱克茜现在明白为什么她的律师想让她请求无罪了。监狱是一个女人们能为了一根手卷的香烟彼此大打出手的地方。每一秒你都必须非常小心。不小心看了不该看的女人一眼，真的能要了你的命。

她一直都很害怕；当她不害怕的时候，她很恼怒。她的临时狱友，卡珊德拉，原来是个冰毒瘾君子，她会为了毒品做任何事，整夜在睡梦中呻吟。刚开始的一个月，莱克茜都避开了那个经营毒品交易的个头高大的卑鄙女人。她不跟任何人说话。

但是今天，她有一些盼头。

今天是探监的日子。莱克茜知道让伊娃一路颠簸赶来这里不对，她希望自己足够坚强，告诉她不要再来了，但是她做不到。这里该死的太孤单了。伊娃的探监是她生活里唯一剩下的好事，是一周中唯一一让她期盼的一小时。

她整个上午都在数着时间，听着卡珊德拉在无盖钢制马桶里呕吐。当警卫出现带莱克茜去探视室时，她真的是跳了起来。她精准地遵从指示，经过许多扇牢门，经过检查处，走进供家人和朋友探望犯人的探视室——那是一间大大的、有窗户的房间。

她找了一张空桌子坐下来，紧张地用脚敲着地板。警卫在房间周围站着，监视着一切。除了这一点外，这里看起来很像学校餐厅。

最后，伊娃走进门来。她看起来更瘦小了、更老了，灰色头发卷卷地贴在布满皱纹的脸庞周围。像往常一样，她在这种地方显得不太自在，无法适应。

"这边，伊娃姨婆！"莱克茜举起手示意伊娃，好像又变回了高中女生。

伊娃拖着脚步向前走。走到桌子边突然停下来，几乎是瘫倒在椅子里。"天啊，帮帮我，"她将一只手压在胸口说，"你会觉得我才是那个罪犯。"

"你什么意思？"

"哦，我不是那个意思。今天过来真是一种折磨。肯定是出了什么事。仅此而已。你怎么样？"她伸出手轻拍着莱克茜的手，开心地笑着，"你这周怎么样？"

莱克茜并不想抓住她姨婆的手，但是她忍不住这样做了。与人触碰的感觉太好了。她内心深切的需求让她自己都感到惊讶。她如此渴望与人交谈，与人联结。她滔滔不绝地谈起她这周读的一本书，告诉伊娃她在洗衣房的工作情况。伊娃也告诉了她沃尔玛超市夏季销售的工作情况和乔治港的天气。

直到莱克茜说完了所有新闻，她才真的看清她的姨婆，发现了她的变化。莱克茜入狱不过两个月而已，数次探监已经在伊娃的脸上留下了痕迹。她的皱纹更深了，嘴唇更薄了。她不得不经常清清喉咙，好像说话让她疼痛。

一旦莱克茜注意到这些，她就没法装作自己一无所知了。她立即明白过来，她对这位对自己无比善良的女人有多么自私。

"你开始上大学课程了吗？"伊娃拨开那缕搭在眼睛上的毛绒绒的头发，问道。

"没有。"

"你可以在这里获得学位。就像你原计划的一样。"

"我想有犯罪前科的人很难进入法学院。"莱克茜颓然靠回椅子里，感到自己被击败，孤独无依。她以前经历过这种事，那还是她被陌生人收养的时候。她等啊等啊，等着见她的妈妈，却只是一次又一次被伤了心。有时生存下去的唯一办法就是停止希望，停止等待。

伊娃对莱克茜的照顾和支持胜于其他任何人。我们是一家人，伊娃第一次和她见面时就这么说。那已经是很久以前的事了，但现在她们真的成了一家人。

现在是莱克茜回报她的时候了。如果她现在不松开伊娃，她的姨婆就得留在这里，因为一个个让她不适的探监日跟这个可怕的地方绑在一起。"你应该去佛罗里达州。"她平静地说。

伊娃怔住了。她说了什么吗？"你什么意思？我不能离开你。"

莱克茜探身向前，抓住了伊娃的手。"我还要在这里待上五年多。我知道你有多想和芭芭拉一起生活——这种雨天对你的膝盖也非常不好。你值得生活得幸福，伊娃。真的。"

"别这么说，莱克茜。"

莱克茜艰难地咽了一下口水。她知道自己必须做什么。她必须让伊娃放手离开。"我不会再见你了，伊娃。你再回来不会有任何好处。"

"哦，亚莉克莎……"

一切都包含在那个被她轻柔唤出的名字里了——悔恨，失望，失去——听见伊娃这么叫她让她心碎；更让她伤心的是，她知道她正将这个世界上唯一一个爱她的人推远。但是这是为了伊娃好。

所谓的爱，不就应该是这样的吗？

"等我出狱后，我会去佛罗里达州。"莱克茜说。

"我不会让你这么做的。"伊娃泪水盈眶地说。

"不。我不会让你这么做的。"莱克茜说，"让我独自承担吧，伊娃。求你了。让我为你做这一件事吧。这是我唯一能做的了。"

伊娃在那儿坐了很长时间。然后，最终，她擦了擦眼睛："我每周都会写信过来。"

莱克茜只能点点头。

"我也会给你寄照片。"

她们继续说着话，两个人都努力想要把她们必须说的话全部说完，仿佛说很多话，就能让她在即将到来的冬天里保持温暖。但是最终探视时间到了，伊娃站起身。她现在看起来更老、更疲惫了。莱克茜知道她做的是正确的事情。

"再见，亚莉克莎。"伊娃说。

莱克茜站在那儿，点点头。"谢谢你……"她的声音哽咽了。

伊娃紧紧拥抱了她。"我爱你，亚莉克莎。"她说。

莱克茜松开手退后时浑身发抖。"我也爱你，伊娃。"

伊娃用含泪的眼睛看着她。"你要记住这点：我了解你的妈妈。你一点也不像她，你听到了吗？千万不要让这个地方改变这一点。"

然后她离开了。

莱克茜仍然立在原地，直到看不见姨婆的身影为止。最后，她离开了探视室，回到牢房。她待了还不到四十分钟，一个警卫走过来站在敞开的门口。

"贝尔，拿上你的东西。"

莱克茜弯腰抱起她的几件物品——洗漱用品、信件和照片——将它们放进那个有凹痕的鞋盒里，然后跟着警卫走进监狱的核心区：

她周围的女犯人们跺着脚，向她大喊大叫。在这个钢筋水泥的监狱里，喧闹声如雷鸣。莱克茜没有抬头，只是垂着眼睛将她的随身物品抵在胸前。

警卫突然停下来。

他们面前的牢房门嗡嗡作响，"咔哒"一声开了。

警卫让到一边。"进去，贝尔。这是你的长期牢房。"

莱克茜绕过大块头的警卫，窥视了一眼这个牢房——这可能是她接下来六十三个月的家。

牢房墙壁上贴满了照片、图画和杂志广告。一个体格魁梧的女人坐在下铺，她宽宽的肩膀向前弓着，粗粗的、文满纹身的胳膊撑在弯曲的膝盖上。她有编成麻绳状的灰黑色长发和深色皮肤，脸颊上有很多痣，喉咙处也文了一圈纹身。

牢门在她身后关上了。"我是莱克茜，"她不得不清了清喉咙才有足够的自信加上一句，"贝尔。"

"塔米卡，"女人说，莱克茜惊讶于她的声音是这么好听，"赫尔南德斯。"

"哦。"

"我的小孩跟你差不多大，"塔米卡边说边将她的大块头身躯挪下狭窄的床铺。那床是钢筋水泥床，没有弹簧因为这个动作而发出声响。她走向前，指着一张贴在水泥墙上的破旧老照片。"罗西。我刚进这儿时怀上了她。之前并不知道。"塔米卡蹲在马桶边卷了一根香烟。她抽烟时，把烟吐向墙壁上的排气孔。"你有照片吗？"

莱克茜放下她的一盒物品，坐在塔米卡旁边冰凉的地板上。她从那堆东西里挑出一些照片来。"这是我的姨婆伊娃。这是扎克。"她低头盯着他高三时的照片。她一直摸着这张照片，感觉自己好像已经开始忘记他，这也吓倒了她。"这是米娅。这个女孩……被我害死了。"

塔米卡拿着米娅的照片，端详着："漂亮姑娘。很有钱？"

莱克茜皱了皱眉："你怎么知道的？"

"你进了这里，是不是？"

莱克茜不太确定怎么回答这个问题。这个问题似乎暗示着不那么真实的事实，或者说是她之前没有真正看到的事实。

"我杀了我的丈夫。"塔米卡指着墙壁上的一张照片说。

"自卫?"莱克茜说。这是她在这里经常听到的词。她似乎才是监狱里唯一一个真的有罪的犯人。

"不是。趁他睡着时杀了这个混蛋。"

"哦。"

"我在这里待了太久了,几乎都记不得我他妈干过什么坏事了。"塔米卡掐灭了烟,将没吸完的半支藏在她的床垫下。"嗯,我想我们最好还是聊聊天,熟悉熟悉彼此。"她看着莱克茜,在那双深色的眼睛里,有一种让莱克茜不舒服的悲伤。"我们有的是时间,你和我。我们可以交个朋友。"

"你什么时候才能出狱?"

"我?"塔米卡轻轻笑了笑,"永远不能。"

*

八月末的一个周三,扎克从他的卧室里出来,看起来衣冠不整,有些迷糊。他的短发脏脏地竖立着,T恤的前胸上有一大片污迹。

朱迪和迈尔斯在大厅里盯着电视,尽管两个人都不是真的在看电视。他们有一个多小时没跟彼此说话了。当扎克走进来,朱迪一看到他就一阵心疼。如果她不是这么筋疲力尽,她会走向他,也许问问他怎么样,但是她好几周都没睡觉了,即使是最轻微的动作也无力做到。这个夏天她瘦了十五磅,体重大减让她看起来骨瘦如柴,苍白无血色。

"我要去南加州大学了。"他开门见山地说。

迈尔斯缓缓起身。"我们谈论过这个,扎克。我不认为这是个好主意。太早了。"

"这是她所希望的。"扎克说。这句话一出口,房间里的空气似乎一下子被抽干了,只留下无法呼吸的三人。

迈尔斯陷入沙发里:"你确定?"

"确定?"扎克说,他的声音很迟钝,"我不就正在跟你们说这事吗?"

朱迪盯着她的儿子,看到沿着他的下巴新长出来的肉粉色新皮肤。他脸颊上的青筋像古瓷上的裂缝。他是个身材高大、肩膀宽阔的大男孩,然而悲伤拖累了他。她怎么能让他留在这里,留在这个令人窒息的死亡之地?"好。"她最后说。

*

接下来的几天，朱迪做了巨大的努力让自己变得像过去的自己。当然，她不再是那个女人了，但是这一次她想多考虑考虑她的儿子，而不是女儿。要是在过去——也不过就是几个月前，感觉却像上辈子那么远了——她会为她的孩子们举办一个盛大的"大学好运暨离家"派对。现在，她耗费了全部的精气神邀请了几个朋友过来跟扎克告别。坦白地说，她甚至连这事都不想做，但是迈尔斯坚持要办。

在这个大日子里，她洗了澡，洗了头并吹干头发。当她看着镜子时，她被镜子里那张回望着她的脸惊到了——那张脸如此消瘦，神情脆弱。太多无眠的夜晚给她留下了深深的黑眼圈，即便是在八月的最后一周，在长长的、炎热的夏天过后，她依然像粉笔一样苍白。

她拿出化妆包，化了个妆，到 3 点钟门铃响起时，她几乎和过去的她看起来一样了。

"他们到了。"迈尔斯说，走到她身后。他双臂环住她的腰，吻着她的侧颈。"你准备好了吗？"

"当然。"她挤出一个微笑。实际上，她感到一阵恐慌。一想到人们将围着她，她不得不假装自己很好，已经从悲伤中恢复过来继续前进了，就让她喘不过气来。

迈尔斯拉着她的手，牵着她下楼走到客厅，迎向大门。

茉莉和提姆站在前廊，他们都微笑着，只是笑得有点过于灿烂了。他们的孩子跟在他们身后。一家人还带了食物来，冰箱里已经满是那次车祸后人们送来的锡纸包裹的食物了。朱迪无法去看其中任何一种食物，无法吃下一口。只要看到锡纸就让她想吐。

"嘿，你们好，"迈尔斯边说边让到一边请他们进来，"见到你们真高兴。"

朱迪没有欢迎他们，而是双臂交叉在胸前望向她的花园。

多刺、丑陋的野草长得到处都是。她曾经挚爱的植物彼此交缠在一起，急于离开它们原来的位置。

"朱迪。"

朱迪眨了下眼睛，看到茉莉站在她身边。她在说话？"对不起，"她说，"发了会呆。你刚说什么？"

茉莉和迈尔斯交换了担忧的眼神。

"来吧，亲爱的。"茉莉用一只胳膊搂住她说。

朱迪任由她的朋友像温暖的潮水一样将她托起带进客厅，一条写着"祝你好运，扎克"的横幅挂在壁炉架上。迈尔斯用立体声音箱播放音乐，但第一首歌就是谢里尔·克罗的《第一道伤痕是最深的》，他关掉音箱，转而打开了电视机。西雅图的海鹰队正在进行足球比赛。

扎克的朋友一个接一个进了屋。他们，这些她认识了很久的男孩女孩们，占据了家里的空间。其中绝大多数人，她都是看着他们从小长大的。她喂他们，开车接送他们参加活动，甚至偶尔给他们提建议。现在，像扎克一样，他们准备离开这个岛屿所代表的安全之地，去上大学了。

除去一人。

迈尔斯走到朱迪身边，碰了碰她的胳膊。"他准备好下来了吗？"

她抬头看着他，在他的眼睛里，她看到了同样紧随她的念头：过去的扎克从不会在他自己的派对上迟到。"他说他就来。我去喊他。"她说。

她点点头离开了。刚从茉莉身边走开，她就意识到太迟了。她应该给自己找个借口。

坦白地说，这些天来很难记起那样的事情了。

在扎克紧闭的房门外，她把手伸进口袋里——里面全是阿司匹林——她嚼了一颗。这种难吃的味道实际上有所帮助。

然后她敲了敲门。

里面没人应声，因此她更用力地又敲了一次，说："我要进来了。"

扎克瘫在游戏椅里，戴着耳机，像战斗机飞行员一样操纵着一个遥控器。他面前的电视机屏幕上，一辆非常逼真的坦克冒着枪林弹雨碾下一座荒芜的小山。

她摸了摸他的头，轻轻抓了抓他的头发。

他倚靠进她的手里，她不禁想自己有多久没有这么碰触过他了。想到这里，那种丧失感又袭来了，同时还有悲伤和负罪感。"你在做什么？"

"试着打赢这关。"

"你的朋友们都到了……来跟你道别。"她最后说。

"是啊。"他叹了口气说。

"来吧。"她说。

他们一起下楼，默默无言。

当他们走进客厅时，人群一阵沉默，尴尬且令人不舒服。真的，这怎么能算得上是庆祝呢？然后扎克的朋友走到他身边，迟疑地微笑，轻声说着话。

朱迪退到一旁。她竭尽全力保持在场，待在这个对她儿子来说很重要的场合里，但是这太伤人了。她本该想到会这样，本该知道她无法真心庆祝扎克去上大学——去南加州大学——而不为这个事实忧伤：只有他一个人去上这所大学了。

她尽力在客厅待了较长的时间，一直微笑着——她曾认为自己无法保持微笑，她甚至切了蛋糕，让迈尔斯祝酒。但是还远没到傍晚时分，她就溜过走廊，藏进了她的黑暗空间。

她怎么能对她去南加州大学的儿子道别，同时保证自己不被悲伤压倒呢？南加州大学是米娅的学校——每个人都知道这一点。她卧室的墙上钉满了红的、金的和南加州大学有关的东西。最糟糕的部分（她没有对任何人承认的一点）就是她想要扎克离家。每看到他一次，她都要崩溃一次。没有他，她可以什么都不做，什么都不是。

她感到浑身发抖，走到沙发那里坐下来。突然她无法呼吸。

"你可以逃跑，但无法躲藏。"有人说，并且有光照进来了。

原来是茉莉站在那儿，端着一盘柠檬棒。她看了一眼朱迪，赶紧冲到沙发旁，在她身边坐下来。"呼吸，亲爱的。吸气，吐气。吸气，吐气。"

"谢谢。"当恐慌平息下来后，朱迪说。

"我不想再激起你的情绪，但是你的妈妈在找你。"

"这下有足够的理由藏起来了。"

"我不知道还要跟你说什么，朱迪。但是我在这里。你知道的，对吗？"

"我知道。"

茉莉坚定又担忧地看着她。"你任何时候都可以给我打电话……我知道等到扎克走了后，这一切对你来说会有多难。"

"走了。"这个词像弹出的刀子。扎克要走了。米娅已经走了。

她挤出一个微笑。阻止这种谈话的唯一办法就是假装她没事。"是的。好的。我最好在我妈决定重新装修前去看看她。"她拿了一根柠檬棒，虽然她并不打算吃，但这是一种礼貌的做法。正常的事情。

*

第二天，她和迈尔斯以及扎克动身去机场。

这本该是件令人高兴的事情。他们三人都假装如此。去西雅图—塔科马国际机场的路上，迈尔斯进行着一些空洞的聊天，讲着愚蠢的笑话。

飞机上，他们假装没有注意到迈尔斯那边空空的座位。之前，他们总是两个两个地坐一起。现在他们坐一排了。他们三个。

在校园里，他们在炎热的加州阳光下走了一圈，评论着校园的美丽和优雅。

整个周末，悲伤，仿佛总是富有弹性、伸缩自如，时不时出其不意地让他们震惊于它的威力。看到一个穿着黑色背心的金发女孩时……看到一个穿着粉色运动衫在草地上翻跟头的女孩时……听见扎克的室友问起兄弟姐妹的事情时……

但是他们挺过来了。周日晚上，他们在比弗利山庄的马斯特罗牛排馆吃了最后一次家庭晚餐，然后将扎克送回他的寝室。那里，朱迪看到了扎克室友那半边的装饰——海报和家庭照片，还有他妈妈做的被子。那一刻她想到，她应该为扎克买点什么，把他住校生活所需的一切东西都添置好，填满这个房间，但是太迟了。换作过去的那个朱迪，她会把东西成箱成箱地给他搬进寝室来。

"我们会想你的。"朱迪说，努力不哭出来。

"给你妈妈打电话，"迈尔斯生硬地说，"保持联系。"

扎克点点头，抱了一下他的爸爸。当扎克拉开身看着朱迪时，她看见了他眼里的迟疑和惭愧。"我会好好的，妈妈。你不必担心我。"

朱迪将他拉进怀里，紧紧抱着他。她的羞愧和负罪感几乎让她无法承受了。她想告诉他她有多爱他，但是曾经很容易说出口的话现在却难以启齿。

他抱了她好一会儿，然后缓缓地拉开身来。

"再见。"扎克轻声说。

只此一词，尽含一切。*再见*。一旦你大声说出来，它就是真的了。

"再见，扎克。"朱迪柔声说。她和迈尔斯走出他的寝室，走进人来人往的走廊里。在他们身后，房门轻轻关上了。

17 | chapter
夜路

*

那个秋天，时间似乎在飞驰向前和缓慢爬行中交替。扎克走了后，房子像坟墓一样寂静。迈尔斯比以前工作得更久了。朱迪知道他害怕回家面对她。他厌恶她深深陷入阴郁。

但是现在是十一月了，感恩节周末，扎克回家了。她向迈尔斯、也向她自己保证，她会为她的儿子真正做一次努力。她想要做到。至少从想法上她是积极的，她决定这一次要像个妈妈的样子。

因此，她来到了这里，车库上方的阁楼里。她站在一堆装着圣诞装饰品的红绿盒子前。

她刚在想什么？

她怎么会把三只袜子挂在壁炉架上？怎么拿着米娅幼儿园时做的救生圈和白纱装饰？怎么回事？

她背过身，向大门走去。等她回到屋里时，她的手在发抖，浑身发冷。

她真不该跟迈尔斯说她来布置家里，但扎克眼里的悲伤让她内心充满负罪感。她想着将家里装饰一新迎接圣诞节会让他高兴一点。他一整周都很沮丧。他声称学业顺利，分数很高——甚至发誓说医学院仍然是他的未来，但是他太安静了，有时她甚至都忘了他在家。他从不接手机，手机响了一阵也就不响了。

她走进客厅。阳光从高高的窗户里透进来，照亮了木质地板。扎克和迈尔斯一起坐在又厚又软的大沙发上，两人都操纵着遥控器，在大大的平板电视上对应的两个忍者正在自由搏击。

"你找到装饰品了？"迈尔斯头也不抬地说。

"没有。"

迈尔斯叹了口气。最近他总是叹气。她也是，为那件事。

他俩之间的整个关系似乎都是空气建造的，空无一物。她想让他开心，但是她无法说出他需要听到的话。

门铃响了，她如释重负。她讨厌有客人来，但是任何事都比这翻过来倒过去讨论她过去是怎样一个人的谈话好多了。"我们有什么客人要来吗？"

"应该没有。人们不再过来拜访了。"迈尔斯说。

"也许是德鲁或格雷格。"朱迪说，她猜是扎克的某位朋友。

她走过去开了门。

一个陌生人站在那里，手里拿着一个牛皮纸信封。

不。不是陌生人，但是她无法想起这张脸是谁。"你找哪位？"

"我是斯科特·雅各布斯。亚莉克莎——莱克茜——贝尔的辩护律师。"

"请进，雅各布斯先生。"迈尔斯出现在朱迪身边说。

她感到自己被推向一边。她听见门关上了。她感到有些头晕，跟着这个男人走进客厅。

"我是来找扎卡里的。"律师说。听到有人叫他的名字，扎克放下遥控器，站起身。"我从莱克茜那里带来了这些文件。她让我亲手交给你。她想你这周应该在家。"他没有看朱迪——只看着扎克——然后把信封递给他。"她怀孕了。"他静静地说。

*

她呆立在那儿盯着他们多久了？她能感到血液在她的血管里涌动，猛敲着她的心房。高声尖叫充斥着她的脑袋。

不。是她正在发出那样的声音。那真的是她吗？那些她花了数月压制住的愤怒又轰鸣而来。扎克在说话，但是朱迪听不见他在说什么；反正她也什么都不在乎了。

"滚出我们家。"她突然吼叫道。

"我很抱歉……"斯科特说。

"抱歉？抱歉？你的客户杀死了我的女儿，这还不够，是不是？她跟我们没完。现在，她还要毁了我儿子的生活。我们怎么知道扎克就是孩子的父亲？她怀孕几个月了？"

"妈妈！"扎克严厉地叫道。

迈尔斯浑身发抖，脸色苍白，但是朱迪所感觉到的愤怒，在他的眼里看不到。这让她更生气了。最近她总是独自一人困在她的情绪里，千错万错总是错。

"她怀孕五个半月了。"斯科特回答。

"真是方便啊。信封里有什么？她想从扎克身上得到什么？"

"这些是收养文件，法拉戴太太，我可以告诉你，莱克茜好不容易才做出这个决定。如果……扎克不想要这个孩子，她准备以一己之力走领养程序。她会给孩子找一个好家庭。但是她不想让她的孩子被寄养。"

"如果扎克不想要这个孩子？"朱迪怀疑地说，"他才十八岁，看在老天的分上！他都不记得洗自己的衣服！"

"她讨厌寄养。"扎克静静地说。

斯科特点点头："她不想让她的孩子那样。"

朱迪无法理解这一切，似乎有什么暗流拉扯着她，将她卷入漩涡，但是她连一个涟漪都没看到。"笔在哪里？"她咬紧牙关说。

"朱迪斯，"迈尔斯用讲理的口吻说，"我们正在谈论的是我们的孙子。不能这么漫不经心。"这种口吻是暗示她又在撒泼闹事或有什么他看不惯的地方。她满不在乎。她早烦透了他的那套理性。她心中的痛苦吞噬了一切，无法忍受。她用尽了自己仅存的每一分控制力才让自己没有痛苦地咆哮。

"你认为我漫不经心？"朱迪瞪着她的丈夫，像讨厌其他任何人一样讨厌她的丈夫。"你认为这没有将我的内心撕裂？你认为我不曾梦想有自己的第一个孙子？但不是像这样，迈尔斯。一个杀死了我们女儿的女孩生下的孩子？不，我不——"

"住口！"扎克大声说。

朱迪甚至忘记了他也在场。"对不起，扎克。我知道这很可怕，很悲惨，但你需要听我的话。"

"除了听你的话我还做过其他什么事吗？"他说。

她听见了他声音里的愤怒，不禁后退了一步。"你说什、什么，扎克？"

"这是我的孩子。"扎克坚定地说，"我和莱克茜的孩子。我不能就这么不管不顾。你怎么能要我不管？"

朱迪感到她脚下的大地裂开，她突然坠落下去。一瞬间她看到了他整个悲惨的未来：没有大学学位，没有体面的工作，无法跟对的女孩陷入爱河开始新生活。想到这个，她最后的、近乎绝望的希望——希望他有一天能爬出这个坑，学着快乐起来——又一次消失了。

"我要当爸爸了，"扎克说，"我会退学，回家来。"

朱迪无法呼吸。这怎么行呢？"扎克，"她恳求道，"想想你的未来——"

"已经如此了，妈妈，"他说，"你们俩会帮我吗？"

"我们当然会帮忙，"迈尔斯说，"你可以留在学校。我们会找到解决办法的。"

斯科特清了清喉咙，三个人都看着他。"莱克茜认为扎克会这么想……或者她也许希望他答应。不管怎样，她让我起草了抚养权文件。她打算给予扎克完全抚养权。只有两个要求：一、她不想让她的孩子知道她在坐牢。永不。实际上她建议你告诉这个孩子她……死了。"他顿了顿，看着扎克，"二、她想亲手把孩子交到你手上。只交给你一人。所以当她生产时她需要在医院。"

朱迪猛地转身，走出了房间。上楼后，她吞了三颗——不，四颗——安眠药，爬上了床。她躺在床上，浑身发抖，祈祷药物快起作用。她试着去想象一个婴儿，这个婴儿，她的孙子；她试着想象小版的米娅，像玉米穗一样的头发和绿色大理石一样的眼睛。

她怎么能看着一个那般模样的婴儿却对它毫无感觉，只能感到自己的丧女之痛？

*

当第一阵生产的阵痛袭来时，莱克茜正在监狱的食堂里。她抓住塔米卡的手腕，紧紧握住。

"我的天，"当阵痛过去时莱克茜说，"生孩子有那么痛？"

"比那还厉害。"塔米卡带着她穿过拥挤的食堂，走到站在门边的一个警卫那里，"这孩子要生了。"

警卫点点头，用对讲机把这个消息告诉另外一个什么人，然后告诉她们回到她们的牢房里去。"有人会过来找你的，贝尔。"

莱克茜回到牢房躺下。她蜷缩在塔米卡的下铺上，忍受着加剧的疼痛。塔米卡抚摸着她的头发，给她讲着自己人生里的一些蠢事。莱克茜试着去听，保持礼貌，但是现在疼痛愈渐加剧，来袭的频率也加快了。

"我……无法……忍受……了。女人们都是怎么忍过去的？"

"贝尔？"

她从疼痛的迷茫大雾中听见了自己的名字。当宫缩停止时，她无力地抬起头。

狱医米里亚姆·云戈来了。"我听说有个宝宝想出来到这世上玩一玩。"

"药，"莱克茜说，"给我药。"

云戈医生笑了。"我先给你检查一下怎么样？"

"好，"莱克茜说，"怎么都行。"

　　莱克茜几乎没注意接下来都发生了什么。大约一切正常。医生对她进行了骨盆检查——任何一个经过她牢房的犯人都能看见，然后是送她去医院前的脱衣检查（为了确保她没有试图通过她的阴道偷偷把什么东西带出监狱——哈！），最后狱警重新给她戴上了手铐和脚铐。

　　直到她躺在一辆救护车后车厢的轮床上，被铐在床的金属围栏上时，她才放松下来。"能让塔米卡跟我一起来吗？求求你！我希望她也在医院。"莱克茜在疼痛间隙说。

　　没有人回答她。当第二波疼痛袭来时，她忘记了一切。等她到了医院时，疼痛来得如此之快，就像和一个职业拳击手同台比赛一样。她躺在一间私人病房里，房间内外都有警卫看守。她想翻个身，或走动走动，或只是坐起身来，但她无法动弹。她的一只脚踝和一只手腕被铐在床左侧的护栏上。他们也不给她吃药，因为那样已经太迟了。不管他妈的"那样"是什么意思。

　　又一阵疼痛袭来。到目前为止最厉害的一次。她喊叫出来，她的肚子缩紧得如此厉害，她觉得自己要死了。

　　当这阵疼痛减轻了，她试图坐起来，对警卫说："请让一位护士或医生过来。有什么不对劲。我能感觉出来不对。太疼了。求你了。"她喘着气，努力不让自己哭出来。

　　"我的工作不是——"

　　"求你了，"莱克茜哀求道，"求你了。"

　　警卫看看莱克茜，她的眼睛眯起来了。莱克茜在想那个女人看到的场面：一个铐在床上的杀人犯，抑或是一个十八岁的女孩，正在生一个她很可能永不会认识的孩子。

　　"我去找找看。"警卫回答道。然后她离开了房间。

　　莱克茜躺回枕头上。她努力保持坚强，但是她从没感觉这么孤单过。她需要伊娃姨婆陪在这里，或塔米卡，或扎克，或米娅。

　　又一阵疼痛袭来。她绷紧了身子，感到镣铐冰冷的金属勒住她的手腕和脚踝。然后它结束了。

　　她松懈下来躺回枕头里，舒了口气。她的整个身体都感觉被拧干了。

　　她摸着自己的肚子。她能感到她的孩子在那儿，蠕动着，也许正在试着找到脱离这种痛苦的方法。"没事的，小姑娘。我们会没事的。"

　　她紧紧闭上眼睛，试着想象腹中孩子的模样。几个月以来，当她独自躺在监狱的床上时，她梦到这个孩子，在她的梦里它一直是个女孩。

　　当疼痛又袭来时，她喊叫着，强烈地感觉这次她的胃要裂开了，像《异形》里的那一幕。当医生带着一名护士走进房间里时，她仍在尖叫着。

"铐在床上？我们是在哪儿，中世纪的法国吗？解开她。现在。"

"我很抱歉，医生，但是我不能那么做。"警卫说。不过她看起来确实很为难。

"你好，莱克茜。我是法斯特医生。"他边说边走到她床边。

"呵、嗨，"她说，"我想我要死了。生孩子会不会将你撕成两半？"

他微笑着："只是感觉像那样。现在我要给你做检查了。"

"好的。"

他将她的睡衣掀开到一边，坐到她两腿之间。

"你能看到她了吗？啊——"莱克茜又因疼痛反弓起身子。

"好的，亚莉克莎，看起来小宝宝准备好出来了。当我说'使劲'时，你尽你最大力气收缩腹肌。"

莱克茜太累了，她几乎动不了了。"那是什么意思，用力收缩腹肌？"

"就像你便秘时努力想把屎拉出来一样。"

"哦。"

"好的，亚莉克莎。使劲!"

莱克茜绷紧了身子，使着劲，尖叫着。她数不清医生多少次叫她停下，然后开始，然后又停下。她感到剧痛难忍，希望身边有什么人告诉她没事，她做得很好。电影中都是这么演的。

然后传来了一个婴儿的啼哭声。"是个女孩。"医生微笑着说。

莱克茜以前从来不知道一颗心可以飞起来，但那就是她突然感觉到的；疼痛消失了——已经忘记了——天使将她抬升起来。她看到医生将那个宝宝——她的宝宝——递给护士，她忍不住伸出想抱住她。一只胳膊举起来了，另一只胳膊抵着手铐发出一阵"哐当"声。

"打开她的手铐，"医生一边对警卫说，一边摘掉他的蓝色外科医生帽，"立刻。"

"但是——"

法斯特医生转向警卫。"在这间屋子里，我是上帝。解开手铐。脚铐就留着吧，如果不得不如此的话，那样应该能让社会免遭这个少女的危害了吧。"他走到床边，对莱克茜说："你很年轻。"

这意思是说他认为她还有大好光阴在不久的将来，有一天她会在这样的房间里，生下一个她可以带回家疼爱的孩子。到那一天，她可以养育她自己的孩子。

她本可以告诉他他错了，她不再年轻了，梦想是种转瞬即逝的东西，就像气球，一旦松手，就会消失在你头顶的天空里。但是他人太好了，她也太累了，她不想立即就去直面真相。

护士走到她身边，递给莱克茜一个小小的粉色襁褓。

她的女儿。

"我会让你们母女俩单独待会儿。我知道……还有人等着。"

当真相使劲挤进这个房间时，那一刻很难堪。然后护士和医生出去了。

莱克茜低头敬畏地看着她的宝宝，为她小小的粉色脸蛋和弓形的嘴唇所着迷，为她模糊的蓝眼睛所着迷——那双眼睛里似乎装着莱克茜所不知的秘密。莱克茜伸手摸了摸她葡萄大小的拳头。"我有许多话要跟你说，小姑娘，但是你不会记得。你不会记得我。但我会永远记得你。"

莱克茜抱紧她的女儿，给了她自己心中全部的爱，希望永远让她记住自己。"像小鹅一样，"她对着那小小的、贝壳粉的耳朵轻声说，"鹅宝宝们第一眼看到妈妈就永远记住了，永不忘记。"

门上响起一阵敲击声。警卫回应了，同外面走廊上的什么人说了些什么，然后打开了门。斯科特走了进来。他一如既往衣着凌乱，穿着廉价的毛料西装，打着过时的领带，但是他眼中的神情是如此关心，如此怜悯，以至于她都开始恐慌了。她本能地抱紧了她的宝宝。

"嘿，莱克茜，"他说。看到她手腕上的红印，他皱起了眉："他们拷住你了？混账——"

"没事的，"她说，"看。"

斯科特俯下身。"她很美，莱克茜。"话音刚落，他的脸似乎也拉下来了，"是时候了。"他轻轻地说。

"他在这里？"她问。即便她所知的全部痛苦都一齐袭来，她的心脏还是漏跳了一拍。

"他就在外面。"

"扶我坐起来好吗，斯科特？"

他扶她坐好，然后退后。"你确定你想这么做？"

"我还能有什么选择？"

"你不必放弃全部的抚养权，这是肯定的。当你出狱——"

"看看她，"莱克茜低头注视着这个美丽的女孩说，"她会为他们所爱。她会感到自己被爱着。她会感到安全。她会拥有我不能给她的一切。相信我，斯科特，她不需要像我这样的母亲。"

"我不同意，但这是你的选择。"斯科特说，"我让他进来。"

莱克茜坐得更直了些，然后他来了，站在门口。

这比她预想的更伤人，比她刚刚经历的生产之痛更痛。他看起来很高大，比她印象中的他更壮实，肩膀更宽阔了。他麦金色的头发盖在眼睛上，她记起过去他有多讨厌头发遮眼，当他俯身亲吻她时，她总是把他的头发撩到一边好看清他的眼睛，总会为此发笑。

她是如此爱他。她爱他，不仅深入血脉，这就是她的血脉。她不知道别人说得是不是对，她对他的爱有一天会像老照片一样褪色，她怎么知道呢？她只知道她对他的爱是她最好的部分，没有爱，她的心就是空的。

他走近了些，看起来迟疑不决。

她很高兴怀抱着自己的女儿，要不然她就会伸手去碰他了。她本会情不自禁这么做的。

她抬起头，近距离地看着他。她看到了沿着他下巴轮廓的伤疤，皱巴巴的皮肤跟他们孩子小脸上的皮肤一样是肉粉色。也许，很快，伤疤都会消失不见，或变得细微到几乎看不出来，但是现在它在那儿，是对她所犯罪行一道刺目的提醒。

"你好，扎克。"她说。她听见了自己声音里的颤抖。

他深吸了一口气，静静叫出她的名字。话音落地，心痛袭来。他的声音让她想起那些海边的夜晚，绵延整夜的亲吻，梦想和未来。

"她看起来很像米娅。"他说。此话一出口，过去又回到他们身边，和这个代表未来的小东西蜷缩在一起。

莱克茜想要道歉，但她忍住了。道歉再没有任何意义，那些日子已经结束了。现在是另一些事了。关于其他人的事。"如果让我起名的话，"莱克茜擦了擦眼睛说，"我想叫她格蕾丝。"

"你是她的妈妈。"扎克说。

她的妈妈。莱克茜不知道该如何回应，因此她什么都没说。

"我以为你想给她起名字……我想你喜欢'卡佳'这个名字。"

听到这话她倒吸一口凉气：那么，他还记得。感觉像上辈子一样，那种两个孩子之间充满希望的对话，两个认为很简单的孩子。他们在海滩上，编织着关于未来的缥缈的梦。"我的朋友……塔米卡是个天主教徒。她说当上帝原谅你时，他赐予你恩典①。"她低头看看她的女儿，"格蕾丝，就是你吗？"

211

———————————

① "Grace"有宗教教义"恩典"的意思，作为人名音译是"格蕾丝"。

婴儿哭起来了，莱克茜也跟着哭起来。"别哭，宝宝。"她吻着她小小的粉唇说。

然后她抬起头看着扎克："告诉她我非常爱她，因此选择了对她最好的事情。"

"我会带她来看望——"

"别。"她最后一次吻了下她的女儿，然后缓缓地、缓缓地将她交给扎克，"我不想她像我一样长大。让她远离我。"

他将小小的襁褓抱在怀里。"格蕾丝，"他说，"格蕾丝·米娅·法拉戴。"

那个名字让莱克茜感到一阵心痛。"我爱你，格蕾丝。"她低声说，希望在她交出这个宝宝前最后再吻她一次。"还有扎克，我——"

敲门声响起。声音如此之大，惊到了她。

"肯定是我妈，"扎克说，"你刚打算说什么？"

莱克茜摇摇头："没什么。"

他顿了顿，眼神从婴儿转到莱克茜身上："我搞砸了一切。"他轻柔地说。

她发不出声音，甚至连和她的女儿，或和这个她深爱的男孩道别都说不出口。

*

朱迪试着为这一天做好准备。她告诉自己这就是了，新朱迪的开始。因此，当她看到扎克从莱克茜的病房里出来，抱着一个裹在粉色襁褓里的新生儿，他的眼睛里饱含深情，炯炯发光时，朱迪感到内心升腾起一股希望。

"格蕾丝·米娅·法拉戴。"扎克说。

"她真是太棒了。"迈尔斯边说边走到他儿子身边，用他修长的外科医生的手托住婴儿的小脑袋。

朱迪低头看她孙女的小脸，时间似乎消失了。

一瞬间，她又变回了那个年轻的母亲，一手抱着一个孩子，迈尔斯陪伴在她身边。

格蕾丝看起来和米娅一模一样。

一样的弓形嘴唇，模糊的蓝眼睛将会变成绿色，一样的尖尖的下巴和浅金色的睫毛。朱迪本能地后退了一步。

"妈妈？"扎克抬头看着她问，"你想抱抱她吗？"

朱迪开始发抖了。她心中的寒冷由内而外延伸到她的手指，她真希望自己带了件外套。"当然。"她逼着自己微笑，伸出手，接过米娅——不，是格蕾丝

——到自己怀中,抱紧她。

爱她,她绝望地想,并开始恐慌。总该感觉到点什么啊。

但是什么都没有。她低头看着自己的孙女,这个婴儿看起来是那么像米娅,简直可以糊弄住任何人,但是朱迪什么都感觉不到。

*

莱克茜的身体恢复得很快。她的乳房缩回了原来的大小,奶水干了。一个月不到,她下腹部上残留的几条苍白的银色细纹是她生过孩子的唯一证明。

她感觉自己和那些妊娠纹一样淡去。怀孕改变了她。一个名叫亚莉克莎·贝尔的女孩进了医院,铐在床上,生下了世上最漂亮的孩子。她最后一次见到了她深爱的男孩。然后这一切都逝去了,一个年龄更大、更有智慧的莱克茜回到了博迪。

以前,她是脆弱的,甚至是充满希望的,现在她看清那一点了,就像你看到一根缺失的围篱桩一样。那个缺口凸显出来。她被损毁了,被她所犯下的可怕的事情破坏了,但她相信救赎,相信正义的力量。她认为坐牢会是一种赎罪,赎了这个罪,她就可以被原谅。

真是荒唐可笑。

她的律师是对的。她应该反抗那个指控,说她很抱歉,她年少无知。

相反地,她做了对的事情,并被碾碎了。她失去了一切对她来说重要的东西,但没有什么比失去她的孩子更痛。

自从格蕾丝出生两个月来,莱克茜试图坚守自己的为人,但她最好的部分正在被掏空。日复一日,她尝试给她的女儿写信,每一次尝试失败都从她的身上剥掉一块,直到现在她身上所剩无几,她感觉自己变得透明,尤其是今天。

她坐在院子里的一条长椅上,头顶是浅蓝色的天空。她的左边,一些穿着卡其布囚服的女人正在打篮球。监狱外的树木生机盎然,满树繁花。时不时有一片粉色花瓣飘过高耸如山的铁丝网,像一个不可能兑现的承诺一样飘然落地。

"你看起来需要振奋一把。"

莱克茜抬起头。站在她面前的女人剃着胡萝卜色的平头,剃过的头上围着一圈蓝色的方头巾。一个蛇纹身从她的衣领处露出来。她是个矮壮的女人,有一双强有力的手,脸上皮肤粗糙得像有人拿百洁丝在她脸颊上搓擦过一样。

莱克茜知道这个女人是谁。每个人都知道。她的外号"海洛因"已经说明了一切。

莱克茜缓缓站起身来。在狱中这么久以来，她从未跟"海洛因"说过话。女人跟"海洛因"交朋友只有一个原因，一旦你开始跟她说话，就别想再停下来。

"我能让你的痛苦消失。""海洛因"说。

莱克茜知道听信那种承诺是错误的、危险的，但她无法自控。她无法忍受痛苦，特别是今天。"多少钱？"

"海洛因"缓缓地笑了，露出丑陋的黑牙。冰毒。这样的嘴巴这里比比皆是。"第一次？你这样的甜蜜小鬼？我想——"

"你他妈离她远点，'海洛因'。"

莱克茜看到塔米卡像一头母灰熊一样冲过来。她将熊掌一样的大手搭在莱克茜胸口，狠狠将她推到一边。莱克茜绊了一下，几乎摔倒。她快速恢复了平衡，又冲上前去。"这是我的事，塔米卡。你别插手管我的事。"

塔米卡跟"海洛因"面对面对峙起来："让开，要不然我会像拆他妈廉价家具一样将你也拆了。"

莱克茜挤入两个女人中间。"我需要它，"她对塔米卡说，几乎是在哀求了，"我再也无法忍受了。我不想有任何感觉。"

"伸出你的手。""海洛因"轻声说。

"不，"塔米卡说，"我不会让你这么做的，妹妹①。"

莱克茜痛苦万分，发出一声哀号的咆哮，一拳打在塔米卡的鼻子上。

哨子吹响了。

"海洛因"将两颗药丸塞到莱克茜手里，飞快地跑掉了，好像她从来没出现在那儿一样。

"你疯了？"塔米卡一个趔趄，退后一步说，"我不知道我干吗关心你。"

"我也不知道。我从没让你这么做。"

"妹妹，"塔米卡叹了口气说，"我知道这有多痛苦。"

"是吗？一年前的今天我杀死了我最好的朋友。"

两个警卫走进来，插入她们中间，将莱克茜从塔米卡身边推开。"后退，贝尔。"

"我跌倒了。"塔米卡说。

"得了吧，赫尔南德斯，"其中一个警卫说，"我看到了整个过程。过来，贝尔。"

---

① "妹妹"一词用的是西班牙语。下文塔米卡说的"妹妹"一词也是。

莱克茜知道他们要带她去哪里，她知道，但是不在乎。昨天她会说没有什么比让她去那个洞①里更让她恐惧的事情了，但是今天，在米娅的祭日，在一个莱克茜刚生下孩子就失去她的世界里，那都不值一声叹息。

他们带她穿过一个又一个走廊，最后来到了一个无窗的小房间。当房门打开时，莱克茜闻到一股屎尿混合的臭味，她开始恐慌，扭过头。

"太迟了。"离她最近的警卫说，猛地一把将她推进房间。那里有一张金属床，上面有一块粗糙的钢灰色毯子。床垫和枕头都是由畸形的旧橡胶做成的。门上唯一的开口只有电视机遥控器大小，很可能是用来递送一日三餐的。

莱克茜站在黑暗中，突然开始发抖，尽管这里并不冷。牢房的臭气熏得她直流泪。

"你待在这里，"其中一个警卫说，"好好反省反省。"

牢门"哐当"一声关上，将她留在黑暗中。

莱克茜站在那儿，已经僵住了。她摊开手掌。太黑了，她看不见药丸，但能感觉到它们。她将药丸放进嘴里，没有水便干吞了下去。它们过了一会儿才开始起效，但最终平静涌遍全身。她闭上眼睛，忘记了米娅跑调的歌声，忘记了扎克承诺的爱，忘记了婴儿格蕾丝的哭声……她坐在牢房的橡胶床垫上，什么也不再看，什么也不再想，什么也感觉不到，只是虚度那似乎无穷无尽的时间。

---

① 洞（The Hole），博迪监狱的犯人们用来特指关禁闭惩罚犯人的一个地方。

下篇

尽管没有什么能带回芳草萋萋，花朵盛开的时光；

我们并不为此悲伤；

而是在留下的事物中找到力量。

——威廉·华兹华斯

《不朽颂》收集于《童年回忆录》

夜路
NIGHT ROAD

18 | *chapter*

夜路

2010

*

　　远远看去，法拉戴一家已经恢复了。迈尔斯，一位富有名望的外科医生，已经回归他最擅长的本职工作。他将大把时间泡在手术室里，尽己所能地抢救了许多条生命。扎克刻苦学习完成了大专①和华盛顿大学的学业，震惊了每一个认识他的人。他三年就本科毕业，提前一年开始读医学院。现在他已经在医学院读二年级了，成绩优异。他在岛上租了一处房子住，生活里主要就是两件事：上学和当爸爸。他似乎不在意自己没有时间进行社交。岛上的居民满怀骄傲地提起他，说悲剧如何塑造了他，他如何出色地从当爸爸的挑战中崛起。

　　然后是朱迪。

　　这些年，她都尝试想做回女儿去世前的那个自己。人们要她做什么，期待她做什么，她都照做了。她去了互助小组和治疗师那里。她多次吃阿普唑仑、左洛复和百忧解。她睡得太多然后又睡得太少。她的体重下降得太多。绝大部分时候，她知道有些痛苦就是无法被治愈，无法被忽略，让人无法从中恢复。

　　时间没有治愈她的伤口。那句老话真是一句屁话。那是幸运的人对不那么幸运的人说的屁话。幸运的人认为那些关于悲伤的话有用，他们只会告诉你"努力继续生活下去"。

　　最后，她对自己会好起来这件事停止了期待，那就是她找到生存方法的时候。她无法控制她的悲伤、她的人生或大部分事情，真的（现在她清楚这一点了），但是她可以控制她的情感。

　　她很小心，很谨慎。

───────────

　　① 美国的大专，初级学院（junior college），一般是社区学院（community college），学制两年，学生完成学业后可获得副学士学位，可以直接就业，或转学进入四年制大学的三年级继续攻读学士学位。

脆弱。

那才是最重要的。她就像一个被打碎的古瓷瓶，又被煞费苦心地修复好。凑近细看每一道伤痕都可见，只能用最温柔的触摸对待这件瓷器，但是从远处看，从房间那头看，在适当的光线下看，它的样子却完好无损。

她遵循着严格的生活日程，发现一张日程表能够拯救她。一份计划清单可以成为生活的框架。醒来。洗澡。冲咖啡。付账单。去杂货店……邮局……干洗店。给汽车加气。

这就是她每天熬过一分一秒的方式。她剪短了头发，做了发型，尽管她根本不在乎自己看起来怎样；她化妆，仔细地穿衣搭配。否则，人们会对她皱眉，靠近她说，你真的还好吗？

她最好看起来健健康康，继续好好生活。绝大部分日子里，这对她有效。她醒来，熬过冗长的白日时光。平日里，她给她的孙女喂早饭，开车送她去幼儿园。几小时之后，她接回格蕾丝，下午将她送去日托所，这样扎克白天都可以在医学院度过。

朱迪发现，如果她集中精力于生活的细枝末节上，她便能克制住自己的悲伤。

总之，绝大多数日子里是这样。但是今天，任何假装都不能保护她了。

明天是米娅去世六周年的祭日。

朱迪站在他们家由设计师专门设计的厨房里，盯着六炉眼的炉子。午后的阳光透过窗户斜斜照进来，让花岗岩台面上的小小青铜斑点闪着光。

迈尔斯走到她身边，吻了吻她的脸颊。他整天都陪伴在朱迪身边。"扎克和格蕾丝会过来吃晚饭。"他提醒她。

她点点头。她后知后觉地想起她本可以转身扑进他的怀抱，回吻他，但就像在很多事情上一样，她丧失了时间感。她看着他走开，看着他们之间拉开距离。这是她学会的一项技能，现在她真的能看到空白空间了。

她知道他对她很失望，对他们的婚姻很失望，但也知道他依然爱她。至少他想爱她，对迈尔斯来说，欲望和现实是同一回事，因为他有意让两者无分。他仍然相信他们。他每天工作，然后想着今天：今天会是她想起来如何重新爱他的日子。

她走到冰箱处拿出绞好的牛肉和猪肉，着手开始这项安抚人心的任务：制作肉丸。接下来的一小时里，她让自己沉浸在日常琐事里：切蔬菜，做肉丸，煎炸好。到她把酱料也做好的时候，屋子里已经弥漫着红酒基底土豆酱的味道和香喷喷的百里香肉丸的味道。随着炉子上的水烧开，一种湿润的香甜气息萦绕在空气中。她将酱汁转为慢炖，做了一道沙拉，刚要关上冰箱门的时候，听见车子开到门口的声音。

她将头发撩到耳后，感觉到几缕粗糙的灰发交织在金发中——这种触觉提醒着她的失去。她走向客厅，迈尔斯看到她走过来，在半途迎上她，将一只手环在她的腰上。

格蕾丝走进阳光照耀的玄关。她穿着印有蝴蝶的七分裤和粉色罩衫，玉米穗般的金色头发扎成一束斜向一边的马尾辫，看起来像个小小的林中精灵。直到你仔细去看她小小的瓜子脸、尖尖的下巴和挺挺的鼻子时，你才会发现眼前这个严肃认真的小孩儿才不是什么小精灵呐。像其他小孩一样，她很少微笑，笑起来安安静静的，会以手遮嘴，好像她的声音不好听一样。

迈尔斯松开朱迪，走向他的孙女，将她一把抱起来，转了个圈。"今天我的小乖宝贝怎么样啊？"

朱迪在他这种亲昵之情面前退缩了。她曾试图阻止她的丈夫用"乖宝贝"这个词，但他说他做不到，他看到格蕾丝就好像看到了米娅，这个昵称自然脱口而出。

朱迪也在格蕾丝身上看到了米娅的影子。问题就在这里。每当朱迪看着这个孩子，伤口就又裂开了。

"我很好，爷爷，"她说，"我在退潮的海滩上找到了一只慈姑。"

"不，你没有。"扎克边说边踢了一下门，门在他身后关上了。

"我本该找到的。"格蕾丝说。

"但是你没有。雅各布·摩尔发现了它，当他不肯把慈姑给你时，你冲他的鼻子打了一拳。"

"雅各布·摩尔？"迈尔斯透过他的无框眼镜俯视着他的孙女问，"是不是那个像大脚怪的小孩？"

格蕾丝咯咯笑了，用手掩住嘴，点着头。"他七岁了。"她严肃地轻声说，"还在上幼儿园。"

"别煽动她，爸爸，"扎克边说边将钥匙扔在门口的桌子上，"她已经将笼中搏击当成她唯一的职业选择了。"他把他的背包挂起来，在仍挂在门口衣架上的绿色毛衣那里顿了一下。他长长的手指摩挲过毛衣纤维。每次进屋时他们都会这么做，像摸护身符一样摸摸那件毛衣。然后他转身走向大厅。

朱迪对她自己的生活都保持着疏离感，因此即便她的儿子就在她眼前，她也感觉自己只是远远看着他而已。他的金发又长出来了，头发太长了，凌乱又蓬乱；他的下巴上胡子拉碴的——因为烧伤的缘故，他的胡子在一些地方长出来了，在另一些地方没有；他的衬衫内里翻到了外面，很可能一整天都是这样；当他脱掉运动鞋时，他的袜子也不成双。比这一切都更糟糕的是他眼里筋疲力尽的神情。毫无疑问他昨晚忙于学习，但是仍然起了个大早给格蕾丝做早饭。有一天他几乎站着就睡着了。

"你想来点啤酒吗?"迈尔斯吻了吻格蕾丝粉粉的脸颊，对他的儿子说。

"我不被允许喝酒。"她明媚地说。

"你真逗，年轻的小女士。我是在问你爸爸。"

"当然。"扎克说。

朱迪从冰箱里拿了两瓶啤酒出来，给自己倒了一杯白酒，然后跟着她家的男人们走到露台。

她坐在烤肉架旁的长椅上。迈尔斯坐在她左边，扎克坐在户外桌子旁，瘫在一把扶手椅里，将他穿着袜子的脚跷在桌上。格蕾丝经过他们，独自坐在草地边缘，跟自己的手腕说起话来。

"依我看，她仍然有位看不见的朋友。"迈尔斯说。

"孩子们一般都有看不见的朋友，"扎克说，"格蕾丝有个看不见的外星伙伴，她是一个被困在外星球某只罐子里的小公主。这个问题对我们而言完全不是问题。"他呡了一小口啤酒，将酒瓶放到一边，"她的老师说她在交友上有困难。她对所有的事情撒谎，而且她……她开始询问关于她妈妈的事情了。她想知道为什么她的妈妈不跟我们住在一起，现在人在哪里。"

朱迪在椅子里坐直了身子。

"她更需要我们了。"迈尔斯说。

"也许我应该暂时退出医学院。"扎克。显然，他的声音和身体语言里透露出他已经考虑这事有一段时间了。"第三年将会格外辛苦，而且，说实话，我实际上也困住了。我生活里的每一秒不是在学习，就是在赶回来陪格蕾丝。当我跟她在一起时，我真是恨透了自己没用。你知道昨晚她对我说什么? '爸爸，如果你太累了不能做晚饭，我可以照顾自己的。'"他一只手抚过头发，"她才五岁，我的天。她已经开始担心我了。"

"你才二十四岁，"迈尔斯说，"你的工作很出色，扎克。我们都为你骄傲，是不是，朱迪? 你现在不能从医学院退学。你就要实现医生梦了。"

"明天晚上我有小组学习。我知道要是我不去，期末考试就要砸锅。"

"明天我会去接她的，给她喂好晚饭。"朱迪说。这是大家期待她做的事情，她知道。"你需要学习多久，就学习多久。"

扎克看了她一眼。

他不相信她能带好格蕾丝，他当然不信。他仍然记得此前朱迪想做个好奶奶的失败尝试。那时她的悲伤像刀子一样锋利：它在最意想不到的时候扎向她，留下她自生自灭。她因此经常睡过头，忘记去接格蕾丝。有一次——最糟糕的一次——迈尔斯晚上回家发现格蕾丝穿着脏脏的尿布躺在米娅的卧室里，被遗忘在一边，而朱迪像胎儿一般缩在她自己的床上，握着米娅的照片哭泣。

他们都知道朱迪无法看到格蕾丝而不感到巨大的悲伤。格蕾丝做的所有事情都让朱迪想起她去世的女儿，因此她与她的孙女保持着距离。这个弱点让朱迪感到惭愧和难堪，但她克服不了。她试过了。但是过去的两年里，她好起来了。她准时把格蕾丝从幼儿园和她放学后去的日托所接回来。只有在最糟糕的日子里，当朱迪跌入那个灰色世界里时，她才会爬上床，忘记她要做的一切事情和她周围的所有人，特别是她的孙女。

"我现在好多了，"她对扎克说，"你可以相信我。"

"明天是——"

"我知道明天是什么日子。"朱迪赶在他说出他们都心知肚明的事情前，打断了他。明天对他们三人来说都将是糟糕的一天。"但这次你可以相信我。"

*

今天应该是下雨天。她窗外的风景应该是黑暗的、充满不祥的气息，像泼洒开的墨水：炭黑色的天空风起云涌，布满蜘蛛网的黑色叶子沿着脏脏的人行道滑动，乌鸦聚集在电线上。就像《末日逼近》中的场景。然而，她女儿的六周年祭日是个明媚的大晴天，天空是矢车菊般的蓝色，将西雅图变成了世上最美的城市。海湾闪着光，瑞尼尔山清晰可见，它白雪覆盖的山峰在城际线之上显得华美壮丽。

但是朱迪仍然觉得冷。寒冷刺骨。她的周围，游客们漫步穿过派克市场，他们穿着短裤和 T 恤，带着相机，吃着烤串或白色油纸袋包裹的食物。长发的音乐家们站在街角，牢牢守在他们的手风琴、吉他或班戈鼓旁边。一个音乐家甚至带着钢琴。

朱迪将厚厚的羊绒围巾缠在脖子上，将搭在她肩上的小手提包重新挪了挪位置。在市场尽头，一块三角形的草地成为无家可归之人的休息处。一根巨大的图腾柱俯视着他们。

她穿过繁忙的街道，走上一个陡峭的小山坡，到达一栋高楼前，这栋楼形如调酒棒，高高耸入湛蓝的天空。

"法拉戴太太。"门卫向她倾斜了一下他那顶夸张的帽子，打了声招呼。

今天她笑不出来，于是她点点头经过他身边。等电梯的时候，她咬着嘴唇，用脚轻叩瓷砖地板。她摘掉围巾，又戴了回去。等到她走进布鲁姆医生简朴的玻璃墙办公室时，她太冷了，甚至觉得能看到自己呼吸的白气。

"你可以进去了，法拉戴太太。"她走进来时接待员说。

朱迪无法作出回应。她穿过等候区走进布鲁姆医生装饰雅致的办公室。"打开暖气。"她开门见山地说，然后瘫在她旁边的长毛绒椅子里。

"你旁边有条毯子。"她的医生说。

朱迪伸手去拿那条驼色的马海毛毯子，裹上，颤抖着。"怎么了？"她意识到她的医生正在盯着她，于是发问。

哈里特·布鲁姆医生拿了把椅子在她对面坐下。她和她的办公室一样简朴——钢灰色的头发，瘦削的脸，一双洞察一切的深色眼睛。今天她穿着一件犬牙花纹的紧身外套，一条黑色紧身长裤和一双时尚的黑色高跟鞋。

当朱迪第一次屈从于迈尔斯无止境的压力，让她"寻求帮助"和"见见医生"时，她去看了一连串的心理医生、治疗师和顾问。一开始，她唯一的标准就是他们有能力开处方药。不久，她淘汰了那些感情过于外露、认为凡事都要抱有希望的医师和那些胆敢告诉她总有一天她会再次微笑的傻瓜们。只要他们一说"时间会治愈一切创伤"，她立马起身离开。

到 2005 年，只有哈里特·布鲁姆留了下来——哈里特，她很少笑，她的风范暗示了一种对悲剧的个人理解，并且她也能开处方药。

"怎么了？"朱迪颤抖着又问了一次。

"我俩都知道今天是什么日子。"

朱迪想机智地反驳她一句，但她做不到。她所能做的就是点点头。

"你昨晚睡着了吗？"

她摇摇头。"迈尔斯抱着我，但我将他推开了。"

"你不想要安慰。"

"安慰有什么好处？"

"你打算为这个祭日做点什么吗？"

这个问题让朱迪愤怒了，不过愤怒也是好的，比这种自由落体般的绝望要好。"比如为她放飞气球？或是坐在墓园草地上她的墓碑旁？又或者，也许我应该邀请一些客人过来，庆祝她的一生……她已经结束的一生？"

"有时人们在这些事情中找到安慰。"

"是的。好吧。我不能。"

"像我之前说的那样，你不想要安慰。"哈里特在她的笔记本上写下了什么，"为什么你老是过来见我呢？你把你的情绪控制得太紧了，我们几乎无法取得任何进展。"

"我见你是为了拿药。你知道的。"

"你还好吗，说真的？"

"今晚会……很糟。我会开始想念她，无法停止。我会认为迈尔斯错了，会想她本该会好的，或者如果我亲吻她，她就会像迪士尼公主那样醒过来。我会想象我应该试试嘴对嘴急救或按压她的心脏。诸如此类疯狂的事情。"朱迪抬起头。她的眼泪模糊了布鲁姆医生尖尖的脸，让那张脸变得柔和。"我会吃点安眠药，然后就到明天了，我会在感恩节之前都好好的，然后是圣诞节，然后……她的生日。"

"扎克的生日。"

听到这句话她缩了一下身子。"是的。他再也不庆祝他的生日了。"

"你们家上一次举行庆祝活动是什么时候的事？"

"你知道这个问题的答案。我们就像那部《盗尸者》电影里的冷面机器人，仅仅在假装是真的。但是为什么我们还要排练这所有一切呢？我只希望你告诉我如何熬过今天。"

"你从未向我问起过明天。为什么会这样？"

"你什么意思？"

"大部分病人想学会如何生活。他们想要我制作一张地图，这样他们就可以顺着地图走到健康的未来。而你只想每天怎么存活下来。"

"喂——，我可不是双相障碍、精神分裂或性格变态好吗？我很悲伤。我的女儿死了，我被摧毁了。不会好起来了。"

"这就是你想要相信的吗？"

"事情就是这样。"朱迪交叉胳膊，"看，你帮助过我，如果要讲起来无非如此。也许你认为到现在我应该好起来了，也许你认为六年是很长的时间。但如果你经历丧子之痛就不是这样认为了。现在我是好了点。我去杂货店。我煮晚饭。我和女性朋友们一起逛街。我跟我的丈夫做爱。我投票。"

"你没有提到你的儿子或孙女。"

"我举的例子并不包括所有的事情。"朱迪说。

"你仍在跟踪格蕾丝吗？"

朱迪摘掉了围巾。现在她热起来了，浑身冒汗。其实，围巾勒到她了。"我没有跟踪她。"

"你站在树丛里，看她参加课后活动，但是你不会抱她或跟她一起玩。你把这个叫作什么?"

朱迪开始解开衣服扣子。"我的天,真热。"

"你上次抱格蕾丝是什么时候?或者吻她是什么时候?"

"真的。这里热得跟火炉一样……"

"这里不热。"

"该死的更年期。"

"朱迪,"哈里特强压愤怒耐心地说,"你拒绝去爱你的孙女。"

"不,"朱迪最终抬起头说,"我无法爱她。这两者是有差别的。我试过了。你真的以为我没试过吗?但当我看着她时,我……什么都感觉不到。"

"这不是真的,朱迪。"

"看,"朱迪叹了口气,"我知道你在做什么了。我们这么纠缠了几年了。我告诉你我无法感觉到什么,你把话扔回来说是我不想感觉到。是我的大脑在做主。我明白了。真的。那个旧的我本该深信你是对的。"

"那新的你呢?"

"新的我还活着。这就够了。我看到粉色不会再突然流泪了;我不会再哭着发动汽车了;我能看着我的儿子但不对他生气了。有时我能看着他的眼睛而不再想起米娅。我能从学校接我的孙女回家,给她洗澡,给她念睡前故事,做这些事时都不再哭泣。你知道我进步了多少。所以我们能不能,现在能不能,忘记下一步,让我熬过这一天就行?"

"我们可以谈谈米娅。"

"不行。"朱迪尖锐地说。她老早就知道了谈论米娅只会让痛更痛。

"你需要谈谈她。你需要记得她,需要为之悲伤。"

"我一直都在悲伤中。"

"不。你的悲伤就像被夹住的动脉。如果你不把那把夹钳拿掉,让血液流动,你就永远不能痊愈。"

"不能痊愈就算了,"朱迪疲倦地说,靠回沙发里,"大惊喜。我们谈谈迈尔斯怎么样?我们上周做了爱。这是个好兆头,你不这么认为吗?"

哈里特叹了口气,在笔记本上做了个记号。"是的,朱迪。这是个好兆头。"

*

每天幼儿园放学后,格蕾丝便会去傻熊日托所,直到爸爸从大人们的学校里回家。

在天气好的日子里，像今天，他们都能去外面玩耍，但是斯基特太太让他们抓着一根黄色毛草绳从日托所走到海边。好像他们还是小婴儿一样。

和往常一样，格蕾丝走在队伍的最前头，跟在老师后面。她听见其他孩子笑着、聊着、在旁边哄闹着。她没有加入他们，只是乖乖跟在老师后面，盯着她的大屁股。

当他们走到海滨公园时，斯基特太太将十个孩子召集到面前，让他们围成一个圈。"你们知道规矩。不许下海。不许打架。今天我们将在沙地上玩跳房子游戏。谁想帮我画格子？"

孩子们举起了手，叫着"我我我！"上蹿下跳。这让格蕾丝想起了爸爸带她去的新生命展上看到的那些幼鸟。叽啾，叽啾。

她走到她常去的地方。每个人都知道她喜欢那里。她坐在海浪打不到的沙地的木头上。有时，如果幸运的话，她会看到一只螃蟹或海胆。绝大部分时候，她只是跟她的好朋友聊天。

她低头看着手腕的粉色手环。手环正中央曾是一块米妮老鼠手表，后来爸爸将它换成了一块小圆镜，大约是她手掌的大小。这是她收到过的最好的礼物。有了这块手腕镜，她就能离开她的卧室了。在这之前，她经常久久站在卧室的镜子前，跟她最好的朋友，另一个星球上的公主爱丽儿[①]说话。

格蕾丝并不傻。她知道其他孩子嘲笑她有个看不见的朋友，但她不以为意。反正她班上的孩子都很蠢。

他们中没人知道那个星球有多安静，所以他们不会像她那样学会聆听别人。她习惯安静。爷爷奶奶的家有时就像一个安静的图书馆。

格蕾丝有点疑问。她已经知道人们不喜欢她，甚至她的奶奶也不喜欢她，但她不知道原因。格蕾丝努力想乖巧安静、讨人喜欢，她真的想，但没有用，不管她多努力地尝试过，她总是事事不顺。她打坏东西，绊倒东西，似乎无法学会认字母。

嘿，格蕾丝里娜[②]，爱丽儿说。

格蕾丝低头看着圆镜。她无法真的看见爱丽儿。不是看见。她就是知道现在她的朋友在，她在脑海中可以听到她的声音。

大人们总是问格蕾丝怎么知道爱丽儿什么时候在，她长什么样。格蕾丝告诉他们她长得跟灰姑娘一模一样。

---

① 米娅最喜欢的迪士尼电影人物，《小美人鱼》中的女主角，也叫"爱丽儿"。
② 格蕾丝想象中的朋友对她的某种昵称。

这倒有点是真的。

她无法真正看见爱丽儿，但她知道她的好友什么时候在镜子中，什么时候不在。她看起来真的像灰姑娘。格蕾丝发誓她说的是真话。

她仍然记得爱丽儿第一次出现的时候。

那时格蕾丝还是个仍然穿着尿布的婴儿。她跟奶奶一起回家——当爸爸忙于学校的事情时，奶奶时而过来照看她。格蕾丝对那些日子的记忆就是奶奶的哭声。一切都让奶奶悲伤：广播里的音乐，粉色，门口无声悬挂的绿色毛衣，楼上关着的房门，还有格蕾丝。

一看到格蕾丝奶奶就能哭起来。

有一天，格蕾丝做了错事。她不知道自己哪里错了。只知道她在奶奶的房间里发现了一只粉色毛绒玩具小狗，于是抱着它站在那儿，她奶奶立马将她手中的小狗夺走，她猛地一拉，格蕾丝一个趔趄，一屁股坐在地上。

奶奶大哭起来，格蕾丝也是。她等着爸爸，但是没有人过来抱她，最后她就独自坐在地上，吮吸着大拇指。

然后她听见有人在喊她的名字。

格蕾丝，过来……跟我走……

她擦了擦黏糊糊的鼻子，站起来，抓着她的黄色毯子，跟着声音上了楼，到了那扇总是关着的门前。从来没有人在这间房里玩耍。

房间里面都是粉色和黄色，像童话故事里的场景一般，完美无比。

梳妆台上有一面大大的镜子，有点像足球的形状，铰链处插着红色和金色的旗子。一堆金闪闪的东西——手链，金属花和五彩缤纷的发光饰品——挂在椭圆形的镜子周围。

格蕾丝里娜！

她记得自己窥向镜中，看到黄色和粉色的斑点一闪而过。

你还好吗？

格蕾丝皱起眉头，更用力地看着镜中，看到了……一些东西。一个女孩，也许比她略大一些。你还好吗？那个女孩问。

"我不好，"格蕾丝说，感觉眼泪又涌上来了，"格蕾丝很坏。"

你不坏。

"你是谁？"

我是爱丽儿。只要你需要我，我就是你的朋友。过来，格蕾丝里娜。躺在地毯上，睡吧。我可以给你讲个故事。

格蕾丝太累了。她蜷缩在柔软的地毯上，将带来的毯子拉上来裹住自己。

229

她吮吸着拇指，听着她新朋友美妙的声音睡着了。从那之后，爱丽儿就成了她最好的、也是唯一的朋友。

你为什么不去跟其他孩子一起玩？

格蕾丝低头看着手腕。"他们很蠢。"她将一根树枝插入脚下的沙子里。

男孩警报。

格蕾丝坐直了一点，环视四周。毫无疑问奥斯丁·克利梅什向她这边走来。他的脸又大又肥，好像有人将他撞到了平底锅上一样。"呃，你想过来跟我们一起玩跳房子吗？"他沉重地呼吸着，脸红了。

是老师让他过来的。格蕾丝看到其他孩子在海滩上挤作一团，看着她，咯咯发笑。他们觉得没人喜欢她很好笑。

"爱丽儿不被允许玩跳房子。"

奥斯丁皱起了眉："每个人都可以玩跳房子啊。"

"公主不行。"

"你的假朋友不是公主。"

"说说你知道什么。"

"你是个大骗子。"

"我不是。"

"你是。"他在胸前交叉起粗粗的胳膊。

冷静，格蕾丝里娜。他只是欺负弱小罢了。

"你唯一的朋友是个看不见的家伙。"奥斯丁笑道。

格蕾丝不由自主地站了起来。"给我收回那句话，肥猪。"

"谁让我收回那句话，你？还是你那看不见的朋友？"

格蕾丝一拳打在他的猪鼻子上。他像个婴儿一样号叫着，跑去找老师了。

我的天。

格蕾丝看着孩子们围到奥斯丁身边。他们转过身来指她，然后又围成一团。斯基特太太带奥斯汀走到存放教师用品的冰柜那里。很快，奥斯丁就没事了，因为他跑去玩跳房子了。

她过来了。

格蕾丝无须爱丽儿告诉自己她有麻烦了。她身子前倾，将胳膊撑在大腿上。

"格蕾丝。"

她昂起了头。金发在她的脸颊两边落下。"什么事？"

"我可以坐下来吗？"

格蕾丝耸耸肩："坐吧。"

"你知道你朝着奥斯丁的鼻子打了一拳。"

"我知道。而且，你将向他的父母告状。"

"还有你的爸爸。"

格蕾丝叹了口气："是啊。"

"我不该让他过来的。"

"他们不想跟我玩。我也不在意。"

"每个人都想要朋友。"

"我有爱丽儿。"

"她确实是你的好朋友。"

"她从不嘲笑我。"

斯基特太太点点头。"我在这座岛上生活了很久了，格蕾丝。我目睹了许多孩子来来往往。我也认识你的爸爸，我告诉过你吗？他上高中时，我在学校餐厅工作。不管怎么说吧，我想说的是，每个人迟早都会有朋友的。"

格蕾丝摇摇头："除了我。没人喜欢我。我也不在乎。"

"事情会变化的，格蕾丝。你会明白的。"斯基特太太叹了口气，将手放在大腿上。"好吧，我要去收集一些沙滩上的卵石。漂亮的那种。你想来帮帮忙吗？"

"我可能什么都找不到。"

"或许你会呢。"

斯基特太太站起来，伸出手。

格蕾丝看着她老师白皙的手。她手指上的那圈金环意味着她已经结婚了。

"我爸爸没结婚。"她突然说。

"我知道。"

"那是因为我妈妈是个超级侦探。"

斯基特严肃地皱起了眉。"真的？多令人激动呀。你肯定很想她。"

"我是想她。但我不该想她。"

接下来的两个小时，她跟着斯基特太太，弯着腰，看着脚下的卵石。其他孩子一个接一个回家了，最后只有格蕾丝和她的老师留在沙滩上。斯基特太太不断看着手表，发出啧啧的声音。格蕾丝知道那是什么意思。

直到天黑爷爷才出现。

"嘿，格蕾丝。"她的爷爷微笑地俯身看着她说。

"奶奶又忘记我了。"格蕾丝边说边在手里翻动她捡的一把石头。

"她身体不舒服。但是我来了嘛，我想带我最棒的小姑娘去吃冰激凌。"他弯下腰，一把抱起格蕾丝。她依偎在他怀里，用腿夹着他，好像一只小猴子。

他将她领到斯基特太太面前，道了再见。然后将她放到奶奶黑色大车后座的安全椅里。

"你一定有什么事想告诉我。"他边说边发动了引擎。

"是吗？"她抬起头，看到她爷爷从后视镜中望着她。

"和奥斯丁·克利梅什打架的事。"

"哦，"格蕾丝叹了口气，"那事。"

"你知道你不该打其他孩子，格蕾丝。"

"他先动手的。"

"是他吗？怎么打你的？"

"他将沙子踢到我脸上，说我很傻。"

"真的吗？"

"他还说了坏的词。"

"即便如此，格蕾丝，你也不该打他。"

"我认为你只说过我不能打女孩。"

"你可不能这么想。"

"好吧，"她瘫在座位里说，"我不会再打奥斯丁·克利梅什了，即便他是个大胖子。"

"对雅各布·摩尔，你也这么说过。"

"但是我没有打杰克①。"

她能看出来爷爷在强忍笑意。"我们一个一个谈论过这些日托所的孩子们了。你不能再打他们中的任何一个。在你再钻空子前，也不许再打幼儿园里的孩子。好吗？"

"什么是空子？是像呼啦圈一样的东西吗？"

"格蕾丝？"

"好的，我答应。你会告诉我爸爸吗？"

"我必须告诉他。"

格蕾丝有史以来第一次真心为她的所作所为感到懊恼。她爸爸会对她露出那种失望的表情了，她会感到害怕，依偎在他身边，希望他不要离开她。她没有妈妈。要是爸爸也没有了可怎么办？

———————————

① 对"雅各布（Jacob）"的昵称。

19 | chapter
夜路

*

害怕？什么意思，你害怕？

莱克茜靠在牢房的灰墙上。在监狱度过了七十一又半个月后，她终于获释了。她原本的刑期已满——不过，"感谢"那些糟糕的选择，她的服刑期又被延长了——因此她没有获得假释或缓刑。她有一位社区服务律师，准备帮她度过"过渡期"，但真相是，几分钟之后，她将成为另一个公民，可以自由去她想去的地方了。她所知道的就是她将去佛罗里达州，和伊娃在一起；之后，她的人生将如同沙漠里的高速公路一般向前伸展，目之所及之处没有尽头，没有转弯。

奇怪的是，如今释放日就在眼前了，她却害怕离开。这个十英尺见方的牢房成了她的世界，在这种熟悉中有一种安全感。从床走到马桶有八步，从水池到墙壁两步，从床到门三步。墙壁上贴满了塔米卡家人的照片——这些照片上的人也变得像莱克茜的家人一样了。她自己的照片，伊娃姨婆、扎克和米娅的照片，几年前就拿下来了。回望过去太痛苦了，而且也是浪费时间。不管有没有东西提醒，她永远都不会忘记米娅的微笑。

"莱克茜，"塔米卡放下她正在读的八卦杂志，"什么意思，你害怕?"

"你知道在这里我是谁。"

"你不要老想着你在这里变成了什么样的人，妹妹。你尤其不能这么想。你面前还有大好人生呐。"

莱克茜低头看着她的几件随身物品。床头放着她宝贵的财产，是过去那些年她储存和收集的东西：一鞋盒的信件——有伊娃姨婆寄来的，有写给格蕾丝的；米娅和扎克高三时的照片，学校舞会时三人的合影；一本经常翻阅、磨旧了的平装本《呼啸山庄》。她不再看《简·爱》了，为什么要读别人的幸福大结局呢？

警卫出现在门口。"该走了，贝尔。"

塔米卡缓缓地下了床。过去几年里，莱克茜任由自己日渐消瘦，变得像一名跑步者那么精瘦，塔米卡反而增重不少。她声称更年期，而非监狱的食物才是罪魁祸首。

莱克茜盯着这个女人黝黑、悲伤的脸。这个女人在这里拯救了她，在她极度需要朋友时成为了她的朋友；如果莱克茜还知道如何哭泣的话，此时她就要哭了。"我会想念你的。"莱克茜说，伸出双臂抱住塔米卡宽阔浑圆的后背。

"我会给你写信的。"莱克茜承诺。

"给我寄一张你和格蕾丝的照片。"

"塔米卡……我放弃了那种权利，"她说，"你知道的。"

塔米卡抓住她的肩膀，摇晃着她。"你知道要是能跟你一起走出这座监狱，我愿意付出什么吗？你可不许做个软弱的人。你犯了错也为此付出了代价。句号。"她又狠狠抱了一下莱克茜，"至少，见见你的女儿。"

"好了，贝尔。"警卫说。

莱克茜松开塔米卡，走到床边，拿上她的物品。她想就这么走出去，尽可能保持酷酷的姿态，但她做不到。在门口，她停下脚步转过身。

塔米卡哭了。"你可不要再回来，"她说，"否则我会打你的白屁股打到你嗷嗷叫。"

"我不会的。"莱克茜保证。

当她抱着寒酸的鞋盒穿过监狱时，女人们发出嘘声，对她喊叫。她记得这些女人最初是怎么吓倒她的。现在她是她们中的一员了。并且她知道，不管她生活了多久或变化了多少，她的一部分就在这里，在这监狱之中。也许她的一部分永远如此。没妈的女孩是另一种犯人。

在桌子前，另一个穿着制服的警卫递给她一些文件，一袋装着她自己衣服的袋子，还有一个小牛皮纸信封。

"你可以去那里换衣服。"警卫指着走廊那边的一扇门说。

莱克茜走进那个房间，关上门。她脱下褪色、磨旧的卡其布囚服和二手内衣。

她在袋子里翻出一条皱巴巴的黑裤子，一件很久之前她在开庭时穿的白衬衫，还有自己的米黄色内衣、黑色短裤和一个扁平的斜纹粗棉拼布小手提包。再穿上黑色的及膝袜和廉价的黑色平底鞋，莱克茜恢复了原来的模样。或者说，那个少女莱克茜的模样。

她仔细地穿上衣服，享受着柔软的棉布贴着她干燥皮肤的触感。裤子现在

235

对她来说太大了，松松垮垮挂在她凸出的髋骨上。内衣也是。她狂热地让自己保持忙碌，让身体强健起来，花了很多时间在健身房里，她的身体变得出奇地结实，乳房也变得挺拔。

她扣上裤子扣，将衬衫塞进松垮的腰带中，然后转向镜子。这些年来，她想象过这一天到来的喜悦，勾画过这一天的图景。但是现在，当她盯着镜中的自己时，她看到的只是一个疲惫、精瘦、结实的女人。

她看起来像一个成年人了。更有甚者，她看起来比她的实际年龄至少老十岁：肤色苍白，颧骨凸出，嘴唇毫无血色。几年前监狱理发师剪去了她的黑发，他只花了七分钟就削掉了她十二英寸的长发。现在这头顽童式的短发已经长长，变成柔软的卷发，勾勒出她瘦削的脸庞。

她打开黄色信封，发现里面有一张贴着年轻女孩照片的过期驾驶证，一包半空的口香糖，一只廉价的药房手表，还有扎克送给她的誓盟戒指。

敲门声惊醒了她。

"贝尔。你还好吗？"

她将所有东西，包括那枚戒指都放进小手提包里，将袋子和信封扔进垃圾篓，离开了房间。

在监狱办公室，她签了一份又一份文件，领到了州里发的 200 美元退狱金。一个人没有有效证件，身上只有 200 美元，还怎么开始新生活？

她遵循着指示完成手续，直到听到一扇门"哐当"一声在她身后关上，现在她站在监狱外面了——站在明亮的午后天空下。

自由的空气。

她仰头看着天空，感受阳光洒在脸颊上的温暖。她知道那辆厢式车在等着她——它将送她到最近的公交车站——但她似乎无法让自己迈步。仅仅是站在这里，她就感觉太幸福了，没有监狱的铁栏或铁丝网圈定她的空间，没有女人挡住她的脸，没有——

"莱克茜。"

斯科特·雅各布斯微笑着走向她。他又老了——他的头发现在剪短了，看上去偏保守风格，还戴眼镜了，但除了这些，他看起来没有变。他甚至穿着跟当时一样的西装。"我想有人等着你比较好。"

她不知道如何表达感激之情。在将情绪封存这么多年后，不容易再打开它们了。"谢谢你。"

他盯着她看了一会儿，她也注视着他，然后他说："好了，我们走吧。"他向他的车走去。

她自动跟在他后面。

他停下来，等着她赶上来。

"抱歉。"她喃喃地说。她不再是囚犯了。"已经习惯了，我想。"

这次她走在他旁边，直至停车场的蓝色小面包车那里。

"不要介意车里的杂物，"他打开副驾驶车门说，"这是我妻子的车，她说她从不知道自己有可能要用到什么，所以什么东西都要带着。"

莱克茜坐进副驾驶座，看着壮观的灰色监狱。

她扣好了安全带。"真的谢谢你来接我，雅各布斯先生。"

"叫我斯科特就好。"他说。然后他掉转车头开上大路，驶离监狱。

她打开车窗，探出头，呼吸着甘甜、清新的空气。风景和她记忆中的一模一样：高耸的树木，夏日蓝色的天空，远处的山脉。没有她，这里的生活也照常继续。

"我听说你因为表现不好而被延期了，听到这事我真是很不高兴。我早就想接你出狱了。"

"是啊。嗯，2005 年是很糟糕的一年。在我失去了格蕾丝后……"她几乎都无法说完这句话。不管怎样，现在她将这一切都抛在身后了。

"你现在好些了？"

"合格的前罪犯。不吸毒不喝酒——如果这就是你想问的问题。"

"我听说你拿到学位了。你的姨婆十分为你骄傲。"

"社会学。"莱克茜扭过头去盯着窗外说。

"仍然想上法学院？"

"不。"

"你还很年轻，莱克茜。"他说。

"我知道。"她深深陷进舒服的座位里，看着车子一路疾驰。很快，他们到了乔治港，穿过归土著居民所有的土地，经过插在初夏路边的烟花筒，然后驶上大桥，越过浅水渡口。

派因岛欢迎您，人口 7，120。

她感到自己的胸口又缩紧了。那里是去拉里维埃公园的入口……高中……夜路。等到斯科特将车停在他的办公室门前时，莱克茜的下巴疼起来。

"你还好吗？"斯科特问，并打开她那边的车门。

下车，莱克茜。微笑。如果现在有一件事你知道该怎么做，那就是假装微笑。

她微笑了一下："谢谢，斯科特。"

他递给她一张一百美元钞票。"这是你姨婆给你的。还有，这是一张去波姆庞帕诺滩的汽车票。明天下午3：30发车。"

"明天？"

当她人在*此处*，在她的犯罪现场，以及唯一一个她感觉是家的地方，她怎么能做到置身事外？

"珍妮邀请你晚上跟我们一起吃饭，如果你愿意的话。"斯科特说。

"不了。"她脱口而出，才意识到自己的错误，"对不起。我并不想这么不礼貌，只是我太久没跟人相处了。两千一百四十四又半天。"她疲惫地笑了笑，环视四周，急于回到独处状态。

"你难道不打算问问我吗？"斯科特说。

莱克茜想摇摇头，也许甚至是说，*见鬼，不*，但她只是站在原地没动。

"她和她爸爸一起住在科夫路的旧塔玛瑞德小屋里。我时不时在城里看见他们。"

莱克茜没作回应。在监狱里，她学会了隐藏一切，特别是痛苦。"她看起来快乐吗？"

"她看起来很健康。"

莱克茜点点头："那就好。嗯，斯科特——"

"我们可以争取她的，莱克茜。部分抚养权，或至少探视权。"

莱克茜记得她妈妈的"探视"：她们两待在一间由社工在旁监督的房间里。莱克茜对那些偶尔来临的探视日的记忆就是，她有多害怕那个生了她的女人。"我是个二十四岁的前罪犯，上一份算得上工作的活儿是在一家冰激凌店做兼职。我无处可居，并且我很怀疑还能不能找到一份体面的工作。但是我应该冲过去看我的女儿，将我自己再次挤入法拉戴一家，激起所有那些痛苦……这样我就能感觉更快乐一点。是这样吗？"

"莱克茜——"

"我不会像我妈那样。我不会做任何破坏我女儿最大利益的决定。那就是为什么明天我要去佛罗里达州了。格蕾丝值得比我更好的人，如果我在她身边，她不管怎么样都会爱我的。孩子就是这样的：他们爱他们失败透顶的父母，然后因此伤心。"

"你不是一个失败者。她爱你又有什么错呢？"

"别。"

斯科特闭上了嘴。他从口袋里掏出一串钥匙，取下其中一把。"这是我办公室的钥匙。在会议室里有张沙发床，大门口有自行车。密码是1321。我们今天关门早，所以那个地方都归你用了。"

她接过钥匙放进口袋里。"谢谢你，斯科特。"

"不客气。我相信你，莱克茜。"

她本该立即走开，不再多说什么。她本打算这么做，然而，她发现自己抬头看着他，问："扎克结婚了吗?"

"没有。他还在上学，我想。没有妻子。他跟他父母一起住了几年，然后搬到了科夫路那边的小屋。"

"哦。"

"他从没写过信?"

"有一些来信。我都原封不动地退回去了。"

"哦，莱克茜。"斯科特叹息着说，"为什么?"

她交叉起胳膊，努力不去回想那些信在她指尖的感觉，她在粗糙的灰色羊毛毯里看到它们的感觉。但那时她太愤怒，太受伤了。她会以各种可怕的方式发泄这股负能量。等她熬过那些情绪、变得更强大时，已经太迟了。他再也没有写信过来，她也没有勇气写给他。

"我真该接受你的建议。"莱克茜最终说，说这话时她不敢看斯科特。

"是啊。"

"好吧，再次谢谢你。我想我最好骑车出去逛逛。今天是个好天气。"

斯科特走向办公室的大门，取出自行车，交给她。

她想告诉他他今天的支持与帮助对她都意义重大。这些年来她都准备出狱时独自面对一切，现在她知道要真是她一个人，该有多痛苦了。

"不客气。"他静静地说。

她最后一次点头，从他手里接过自行车，骑走了。

很快，她情不自禁地开始微笑。自由的感觉真的太好了，她想什么时候转弯就什么时候转弯，想去哪儿就去哪儿。她绝不会认为这些是理所当然的。

她骑到剧院那里——看到剧院已经翻新了，还有银行和她的姨婆伊娃理发的美发沙龙也是。她看到那边有一个公用电话亭。红绿灯转换后，她骑向停车场停好车，过去拨下伊娃的电话号码，等着电话接通。

没有人接电话。

她很失望，又跨上自行车上路了。

冰激凌店还在那里，旁边是一家新的咖啡店和一家电脑维修店。

当骑到高中母校时，她放慢速度。一个大而新的体育馆占据了校园，和她记忆中的完全不一样了，但那根旗杆依然在那儿，这就够了。

跟我在行政楼的旗杆那儿碰面吧……

她更用力地蹬着自行车，骑下颠簸的柏油路，上了拉斯伯里山。那儿，偶见脏脏的小路和孤零零的信箱，但绝大多数地方都无人居住。接近日落时分，天空是午夜般的深色，她不知不觉已经骑到了夜路。她原本并不曾打算踏上这条路的。

但是她来了，在急转弯处。刹车的痕迹早就不见了，断木还在，它浅桃色的树干日渐枯萎，现在几乎是黑色的了。

她来到一个停车点，半踉跄地下了车，听见它"咔哒"一声倒在身后的人行道上。在她的另一边，树木挡住了太阳。

如今，献给米娅的纪念物都变得破烂不堪，只有当你知道你要找什么时才会注意到它们。四季更替，小小的白色十字架已经变成灰色，歪歪斜斜地立在路的左边……灌木丛里到处是空花瓶。一个瘪了的旧气球软绵绵地挂在一根高高的树枝上。

她长长地、颤抖地呼出一口气。

在监狱里，她花了几年参加一个团体治疗，谈论痛苦和悔恨。她的顾问经常告诉她，时间和辛苦的工作可以治愈她。当她能够原谅自己时，她又会变得完整。

好像真的如此似的。

即便她能够原谅自己（尽管这也是难以想象的），也不能让米娅复活了。那是所有那些积极的思考者没有明白的地方：有一些事永远无法再做对了。哪怕莱克茜变成了特蕾莎修女，米娅仍然芳魂已逝，这一切仍然是莱克茜的过错。已经过去六年了，莱克茜仍然每晚都为米娅祈祷。每天早晨，她醒来时有片刻的欢喜，然后又要面对这彻底击垮她的现实。正是那种丧失感让她转求于安定，她吃了好几年药，但是最终发现一个人无法逃脱其痛苦，却可以隐藏痛苦。这是她早就该知道的道理，早就该从她妈妈身上学到的一课。当她认识到那个丑陋的真相——她正在变成像她妈妈一样的人——时，她戒掉了安定剂。现在她完全脱瘾，甚至很少再吃阿司匹林了。面对痛苦，唯一真正的答案是：保持清醒看待一件事情的勇气，以及试着做到更好，变得更好。

她在夜路跪了很长一段时间，跪在冷冷的、坚硬的路边。她知道停在这个转弯处很危险，但不以为意。如果有人看到她在这里……

最终，她又跨上车继续骑行。就在她要飞驰经过法拉戴大宅时，最后一刻她还是停下了车。即使是在昏暗的天色中，她也能看出来这地方大变样了。花园无人照看，花盆都是空的。

她看到了信箱：他们的名字仍然在上面。

当一对车灯照亮她时，她跳上自行车骑走了。从安全的距离外，她看着一辆银色的保时捷汽车开进了身后的私家车道。

迈尔斯。

她叹了口气，骑回城里，在一个快餐店买了晚饭。在斯科特的办公室外，她锁上车，然后从后门进了屋。在会议室里，她找到一张红花图案的沙发床，沙发垫上整齐地放着一叠白纸。那叠纸旁放着一个牛皮纸信封。

她拿起信封。信封底下，垫子缝隙间夹着一张粉色便条。

莱克茜——她在上幼儿园。早晨有课。

供参考。

斯

她打开牛皮纸信封，发现一张单人照。照片上，一个穿着粉色衬衫、小精灵般的金发女孩正在对她微笑。

她的女儿。

*

人类一思考，上帝就发笑。

莱克茜第一次理解了这个句子。

她曾仔仔细细计划了出狱后的安排，连最小的细节都考虑到了。她在团体治疗中谈论她的计划，也向塔米卡和盘托出所有事情。她打算去佛罗里达州，搬去和伊娃、芭芭拉同住，找份工作。她甚至梦想读研究生。她会成为一位优秀的社会工作者，也许她可以帮助处于困境中的女孩。那时她没有想到，一旦她离开了那个铁丝网的世界，她就会回到一个可能出现意外的世界里。

谁会想到她会在此度过余生，在派因岛——这个世上唯一一个她不想待的地方？

她收拾好沙发床，然后蜷缩在让她感觉最柔软的床被之间。街灯淡淡的光芒透过窗户照亮了黑暗的房间。她闭上眼睛，试图让自己入睡，但房间太安静了，她简直觉得格蕾丝的照片在呼吸。

这些年来，她无情地压制了一切关于她女儿的想法。当塔米卡提到格蕾丝时她就走开，当电视里播放小女孩跑向妈妈怀抱的画面时，她就转过脸去。她告诉自己，格蕾丝值得拥有她无法提供的那种生活。

但是现在，在黑暗中，手边即是女儿的照片，她感到那种决心开始动摇了。

她断断续续地睡了会，做了最好能忘掉的梦。最后，6点钟，她掀开被单起了床。她赤足走到浴室，惊讶地发现有淋浴。这些年来她第一次享受了私人淋浴，用柔软的白毛巾擦干身子。

洗过澡后，镜中映出她尖尖瘦瘦的脸，像只溺水的老鼠，一束束黑色卷发搭在脸上。她用毛巾擦干头发，穿上开庭时穿过的衣服——也是她唯一的衣物，然后出去找早饭吃。她在一家本地餐馆里吃了早饭。

她小手提包里的照片仍然在呼吸。有时她听见一阵咯咯笑，丧失理智般地认为声音是从包里传出来的。

早饭后，她走上主街，找到一家刚开门的本地旧货商店。她用7美元买了一条二手的百慕达式短裤，一件前胸上印着蜻蜓的蓝色T恤和一件浅绿色棉质连帽衫。她用她的黑色平底鞋换了一双平底人字拖，将及膝袜扔掉。

走出商店，她微笑着，第一次感到真正的自由。她口袋里有张去佛罗里达州的票。不久——七个半小时后——她就在离开这里的路上了……

一个黄色的点在一片黑色的汽车尾气中出现。是一辆校车。孩子们的小脸透过玻璃看向窗外。

莱克茜并非有意识地跟着这辆车，她只是继续行走。在特纳金路，她向左拐，走上小山。等她走到四向停车处时，那儿到处都是孩子，笑着、聊着，拖着可笑的大背包走在人行道上。到处也都是母亲，监视着人行横道、谈话和孩子们的一举一动。

一队巴士停在小学门口。共乘车道穿过一排停着的汽车，家长让孩子们在此下车。

一辆黑色的SUV经过她停下来。

莱克茜屏住了呼吸。她站在树下，从那个位置望去，她看到朱迪下了车，走到后车门处，打开车门。

在大大的车后座上，坐着一个儿童版的米娅，有玉米穗般的蓬松金发和瓜子脸。

为看得更真切，莱克茜慢慢挪向一边，确保自己被一群学生部分掩护，不会被发现。

朱迪扶格蕾丝下了车，后退一步。

格蕾丝没有笑，朱迪也没有吻她，然后格蕾丝就自个儿走开了。

莱克茜皱了皱眉。她不禁想起以前朱迪送米娅和莱克茜去上学时是怎样的。那些亲吻、拥抱，像电视竞赛节目选手一样挥手道别。

也许朱迪只是今天心情不好。也许格蕾丝刚刚说错了话或惹了麻烦。也许朱迪要求格蕾丝不要在公众场合亲吻，上车前朱迪已经抱过她了。

莱克茜几乎都没注意到 SUV 又开动了。等她走到人行横道时，它已经在离开学校的那列车队里了，但是莱克茜没往那边看。她所有的注意力都聚集在这个穿着黄色 T 恤、背着一个大得可笑的汉娜·蒙塔娜牌背包的小女孩身上。她垂着肩膀，拖着脚步不情愿地走向学校。

她一路走进学校，没人跟她说话。

片刻之后，铃声响了，零星几个剩下的学生向学校大门跑去。

莱克茜站在公交车道和共乘车道之间的草地上，盯着已经安静下来的红砖建筑的小学。她在上幼儿园。早晨有课。

她一个人孤零零地走进过很多所学校，没人挥手道别，没人来接她放学。她记得在午饭时感到的那种孤单。

孤单。

那就是莱克茜对她幼儿时期的记忆。她总是感到孤单，她是别人家庭里的一个陌生人，新学校里的外人。甚至在被伊娃收留之后，莱克茜也从未真的感到自己融入一个家庭……直到她遇到法拉戴一家。从九年级①的第一天起，当她遇见米娅并受邀和她一起回家后，莱克茜感到这个家庭悦纳了自己。

那就是为什么她会把格蕾丝的完全抚养权交给他们，这样她的女儿就能知道被人爱着是什么滋味。

莱克茜低头看看手表。还不到 9 点。幼儿园早上的课要多久才结束？两个小时？三个小时？

去佛罗里达州的大巴 3 点半才发车。这样她还有几个小时无事可做。

她可以骑着自行车在城里逛逛，买点吃的，或去图书馆看会儿书。但即便她在脑海中过了一遍她可以做的事，她也知道只有一件事是她想做的。

不要做。你已经做了选择。想想格蕾丝。

这些理性的警告掠过她的脑海，但她不为所动。她做不到，这次不行。对于她女儿此生的每一天，莱克茜都希望格蕾丝快快乐乐、适应生活，被人爱，被人疼。那样的格蕾丝，她才舍得让自己离开她。

但是这个小姑娘，她拖着脚步，垂着肩膀……这个小姑娘看起来并不快乐。

"她很坚强，"莱克茜念叨出声来，"任何人都可能有倒霉的日子。"

尽管这么想，她仍然沿着学校外围走着，经过了活动房屋，走到了后面的

---

① 美国大多数州的义务教育学制是小学五年，初中三年，高中四年。

大操场处。这里，铁丝网围栏围着小学的操场：里面设有篮球筐、铺面道路和草地区，还有一个棒球内场。她发现一棵巨大的常青树在草地上投下一片荫凉。于是她坐下来，等着。

随着时间一分一秒流逝，她告诉自己误解了早上看到的一幕，不过是将自己悲惨的上学史投射到了格蕾丝身上。她的女儿是个快乐的女孩——她必须如此——法拉戴家是新一代的《布雷迪一家》①。没有人住在布雷迪家的房子里，还会觉得孤单或不被爱。她要向自己证明这一点，然后再继续她的行程。

大约 10 点半，铃声响了。大大的双开门打开，一群小孩子冲向操场。

很明显，现在是幼儿园的休息时段。那里大概有三十个孩子，他们都那么小。一位身着牛仔裤和红色衬衫的漂亮浅黑肤色女人看护着他们的玩耍。

莱克茜站起来，向围栏那边走去。

格蕾丝是最后一个走出教室的。她站在一边，独自一人。她似乎在自言自语，更准确地说，在对着她的手背说话。其他孩子都笑着、玩闹着、四处跑动。格蕾丝只是站在原地，跟她的手表说话。

笑笑啊，莱克茜想，请你笑一下吧。

但是在十分钟的休息时间里，格蕾丝一直没笑，一次也没有。没有孩子跟她说话，她也不参加任何一个游戏。

没人喜欢她，莱克茜想，感觉胸中一阵刺痛。"格蕾丝。"她摇着头低声说。

操场那边，格蕾丝抬起了头，尽管她不可能听见有人喊她的名字。莱克茜感到那个眼神刺穿了她。她无法自控地挥起手来。

，格蕾丝朝身后看了看。她发现背后没人，然后转向莱克茜。她缓缓地露出微笑，对她挥挥手。然后上课铃响了，她跑回教室。

莱克茜本可以自欺欺人，本可以再编造故事或更努力地让自己不去关心，但她不再为这些操心了。她不想急于下判断，不想又一次犯下可怕的错误——但她也无法忽视她看到的情况。

格蕾丝不快乐。

不。

格蕾丝也许不快乐，这一点改变了一切。

今天去往佛罗里达州的大巴上会有个空座位了。

---

① 美国 20 世纪上映的一部电视剧，围绕着布雷迪一家人的故事展开。

20 | chapter
夜路

*

格蕾丝坐在车后座，显得特别小。

"今天在学校怎么样？"奶奶没有从后视镜里看她，径直问。

"我想还好吧。"

"你交到什么新朋友了吗？"

格蕾丝讨厌这个问题。奶奶老是问这些问题。"我是幼儿园里的皇后。艾莉森·尚特给我做了顶皇冠。"

"真的？那很棒啊。"

"我想是吧。"格蕾丝叹了口气。是很棒，对斯蒂芬妮来说，她才是幼儿园里真正的皇后。她低头盯着手腕上小小的魔法镜子，希望爱丽儿能来找她，但是镜子里空空的。

*爱丽儿，*她用嘴型说，*我很孤单。*

没关系。

格蕾丝将头靠在车座松软的扶手上，盯着车窗外，看着高大的绿色树木一晃而过。她们开过一条又一条街，转过一个大拐弯，然后到了家。

奶奶小心地沿着脏脏的私家车道开到小屋前。

格蕾丝耐心地等着奶奶将她从座位上松绑。解开安全带后，她抓着书包，跟着奶奶沿砾石小径走进她们家的大门。

屋里，她听见奶奶一边开始拾东西，一边压低声音咕哝着什么。奶奶不喜欢爸爸将衣服随便扔，也讨厌格蕾丝的玩具。

格蕾丝打开电视，爬上沙发，等爸爸回来。当奶奶没在看她时，她吮吸着大拇指。她知道只有小婴儿才做这种事，但是奶奶让她紧张，吮吸大拇指能让她放松下来。

"格蕾丝。"奶奶说。

格蕾丝把大拇指从嘴里拿出来。"我没有吸大拇指。我在咬指甲。那也是不好的，是不是?"

奶奶皱眉了，格蕾丝感到她的心跳又加快了，一种恶心的感觉涌进她的胃里。

奶奶走近她。"吮吸大拇指没有什么不对的，格蕾丝。"

她的声音又甜美又温和，像蜜一样，格蕾丝察觉到自己微笑了:"真的?"

"也许我该试试。"

格蕾丝咯咯笑道:"这让我感觉好多了。"

"上帝知道那是一件好事。"

"你说过上帝不存在。当爸爸想去墓园时你是这么对他说的。"

奶奶的微笑消失了。"我要去做晚饭了。"

格蕾丝立即知道她又做坏事了。她想要吸拇指，但相反地，她将自己的毯子拖到大腿上，坐在那儿看着奶奶做饭。这么一段漫长的时间里，没有人说话。格蕾丝不停地低头看手腕镜，轻声喊着爱丽儿的名字，但是她的朋友不见了。

接下来的两小时里只有格蕾丝和她的奶奶，她们一起待在这间小房子里，很少说话。

然后，终于，爸爸回来了。格蕾丝听见他的汽车开近的声音，看到车灯的光照进屋子里。她从沙发上跳下来，跑向大门。

"爸爸!"当他进屋时她大叫。他放下大背包，一把将她抱起来。就这样，她的世界又自行恢复平稳了。

他吻了吻她的脸颊:"我的小姑娘怎么样?"

"我很好，爸爸。"

听到这句话他笑了笑，但她看得出来他有多累。他的眼皮有点耷拉，今天又忘记梳头了。

"嘿，妈妈，"他说，"你做了什么菜? 闻起来好香啊。"

奶奶走进房间。她在一条毛巾上擦了擦手——这个动作是很傻的，因为她一向井井有条、干干净净，无须擦手。

"烘肉卷和焗土豆。沙拉在冰箱里。"

"你不必那么费事。"他边说边要松开格蕾丝。

她像只蜘蛛一样抱紧他。"我爱你，爸爸。"她说。

"我也爱你，小公主。"

奶奶走近了些。她瞥了一眼爸爸，她那张美丽的脸又皱起了眉头:"你没睡觉。"

"期末考试。"他说。

格蕾丝不懂。他当然没睡觉。他刚到家。"今晚我们要玩牛仔竞技表演吗，爸爸？"那是她的最爱。

她骑在他的后背上，他将她高高地托起来。

"也许今晚格蕾丝应该由我们带。"奶奶说。

格蕾丝抓紧爸爸。"我不会打扰你的，爸爸。我保证。我让你好好学习。"

"谢了，妈，"爸爸说，"我们没事。"

奶奶盯着他看了好一会儿，然后耸耸肩："好吧。那我明早 8 点前来接她。不要熬夜到太晚。"

当奶奶走后，格蕾丝感到一阵轻松。她也不太知道到底是为什么，但是奶奶让她害怕。就像你玩着别人拥有的某件非常特别的玩具一样，你总是害怕一不小心弄坏了它。

她看看爸爸，看出来他有多疲惫。她讨厌他安安静静的时候。"他们选了我当幼儿园皇后。"她说，希望这件事能让爸爸骄傲。

"即使是在你打了奥斯丁一拳之后？"

"没人喜欢他，爸爸。我打他时他们都很高兴。"

"你们那儿是什么地方哦，蝇王①日托所？"

"嗯？"

他将她抱到沙发上，坐下来。她依偎着他，靠在他的胸口休息。这是全世界她最爱的地方。她唯一感到安全的时候就是当他抱着她时。

"他们为什么选你当皇后？"

她的小脸挤作一团，陷入苦思。然后她想到了《查理和巧克力工厂》。查理成为了获胜者，因为他是最讨人喜欢的男孩。"我救了差点淹死的布列塔妮，她走到水太深的地方了，所以我救了她。"

"救了差点淹死的布列塔妮。"他低头盯着她重复道。

她感到两颊发烫。谎言怎么就像小肥皂泡一样从她嘴里冒出来呢？她控制不了。怪不得没人喜欢她。

爸爸摸了摸她的脸颊。"你知道，格蕾丝，当我还是个小孩时，我以为我

---

① 《蝇王》(*Lord of the Flies*) 是英国作家威廉·戈尔丁的代表作，讲的是第三次世界大战的一场核战中（虚构背景），一群儿童被困荒岛，从起先的和平相处到相互残杀、爆发出人性之恶的故事。这里是扎克开玩笑地讽刺他的女儿陈述的事情（尽管是谎话）。

必须做对每件事：上对的学校，考对的分数，遵守规则。我想让我的妈妈……还有我的妹妹……为我骄傲。"他转开视线。很长一段时间，他都安静无声，这种沉默让她心痛。她又说了错话吗？最终他清了清喉咙说，"重点是：你就是你，我为这样的你骄傲。不管怎样我都爱你，格蕾丝。你可以相信我。"

她不懂他是什么意思。她讨厌银行①，除了他们发的草莓糖；她也知道这话其余部分都不是真的。有一次，她听到爸爸跟爷爷说，格蕾丝在学校里有些问题。**行为问题，没有朋友**，是她透过门听到的两个词。她爸爸还说了一个真的很坏的词，并问爷爷何时他们所有人才能重新快乐起来。

他希望她交到朋友。这对他来说很重要。"我很受欢迎，爸爸。我都很难吃完午饭，因为每个人都过来找我说话。"

他弯腰吻了吻她的脸颊。"好吧，小公主，"他叹了口气说，"好吧。现在，在我晕过去前让我们吃点东西吧。"

"我做了烘肉卷。"格蕾丝骄傲地冲他笑着说。她爸爸的微笑很悲伤，这让她很害怕，她又说，"还有煎露（玉）米饼②。"

他又吻了她一下，站起身。"来吧，格蕾丝，我们吃饭吧。"

她紧紧跟在他身后，试图跟上他的步伐。

*

又一次，朱迪醒得太早了。她卧室的百叶窗密不透光，但她能感觉到黎明已在地平线上，就像一支等待冲锋的大军。

在她身边，她感觉到迈尔斯在睡梦中扭动，他转向她，将她搂进怀里，他的呼吸是一种温暖的爱抚，掠过她的后颈。

她翻了个身，紧紧依偎着他，将她的光腿滑进他的两腿之间。他的眼睛慢慢睁开，慵懒地微笑起来。

他靠得更近了，一开始轻轻地吻着她，然后他的吻变得更加有激情。他的手滑下她的丝绸睡袍，找到蕾丝褶边，将它推上去，掀起来，直到她一丝不挂。他脱下他的平角短裤，将它扔到一边。

她跟随着他欲望的带领，用他喜欢的方式抚摸他，弓起身子迎向他的手，直到她不得不让他进入她。当她到达高潮，那是一阵从她身体内部什么地方爆

---

① 这里格蕾丝没有听懂扎克的上一句话。扎克的上一句话是句俚语，"You can take that to the bank"，含义就是你可以相信我，格蕾丝只听懂了"bank"这个词，以为他说的是银行。

② 这里格蕾丝想用的词应该是"tacos"，墨西哥薄饼卷，煎玉米饼，但因为年纪小，误读做"tatoes"。

发出来的感觉。她不禁大叫出声，声音之大让她感到羞愧；当她瘫倒在他身边时，全身都在颤抖。

他们从没谈论过他们之间这股新的激情；她知道，他，像她一样，害怕言语会带来厄运。痛失爱女后的这些年，性爱就那么消失了，像微笑和欢笑一样。它的回归让他俩都感到惊讶。他们在某种程度上学会了通过抚摸联结彼此，无言地交流他们的爱。这不是最佳答案，对迈尔斯来说还不够，她发现绝大部分时间他仍然会盯着她看，眼中尽是悲伤，但这就是他们现在所有的，并且她知道他们拥有这些已是多么幸运。

她轻轻吻了他，抽开身，伸手捡起地上的睡袍，套上它，下了床。她走到窗边停下来，拉动百叶窗的拉杆，让阳光洒进来。窗外左手边，是被她弃置的花园。园子里乱七八糟地长满了花草、枝条和叶子，生机勃勃，但疏于打理。毫无秩序，真丑。

迈尔斯走到她身边，吻了一下她的肩头。"我们今天仍要照看格蕾丝？"

朱迪点点头："扎克今早要参加期末考试学习小组。他似乎累坏了。"

"我第二年也累坏了，何况那时我还不是二十四岁的单身爸爸。"他捏着她的上臂，"我们干吗不把格蕾丝接过来呢？扎克学习完了就可以过来。我们可以做做游戏。家里什么地方还有那个糖果乐园，是不是？"

朱迪在窗玻璃上看到了他们的影子，淡淡的，像铅笔画上去的一样。听到"糖果乐园"这个词，时间消失了，她又变回了年轻的母亲，蹲在地板上，跟她的双胞胎一起，伸手去拿一张卡片，笑着……

她溜出迈尔斯的臂弯，走进浴室。在他触碰到她之前，她脱下睡袍，打开淋浴。

"我忘记了，"他站在门口说，又一次给她投以那种失望的眼神，"我不该提起那个的。"

"别傻了。只是个游戏而已。"她的声音微微有些沙哑，她知道这声音出卖了她。

他在开口前顿了一下："我要出去跑会儿步，在扎克家跟你碰头。"

"你跑得太多了。"她说。

他耸耸肩。这是他应对失去的方式：跑步，工作。

"待会见。"她最终说。她冲着淋浴，直到听见他走开，然后她从浴室出来，开始吹头发。等到穿上浅米色的紧身裤和柔软的棉 T 恤后，她又能控制好自己的情绪了。

这些日子里，悲伤就像一架隐形轰炸机。她可以过得好好的，继续前进，然后有什么事出人意料地爆发了。多年前，当她还处在创伤初期时，她会一连几天脱离轨道，陷入一个什么都不稳定的灰色世界里。现在，大部分时间里她都可以让自己保持平稳了。

这就是进步。

她准备离开浴室，走到半途想起来她还没有刷牙，没有化妆。

她折回去刷牙，但决定不化妆。要是化了妆，今晚回来还得卸妆，光是跟格蕾丝和扎克待上一整天就已经让她精疲力竭了。她要花如此多的努力才能置身于他们的生活中，但又不是真正在他们的生活里，每次回家她都疲惫不堪。

她走向她的车——一辆黑色的 SUV，比旧凯雷德汽车小一些，发动了引擎。她倒车出库，做了一个紧巴巴的三点掉头，开上砾石私家车道。她注意到他们这片土地是如此野性。过去的几年里所有一切都成长了，黑莓灌木丛像地痞一样爬得到处都是。

她转上主干道，开向扎克的家。

像往常一样，对于朱迪来说，走进这个小木屋有点像时光倒流。蓝色的沙发是她和迈尔斯为他们的第一间公寓买的；椅子是他们生了双胞胎那年买的。为了两个孩子，他们把旧家具和过时的小玩意儿都收起来了。他们总是开玩笑地说，两个孩子一出世，我们一切都得收拾。

扎克一边抚养他的女儿，一边在医学院上学，就像当年她和迈尔斯经历的一样。

"有人在家吗？"她叫道。

扎克从厨房一角走出来，他一手端着咖啡，一手抱着格蕾丝，她紧紧靠着他睡着了。

"别说我了，"扎克摩挲着格蕾丝的后背说，"我知道我看起来一团糟。我熬夜到凌晨 4 点。今天你们能继续照看格蕾丝吗？我得去学习小组。"

"当然。"

"谢谢。我晚上 7 点回家。"

朱迪点点头，走进厨房，开始做早饭。因为她在扎克家存满了食物，所以知道自己能找到做华夫饼、摊鸡蛋和一个果盘所需的所有食材。

当迈尔斯到扎克家时，他洗过澡后的头发还湿漉漉的，脸上带着惯有的微笑——他们三人中只有他仍然能保持这样的微笑，朱迪感到肩头的重量又卸掉一些。迈尔斯是将他们的生活粘在一起的胶水。在他身边，朱迪和扎克都可以更轻松地呼吸。

"来吧我的小姑娘。"迈尔斯大大张开双臂说。

扎克将格蕾丝放下来，她跑向她的爷爷，将那具穿着粉色圆点法兰绒衣服的小身体猛掷向他。

迈尔斯一把抱起她，在她耳边低语了几句，她咯咯笑了。

朱迪感到胸中一阵痉挛。过去也有过这种情况，彼时她失去的一切狠狠击中了她，让她几乎站不稳。

"我们赶紧趁热吃饭吧。"她硬邦邦地说。

"好吃！"格蕾丝说。她挣脱迈尔斯的怀抱跑向餐桌。像往常一样，她坐在那个空白的位子和多出的一套餐具旁边。那是给她"看不见的朋友"留的位置。

一个困在罐子里的外星公主。

"临床的事情怎么样了？"迈尔斯坐下来问扎克。

"我爱临床。诊断真是太棒了，但是药代动力学真是要了我的命。"扎克一边回答一边将一勺鸡蛋放进他女儿的盘子里。

迈尔斯伸手用叉子叉了一块华夫饼过来。"病理学是我第二年的滑铁卢。我也不知道为什么。你就是必须得学一遍这些知识。第三年才是你真正深入这些知识的时候。"

朱迪看着她的儿子：他一边给格蕾丝的华夫饼抹黄油，一边跟他的爸爸说话，他仔细地为女儿把华夫饼切成小块，将餐巾铺在她的大腿上……她是如此为他感到骄傲，她不禁想，我们都会好的。有一天我们会再开怀欢笑的。

她竟然想到了幸福和他们一起生活的未来，她发现自己正对这个意想不到的念头微笑着。她听扎克讲了一个关于诊断什么可怕疾病的故事，他是如何搞砸了，她跟着她的丈夫和儿子一起笑起来。

饭毕，那种不曾料到的轻松感仍然还在。朱迪将扎克送到华盛顿大学，在他脸颊上吻了一下，又狠狠抱了他一下，她的拥抱太过热烈，他都皱眉了。

"去吧。我们今天会玩得愉快的。"她说。

"谢谢，妈。"扎克说。

"不客气。"她不假思索，脱口而出。这句傻话提醒了他们过去是怎么样的，她陷入沉默。

然后他抓起背包，向学校大门走去。

"爷爷，我能去玩我的娃娃屋吗？"格蕾丝在她爸爸走后问。

"先穿上衣服，刷好牙。"迈尔斯心不在焉地说。

他正在找电视遥控器。找到遥控器后，他打开电视，正赶上篮球赛直播。迈尔斯一屁股坐进他们的旧沙发里，将脚跷到咖啡桌上。

朱迪正在洗盘子时，看到一抹黄色从她眼前闪过。

"远离水边，格蕾丝。"

"爱丽儿和我要去玩娃娃屋里的芭比娃娃。"格蕾丝回答道，吭吭哧哧地打开玻璃滑门。

"爱丽儿和我①，"朱迪自动纠正她说，"迈尔斯，常规的语法规则对想象中的朋友也适用吗？"

他说："啊？什么，宝贝？"

朱迪继续洗着盘子。她听见滑门重重关上了，便向左边瞥了一眼。

外面，格蕾丝敏捷地跑过院子，向着她去年的圣诞礼物——粉色和黄色的公主娃娃屋跑去。它就放置在露台那边一片俯瞰着灰色沙滩的草地上。

"来啊，快点！"格蕾丝对她想象中的朋友喊道。

朱迪将盘子擦干，收起来。当她洗好盘子后，她又向外瞥了一眼格蕾丝。她可以透过塑料城堡开着的窗户看到她的孙女。她一边在跟空气说话，一边在让芭比娃娃跳舞。

"你去魔法王国看看吧？"朱迪问迈尔斯。

"马上就去。我就是想看看这场比赛。"

"好吧。我准备晚饭给他们做个鸡肉焗饭。"朱迪当机立断。她不想让扎克学习归来饿肚子。

她几乎毫不费力就完成了熟悉的家庭食谱。每隔几分钟她就抬头看看，确认格蕾丝平安无事，然后继续烹饪。

她把贴着"加热后再吃"便条的鸡肉焗饭放进冰箱里，然后又一次收拾干净厨房，走进客厅。她正准备跟迈尔斯说话，一个一闪而过的身影吸引了她的眼球。

她打开玻璃滑门，走到风化褪色的露台上。这是一个美好的六月天，天蓝如洗，万里无云。房子右边是一片茂密的常青树林，挡住了邻居家的房子。

格蕾丝站在树林边。

她旁边站着一个女孩，穿着一条褪色的短裤和一件蓝色 T 恤衫。那是隔壁米尔德里德的女儿吗？她从大学回家来啦？

然后那女孩转过身，朱迪看到了她的脸。

朱迪伸手抓住玻璃滑门好让自己站稳，正当她想叫她的丈夫时，一阵剧痛

---

① 格蕾丝用的是 "Ariel and me"，用的是宾格；朱迪纠正了她的语法错误，应该是 "Ariel and I"，用的是主格。但是中文里，不分宾格主格。

在她胸中炸裂开来。巨大的疼痛让她无法思考，无法动弹，无法做任何事，只能用手捂住心脏位置，跪倒在地。

*

莱克茜骑到拉里维埃公园。

她下了车，眺望着灰色的沙滩，一堆堆被阳光镶上银边的漂浮木沿着海滩胡乱地堆积着，看到此景，回忆汹涌袭来。

她将自行车锁在自行车架上，经过那些漂浮木，记起扎克第一次说他爱她，就是在那儿……

她一路下到鹅卵石海滩。这里，海浪将石头打磨成了完美、光滑的形状。她数着房子，知道自己抵达了目的地。

它就在眼前了：塔玛瑞德小屋。这里曾举办过一次派对，还是她高三①的时候。朱迪从没发现那次派对。

高高的雪松沿着房子的一侧茂盛地长成一排。在它们隔壁的一块地上，她看到一个彩色的塑料城堡/娃娃屋，带有尖尖的灰色塔楼和亮粉色的三角旗。它的旁边，在灰色露台尽头，坐着一个穿黄色衣服的小女孩，她像只雏鸟一样栖息在那里，又在和她的手腕说话。

莱克茜慢慢地接近她的女儿，小心让自己隐藏在树丛中。她最不想看到的就是扎克像戒灵②一样从屋子里冲出来，告诉她滚开，离他的女儿远点。

真的，莱克茜此行的目的只是想确认格蕾丝是否快乐。只要格蕾丝快快乐乐的，一切都可以照原计划进行。

她想开口说"你好"，但发不出声音来。她清了清喉咙又试了一次："你好，格蕾丝。"

"我不能跟陌生人说话。"

"我不是陌生人，格蕾丝。我知道你的一切。"

"哦。"格蕾丝向右扭过小脸，打量着莱克茜。她的嘴唇紧紧抿着。"我在学校看到过你。"

"是的。"光是站在这里，就已经让莱克茜掏空了内心的一切。她想向格蕾丝冲过去，张开双臂一把抱住她，求她原谅。但她仍然小心翼翼地站在树荫

---

① 参见前文注释，美国很多州的高中是四年制。

② 戒灵是《指环王》系列电影中的生物，共有九人，原是人类，后因受控于大魔王索伦的魔戒变成恐怖的幽魂，成为索伦最忠实和最可怕的仆从。

里，避免房子里的人看到她。

"你挥手了。为什么那么做?"

莱克茜又靠近了一步。她的心简直要飞起来。"当你还是小宝宝时我就认识你了。"

"你认识我爸爸吗?"

她点点头。

格蕾丝绷起小脸。"证明给我看。"

"他是不是还喜欢撒着巧克力屑的薄荷味冰激凌，讨厌任何一种看起来像梳子的东西?"

格蕾丝咯咯笑起来，立即用手捂住嘴，掩住笑声。"奶奶说他的头发看起来像只甲虫，这话很好笑，因为甲虫很恶心。特别是以粑粑为食的甲虫。"

莱克茜强挤出一个微笑。"我可以站在你身边吗?"

"当然。"

莱克茜走得更近了，站在一棵大树旁。"你怎么会一个人来这里呢?"

格蕾丝的小脸拉下来了:"我爸爸走了。又走了。奶奶在厨房里。"

"你的奶奶还会一边做饭一边跳舞吗?"

格蕾丝皱着眉抬头看着她:"她讨厌我。"

"你的奶奶朱迪讨厌你?"

"我看起来像她。"

莱克茜顿时觉得一阵脊骨发凉。"她?"

"我爸爸去世的妹妹。那就是为什么奶奶从不肯看我。我不该知道这点，但我知道了。"

"真的?"

"她被海盗谋杀了。那就是为什么没人谈论这事。"格蕾丝叹了口气，"我爸爸有时看着我时也会哭。"

"你的确长得很像米娅。"莱克茜轻轻地说。

"你认识我爸爸的妹妹?"

"认识，"莱克茜静静地说，"她是——"

"嘿，你养狗吗?"

她突然掉转话题，莱克茜吃了一惊。"没有。我从没养过狗。"

"我想养只狗。或者养只花栗鼠也行。"

"你跟你爸爸说了吗?"

"我们昨晚吃了响尾蛇。就着花生酱。"

莱克茜觉得有些不对劲，格蕾丝说话有点前言不搭后语的，但是为什么？谈论扎克的情感吓倒她了？莱克茜回答了她唯一想到的事情。"我有次吃了鸵鸟。"

"哇。"

"所以，你爸爸不在这里？"

"不在。我是个大姑娘了。我一直一个人在家。我可以自己洗澡，应对一切事情。昨晚我自己做了晚饭。"

"他经常出去吗？"

格蕾丝点点头。

莱克茜审视着她女儿美丽的小脸，她悲伤的绿色眼睛和白皙的皮肤，思量着自己是否在这个女孩身上留下了一星半点印记。"你在学校有朋友吗？"

"朋、朋友？"格蕾丝重复这个词，然后咧嘴笑了，"多得很。我是班里最受欢迎的女孩。"

"你很幸运。我上学时有时很孤单。"莱克茜紧紧地盯着她的女儿说。她情不自禁又走近了一步。

格蕾丝的嘴唇有一点颤抖。"我真的没有——"

"格蕾丝！"有人突然喊道，"过来！立刻！"

莱克茜躲回树后。她透过一根茂盛的绿色树枝向外窥视，看到了小屋。玻璃滑门打开了，迈尔斯站在那儿，皱着眉。她很肯定他没有看到自己。那么，为什么他听起来这么生气？

"格蕾丝，该死的，"他又吼道，"过来！快点！"

"得走咯。"格蕾丝迅速起身。

"他经常这样对你吼叫吗？"

格蕾丝刚要转身离开，莱克茜鼓起勇气伸出手抓住了她女儿的手。"我想做你的朋友。"她轻柔地说。要止步于此太难了。她突然有那么多不得不说的话。此前认为她能舍得离开自己的女儿，真是太蠢了。

格蕾丝脸上绽放出微笑，这个明媚的笑容温暖了莱克茜。"好的。再见。"格蕾丝挥手说。然后她转身向房子跑去。

莱克茜缓缓地站起来。她终于理解了停止奔跑是怎样一种感受。

她走回她的自行车那里，跨上车，蹬车骑上小山，向城里骑去。

一辆救护车经过她，灯光闪烁，警笛鸣响，但她几乎没注意到。

她在去找斯科特·雅各布斯的路上。

21 chapter
夜路

*

朱迪躺在西雅图希望医院的急诊室里。窄床上的她身上连着各种监视器、医疗设备和警报器，但这些并无必要，她并非心脏病发作。

她抬眼看了看她的丈夫，感到自己愚蠢又脆弱。她又一次轻易地崩溃了。"我以为我已经放下那些事了。"

他将她汗湿的头发从脸上拨开。"我也是。"

"恐慌发作。"她唾弃地说。

格蕾丝爬上金属的床围栏。她顺着围栏滑下去，一屁股坐到地板上，然后又往上爬。围栏"咣当咣当"的响声在朱迪紧张的身体里回响，让她觉得头疼欲裂。"什么是恐慌？"格蕾丝将下巴抵在床围栏上问。

"意思是你害怕了。"迈尔斯说。

"我有次看到了一只沙滩老鼠。很吓人。"格蕾丝说，"还有那些毛毛的黑色大蜘蛛也很吓人。有一只爬到你腿上了吗？"

"奶奶真的累了，格蕾丝，"迈尔斯说，"你自己到那边读一会儿书好吗？"

"但是我想知道什么东西吓倒了奶奶。"

"不是现在，格蕾丝。好吗？"他温柔地说。

"是不是就像我得了水痘时，只想睡觉？"

"正是如此。"

"好的，爷爷。"格蕾丝从床边滑下来，拖着脚步走到角落的椅子那儿坐下来。她打开一本破旧的《帽子里的猫》，努力把每句话都念出来。

朱迪感觉很糟糕——发抖，头疼，胃里恶心。"我不行了，迈尔斯。"

"你什么意思？"

她喜欢他强壮的手稳稳地抚过她的头发，这比任何药物都更能让她镇定下来。"我想我看到她了。"

"米娅？"他轻声说。

"不是。"朱迪不禁为这个问题而失望。她曾努力想看到米娅，但是心理学或祈祷都没有用。而且，看见米娅肯定不会让朱迪以为自己犯了心脏病。不如说恰恰相反：看见米娅才能让她的心脏重新跳动。

她斜斜瞥了一眼，看到格蕾丝正沉浸在阅读的挑战中。"莱克茜。"朱迪轻声说。这是这些年来她第一次将这个名字说出口，"她正在跟格蕾丝说话。"

迈尔斯双手握住她的手。他看起来没有因为她的坦白而生气，他的平静安慰了她。"在恐慌发作过程中经历梦一样的感觉或感知扭曲是很正常的。你知道的。记得有次你感觉一辆车要撞上格蕾丝？如果不是我在场，你差点要冲进车流中被撞死。"

"和那次不同。"朱迪说。即便如此，她也很怀疑自己。自从米娅死后，太多怪异的事情发生在她身上了。"她的头发很短，卷卷的，而且她真的很瘦。"

"那不是莱克茜。"迈尔斯平静地说。她爱极了他那确信的口吻。有时迈尔斯的确信态度让朱迪气得想挖出他的眼珠来，但是现在她想分享他的镇定。

"你怎么能这么肯定？"

"她的服刑期十一月结束。记得那时我们多么紧张地等着看她是否会出现在这里？"

用"紧张"这个词都嫌轻描淡写了。朱迪去年年底绷得比地雷拉线还紧。直到一月中旬她才开始放松下来。迈尔斯曾想给州里打电话，跟踪莱克茜的行动，但朱迪坚持不管怎样都不要再有联系。她甚至不想家里的任何人提到莱克茜的名字，更不必说查出她去了哪里。

"她没出现。没打过电话也没来过信。她将扎克的信都原封不动地退了回来，"迈尔斯安慰她说，"莱克茜做了决定。她认为格—蕾—丝①没有她更好。"

"听起来你好像并不赞同。"

"我一直都不赞同，你知道的。"

格蕾丝抬起头："你刚刚是不是拼写了我的名字，爷爷？"

迈尔斯紧绷绷地朝他的孙女一笑："我在测试你。做得好，乖宝贝。"

格蕾丝冲他一笑："我是我们班里拼写能力最好的。我还因此还得了一个奖杯呢。"

"她不会回来的，朱迪，"迈尔斯柔和地说，俯身亲了亲她的前额，"那些事都是前尘往事了。"

---

① 这里迈尔斯用拼写的方式念出了格蕾丝的名字，本意是不让格蕾丝听见他跟朱迪的谈话。

*

格蕾丝喜欢医院。医院是大人们的地方，因为她的爷爷是个外咖医生①——或类似的什么词——人们给她拿来书和盒装果汁，还有纸和蜡笔。有时，当某个医生想单独找一下奶奶和爷爷，一个护士就会带她穿过繁忙的走廊出去走走。她最爱去看睡在透明塑料箱里的新生儿。她爱他们粉色和蓝色的小帽子。

即便这样，几小时之后，她也厌倦了。爱丽儿躲起来了，自从娃娃屋游戏后，她就没来过格蕾丝的手腕镜了。格蕾丝画了那么多图画，手也开始疼了。

她正要又开始抱怨，通往奶奶病房的门一下子打开了。爸爸冲进来，一只胳膊下夹着一大堆书。"她怎么样了？"他问爷爷。

"我没事。"奶奶说。她微笑着，但是看起来有些无力，好像她很累一样。"你们俩不必说医生的那一套了。我恐慌发作，感觉非常像心脏病。现在他们让我出院回家了。挺丢人的，真的。"

爸爸把他的书放在格蕾丝旁边的椅子上。他抚摸了一下她的头发，经过她走向床边。"恐慌发作？这些年你都没有过啊。自从……就没有——"

奶奶举起一只颤抖的手阻止他说下去："我们都知道往事。"

"她认为她看到了莱克茜。"爷爷说。

爸爸不禁倒吸了一口气。

这是大新闻了。奶奶生病有个原因，这个原因有个名字。格蕾丝爬上金属的床围栏，挂在床边。"谁是莱克茜？"

没人回答她。他们只是面面相觑。

"错觉？"爸爸轻声问。

"你爸爸这么认为；"奶奶说，"希望如此吧。"

"她的态度表明得很清楚了，"爸爸说，"莱克茜，我指。她现在很可能是跟伊娃住在佛罗里达州。"

格蕾丝伸出手，插进他的后兜里。这让她觉得自己跟他是相连的，即便他几乎没注意到她。"谁是莱克茜？"她又问。

"米尔德里德的侄女从学校回来了，"爸爸说，"她是深棕色的头发。"

"我很肯定那人是谁。"奶奶说。

格蕾丝向床围栏上跳了跳。金属发出"哐当"声。没人注意她，这让她很

① 格蕾丝发音不准，将"surgeon"（外科医生）读成了"surgun"。

困惑。"我看到一个有四只手臂的婴儿,"她说,"他在保育室。"

"你先带格蕾丝回家吧,扎克,好吗?"奶奶说,"她一直都很乖。"

格蕾丝从床围栏上滑下来,走到桌子前,收起所有的图画和蜡笔。她拿了一幅画,上面画着一只蝴蝶停在一朵花上,递给她的奶奶。"这是给你的。"

奶奶看着图画。"谢谢,格蕾丝。我已经感觉好多了。"

"它们是有魔力的蜡笔,能让任何人都好起来。这就是为什么医院里有蜡笔。"格蕾丝认真地说,"黄色的那些可以飞。"

"来吧,格蕾丝。"爸爸说。他将他们的东西一起收拾好,带她走出医院,上了车。

她爬上车后座,他给她扣好安全带。

回家的路上,格蕾丝一直跟她的爸爸说话。

她已经好几小时没说话了,她有那么多话要说。她告诉他爱丽儿教她的新游戏,她在玩娃娃屋时找到的海胆,今天交的新朋友,径直停在她面前的海鸥⋯⋯

"看,爸爸,"当他们穿过市中心时格蕾丝坐得更直了一些,说,"她在那儿。那就是我的新朋友。嗨!"格蕾丝对着紧闭的窗户大叫,拼命地挥手。"你看到她了吗,爸爸?她有一辆很酷的自行车。很神奇。我想她是个电影明星。她说她有次吃过鸵鸟。"

爸爸继续开着车。几分钟后,他拐上他们的私家车道,停了车。

"你相信我说的那个吃鸵鸟的女士,是不是?她说她——"

"够了,格蕾丝。今晚不要再假装了,好吗?爸爸今天很辛苦。"

"我没有假装。"格蕾丝说。她被这个指责刺痛了。她将她的毯子从旁边的座位上拖下来,裹在颈子周围。当她的爸爸陷于某些情绪时就不会听她说话,显然现在他处于其中一种情绪之中;即便在他注视她时,她也感觉到他没有真的注意她。就像他在脑子里看到的是另外一个人一样。他看起来很悲伤。

格蕾丝是带着悲伤长大的。她知道当他进入这种状态时她最好安安静静待着并抱抱他。但她安静了一整天,此时急迫地想跟什么人说说话。跟他说话。

在屋里,格蕾丝径直走到电冰箱那里,取出了奶奶做的沉重的焙盘菜。她非常努力才没把它掉在地上。"这个放烤箱里,爸爸。"她端着菜骄傲地说。

他从她手里接过菜,放进烤箱里。

"我要去洗个澡。我会给你放个 DVD 看。"

她刚想说她不想看电影,但他已经转身,走进客厅里了。

她带着她的毯子爬上沙发,吮吸着大拇指。反正也没人会注意她。感觉爸爸好像洗了个世上最长时间的澡。洗完澡后他穿着宽松的运动裤走来走去，湿漉漉的头发滴水滴到红色的南加州大学 T 恤上，此时，她跟在他屁股后面转，喋喋不休讲着一切她能想到的事情。

"在去医院的路上，我坐在爷爷的车前座上。我们跟着救护车。他让我开车……只是开到渡轮上。我开得非常慢。我是个好司机。我看到一只虎鲸吃了一只海豹。真恶心。"

他没有注意任何事情。他甚至都不太看她，只是脸色越来越悲伤，他是那么悲伤，连带格蕾丝也开始觉得悲伤了。孤单。

等到他给她换上睡衣、抱她上床时，她都要哭了。

爸爸缩在她身边。"如果我今晚表现得比较奇怪，我道歉，小公主。待在医院的时候我想起了我的妹妹。"

"米娅，"她严肃地说，炫耀自己记住了那个他们甚至都不会大声说出来的名字，"我肯定你很厌恶医院。"

"如果我讨厌医院，我就不会当医生了。"他微笑着俯身看着她说，"而且，我也是在医院里得到你的。"

格蕾丝偎依着他。这是她最爱的故事之一。"我看起来像什么样？"

"你是个完美的小公主。你的眼睛那时候有点棕中带蓝。你几乎不哭。"

"我妈妈也在？"

"她给你起名为格蕾丝。"

"还有，你用你妹妹的名字给我起了中间名。然后你带我回家了。"

"我从第一眼看到你时就很爱你。"

"我知道，但是怎么会——"

"够了，格蕾丝，"他边说边伸手从床头柜上取下一本书，"爸爸今天很辛苦。我给你多读一点《秘密花园》怎么样？"

"但是你不想听听我的新朋友的事情吗？"

"那个吃了一只鸵鸟、骑着魔法自行车的电影明星？"

"她也许并不真的是电影明星。也许她是个间谍——"

"够了，格蕾丝，"他翻开书说，"好了，上次我们读到哪里了？"

其实他知道，也记得上次读到哪里。格蕾丝带着困意微笑着，喃喃说："'柯林好多了'。"

"哦，对。"爸爸边说边翻到正确的那页，开始读，"'生活在这个世界里奇怪的事情之一就是，总要到某个时刻，一个人才坚信他会永远、永远地生活下去……'"

格蕾丝将大拇指塞进嘴里，听着爸爸的声音，觉得它好似音乐。

*

"他们对她大喊大叫，斯科特。而且，她总是孤单一人。没人想叫她一起玩。她唯一的朋友似乎是个隐形人。"

"我儿子想象中的朋友是一只鸭子。请问，这又能说明他有什么问题呢?"

"这是件严肃的事情。"莱克茜说。她花了很长时间来和自己的情绪角力，不管她多频繁地告诉自己或强迫自己相信格蕾丝没有她这个犯有前科的母亲更好，她都无法推翻这种新的感受——她抛弃自己的女儿是错的。这就像在龙卷风上开了扇门——再也无法阻止内部的损毁，也再无法关上门。

抛弃。这个词吞噬了莱克茜为女儿着想的一番苦心，将她剥得精光。她所做的一切，都是为了让自己不像她的妈妈那样，然而，她不是也做了同样的事情吗?她以前怎么会从没问过自己这个问题?

"你说得对，"斯科特推回他的椅子说。金属轮子在柏丽牌地板上发出刺耳的声音。"是很严肃。你干吗不坐下来呢?你像个打蛋器一样走来走去。"

她听从了他的话，坐下来。

"跟我聊聊，莱克茜。"

她深吸了一口气。"放弃格蕾丝是我所经历的最艰难的事情。"她的声音低下去了，即便她已经参与过很多次心理治疗，说出这些话依然很难。"唯一促使我这么做的原因是想到她的生活会是什么样。我看到过粉色的裙子，有小马的生日派对，睡前故事，家庭圣诞晚餐。我看到一个小女孩，在成长历程中知道自己是被爱的，知道自己属于哪里。"

她抬起头。"我相信他们，斯科特，"她开口道，愤怒油然而生，"他们所有人。迈尔斯，朱迪，扎克。我相信他们能给她我从没有过的童年。但你知道我发现了什么?一个孤单的小女孩，她爸爸太忙了无法陪她……无缘无故地被人呼来喝去……一个人玩耍。一个没有朋友的小姑娘……"

"你想怎么办?"

她又站起来，开始踱步。"我是个罪犯，前罪犯。我二十四岁，几乎没有什么工作经验。哎，我在监狱图书馆和一家冰激凌店工作过，夏天摘过树莓。我身无分文。我还能做什么?"

"你的姨婆伊娃收留你时有钱吗?"

莱克茜停止了走动，盯着办公室窗外。那里，一个年轻的妈妈正在帮她红头发的女儿够到一个银色的喷泉式饮水器。"她有份工作，有个地方住。"

"你有学士学位，也是个勤奋工作的人。不仅如此，你还是我认识的最高尚的人之一。你比大部分人更懂爱——还有它的缺失。所以我要再问你一次：你想怎么办？这是个简单的问题。你要么留下，要么离开。"

"如果我选择留下呢？"

"我们会向法庭请求修改抚养计划。我们会争取共同抚养权。要是没成功，我们就请求探视权。"

"在监督下的探视权，我猜。我有犯罪前科。"

"你不是一个暴力犯人，莱克茜，"他说，"你也不是你妈妈那样的人。但是，是的，一开始他们也许会施以监督。我不是说这就很容易，但你至少会获得探视权，你也有可能获得共同抚养权。我们无法获得完全抚养权，但你是她的妈妈，莱克茜。法庭知道你对她而言有多重要。我也欢迎你在我的办公室暂住，直到你找到其他住处。"

你是她的妈妈。

这些年来，即便在格蕾丝出生之前，莱克茜从意识里就阻止了这个想法。这句话让人太过痛苦，她不敢去想；但是现在，听见它被大声说出来，她听见了话中的甜蜜，这种渴望在她内心膨胀起来。

她可以抱住格蕾丝，拥抱她，亲吻她，带她去公园……

"这也不容易，"沉默了一会儿，斯科特说，"我想法拉戴一家会跟你争夺抚养权的。"

现在担心抚养权之争已经太迟了。她抛开当妈妈的想法，这个想法已经将她连根拔起，扫向天空。"让我们来起草文件吧。"莱克茜说。

"你确定？"

她最终转过来面对着他。"我确定。"

*

4点钟的时候，朱迪放弃了入睡的尝试。她离开温暖的卧室，蹑手蹑脚走进漆黑的客厅。那儿，她站在高大的黑色窗户前，盯着自己灰暗的倒影。

她知道医生们想让她相信什么：是恐慌导致了她的错觉，而不是错觉导致了她的恐慌。

她也想相信他们的话。

但她不相信，因为事实如此。夜里的某个时候，她已经深信自己没错了。她对此确信无疑，所以几个小时后，当迈尔斯拖着脚穿过大厅找咖啡时，她说："我看见她了。莱克茜。我看到她了。"

迈尔斯看起来很困惑。"等等。"他经过她，走进厨房，举着一杯咖啡走出来，"没你的份。实际上，你看起来像要大发雷霆了。好了，再说一遍。"

"我看到她了。我没搞错。"她紧张地用脚敲打着地板，抬头盯着他。

"之前我一直想调查她的行踪。"

她简略地点点头。"我知道。是我不想。眼不见，心不烦。"

"是啊，确实如此。"他光着身子，只穿着一条蓝色平角短裤，站在那儿盯着窗外。"好吧，"最后他把咖啡递给她，"让我们查明实情吧。"

他走到他的笔记本电脑那儿，拨了一个电话号码，电话接通了。

"你好，比尔，抱歉这么早给你打电话，但是我们现在出了点状况。你能查出亚莉克莎·贝尔是何时释放的吗？……是的，我知道我们曾说过不想知道。有些事情变了。好。谢谢你。我等你回电。"

他挂了电话，拿回他的咖啡。"你还好吗？"他抚摸着她的头发，温柔地说。

"我已经好多了。"

他们一起站在那儿，望着后院，看着曙光微露，天色渐亮，两人无话。时间一分一秒流逝，就像他们的心跳，安静平稳。突然电话铃响起，吓了朱迪一跳，她轻声尖叫出来。

迈尔斯接起了电话："喂？"

朱迪又用脚敲打着地板，交叉起胳膊，手指甲紧紧嵌入胳膊的肉里，几乎要抠出血来。

"真的？"迈尔斯皱起了眉说，"为什么会那样？哦。好的，谢谢。再次抱歉打扰你了。"他挂上了电话。

"什么？"朱迪问。她真希望自己刚刚吞下了一颗阿普唑仑。

"她两天前出狱了。由于不良行为她的服刑期被延长了。"

朱迪的脚快速地敲打着地板，简直像在跳舞一样。"她直接来了这里。"

"你怎么知道？"

"我们得做点什么。获得一个禁令或什么。也许我们该搬家。"

"我们不搬家。"迈尔斯抓住她的肩膀，让她看着他，"镇定，朱迪。"

"你疯了吗？"朱迪感到一阵歇斯底里的大笑从她心底喷薄欲出。她知道现在大笑不合时宜，但是这些天来她的情绪全部乱成一团。有时，她高兴时会哭，害怕时会大笑，疲惫时会大叫。她推开迈尔斯，跑进她的卧室，找出阿普唑仑，笨拙地拧着瓶子。"该死的儿童安全盖。"

迈尔斯从她手里拿过药瓶，打开它，把药递给她，她就着他的热咖啡吞下了药。"你最好帮我预约一下布鲁姆医生。"

她吃了药，迷迷糊糊地撑过了接下来的两小时。她洗了头，吹干头发，穿上一件浅米色的夏装。直到她坐在布鲁姆医生的椅子里，在这位心理医生锐利的目光注视下感到不舒服时，她才意识到自己是穿着拖鞋来的。"谢谢你抽时间见我。"朱迪边说边试图藏起她穿着拖鞋的脚。

"恐慌发作。你已经有一年半多没有过恐慌发作了。发生了什么？"

她无法对视哈里特尖锐的凝视。这让她感觉虚弱又迷幻。因此她将目光瞥向左边。"周六早晨我在扎克家，给每个人做早饭。扎克在为期末考试学习。今年学期结束得比较晚。那些该死的下雪天让学期拖后了。"

"还有？"哈里特提示道。

"我看到格蕾丝在外面……跟……莱克茜……说话。"

"莱克茜是那晚开车的女孩。"

"对。"

"我们不怎么谈论她。其实，我记得你说过，要是我再提及她，你就再也不来我这里了。"

"眼不见，心不烦。"朱迪机械地回答，又开始用脚轻敲地板了。

"所以，在这么多年之后，你又看到她了，然后你恐慌发作了。"

"她在跟格蕾丝说话！"

"她的女儿。"布鲁姆医生说。

她"噌"地站起来，开始踱步。她觉得呼吸困难。"她进监狱时就放弃了那项权利。她签署了文件。"

"那就是你认为她放弃了做母亲权利的时候吗？当她进监狱时？还是当她杀死你女儿时？"

"都有，"朱迪喘息着说。她的胸口疼起来。"有什么区别？她不能又轻巧地跑回来，表现得好像这事从没发生过一样。扎克终于让他的生活回到了正轨。我不许他再见她了。"

"坐下来，朱迪。"布鲁姆医生用一种通情达理的声音说。

"要是她想……要是——哦，我的天。"朱迪倒吸了一大口气，开始恐慌。布鲁姆医生立即冲到她身边，用安抚病人的方式摩挲着她的后背。

"你没事的，朱迪。呼吸就好。来，坐下来。"

朱迪控制住自己的呼吸，她胸口的疼痛退去了。她颤抖着手，推开脸上汗湿的头发，试着微笑。"我要崩溃了。"

"那事真的有那么可怕吗？"

朱迪挣开医生。"你确定你真的上过医学院吗?"

"朱迪。你无法控制这个局面。"

"谢谢你的良言。"她渴望地看向大门。这番咨询没有帮助。"我本该吞下一把药片,当……"她无法将那些话说出口。她永远无法说出来。

"你想过这事,"布鲁姆医生提醒她,"但即使在最黑暗的时候,你也怀着希望。"

"你认为是希望阻止了我?"

"什么阻止了你?"

她不打算回答那个问题。反正她也讨厌答案。"我担心扎克,该死的。他很脆弱,像我一样。他永远无法克服他的负罪感……或他的悲痛。再见到莱克茜……要是她想当格蕾丝的妈妈呢?我不会让她再成为我们家的一部分。哦,天啊……"

"她已经是你们家的一部分了。"哈里特说。

"闭嘴。"

"绝佳的反驳。对了,你听起来不像是对自己孙女无感的女人。"

朱迪伸手一把抓过她的小手提包。"我需要见律师,不是心理医生。"

"是什么让你觉得你需要一个律师?"

"我需要保护格蕾丝和扎克。也许我们需要一个禁令……"

"你觉得让莱克茜远离你们,就可以保护他们?"

"当然。你刚才有听我说话吗?"

"莱克茜是你孙女的妈妈,"布鲁姆医生温柔地说,"你告诉过我,你过去对当妈妈这件事有很大压力。"

朱迪后退了一步。"我需要离开这里。"不等哈里特回应,她已经走向门口。当她扭下把手推开门时,她听见布鲁姆医生说:"那时她才十八岁,朱迪。想想这一点。"

朱迪在她身后摔上了门。

22 | chapter
夜路

*

朱迪给迈尔斯打了电话，让他到扎克家跟她碰头，然后她直接开车去了渡轮码头。她掐时间掐得很准。当她到那儿时，渡轮正在装船。

三十分钟的过海轮渡似乎花了很久的时间。她紧张地用手指敲着方向盘。

只有这件事她笃定无疑：她必须去接格蕾丝。现在她想做的就是让她的家人聚到一起，好像她的臂弯才是他们安全的庇护所一样。她的家庭里剩下的几个人，或者说，莱克茜让她的家庭里剩下的人，必须由她来保护。

她开车下了渡轮，缓慢地开过城区，眼睛注意搜寻一个穿百慕达式短裤和杂货店 T 恤的深色头发女孩。她觉得自己好几次都看见了莱克茜，她经常突然踩刹车，使得后面的车子对她一阵狂按喇叭。

她转上特纳金路，经过幼儿园开到日托所。然后她下了车，大步朝傻熊日托所那排漂亮的人字形小屋走去。她在里面找到一间空空的游戏室，室内放满了颜色明丽的塑料椅子和豆袋椅。

她走到后院，那儿有十几个孩子正在玩林肯积木样式的秋千、沙盒和娃娃屋。她立即扫视全场，然后开始寻找格蕾丝——她知道格蕾丝肯定一个人待着。

"你好，朱迪。"日托所所长利·斯基特问候道。她们认识彼此多年了。利最小的儿子跟扎克一起踢过足球。"今天你来得很早嘛。"

"我没看到格蕾丝。"话一出口，朱迪就意识到自己非但没打招呼，而且声音有些尖利，但为时已晚。

"她跟莱克茜在一起，"利说，"她看起来大变样了，是不是？"

朱迪感到浑身一阵发冷。"你让她见格蕾丝了？"

利似乎惊讶于这个问题，又或许是惊讶于朱迪抬高的音量。"她说你会同意的。这里也没有禁令，是不是？我指，我知道她没有抚养权，但我们都知道有一天她会回来的……"

为什么朱迪没有想到过这种情形？利·斯基特认识高中时的扎克和莱克茜。她有几次还说她有多爱莱克茜。难怪她甚至对莱克茜略感惋惜。很多人都有同感——当《日界线》节目报道此事时，许多人都认为莱克茜被判得太重了。是啊，可怜的莱克茜。

朱迪感到恐慌又开始发作了。为什么他们没获得一个针对莱克茜的禁令，哪怕只是以防万一？至少，她本该告诉利和学校，说不允许莱克茜靠近她的孙女。难道完全抚养权没有赋予他们那项权利吗？

"朱迪？出什么事了吗？扎克从没叮嘱我不让格蕾丝接触她的妈妈。"

朱迪推开利，跑过散落着木屑的后院。在儿童安全防护型大门处，她打开门栓，继续跑，冲过树丛，跑向海滩。在那儿，她突然停住了脚步。

海滩上到处都是孩子，他们欢笑着、玩耍着。日托所的另一个监护老师坐在漂浮木上，监护着孩子们。

镇定，朱迪斯。

她扫视了一圈海岸线。

她在那儿——一个金发小女孩，旁边是一个深色头发的年轻女人。

莱克茜。

朱迪向前跑去，几乎因为一阵暴怒而跌倒。她一把抓住莱克茜的胳膊，让她转过身来。

莱克茜脸色苍白。"朱、朱迪。"

"嘿，奶奶，"格蕾丝说，"这是我的新朋友。"

"格蕾丝。去塔米老师那边。"朱迪严肃地说。

"但是——"

"立刻！"朱迪吼道。

格蕾丝因为这个严厉的命令吓得一缩。她小小的肩膀向前缩成一团，拖着脚、低着头走开。

"你无权出现在这里！"朱迪说。

随着莱克茜抬起头来，朱迪立即注意到几处细节：莱克茜面容凄苦，几乎可以用干瘦来形容，但她依然非常年轻。当她注意到这个女孩卷曲、蓬乱的头发时，她想起米娅说，她跟我很像，妈妈，是不是酷毙了？朱迪因为这段回忆跟跄地往后退了一步。她本不该来这里，本不该接近莱克茜。她不够坚强。

"走开，"朱迪虚弱地说，"请你……"

"我需要看看她。"

271

"你已经看到了。"朱迪感到自己虚弱得快要膝盖一软跪倒在地。她要集中注意力才能保持站立姿态。

"她很孤单。"莱克茜望着格蕾丝说。此时格蕾丝站在远离其他孩子的地方，回望着她们。

"你指望什么？"朱迪怨恨地说，"她成长在一个破碎的家庭里。"

"我告诉自己，看到她是快乐的，我就离开。但是她不快乐。"

朱迪打开她的小手提包，用颤抖的手翻找着钱包。"我付钱请你走。多少钱？两万美元？五万？告诉我你想要多少。"听到这话莱克茜脸色都变了，但是朱迪抖得太厉害，已经无法看清东西。一种钝钝的重击感挤压着她的胸腔，她脑中闪过一个可怕的念头：她要死了。"十万。怎么样？"

"我把她交给扎克了，"莱克茜说，"拱手送人。你知道这有多艰难吗？你能想象吗？"

"失去一个孩子？"朱迪说，"当然，莱克茜。我知道这是什么滋味。"

"我这么做，是因为我爱她。还因为我信任你、扎克和迈尔斯来当她的家人。"

朱迪看到莱克茜眼里的责难，她知道他们保证过这一点，但那只让这事更锥心。"我们是她的家人。"

"不。她害怕你，你知道吗？她说你从不抱她或亲她。她在想你为什么不爱她。"

朱迪感到自己突然被揭穿了。恐惧从她心里渗出，直到她发抖得太厉害，以至于失手乔掉了小手提包。"你怎么敢这么讲话？"但这些话没有咬人，也没有喷出毒液。

"我信任过你们几个。"莱克茜的声音哽咽了。这是真实情绪的第一个证据，朱迪立即抓住了它。

"扎克为格蕾丝放弃了一切。一切。"

"你指南加州大学，是吗？我的天啊。你从没关心过他是不是快乐，只是一味让他去做你想要他做的事情。"

"不是这样的。"

"他爱过我。但那对你来说无足轻重。"

"你杀死了他的妹妹。"朱迪说。

"不错，"莱克茜说，她的嘴唇颤抖着，"并且我不得不在我余生的每一天都忍受这个事实。我做了我力所能及的一切补偿你、扎克和格蕾丝，但是于事无补。我将我的自由和我的女儿都给了你——但你还想要更多。好，去你妈的，朱迪。你不会再得到更多了。格蕾丝是我的女儿。我的米娅。我要把她要回来。我的律师今天提交了请求。"

莱克茜走开时，朱迪呆立原地，眼睛刺痛，喉咙发紧，一遍又一遍地听见莱克茜的声音，*我的米娅*。

＊

当莱克茜走下海滩时，她就无法止步了。她走错了方向，她的自行车停在一条死路尽头的公共区域。但她无法回头，无法看着朱迪一把抱起格蕾丝带走她，好像让格蕾丝认识她的亲生母亲很危险一样。

一阵凉爽的夏日清风拂过她的头发。她的眼睛在风中湿润了。她将手插在口袋里，继续前进。她转身回望海滩。朱迪仍在那儿。

莱克茜想拿出强硬和冷酷的架势来，想让自己觉得她完全有理由来这里，完全有理由要回她的女儿，她确实感觉到了——她指责朱迪的那么多条理由确实让她觉得理直气壮。最主要的原因是，法拉戴一家有给格蕾丝快乐的机会，但他们没有做到。

但是，莱克茜内心一直怀有的负罪和悔恨，此时也升腾起来。她毁掉了法拉戴一家。一开始，她曾希望她在监狱里待了那么多年，可以在某种程度上治愈他们，但她比任何人都更清楚地了解，时间和距离无法治愈一个人。她天真地以为格蕾丝可以像米娅和扎克那样，在充满爱与幸福的环境中被养大。所以某种意义上，是莱克茜的错误判断导致她女儿现在的不快乐。

那些都是真的，都沉甸甸地压在莱克茜的心头，但也有另外一种东西——她这么多年来不曾感受到的一丝轻快之意。那就是希望——在她充满负罪感的黑暗中一道明亮的光。

她可以让格蕾丝好起来。她可以成为她梦想拥有的那种好妈妈。也许她们没钱买大房子或新车，但莱克茜比大部分人都更清楚，有爱就足够。伊娃已经证明了这一点。她不想再一次伤害法拉戴夫妇和扎克了，真的打心底地不想，但她已经为自己的错误付出了足够多的代价。

这个决定让她定下心来。她擦了擦眼睛，环视四周，惊讶地发现自己走了很远。她身后，公共海滩像一个沙子做的灰色逗号，紧紧贴在深色的树林边。她无法看清还有没有人在那儿。

她正要掉头往回走时，一抹亮粉色的塑料吸引住了她的目光。她停下来，望望海滩。

是那个娃娃屋，上面有仿石角楼，还插着飘动的粉色三角旗。

她并非决定要走那条路，而是发现自己不由自主地往那个方向走去，走着走着，突然就抵达了这里，她站在沙滩上一棵大树的树荫下，看着一个小女孩的娃娃屋。

但在她的脑海中，她是在另一片海滩上：许多年前，她站在一棵不同的树下，在远处房屋灯光的映照下，和她最好的朋友以及她以为会永远相爱的男孩在一起。

我们会把它埋起来。

一个约定。

我们永不说再见。

他们那时的纯真之心是多么闪耀啊，像擦亮的银器，在黑暗中发着光。彼时彼刻，她相信他们三人胜于其他一切。

她弯下腰，透过小小的塑料百叶窗窥视城堡的内部。一些芭比娃娃躺在塑料床上，她们的衣服散落得到处都是。一本打开的苏斯博士的书放在一个空空的果汁盒子旁边。

这就是格蕾丝独自玩耍的地方。

莱克茜走进院子，让指尖顺着娃娃屋平平的仿石屋顶掠过。草地翠绿茂盛——夏天还没有晒褪它的颜色，或改变它的鲜脆。一个破旧的露台从小木屋边伸出来，明显是后来添加的部分。一张旧餐桌和两条长凳放在角落里，旁边是一个被塑料防水布盖着的烧烤架。在篱笆横木围栏边，玫瑰胡乱地生长着，它们长长的绿色枝叶攀爬在一起，像青春期的男孩给女孩递上鲜艳的粉色鲜花。

这栋房子——扎克的房子——是一栋粗糙的小木屋。屋顶的缝隙里长满了苔藓，灰色的石头烟囱像书立一样一前一后立在那里，似乎将屋顶拢在一起。她记起他们高三时来这里参加派对。那还是喝酒之风风靡全班之前的事了。那时，只有极少几个孩子开始喝酒。米娅和莱克茜晚上大部分时间都在海滩上度过，就她们两人，听着从她们身后传来的音乐。扎克那时在跟埃米莉·亚当森约会，莱克茜记得当时她多么强烈地渴慕着他。

玻璃滑门"咯吱"一声开了，他出现了。

"莱克茜。"

多少次，她梦想着再次见到他？再听见他以那种口气喊她的名字？

他从小屋走出来，走近了些。她经常思念他，凝视他高三时的照片，直到他脸上的每一寸都刻进记忆里，所以她立即发现他变了多少。他更高了，肩膀更宽了，即便瘦了一些。他穿着一件南加州大学的灰色条纹 T 恤，一条卡其布短裤低低地挂在他窄窄的屁股上。他的脸瘦瘦的，棱角分明。他不再像过去那样帅得让人觉得心跳要骤停，他的脸上有了一种辛苦、疲惫的神情，眼神很悲伤。

"你不打算说点什么吗？"他说。

"我没想到你会在这儿。"

"我没想到你会在这儿。"

他的声音里透露出的是谴责吗？她提醒自己，他让自己失望，他们的女儿和他一起生活却不快乐，但她不能完全真正控制住自己的爱意。像往常一样，一看到他，她的一部分就融化了。这是她最大的弱点——他就是她的弱点，从她第一次见到他开始，就是她的弱点。但是她更明事理了。他曾任由她被判入狱，任由她放弃对他们女儿的抚养权。"我需要看看格蕾丝……需要知道她是快乐的。"

那种总是联结着他俩的吸引力发挥了作用，在她察觉到之前，她已经情不自禁地向他走了过去。直到她离他足够近、他伸手就能抱到她时，她才意识到他没有走向她。他待在原地，让她走向他。当然了。

"你为什么在这里？"他说。

"我得来看看我的女儿。"

"我们的女儿。"

"是啊。"莱克茜艰难地咽了一口气。她想象过这次团聚，一千次，一万次，但是从没想到会是这么尴尬，充满了迷失和距离。她想问问他关于格蕾丝的事，问问她的女儿有没有一点儿像她，但是她无法这么做，无法在这只言片语里将她的心再次交给他。这是她过去犯的错误。

他低头盯着她。她能感到他身上的热度，还有他每次呼吸时柔和的气息。"她睡觉时会发出一点点吹哨般的打呼声——就像你。过去的你，我指。"

莱克茜不知道该怎么回答。他当然知道她心里想的是什么，他总能知道她在想什么。现在她的呼吸加速了，她注意到他也是。她盯着他的嘴，想起他微笑时的样子，想起过去他们经常开怀大笑的时光，而这些已经一去不返，这种失去的感觉又一次袭来。

"你从不回我的信。"

"那又有什么意义呢？"她说，"我想如果我们忘掉彼此，都会过得好一些。在监狱的头两年，真的是……非常艰难。"

"我过去常常想着你。"

过去。她艰难地咽了口气，耸耸肩。

他小心翼翼地、试探性地碰了碰她的上臂，好像害怕她要么会崩溃要么会尖叫，又或者他认为她不想他太靠近她。她站在那儿，抬头看着他，意识到自己想要他的吻，这个念头让她吓了一跳。

傻瓜。

她踉跄地后退了几步，让他们之间保持距离。她刚才离他这么近，真是蠢到家了。从他们第一次相遇时起，她就把整颗心都给了他。发生了那么多事，她怎么可能一点都没学到教训？"你让我进了监狱。"她有意这么说，提醒自己他的真面目。

"我别无选择。"

"说真的，扎克，你总是有选择的。我才是那个别无选择的人。"她深吸了一口气，抬头看着这个男孩——这个男人——她一见钟情的人，可是他们过去的痛苦压倒了一切。"我想要格蕾丝，"她平静地说，"我今天提交了申请文件。"

"我知道你恨我，"他说，"但是别对格蕾丝那么做。她不会理解的。我是她的全部。"

"不，"莱克茜说，"情况不再是这样了。"她听见一辆车开进来、轮胎在碎石车道上疾驰的声音，很容易猜到是谁来了。

朱迪。要冲进来从可怕的莱克茜手里拯救她的儿子和孙女。

"再见，扎克。"莱克茜说完转身要走。

"莱克茜，等等。"

"不，扎克，"她头也不回地说，"我等了太久了。"

*

朱迪颤抖着给车座上的格蕾丝扣上安全带。

"哎哟，奶奶！"

"对不起。"朱迪喃喃地说。一阵头痛从她双眼后弥漫开来，她几乎看不见东西。她给迈尔斯发短信，让他尽快回来，然后坐进驾驶座。但是她不能回家。莱克茜知道他们住在哪里。

"我为什么要早早回家，奶奶？"格蕾丝从后座上说，"是我又表现得很不好吗？"

家。就是那个词。

她飞快地开着车，到了扎克的小屋，停在他的卡车边。一到家门口，她就抱起格蕾丝匆忙进了屋，"砰"的一声关上门。

玻璃滑门敞开着。整间屋子里闻起来是落潮时海滩的气味。扎克站在露台上，看着外面的海湾。

朱迪抱着格蕾丝进了她的卧室，将她放在床上。她给了她一本破旧的《绿鸡蛋和火腿》，说："你自己看一会儿书，好吗？我要跟你爸爸讲些事情，很快就回来。"

朱迪离开卧室，掩上她身后的门。然后她走到露台上，靠近她的儿子。她从他的站姿上就明白了刚刚发生了什么——他因为受挫佝偻着，双手深深地插在口袋里。她没有及时赶来。"莱克茜来过了。"她苦涩地说。

"是的。"

"她想要我们再给她一次机会，但是我们没有机会可给了。米娅永远地走了。我无法每天看着这个杀了她的女孩。"

扎克看着她："格蕾丝是她的女儿，妈妈。"

这句简单的话让朱迪屏住了呼吸。她突然觉得，她好像是在朝着一个悬崖疾驰而去，他们好像都是。这让她吓坏了：过去这些年，他们刚刚恢复到可以生存下去的程度，无法再经受一次变故了。

她在不远处看着她不成熟的、放浪不羁的男孩变成了一个男人。悲痛让他破碎不堪；为人父又让他回归完整。

她翻开手机盖，打给了一个做律师多年的朋友。"比尔。我是朱迪·法拉戴。那个杀死米娅的女孩出狱了，她提交了请求，想要回格蕾丝的抚养权……明天？好。到时候见。"朱迪挂上了电话。

"格蕾丝不快乐。"扎克说。他的声音充满了悲哀。

"莱克茜不是答案，扎克。她是原因。记住这点。"朱迪抚摸了一下他的胳膊。他现在需要她保持坚强。也许这些年来他都需要她的坚强而不得，但是现在她会陪在他身边，这次她会保护他。

23 | chapter
夜路

＊

第二天早上，朱迪早早醒来，认真仔细地穿好衣服。

"这又不是葬礼。"迈尔斯在厨房看到她时说。

"真的？感觉像是葬礼。我在车里跟你碰头。"她说完匆匆离开了。现在她最不想听到的就是他的道德优越感或讨论他们此番举动的更多无止境的问题。当然，禅师认为将莱克茜纳入他们的生活中可以治愈他们，妄图探索这一想法。昨晚，当他们从扎克家回自己家时，结婚这么多年来，她第一次真的开口让他闭嘴。

显然，他吸取了教训，因为从在幼儿园接上格蕾丝，到将她送去傻熊日托所，再到开车去西雅图，一路上他一句话也没说。

1 点钟时，扎克在史密斯塔的大厅跟他们汇合了，1 点 10 分，他们已经坐在俯瞰艾略特湾和派因岛的角落办公室里了。从这个瞭望点远眺，整座小岛是一片浮在钢青色大海上的茂密绿色森林，看起来似乎无人居住。

"斯科特将诉状递到了我的办公室。"当他们结束了玩笑之后，比尔说，"亚莉克莎·贝尔想要修改抚养计划，原本是扎克拥有全部抚养权的。"

"她想从我身边带走格蕾丝？"扎克非常镇定地坐着问，"她认为我是个很差劲的爸爸？"

"不，并不是。实际上，她想要共同抚养权。"比尔回答。

"她怎么能这么做？"朱迪问，"格蕾丝出生时她就放弃了抚养权。"

"抚养计划很少是一成不变的，朱迪。在这个案子中，亚莉克莎需要向法庭展现境况的实质性转变——出狱了当然算是。"

"那么会发生什么？"扎克问。

"首先，我们要有个所谓的充足原因听讯①，只有当她的境况确实有了足够的改变，可以向前推进了才成立。接下来，就是申请临时命令。这将规定抚养权或探视权待审。从实际角度来说，至少有一年我们才会真的进入审判阶段。法庭将任命指定监护人来决定什么是这个孩子的最佳利益，并代表格蕾丝的利益。"

"听起来很贵，"迈尔斯说，"她怎么负担得起这事？"

"也许是请一个法律援助律师。或是无偿打这个官司的什么人。"比尔说。

"最好的情况她会获得探视权；最坏的情况，共同抚养权。但是，要知道这点：法庭会促进母女的团聚，除非她很明显不适合当母亲，或对格蕾丝造成危险。"

"你是说她将永远成为我们生活的一部分。"朱迪说。

"她已经是了，"迈尔斯回答说，"她是格蕾丝的——"

"我不是在跟你说话。"朱迪嘘她的丈夫。她对律师说："但是她不适合。她生下格蕾丝就抛弃了她，甚至没给她寄过一张生日卡片。她没有工作，在这里也没有家庭。她的亲生母亲是个重罪犯，瘾君子。谁敢说她在监狱里交了什么样的朋友啊？我们可不想格蕾丝接触到那样的人。"

"妈妈，"扎克挺直了身板说，"好了。这么说不公平。莱克茜跟她的妈妈一点也不像。"

"你得为这事跟她争，"比尔冷峻地看了扎克一眼说，"你现在是位父亲了，不是个高中生小毛孩。你的任务就是保护好格蕾丝；要做到这点，你需要保留你的权利。如果亚莉克莎获得了抚养权，即便是部分的抚养权，谁敢说她不会带走格蕾丝啊？就我所知，她做过决定。她从不跟格蕾丝交流。一次也没有。她这个妈妈当的，真的不太能让我留下一种温暖温馨的印象。我们必须以你女儿的最佳利益行事。至少现在，我们必须让她不要靠近格蕾丝。"

"当然。"朱迪说。

"那怎么就会是格蕾丝的最佳利益了？"扎克说，"莱克茜是她的妈妈。"

比尔打开一份文件。"我来告诉你怎样才符合她的最佳利益。我看了亚莉克莎的服刑记录，扎克，这可不怎么好看。她又多服刑了六个月是有原因的。打架。不遵守规则。她不止一次被发现在监狱里买毒品。安定，我相信，还有

---

① 充足原因听讯（adequate—cause hearing），法庭在考虑非父母的抚养权或修改抚养计划的申请时，需要先决定是否有充足的原因让该申请继续。法庭需要看动议方是否能提供事实证明，来支持抚养权或抚养计划的改变。

其他一些药。你了解她是什么样的人，扎克，但是监狱会改变人的，看起来你的亚莉克莎在那儿做了一些糟糕的选择。你不再了解她了。你真的认为格蕾丝在这样一个人身边安全吗？"

"毒品？"扎克边说边皱起了眉头。

"还有她的家庭史。我不认为她还是你记得的那个姑娘，扎克。她有不少时间都是单独拘禁的。她打伤了一个女人的鼻子，"比尔说，"其实她可能是个危险的人。"

扎克靠在他的椅子上，重重叹了一口气。"毒品。"他又重复道，摇着头。

"我们会争夺抚养权的，"朱迪说，"我们别无选择。"

比尔点点头。"很好。我会起草我们的回应，当充足原因听讯时间定下来后，我会通知你们的。"

*

"我又伤害他们了，斯科特。"莱克茜边说边在律师办公室里踱着步。

"是啊，"斯科特说，"我想他们不希望被提起……过去发生的事情。"

"我做过的事情。"

"你做过的事情并不代表你就是那样的人，莱克茜。这个岛上的人们甚至都不再谈论你了。这事关乎你的女儿。你爱她，她也需要你。这是你现在必须关注的事情，也是你可以把握的事情。法拉戴一家的悲伤是他们的事。"

她上回偶遇扎克，只是一看见他，就感觉自己又被摧毁了。她想要他，这让她又想逃跑、躲藏。她还会爱他多久？

"我看到扎克有多爱她。"莱克茜轻柔地说。

"这事不关他或他们或你曾经做了什么，这事关乎格蕾丝。莱克茜，当一位母亲抛弃你时，莱克茜，那是什么感觉？"

莱克茜停止了踱步，看着她的律师。"谢谢你。让我能正确看待抚养权之争。"

他的内部通话机响起。斯科特探身向前接起电话。

"你好，毕……比尔·布赖恩，是吗？好的，谢谢。"挂上电话，他打开桌上的日历，写下了什么。然后他抬头看着莱克茜。"你需要坚强面对，莱克茜。"

"我在努力。"

"要真的很坚强，"他说，"他们反击了。"

*

两天后，莱克茜又回到了法庭。一踏进法庭大门，她痛苦的回忆就翻涌起来。回忆汹涌，以至于斯科特建议莱克茜穿一身黑衣出庭时，她拒绝了。她不想再重现那一天了。相反的，听讯前一天，她又去了旧货店，买了一条喇叭口、长到脚踝的海绿色裙子，一件不太旧、只是稍微有些褪色的 V 领毛衣和一双古铜色凉鞋。

穿着这身更有女人味的新衣服，莱克茜想让自己不再像当年那个一身黑衣、铐着手铐被带出法庭的女孩。

她感到斯科特站到了她身边。他温柔地碰了碰她的手臂。

"他们到了。"他说。

她感到自己挺直了腰板，后颈上的汗毛都竖起来了。她尽力不要转身，但她怎能控制得了自己？将她拉向扎克的吸引力太强大了。

看到他，莱克茜的心就漏跳了一拍。他穿的西装是返校节舞会穿的那身，现在他的胸膛能将衣服撑起来了。

我可以吻你吗，莱克茜？……

她掉转视线不去看他，试图忘记。她和斯科特走上前到法庭左边的桌子落座；扎克和他的律师坐在他们对面的桌子，中间隔着走道。

最后进来的是本案的专员[1]。他是个肥胖的男人，有着亮闪闪的秃顶，无框的双光眼镜架在他青筋凸起的、球根状的鼻子上。他的法庭执行官，一位身着制服的优雅亚洲男人，微笑着就座于法官席旁边的位置。

专员理顺他的袍子坐下来。"今天我们在此举行充分原因听讯，"他边说边在桌面那堆文件里快速地翻找着，最终找到了他需要的东西，"对一个抚养计划的修改。雅各布斯先生？"

斯科特站起来，轻声提醒莱克茜也站起来。"贝尔女士向本庭申请修改抚养计划。2004 年，贝尔女士是一个普通的高三学生，第一次恋爱，并且准备上大学。她出色的分数和学业成绩让她获得了华盛顿大学的奖学金。十八岁时，她梦想成为一名律师。

"一个夏天晚上的糟糕决定改变了一切，对我的当事人和法拉戴一家来说都是如此。尽管扎卡里·法拉戴承诺自己是当晚举行的那场高中喝酒派对的指定司机，但他未能信守承诺，而是喝醉了。他的双胞胎妹妹，米娅，那晚也喝

283

---

[1] 专员（commissioner），是辅助法官进行裁决的法律职业人士。专员通常负责将案件事实调查清楚并做出法律上的判断，向法官作出汇报，法官在此基础上再作裁决。

醉了。因此，很不幸他，亚莉克莎提出开车送法拉戴家的孩子们回家。车祸发生地离法拉戴家不到一英里。"

"在那场车祸中，米娅丧生了。那时，我建议亚莉克莎申请无罪，争取她的自由，但亚莉克莎是一位富有道德良知的年轻姑娘，对对和错有着深刻的认识。因此她申请了有罪，坐了牢，她希望自己的监禁服刑可以帮她赎回犯下的错误。"

"她不知道那时她已经怀孕了。最初，她打算放弃这个孩子，让他人收养，但是扎克提出抚养他们的女儿，这让她也很惊讶。她非常感激，同时也对米娅之死充满负罪感，因此她同意给予扎克完全抚养权。"

"在监狱里，亚莉克莎获得了社会学学士学位，现在她希望在社工领域获得硕士学位，这样她就可以帮助那些面临人生困难的青少年们了。"

"她是一名出色的年轻女性，我深信，她也会是她女儿的模范妈妈。本州乐意推动母亲与孩子的重新团聚。在本案中，显然，我的当事人已经大大改变了她的境况，值得与她的女儿团聚。"斯科特碰碰莱克茜的胳膊说，"谢谢。"然后他俩都坐下来。

走道那边，比尔站起来了。在小小的法庭里，这单调的墙壁和磨损的地板衬得他昂贵的灰色西装一派严厉坚定的样子，让他显得仪表堂堂、威风凛凛。

"这里，没有充分原因可以修改抚养计划。贝尔女士因醉酒驾车车祸致死罪被送入博迪监狱服刑。一桩 A 级的重罪。"他顿了顿，别有深意地看着莱克茜，"博迪，尊敬的法官大人。从那里到派因岛，车程不超过一小时。她不需要跟她的女儿切断生活联系。她选择了不当孩子的母亲。当扎卡里·法拉戴给她写信，告诉她他们女儿的情况时——甚至是寄照片——这些信件贝尔女士拆都未拆，原封不动寄回。在她的整个赎罪期里，不管用哪种方法，她一次都没尝试过联系她的女儿。贝尔女士的前狱友——一位名叫卡珊德拉·沃珠切斯基的女士，可以作证，贝尔女士直截了当地告诉过她，她不打算再见她的女儿。"

"贝尔女士缺乏当母亲的本能，这点也无须惊讶。她的亲生母亲就是个重罪犯，瘾君子。据我们所知，贝尔女士自己也有吸毒问题。"

"总而言之，我们请求继续保留目前的抚养协议。贝尔女士并不适合当妈妈，对比她自愿放弃自己孩子的抚养权那时看，现在她的境况也没有显著改变。"比尔点点头，坐下来。

专员用一支钢笔轻敲着桌子。

莱克茜等待着结果，几乎无法呼吸。比尔的话像在她的血管里下了毒药。她可以感到它在血管里灼烧。

"这里我们有充分理由推进下一步，"专员说。他打开桌上的笔记本电脑，一边瞥着屏幕，一边敲击了几下键盘，"我们把审判日期定在 2011 年 4 月 19 日，对两位律师来说可以吗？"

两位辩护律师都同意了。

"一年？"莱克茜轻声说，"那不——"

"嘘。"斯科特锐利地说。

专员继续说："在此之前，让我们看看关于开始重新团聚的临时命令的动议吧。我会任命一个指定监护人来调查事宜和于此的利益，并向法庭报告其发现。"他翻过一些纸页。"我任命海伦·亚当斯。如果她的日程安排有冲突，我会通知双方。现在，关于临时计划。雅各布斯先生？"

斯科特又站起来。"贝尔女士希望立即与她的女儿团圆，请求获得共同抚养权的临时命令。"

比尔站起来。"这显然太荒唐了。贝尔女士没有工作，没有钱，没有地方住。她怎么能对一个未成年的孩子负担得起共同抚养的责任？另外，贝尔女士也无抚养孩子的技能。正如我之前指出的那样，她的亲生母亲是个瘾君子，抛弃了她，因此贝尔女士对积极抚养孩子这方面一无所知。也许在上过一些育儿课后她能够掌握一些有限的监护照顾孩子的能力，但不是现在。还有，我们不该忽视贝尔女士在监狱里的坏行为表现——她 2005 年因为打架和吸毒多次被单独拘禁，也不该忽视她的潜逃风险。她唯一的家人在佛罗里达州。谁敢说她不会带着格蕾丝离开？她已经表现出了对法律的不尊重。我们主张，在明年抚养计划修改前，不该给予她探视权，并不能让其进行重新团聚的尝试。这一年也会给予贝尔女士足够时间，让她表明自己是否真的想要抚养孩子。"

"法官大人！"斯科特站起来说，"这明摆着就是惩罚。贝尔女士没有毒品问题。这是——"

专员抬起他大大的脑袋。"我打算批准你的当事人和她的女儿拥有监督下的探视权。鉴于本案的严重性和发生过的极端分离情况，一位专业的、负责重新团聚方面事宜的专员将监督每次探视，除非孩子的亲属之一同意出席在场。从现在开始到审判日，本庭将定期获得法定监护人的报告。"他用小木槌敲了一下桌子，"下一个案子。"

莱克茜感到小木槌的响声在她的脊梁里回响。她转向斯科特，努力想让脸上保持着微笑，以免他难堪。他如此卖力地为她争取权利，她不想让他知道"监督下的探视权"这个词恶心到了她。她以前去过那种房间，在一些漠不关心的专业人士警觉的眼神注视下；只是那时她是那个被人探视的小女孩罢了。

现在她自己成了那个不被信赖的妈妈。"我能有时间跟她相处，那才是最重要的，不是吗？"

斯科特抓住她的手肘，将她带到侧门处。

一踏入走廊，他就带她去了一个安静的角落。"我很抱歉，莱克茜。"

"别觉得对不起我。我知道你尽了全力了。我可以去看她了。去了解她。我会向所有人证明我值得拥有另一次机会。一年是很长的时间。也许到那时——"

"不是那么简单的事。"他说。

"什么意思？"

"法庭想让一位专业的社工来陪伴你的探视，一个专门处理有难度的重新团聚案件的人。"

"我听到那点了。"

"那样的人，非常、非常昂贵。"

一阵不熟悉的苦涩感在莱克茜心中涌起，在她嘴里留下一股酸酸的味道。"当然这归结为钱的问题。"

"我会去研究研究。肯定有办法解决，但是目前看来，我所能想到的就是让一位法拉戴家的人来监督。"

"是，只能那样了。"

"不要放弃，莱克茜。我会继续努力的。"

"当然。"她边说边将她的小手提包挎到肩膀上。她等不及地想换掉这身可笑的女孩子气的衣服了。她本该更明事理。整个法律体系都是为给予法拉戴一家那样的人想要的东西而设置的。

"我走了，斯科特。谢谢。"她准备走了。

他抓住她的胳膊："不要做任何傻事，莱克茜。"

"比如什么？爱我的女儿？"说出这句话她的声音沙哑了。她转身快速离开了。

24 | *chapter*
夜路

*

莱克茜坐在斯科特办公室外的公园长椅上。

她知道什么是放弃。当过去她被妈妈忽视不管时，还有之后，当寄养家庭一个接一个让她走时，她试着不再抱有更多希望了。年幼的她，坐在一间间拥挤的政府办公室里，等着新的领养爸妈，她会盯着墙上的钟，看着分针"滴滴答答"旋转，在每分每秒的滴答声中想：这次她不会在意了，这次她会放弃希望，并且，只要不抱希望，她就不会受伤。

但这从来没有起效过。因为一些她自己也不曾真正理解的原因，她总是怀有希望。即使是在监狱里，当她站在一排排表情空洞又绝望的女人中间时，她还是无法成为其中之一。甚至安定剂都没有让她那小小的、明亮的部分变得暗淡。问题在于她相信。她不太确定自己相信的是什么——是上帝吗？善？她自己？对这个问题她没有答案，她只知道她拥有这个信念：如果她做了对的事情，如果她总是做到最好，对她自己的错误负责，过一种具有道德良知的生活，她就会成功。她不会变成她妈妈那样的人。

但是她已经倾其所有。她坐了牢为她的错误赎罪。她放弃了她的女儿，因为她是那么、那么爱格蕾丝。她努力去做了正确的事情，但她仍然被挫败了。

她有权去看格蕾丝了，但是她没钱。

她怎么能一年都住在这个社区，看得到她的女儿，却无法跟她在一起呢？她怎么能找到一份工作——作为一个有犯罪前科的人，既没有什么工作经历又没有推荐信——她怎么能找到一份可以付得起房租和生活费，并让她有足够的余钱支付法律费和社工账单的工作呢？而且，即便她想办法做到了这些，可以跟她的女儿一起共度周末，她也要一直被评判和审查。在那种黑暗的天空下，一份母女关系如何蓬勃发展？

放弃会更简单。她可以跳上一辆去佛罗里达州的大巴，那里，显然，总是阳光灿烂。一旦到了那里，她可以给格蕾丝写信——现在没人可以否定她了——她和她的女儿可以以这种过时的方式了解彼此。也许几年后，可以安排一次见面探访。

她所要做的就是放弃。承认失败，搭上下一趟的大巴。

再一次抛弃她的女儿。

光是这个念头就让她不舒服了。她记起所有被单独拘禁的时候，感觉自己好像在那种恶臭的黑暗中渐渐枯竭，恨不得消失于人世。是格蕾丝将她拉出了那种情绪；是格蕾丝说服了莱克茜戒掉通过安定剂获得安宁的办法，而是用自己的拳头付诸行动；是格蕾丝让她找回了自己。至少，这一切要归功于她想到格蕾丝的念头。

她站起来，走进斯科特的办公室。她向接待员挥手示意了下，没有敲门就径直进了他的办公室。"抱歉，我要打扰你一下。"

"一点也不麻烦，莱克茜。"他边说边从他的办公桌后挤出来。

她拿出伊娃姨婆给她的一百美元钞票。

"用这个钱可以买到我跟格蕾丝多长的相处时间？"

"不多。"他悲伤地说。

莱克茜咬着嘴唇。她知道接下来该说什么，但是她很害怕。"那么，其实，想见我的女儿就只有一个办法了，是不是？"

斯科特缓缓地点点头。

又一分钟过去了。她等着他劝自己不要这么做。

"那么，好吧。"在长长的沉默后她说。她将小手提挎到肩膀上，离开了他的办公室。办公室外，她解开自行车的锁，跨上去，骑出了城。尽管从夜路走可以少走三英里，她还是避开了夜路，绕了远路。直到她到达目的地之前，她都不许自己再去想她要去哪里、她要做什么等问题。

在长长的碎石私家车道的尽头，她下了车。

在蓝色的海湾和更蓝的天空的衬托下，这栋房子看起来仍然很漂亮。花园绝对是一团糟，但只有之前见过这个花园的人才知道它发生了翻天覆地的变化。对于第一次看到它的人来说，它只是一个姹紫嫣红的花园而已。

莱克茜扶着车把将自行车推下颠簸的小路。在车库边，她将自行车轻轻放在修剪过的草地上，然后走向大门，按响了门铃。

真是可笑，那个小小的动作——按响门铃——突然将她带回从前。有一瞬间，她又变回了那个纯真的十八岁女孩，戴着她男朋友送的戒指，到她最好的朋友家来。

门开了，朱迪站在那儿。她穿着黑色 T 恤和裤袜，看起来很消瘦，让人担心。她惨白的手和脚看起来太大了，瘦骨嶙峋，皮肤下透出青筋。她眼睛下紫色的黑眼圈加重了她的年龄感，一根白发露出来。

"你够厚脸皮的啊，竟敢来这里。"朱迪最后说。她的声音有一丝颤抖，那丝颤抖帮助莱克茜控制住了自己想逃跑的念头。

"你不也是。她是我的女儿。"

"格蕾丝不在这里。日托所也不会再让你见她。"

"我不是来找格蕾丝的。"莱克茜说，"我是来找你的。"

"我？"朱迪的脸色瞬间更苍白了，"为什么？"

"我能进来吗？"

朱迪犹豫了一下，但还是后退了几步，她不确定是该让莱克茜进来，还是该让她们之间保持距离，但莱克茜已经走了进来，关上了她身后的门。

莱克茜看到的第一样东西就是米娅绿色的毛衣扣好了扣子挂在门厅衣帽架上。她急促地吸了一口气，伸出手去。

"别碰它。"朱迪尖刻地说。

莱克茜收回手。

"你想要什么？"

莱克茜无法站在这件毛衣旁边，她既不能去摸它，也不能背过身去，因此她经过朱迪，走进玻璃墙的大厅里。透过落地窗户，她看到了海滩。就在那儿，扎克告诉她他爱她……也就是在那儿，他们埋下了时间胶囊。他们的证据。他们的约定。

她转过身背对着景色。朱迪现在站在大大的壁炉旁了，这个夏日，壁炉里火焰熊熊，但她看起来仍然很冷的样子。

莱克茜记得朱迪过去是多么美丽，多么自信，莱克茜多渴望有个像她那样的妈妈。"你还记得我们第一次见面的时候吗？"莱克茜平静地说，没有靠近她，"是高一开学第一天。我走到米娅身边问我能不能坐在她旁边。她告诉我这可是社交自杀，我说——"

"别……"

"你不想记起过去。我明白了。你认为我想吗？我能感到她坐在这里；我能听到她笑着说，'妈妈，你能给我们做些吃的吗？'你笑着说：'我活着就是为你服务的，米娅。'我是多么羡慕你们这样的家庭。羡慕你这样的妈妈。过去我梦想着自己可以属于这里，但你也知道我的心思。那就是为什么你希望扎克去上南加州大学。你想要他远离我。"莱克茜叹了口气，"也许你是对的。要是格蕾丝十七岁就恋爱了我会怎么做？谁知道呢？十七岁还太年轻了。现在我明白了。太年轻了。"她向朱迪走去，朱迪因为她这个举动退缩了。"你曾是这世上最好的母亲。"

"那又如何？"朱迪木然地说。

"那么……你应该知道我对格蕾丝的感受。为什么我需要见她。你，在所有人当中，最该理解。"

朱迪急促地吸了一口气，在胸前交叉起胳膊。"走吧，莱克茜。立即出去！"

"我负担不起请一个社工来监督我和格蕾丝每次见面的费用。但是如果你愿意监督我的话，我就能见她了。"

"滚出我的家。"

莱克茜靠近了朱迪。她能感觉到朱迪的敌意，但她身上也有悲伤，正是直面这种悲伤，莱克茜开口了。"你爱格蕾丝。我知道你爱她。你跟我很像——也许，你不知道如何进退，但你记得爱的感觉。我是她的妈妈。不管我做过什么，她都需要知道我爱她。如果她不知道这一点……"莱克茜的声音最终哽咽了，"我不会伤害格蕾丝的。我发誓。我也会远离扎克。只要让我熟悉了解我的女儿就行。求求你了。"

莱克茜想再多说点什么，但她想不到还有什么话可说了。她们之间的沉默变得凝重，最终莱克茜耸耸肩走向大门，玄关处那件绿色毛衣尖锐地提醒她想起她最好的朋友。她顿了顿，回望一眼大厅。朱迪没有动弹。

"在这件事上米娅也会站在我这边的。"莱克茜说。

朱迪终于直视她了。"多亏了你，我们永远也不会知道了，不是吗？"

*

朱迪站在原地，浑身冰冷，她看着紧闭的大门，还有门边那团模糊的绿色，尽力让自己不要有任何感觉。某个时刻，她突然意识到电话在响。她木然地走进厨房，拿起无绳电话听筒，回应道："喂？"

"电话响了又响。"她的妈妈说。

朱迪叹了口气："是吗？"

"今天又是你那种不好的日子？那我——"

"刚刚莱克茜在这里。"她说，惊讶于听见自己大声说出了这件事。她并非真的想跟她妈妈谈论这些——该死的，她不想跟她妈妈谈论任何事——但现在，她无法把这些话收回去了。她的神经好像从她的身体里戳出来了一样。

"那晚开车的那个女孩?"

"是的。"

"哦。我的天。她还真是厚颜无耻啊。"

"我也是这么告诉她的。"朱迪靠着墙松懈下来,感觉自己被整件事掏空了,"她想让我监督探视,这样她就能见格蕾丝了。"

"你告诉她,不,当然不行。换我也会这么做。"

她花了好一会才听进去她妈妈的话。当她反应过来后,朱迪挺直身子。"换你也会这么做?"

"当然。"

朱迪离开墙壁,向窗户走去。她望向窗外,看到了那个疏于打理、乱七八糟的花园。明亮的颜色和死亡的黑叶任性地混在一起。**换我也会这么做。**

"你不能再让那个女孩伤害你。"她妈妈说。

在这件事上米娅也会站在我这边的。

她妈妈还在说着什么,也许是关于悲伤的什么话,好像她知道朱迪此时此刻的感受一样,但朱迪并非真的在听。她走向楼梯,像一个被卷在激流中的女人。在她意识到之前,她已经站在米娅卧室的门口了,她伸手握住门把手,这么多年来第一次打开了这扇门。她走向衣帽间,打开门,走进去。一盏灯自动亮起来,她要找的东西就在那儿,原封未动。箱子上写着米娅。

一层细灰证明她已经离开多久了。她花了好几年,才有力气去打包她的遗物。当她做完这件事时,她再也没有力气去铭记它们了。

"再见,妈妈。"说完她挂上了电话,将箱子放到铺着地毯的地板上。她跪下来,打开了盖在箱子上的遮布。关于米娅短暂一生的纪念品小心翼翼地陈列其中。年刊。英式足球和排球的奖杯。她六岁时穿过的粉色芭蕾舞短裙。南加州大学的卫衣。没穿衣服的芭比娃娃和一双磨损的白色婴儿鞋。所有东西都在,除了那本她从未找到的日记。

她将这些东西拿出来,闻着它们,将它们贴在自己脸上。尽管她已经哭了许多年了,但不知怎么的,感觉好像这些眼泪还是新落下的,而且更滚烫了,它们灼烧着她的眼睛和脸颊。箱子底部有一幅裱框的照片,是米娅、扎克和莱克茜的合影,他们的胳膊随意地搭在彼此身上,脸上的笑容灿烂明媚。

她几乎能听到他们的笑声……

在这件事上米娅也会站在我这边的。

奇怪的是,那句话让米娅又回来了,那么鲜活,好像她刚刚从门口冲进来,说,你好呀,妈妈,然后笑着。不是关于米娅的静态回忆,而是米娅本人，带着她无比灿烂的微笑、疯狂的时尚品味和她的不安全感。

在这件事上米娅会站在莱克茜这边的。想到她女儿的意见，朱迪在灵魂深处感到羞愧。她妈妈呼唤出了朱迪身上最差劲的部分——你告诉她，不，当然不行。莱克茜则呼唤出了她身上最好的部分。

你曾是这世上最好的母亲。

这句话勾起回忆，它们汹涌向前，但朱迪已经筋疲力尽、鼓衰气竭，再也无法将回忆的潮水控制在海湾内了。她想到高三时的米娅——一个安静的、有思想的十八岁女孩，尚不知道自己将会出落成一个美女，第一次恋爱又第一次伤心。一个大爱无疆的女孩，总能在简单的事情上找到快乐——一只磨损的旧兔子玩具，一部迪士尼电影，一个来自她妈妈的拥抱。

想到这里，朱迪感到内心有什么东西破碎了，像肌肉从骨骼上撕扯下来。

你好，妈妈，你今天过得怎么样？

她的两个孩子，在学了一年西班牙语后，都认为自己可以说一口流利的西语。他们说西语的样子通常会让朱迪捧腹大笑，他们也知道。

她在那儿坐了很长时间，这么多年来第一次回忆米娅——真正地回忆着她。她找到了对她女儿的回忆，同时也寻回了自己失去的碎片。她对自己的放任自流感到羞愧。

*

朱迪不知道自己在那儿坐了多久。

最终她低头看了看手表，惊讶地发现到了该从日托所接格蕾丝的时间了。

要是以前，在这样的一天里，她会忘记她的孙女。她会在衣帽间里待上好几个小时，也许甚至睡着。现在她走下楼梯，找到她的车钥匙，开车到傻熊日托所，在门口停好车，刚好到点。

"嘿，奶奶。"当朱迪来接格蕾丝时，她无精打采地打了声招呼。这一幕突然锋利地刺中了朱迪，正如莱克茜所说的：**她怕你。**

在开车去扎克家短短的一路上，朱迪从后视镜看着格蕾丝。

她长得太像米娅了，但是破天荒第一次，她感到不是那种外表上的相像，而是她们的区别伤到了她。米娅和扎克经常笑，经常聊天，像一对小麦哲伦一样探索着他们的世界，自信而快乐……而且，因为深知被爱着，他们很有安全感。

朱迪停好车，帮助她的孙女下车。格蕾丝从车上爬下来，蹦蹦跳跳地走到房子前。

"你想做游戏吗?"朱迪走到她身边问。

格蕾丝抬头看着她,明显很惊讶。"你想跟我一起玩?"

"当然。"

"好呀!"格蕾丝跑进屋,回了自己的卧室。几分钟后她拿着一盒色彩明亮的梯子和滑梯游戏盒出来了。"你准备好了吗?"

朱迪跟着格蕾丝走到桌前。

"今天你在日托所好像很安静。"朱迪边说边将她的游戏角色往前挪了一步。

格蕾丝耸耸肩。

"怎么回事?"

格蕾丝又耸耸肩。"杰克的妈妈带了好吃的过来。"

"你什么也没分到?"

"我分到了一些。"格蕾丝盯着游戏棋盘。

"哦,"朱迪立即明白过来,"他的妈妈带了好吃的过来。"

"每个人的妈妈时不时都会带点好吃的过来。"

朱迪靠在椅子里。这怎么可能让她惊讶呢?十八年来,她都是那个带美食来的妈妈,那个组织派对的妈妈,那个参与学生实地考察旅行的妈妈,那个经常露面的妈妈。但她从未为她的孙女做过这方面的任何事情。"我也可以什么时候带点纸杯蛋糕来。"

"好啊。"格蕾丝头也不抬地说。

朱迪又一次明白了话外之音。"这跟妈妈带东西来不一样,是不是?"

"你还玩不玩了?"

"当然。"朱迪说。接下来的一个小时里,她集中注意力在多彩的方格里挪棋子。她一直跟格蕾丝聊着天,到第二局游戏时格蕾丝开始主动找她说话了。

但她知道莱克茜是对的:格蕾丝不是一个快乐的小女孩。她大部分时间都在和她的手腕镜——她想象中的朋友——说话。为什么孩子要创造出想象中的玩伴?你无须成为心理医生都可以回答这个问题。因为他们感到孤单,没有真实的朋友。

朱迪紧紧地注视着格蕾丝,甚至没听到大门开了。

扎克走进小屋,将重重的背包扔在咖啡桌上。

"爸爸!"格蕾丝跑向扎克,脸上的神情也快活起来。他一把抱起她,在她的小脸上亲来亲去,直到她咯咯笑,让他停下来。

迈尔斯微笑着走到他身后。

朱迪看着他们俩——一个是她爱了这么多年的丈夫，而实际上她抛弃了他；一个是她像培育珍稀花朵一样精心养大的男孩，而之后她也抛弃了他。她看到悲伤的痕迹留在他们的皮肤里，眼睛里，甚至他们的姿势里，意识到在所有这一切事情中她都扮演了什么样的角色。她就是那块烂泥，使他们深陷在悲伤中。要不是因为她，他们也许已经痊愈了。

你曾是这世上最好的母亲。

朱迪站起来："我需要跟你们两个谈谈。"

扎克皱了一下眉。"格蕾丝，你拿上填色书和蜡笔去画画怎么样？我爱看你上色。"

"好的，爸爸。"她滑出他的臂弯，跑开了。

朱迪十指交叉。现在他俩的注意力都放在她身上，但她害怕将这些话大声说出来。"莱克茜今天来见我了。"

扎克镇定地走过来："她想要什么？"

朱迪看着儿子。他是个男人了；虽然年轻，但已经长成男人了，她是那么为他骄傲，几乎要忍不住了。但在过去的几年里，她什么时候告诉过他这一点？"她请我监督她对格蕾丝的探视。她请不起法庭规定的社工。"

"你刚说什么？"迈尔斯挪到他儿子身边问。

"她无法……去熟悉她的女儿，除非我同意。"朱迪说，然后声音戛然而止。

"你刚说什么？"扎克又问了一遍。

朱迪感到自己急促的心跳。"我很害怕。"她轻轻说。这恐怕是这些年来她所感到最脆弱的时候了。她失控了，既不确定，又很害怕。通常当她面对扎克和迈尔斯时会藏起这些情绪，将它们封存起来，现在她没有那样的力气了。

她走向扎克——他的妹妹在世时他从未害怕过，从未孤单过，但现在她在他的眼睛里看到了这两种情绪。"我不想做这事，"朱迪说，"但是我会做的。"

"你会做？"扎克静静地说。

"为了格蕾丝和米娅，"朱迪抬头凝视着她的儿子说，"也为了你。"

25 | *chapter*
夜路

*

有什么诡异的事情发生了。

格蕾丝和爱丽儿坐在沙发上，裹着她最爱的毛绒绒的黄色毯子。小屋的光线很暗，外面天已经黑了，这样她就无法真的看清楚手腕镜了，但她知道爱丽儿在那儿，因为她正哼着歌。爱丽儿爱哼歌。

格蕾丝不知道几点了，但她知道不早了。她从未在晚饭后这么久不睡，电视里播放着电影，里面尽是各种脏话，但没人在意她听到那些台词，或看到一些人对着另一些坏人的脑袋开枪。

压根没人注意格蕾丝。爸爸、奶奶和爷爷整晚都在一起窃窃私语。他们打了好些电话，差不多查看了爸爸的学校日历不下二十次。格蕾丝不知道他们在讲什么，但是奶奶一直对爷爷厉声说话，类似：*我知道你是怎么想的，迈尔斯，我要对她说什么？也许我犯了一个错误……*

爷爷说已经太迟了，因为**莱克茜知道了**，然后那些持续的窃窃私语声又开始了。

"谁是莱克茜？"格蕾丝从沙发上抬起头来问。

三个大人停止了谈话，看着她。

"该睡觉了，小公主。"爸爸说。格蕾丝真希望刚才闭上自己的大嘴巴。她一边抱怨一边走向她的爸爸，张开胳膊讨个拥抱。他一把抱起她，让她转了个圈，吻着她的颈脖。她静静地靠着他，当他松开她时她"咯咯"笑着，然后从他身上滑下来。

格蕾丝走向奶奶，她站在玻璃滑门处，咬着大拇指指甲。虽然需要很多勇气，但格蕾丝说："奶奶，谢谢你跟我玩梯子和滑梯游戏。"

奶奶停止咬指甲，低头看着她。

格蕾丝努力想微笑一下，但没能笑得很好看。

然后奶奶做了至今为止最惊人的一件事：她弯下腰，抱起了格蕾丝。

格蕾丝太惊讶了，她倒抽了一口凉气。她本该抱抱她的奶奶，但是这个拥抱结束得太快，格蕾丝还没来得及眨眼，奶奶就轻声说："晚安，格蕾丝。别让床虫咬你。"

这太诡异了。格蕾丝悄悄凑近她的爸爸，将手伸进他的后兜里，这样她就可以离他近一些了。他将她抱起来，抱到他们共同使用的浴室里。他帮她刷好牙，洗漱完毕准备上床睡觉。当她穿上睡衣后，他将她放在床上，坐在她旁边。

她的房间很乱，到处都是玩具，机器人总动员图案的被子在床尾堆成一团。爸爸小心地拉开被子，让格蕾丝躺进去，再替她压好被子。

"今晚我们会多读一点《秘密花园》吗，爸爸？"

"今晚不行，小公主。"

问他。

"怎么回事？"格蕾丝对着她的手腕生气地低声说。

"我就在你身边，你怎么还跟爱丽儿说话？"爸爸对她皱起了眉说。

"爱丽儿觉得有些诡异的事情发生了。"

"她真这么觉得？她认为是什么事？"

"是什么事？"格蕾丝对着她的腕带低语道，但是爱丽儿消失了，"我想她去睡觉了。"

爸爸伸过手解开了格蕾丝的腕带。

"她今晚不能跟我一起睡吗？"格蕾丝嘟哝说。这是习惯性斗争了，她不指望赢，但她必须问。

"你知道规矩。她在床头柜上睡。"

爸爸用她大大软软的熊猫玩具作为枕头靠在身后，在狭窄的床上伸展开身子。格蕾丝偎依着他，抬起头。"爸爸？"

他抚摸着她的头发。"怎么了，格蕾丝？"

"谁是莱克茜？"

他停下了动作。"莱克茜是你的妈妈。"

格蕾丝惊讶地坐了起来。这是大新闻。"什么？"

"莱克茜是你的妈妈，格蕾丝。"

"哇，"格蕾丝说，"她是间谍吗？"

"不，亲爱的，她不是。"

"是宇航员？"

"不。"

格蕾丝感觉很糟糕，但她不确定到底是为什么。"她在哪里？"

"她一直……很忙。我想这些问题留给你去问她吧。"

"我可以问她问题？"

"她想见你，格蕾丝。"

"真的？"格蕾丝感到一股全新的情绪在她心里展开。它像锡纸一样闪亮，像生日皇冠一样耀眼。"她想我吗？"

"我想她很想你。"他回答说。

"哇。"格蕾丝又说。她试着去想象有一个妈妈是什么感觉，一个知道她的一切、无条件爱着她的人。现在格蕾丝终于要和其他那些孩子一样了。

但是为什么妈妈一开始离开了她呢？她会待多久？要是她不喜欢格蕾丝怎么办？要是——

"爸爸？"格蕾丝皱着眉头问，"你怎么看起来这么悲伤？"

"我不悲伤，亲爱的。"

"你不想让我见妈妈吗？"

"我当然想让你见她了。"他说。但她能分辨出来他在撒谎。她见过很多次他悲伤的时候，但是这次他看起来比悲伤更糟糕。

"要是她不喜欢我怎么办？"

"她不喜欢的人是我，小公主。"

"如果她不喜欢你，那我也不喜欢她。"格蕾丝交叉起胳膊说。她能分辨出爸爸几乎不在听她说话。他只是盯着床头柜上的照片——照片上他和他的妹妹坐在一根灰色的海滩木头上。

他不想让她见妈妈。为什么？

突然格蕾丝害怕起来。她记得去年她班上的阿利森在她父母离婚后都发生了什么。前一天阿利还在班里，第二天就搬去跟她的妈妈生活了。"我将要见到她，但是我留下来跟你一起生活，是不是，爸爸？是吗？"

爸爸说："是的，格蕾丝。当然。"但是她人生里第一次不相信爸爸了。

"我要跟你一起生活。"她固执地说。

＊

过去的二十四小时里，莱克茜像坐着情绪的过山车，因希望高高腾起，又因恐惧急剧跌落。一整天她都做着计划和安排。她拿起那个鞋盒——里面装满了她在监狱里给格蕾丝写的信，用一根丝带绑好。这是她给女儿的礼物。这就是她所有的一切。

然后，她不耐烦地等待着。

终于，到点了。她跨上借来的自行车，骑车出了城。

在法拉戴家的私家车道，她放慢了速度，小心地沿着碎石车道骑着。她把自行车停在车库旁边，将她破旧、过时的小手提包挂在肩膀上，走向大门。她站在门外深吸一口气，按响了门铃。

朱迪几乎立即开了门。她的脸色苍白，眼神冰冷。她没有化妆，没有在脸上涂抹虚假的活力，素颜的她看起来既年轻了一些又老了一些。她的金发——需要染了——紧紧梳到脑后扎成一个马尾。她穿着一条柔软的白色针织裤子和一件水灰色的罩衫。总而言之，她看起来毫无血色，像是用云朵做成的。"以后请敲门。我不喜欢门铃声。进来吧。"

莱克茜站在门口，从朱迪·法拉戴的眼神里记起了自己的所作所为。

朱迪后退一步，允许莱克茜进了屋。

绿色毛衣吸引了她的眼球。

"一个小时，"朱迪说，"你可以待在客厅里。"

莱克茜点点头。她无法再去看朱迪脸上的痛苦，于是经过朱迪身边走进大厅。阳光透过窗户洒进来，似乎让这些具有异域风情的木头燃烧起来。大大的壁炉里生着火，将不必要的热浪送进房间。

莱克茜进来时，格蕾丝站了起来。这个小姑娘穿着漂亮黄色衬衫和浅蓝色的背带裤。一双金色的双马尾辫从耳朵两边伸出来，像一对撇号。

"你好，"格蕾丝明媚地说，"我在等我妈妈。"

"我是莱克茜。"莱克茜紧张地说。

"你是莱克茜?"格蕾丝说。

"我是。"

格蕾丝怀疑地看着她："你是我妈妈?"

莱克茜不得不清了清喉咙："是的。"

格蕾丝尖叫了一声，跑向她。

莱克茜人生里第二次抱起她的女儿，她抱得那么紧，格蕾丝都开始扭动身子了。格蕾丝被放下来后，她抓住莱克茜的手，拉着她到沙发上一起坐下来。

格蕾丝依偎着莱克茜："你想玩游戏吗?"

"我们可以就这样坐一分钟吗? 能再次抱着你感觉太好了。"

"你什么意思，再次?"

"当你出生时，医生第一次将你放在我的臂弯里。你是那么小，粉粉的。你的拳头只有一颗葡萄那么大。"

"那你怎么会不想要我？"

"我想要你，"莱克茜轻柔地说，看见女儿绿色眼睛里的困惑，"我疯了似的想要你。"她递给格蕾丝装满信件的鞋盒，"我给你写了这些信。"

格蕾丝皱着眉头，看着堆放在积灰的盒子里的皱巴巴的信件，莱克茜不禁感到惭愧，好像她的爱像她给她的这些信件一样破旧。"哦。"

"我知道这不算什么礼物。"

"我爸爸从他第一眼看到我时就很爱我。"

"是的，他确实如此。"

格蕾丝的下嘴唇有一丝颤抖："他说你给我起名叫格蕾丝，他给我起名叫米娅。"

"他爱他的妹妹胜过世上任何人，除了你。"

格蕾丝瞥了她一眼："你认识她吗？"

莱克茜听见朱迪急促地吸了一口气。莱克茜抬头看了看她。房间那头，朱迪也正盯着她。

"她是我在这个世界上最好的朋友，"莱克茜说，"米娅·艾琳·法拉戴。你真是太幸运了，长得很像她。她很爱开无伤大雅的玩笑。有人告诉过你这一点吗？她过去常常把保鲜膜蒙在你爸爸的马桶座圈上。她唱歌很烂，但她自以为唱得不错，当你爸爸让她闭嘴时，她大笑着，唱得更响了。"莱克茜感到当她谈论米娅时，她内心有什么东西被打开了。这些回忆被封存得太久，像一只琥珀中的蜻蜓，但是现在它们开始软化松动。她看看朱迪。"我送了米娅那件挂在门口的绿色毛衣。那是我花了一个月打工赚的钱买的，当我看到它时，我觉得它完美极了——跟她的眼睛颜色很相称——我想让她知道她的友谊对我来说有多重要。"

"爸爸从不提起她。"

"是啊，"莱克茜说，又低头看看她的女儿，"那样更容易一些，我想。当你深爱什么人……却又失去他们时，你也会有点失去自我。但是你爸爸这些年都拥有你，爱着你。我也想那样。"

"你什么意思？"

"你觉得偶尔也跟我一起生活怎么样？我们可以了解对方，我也可以——"

"*我就知道。*"格蕾丝爬下沙发，"我不会离开我爸爸的。"

"我不是那个意思，格蕾丝。"

"你是。你刚才说的。"她跑向朱迪，爬到她的大腿上，像只小猴子一样缠着她。

莱克茜跟过去。她跪在朱迪脚下的硬木地板上。"对不起，格蕾丝，我——"

格蕾丝扭过头看着莱克茜。"你不想要我。"

"我想。"莱克茜说。

"那你为什么离开我?"

她怎么回答这个问题? 她跪在那儿，盯着她受惊的女儿。她记得自己是小女孩时，被一个从来不想要她但有时又假装想要她的妈妈搞得很困惑。这些回忆让她恶心，让她觉得可怜可悲、自私自利。"我一直都很爱你，格蕾丝。"

格蕾丝昂起了头:"我不相信你。好妈妈不会离开。"

莱克茜记得自己对她的妈妈说过同样的话，她的妈妈当时眼泪夺眶而出，发誓她的爱是真的。

她知道，比任何人都更清楚，只有时间才能证明她的爱是真的。格蕾丝得去学着相信她的妈妈爱她。

"我想跟我爸爸一起生活。"格蕾丝倔强地说。

"当然你会跟他一起生活，"莱克茜说，"我刚刚说错话了。我……离开很长一段时间了，我对小女孩不太了解。但是我想学着去了解你。"

"你是个妈妈。你应该很了解。"格蕾丝抓着朱迪的袖子说。

莱克茜还能怎么回答她? 她缓缓站起来，看着她们。"也许我该走了。谢谢你，朱迪。"她沉重地说，"我知道你不是为我做这件事的，但是谢谢你。"

"你又要离开我?"格蕾丝问。

"我会回来的。"莱克茜承诺道，起身后退。跟她女儿相处的短短十分钟里，她什么都做得不对。她吓倒了格蕾丝。"下周，好吗? 同一天，老时间?"

"你有东西落在沙发上了。"朱迪说。

莱克茜回望了一眼那堆信件。从这里看过去它们太小了，脏脏的，让这间完美的房间看起来不整洁了。她真是个傻瓜，以为信件对一个五岁的小孩来说很重要。又一个错误。"它们是给格蕾丝的。"她能说的就是这些，然后她又离开了她的女儿。

＊

"她甚至都不知道我还不识字。"格蕾丝说，她的声音听起来因为失望而沉重。她慢慢从朱迪的怀抱里滑下来，站好。"爸爸什么时候回家?"

朱迪无法将视线从沙发上那个破旧的鞋盒上移开。它看起来小得可笑，跟昂贵的沙发面料格格不入。

303

"奶奶?"格蕾丝跺着脚强调说,"我想回家。"

朱迪抬起头来,看到格蕾丝站在壁炉边,眼神紧张。她的孙女被吓倒了,因此她才这般闹腾。扎克在那个年纪也会这样。"好的。但是我不知道你爸爸什么时候回家。"

"我不在乎。"格蕾丝说,但是她的声音有一些游移。

"你想要一个拥抱吗?"

"我只想见我爸爸。"

朱迪叹了口气。格蕾丝不想要一个多年以来都忽视她的奶奶来安慰她,这也不足为怪。"收拾好你的东西,我们出发。"

当格蕾丝捡起她的玩具时,朱迪慢慢走进客厅。有好一会儿,她盯着那个装满信件的鞋盒。

"我准备好了。"格蕾丝用脸贴着她的黄色毯子说。

朱迪拿起盒子,将它带到车上。她给座位上的格蕾丝扣好安全带,将鞋盒放在她旁边的副驾驶座上,现在它看起来占据了很大空间。

朱迪能看出来她的孙女有多沮丧,她想去安慰这个小姑娘,但是太多年的疏离让她们像陌生人一样。格蕾丝甚至根本不找她的奶奶寻求安慰。"沮丧很正常,格蕾丝。我敢说,跟你妈妈见面一定让你很困惑。"

格蕾丝忽视了她,生气地跟她的手腕说着话。

朱迪盯着她的孙女看了很长时间,也许比之前任何一次时间都长,然后她后退一步,关上了车门。在回扎克家的路上,朱迪试着跟她说话,但格蕾丝都不肯回应。这个小姑娘一直念叨着,回来,爱丽儿,我需要你,真的。这些热切的低语让朱迪想起许多年前,一个长得很像格蕾丝的小女孩经常用只有她哥哥才能懂的语言跟他窃窃私语。

在小屋前,朱迪停好车,帮助格蕾丝从座位上下来。

她握着格蕾丝的一只小手。"我给你念个故事怎么样?"

格蕾丝看起来很怀疑。最终她说:"好的。"她说得很慢,好像她指望朱迪撤回这个提议,也许接着笑起来。

她们沉默地走进屋里,格蕾丝径直向自己的卧室走去。她抓住她最爱的银白色公主娃娃,爬上白色的立柱床,扭动着钻进彩色的机器人总动员图案的被子下。"我在吮吸大拇指。"她挑衅地说。

朱迪忍不住笑了。"也许我也会这么做。"她也将她的大拇指放进嘴里。

格蕾丝微笑了:"你太老了。"

朱迪因为这句话笑了笑,走向书橱。

一本薄薄的白色封皮的书吸引了她的眼球。她缓缓地把这本书从书堆中抽出来，在格蕾丝旁边坐下。她打开书，开始念："这天，马克斯穿上他的狼皮外套，做了一桩又一桩恶作剧，他妈妈叫他'野东西'……"这些文字将朱迪带回从前：那个房间里满是玩具小人和塑料恐龙，一个小男孩总是在笑，不肯听故事，除非他的妹妹在他身边。这些回忆近在咫尺，触手可及。有那么一瞬间，她又变回一位年轻的妈妈，坐在一张大床的中央，一手抱着一个婴儿，一本书摊开在她的大腿上……

"这个故事不悲伤，奶奶。为什么你哭了？"

"我忘了我有多爱这本书。它让我想起了我的……孩子。"这是这些年来第一次，她说出了这个温柔的词。孩子。她有两个孩子。

"我也喜欢它。"格蕾丝认真地说。她靠近朱迪，几乎是依偎着她。很长一段时间里，她们坐在那儿，靠在一起，朱迪念着故事。当她合上书，低头看时，格蕾丝已经睡着了。

她吻了吻格蕾丝柔软的粉色脸颊，离开房间，掩上了她身后的门。

在客厅里，她发现进门时丢在咖啡桌上的那一盒子信在等着她。

它们不是给她的。

但她仍然盯着像手风琴折痕一样的一叠信件。她发现信封未封口。也许莱克茜想重读自己这些年写的信。

最终她拿起这个盒子，坐下来，将盒子放在她的大腿上。她盯着它们盯了很久，知道私自拆信是不对的。

只读一封。看看这里面写的是否会伤扎克的心……

她抽出盒子里的第一个信封，打开它。信写在一张廉价的白纸上，纸面很多灰色的斑点。是泪痕。

这封信的日期是 2005 年 11 月。莱克茜花了很长时间才写完第一封信。

朱迪开始读信，感觉胸中发紧，有一点像恐慌发作。她刚读了第一段，大门开了，扎克走进来。他看起来紧张又沮丧。

"嘿，妈妈，"他边说边将背包扔在地板上。它滑过硬木地板，靠墙停住。他不耐烦地推开搭在眼睛上的头发，"今天莱克茜来探视，情况怎么样？"

她突然开始想，是不是一直都是这样的？他是不是总是首先想到莱克茜？如果是这样，切断这些感觉有多难？

"听听这个。"朱迪说。

"我能等会再听吗？我想知道——"

"这是莱克茜在监狱中写给格蕾丝的信。"

"哦，天哪……"扎克瘫倒在壁炉旁的乐至宝牌沙发里。

朱迪看到他有多害怕听到这些文字，她很理解。压抑心痛比克服心痛更容易。至少他们俩都选择了这种方式。她清清喉咙开始念：

亲爱的格蕾丝：

我生你时十八岁。现在我才十九岁，这么说似乎有点难以启齿，但我想这可能是你想了解的事情。

我真希望我可以忘了你。这么说很可怕，但是如果你已经长大，读到这封信，你就会知道现在我在哪里，过去我做了什么。为什么我不能当你的妈妈。

因此，我希望我能忘记你。

但是我不能。

我在这里醒来，想到的第一个人就是你。我在想你的眼睛是否已经变成绿色了，像你爸爸的眼睛；还是变成蓝色了，像我。我想知道你是否已经可以熟睡整夜了。假如可以，我会每晚给你唱歌。尽管我并不会唱摇篮曲。

甚至在你还没出生前，我就已经很爱你了。那怎么可能呢？但我确实很爱你，我抱着你，然后将你交给了扎克。

我还能做什么呢？让你来这个地方探望我吗？让你隔着铁栏看我吗？我知道那会有多糟糕。

我在什么地方读到过，悲伤就像断了一根骨头。你需要把骨头扶正，否则它会永远疼下去。我祈祷有一天你会理解那些事，原谅我。

我不会把这封信寄给你，但是也许有一天当你长大，你会来找我，我会将这一盒子的信交给你。我会说，明白了吗？我爱你。也许你会相信我。

在那天到来之前，至少，我知道你是安全的。过去我常常希望我是法拉戴家的成员。你是如此幸运，能拥有这样的家庭。如果你悲伤，去找迈尔斯。他总能让你笑起来。或者问朱迪要一个拥抱——谁的拥抱也比不上你奶奶的拥抱。

然后，关于你的爸爸。如果你让他带着你，他会带你看天上浩瀚的繁星，他会让你觉得你可以飞起来。

那么，我就不会担心你了，格蕾丝。

我将要努力忘记你。我很抱歉，但是我不得不这么做。

爱你太痛了。

朱迪抬头看看她的儿子，他的眼睛被泪水浸湿，亮闪闪的。他看起来又像她的小男孩了，她的金童扎克，在这一刻，她记起了年轻的莱克茜，那个直率的女孩，米娅这辈子最好的朋友。她记起那个从活动房屋停车场来的女孩，她从不知母爱为何物，但是脸上却总带着笑容。"今天莱克茜和格蕾丝的见面不太顺利。莱克茜搞砸了。"

"你什么意思？"

"她太心急了，在格蕾丝还没有准备好时就想更进一步。"

"她不知道怎么当妈妈。她怎么会知道呢？"

"没人知道，"朱迪平静地说，"我记得当时你和……米娅，也让我感觉应付不过来。"

"你是个很棒的妈妈。"

朱迪不敢看他。"曾经是，也许。但不再是了。我很久都没有表现得像你的妈妈了，我们俩都清楚这一点。我……丧失了那个能力。我想……"她停顿了下，强迫自己再一次看着他。"我怪过你。确实怪过你，即便我知道我不该怪你。我也怪莱克茜。还有我自己。"

"那不是你的错。我们都清楚……那晚。"他说。

想到那晚，朱迪感到心中一阵灼热地疼痛。以前这种疼痛总像一道障碍，让人由此撤退。现在她忍痛挤身穿过它。

"你是对的，"她轻柔地说，"你那晚不该喝酒，但是莱克茜也不该开车，我也不该让你们去。我知道派对上会喝酒。我怎么能想着去相信喝醉的十八岁年轻人可以做出明智的决定呢？为什么我想当然地觉得我们无法阻止你们喝酒呢？还有……米娅应该扣上她的安全带。有太多地方可以责怪了。"

"是我的错。"他说。尽管朱迪以前就听他这么说过，但她第一次感受到了他负担的重量。这让她感到惭愧——她太过专注于自己的悲伤，以至于让她的儿子独自扛着他的悲伤。

她走向他，拉起他的手，拉着他站起来。"我们都扛着这些重负，扎克。我们扛得太久了，它让我们的脊骨变形，压弯了我们。我们必须再次站起来。我们必须原谅我们自己。"

"怎么做？"他简单地问。在他绿色的眼睛里，她也看到了米娅——沉浸在她的悲伤中，不知怎么的，她忘记了这一点。她的宝贝是双胞胎，米娅一直在扎克身上活着。现在还有格蕾丝。

她将一只手放在他的脸上，看到他下巴上的淡淡疤痕。"她在那儿……在你身上，"她温柔地说，"我怎么能忘记那点？"

26 | chapter
夜路

*

"来吧，"莱克茜妈妈伸出手说，"你想跟我一起生活，是不是？"

那手变成了黑色，长长的黄色指甲从指尖生长出来，像钩子一样，格蕾丝尖叫起来——

"我在这儿，小公主。"

她听到爸爸的声音，赶紧用胳膊抱紧他。他闻起来是他该有的味道，然后噩梦逐渐褪去，直到她记得她躺在自己的床上，在她自己的房间里，就在她属于的地方。这里没有什么野兽怪物。

爸爸抱紧她，抚摸着她的头发。"你还好吗？"

她感觉自己像个小婴儿一样。"抱歉，爸爸。"她喃喃地说。

"每个人都会偶尔做噩梦的。"

她知道是这样，因为她小时候经常听见他在睡梦中尖叫，她会走过去，爬上他的床。他从没醒来，但当她在他身边时，他就会停止尖叫。早晨，他疲倦地冲她微笑，说着什么她真的应该成长为大姑娘，学着在自己床上睡觉了。

"别让我走，爸爸。我再也不撒谎了。我保证。我不会再打雅各布的鼻子了，再也不。我会乖乖的。"

"啊，小公主，"他叹了口气说，"我早该知道你妈妈会回来找你的。我本该让我们两个人都做好准备。只是……我努力不去想她。"

"因为她很小气？"

"不，"爸爸说，他的声音听起来是那么悲伤，吓倒了她，"她一点也不小气。"

"也许她当间谍时，变得小气了。"

"她不是间谍，小公主。"

"你怎么知道的？"

"我就是知道。"

格蕾丝紧张地咬着下唇。"她是什么样的人?"

爸爸摇了摇头。很长一段时间,他都很安静。格蕾丝刚要问些别的事情,他开口了:"我在高中时就认识你妈妈了。"他的声音很怪异,听起来像是喉咙里卡住了什么东西,"我本该开学第一天就约她出来,但那时她已经是米娅的朋友了。因此……我努力让自己不要去爱她……直到有一晚……她差点吻了我。那改变了一切。之后我就无法离开她了。"

"女孩子不该那么做。"格蕾丝吮吸着大拇指嘟哝着说。

"你奶奶会告诉你,女孩可以做任何事情。反正她是这样教育我的妹妹的。"

格蕾丝皱眉了。爸爸似乎很……感伤,但是他的眼睛闪闪发光。他表现得好像很爱妈妈的样子,但那很傻,因为他说过她不喜欢他。这一切都说不通。"但是她不想要我,"格蕾丝说,"她丢下了我。"

"有时候人们对他们的所作所为别无选择。"

"她还会再来看我吗?"

爸爸低头看着格蕾丝。"你妈妈真的很特别,小公主,而且,我知道她爱你。现在这才是最重要的。她离开的原因是……呃,真的,也是我的错。我让她当了那个做错事的人。但是我也错了。"

"错了什么?"

他表现得好像准备要说些什么,然后他一定是改变了主意,转而吻了吻她的前额。

"爸爸?"

"你去睡觉吧,宝贝。这一切都会解决的。你会明白的。我们会把一切都解决好的。"

"但是你会陪着我的,对吧,爸爸?"

"当然,但她是你的妈妈,格蕾丝。你需要她,不管你怎么想。"

*

"我搞砸了,斯科特。"莱克茜又一次说。在他的办公室里,她在窗户前走来走去,咬着大拇指盖。

"莱克茜。莱克茜。"

她停下来,面对着他。"你刚说了什么?"

"坐下来。你让我头晕。"

她走到他的桌子边，站在那儿，低头看着斯科特，他今天看起来有些疲惫。他的头发乱糟糟的，领带歪歪斜斜。"你还好吗？"

"丹尼得了疝气。詹妮和我都没怎么睡。但是我还好。"

莱克茜伸手拿起他桌上放着的相框。照片上，一个矮胖的小男孩抓着一把塑料钥匙。看到这个孩子让她感到悲伤，她想到格蕾丝，想着她是否得过疝气，或是否像天使一样甜睡整夜。"我对为人父母一无所知。"她安静地说，又一次感到挫败感袭来。

"没人一开始就会，"斯科特说，"我和丹尼一直在找一本手册，但他找来的却是张毯子。我非常肯定是他奶奶给他的。坐下，莱克茜。"

她瘫倒下来，突然意识到自己多么疲惫。"我不知道我在想什么。"

斯科特递给她一份报纸。"抓着你的错误不放没有什么好处。现在你该行动起来了，莱克茜。我们需要展示给法庭看，给法拉戴一家看，你留在这里，准备抚养格蕾丝。最好的方式就是找一份工作。"

"工作。当然。"

"我圈出了一些可能的选择。我希望我这里有足够的业务可以雇用你……"

"你已经做得够多了。谢谢你，斯科特。"

"詹妮有套海军蓝的西装，她估计你可能需要借穿一下。它挂在会议室的门后。"

莱克茜心中又一次充满了对这个男人，还有他妻子的感激。她缓缓站起身来。"丹尼是个幸运的孩子，你知道这点，对吧？"

他抬起头。"格蕾丝也是。"

"我希望如此，"莱克茜轻轻地说，感到心中重燃了一线希望。她对斯科特说了再见，走进会议室，换上詹妮的海军蓝夏装西装。这身衣服配她的冰蓝色T恤和人字拖不怎么好看，但这是她最好的一身衣服了。

不到四十分钟，她已经骑上自行车，奔向本地的药店，那里登了广告说要招一个售货员。全职，提供最低标准工资。

在明亮的店里，站在一排排彩色货架之间，她停下来，环视四周。最近的收银台站着一个体格魁伟、蜂窝状灰色头发的女人，正在接电话。

莱克茜走到收银台排队处，站在那儿。

"你要买什么吗，亲？"女人边说边将电话放低了一点点。

"我是来面试工作的。"

"哦。"女人弯下腰，将一只镰刀样的红色指甲按在商店对讲机上说，"经理请到一号收银台。"然后她冲莱克茜笑笑，直起身子，继续接电话去了。

"谢谢。"莱克茜说，尽管这个女人不在听。

莱克茜看着经理走过来。他是个高高瘦瘦的男人，非常像伊卡博德·克雷恩[①]，鹰钩鼻，刺状的眉毛像黑莓灌木丛一样疯狂生长着。

她自信地走向他，伸出手。"你好，先生。我是亚莉克莎·贝尔。我来应聘售货员职位。"

他跟她握了握手。"跟我来。"

她跟着他进入一间小而无窗的办公室，里面高高地堆满了纸盒。他坐在一张金属桌子后，指了指角落的一个高脚凳。

她将凳子拖到桌前，坐下来，觉得自己坐在高脚凳上有一点惹眼。

"你有简历吗？"

莱克茜感到自己脸颊发烫。"没有。是售货员职位，对吧？高中时，我在埃莫冰激凌店工作。我很擅长处理钱，更擅长与人打交道。我是个好员工，我也可以接受轮班倒班。我可以给你提供一些推荐信。"

"你是什么时候在埃莫工作的？"

"从 2002 年到 2004 年。我……6 月辞职了，在我高中毕业之后。"

他在一张看起来像是申请表的纸上写下了些什么。"现在你从大学回家了？你是想找一份暑期工？"

"不。我在找全职工作。"

他尖锐地抬起头来，浓浓的眉毛挤在了一起，成 V 字形。"你上的是派因岛高中？"

"是的。"

莱克茜艰难地咽了一口气："我也在图书馆做过兼职。"

"哪个图书馆？"

她静静地呼出一口气，丧失了她的良好姿态。"博迪。"

"你难道是指——"

"那个监狱。我在监狱关了几年。但是现在我出狱了，我会是个好员工的。我向您保证。"她在竭力为自己美言，但是没有用了。她看到他听到"监狱"这个词时脸就拉下来，现在他都避免和她对视了。

"那么，好的，"他说，并且第一次对她笑了笑——这真是纯粹的假装，"等我们有决定了我会联系你的。"

"就是说，你们不会给我这份工作？"她从凳子上站起来说。

313

---

① 华盛顿·欧文的小说《沉睡谷传奇》里的一个人物。

"意思是说，如果我们想要雇用你，我会联系你。"

"好的。"她试图保持乐观，这只是许多可申请的工作中的第一个。也许其他雇主思想会更开放。"那么，你想要留一下我的电话号码吗？"

他最终看了她一眼："如果你想，可以给我留一个。"

她想跟他说没门，带着些许尊严走出这里，但是她要考虑格蕾丝，因此她写下了她的电话号码，离开了这间明亮的药店。店外，她打开报纸，找第二个职位。爱斯莫瑞达的墨西哥厨房，女服务员。

接下来的一整个下午，莱克茜努力去相信自己，尽管一份又一份工作在她面前化为泡影。大部分在招的职位空缺都是兼职，没有福利。一些雇主提到了经济形势是她的敌人，她没赶上好时代。显然，她在经济形势好的时候进了监狱，在经济形势差的时候被释放出来。最低工资是一小时九美元不到。那么她一个月的收入大约在 1500 美元，税前；一大半将用于租房。

但是显然，这些都还轮不到她考虑，因为她找不到工作。今天她跟十二位雇主面谈过，但每次对话都以同样方式结束。

你高中毕业后在做什么？

大学，真的？哪里？

你的上一位雇主是谁？

哦（还有那个表情）——监狱图书馆。

我很抱歉，这个职位已经满了……你太年轻了……我会再通知你的……

一个又一个借口。最糟糕的是，她还不能责怪他们。谁会想雇用一个二十四岁、有犯罪前科的人呢？

如果那还不算最糟糕的，在她毫无意义的面试后，她查了查岛上的租房情况。

只有三套公寓不说，而且毫无疑问，任何一套她都负担不起。最小的房间一个月 950 美元。并且，房东要求提前支付第一个月和最后一个月的房租和押金。2400 美元，在她签租赁合同的那天就要交。

这简直就像要一百万美元一样。

她打了几个电话，发现乔治港也好不到哪里去。

在大桥的另一头有更多的租房选择，但它们还是太贵了。

这一天下来，莱克茜被打垮了。等到她放弃的时候，已经是晚上 7 点了，她只想一个人待着。她骑着车穿过安静的夏夜，停在斯科特办公室外，用钥匙开门进了屋。她想做的只有睡觉。或尖叫。

"莱克茜？是你吗？"

她叹了口气，挤出一个微笑。她很感激斯科特为她做的一切。她是个可怜可悲的失败者，这不是他的错。"嘿，斯科特，"她走进他的办公室说，"你工作到很晚啊。"

"我在等你。我有个惊喜给你。过来。"

他拉着她的手，带她走进会议室。在长长的木桌上，一台笔记本电脑开着。"这边，"他说，"坐下。"

莱克茜照做了。

斯科特离开了房间一会儿，又回来了。"好了，我们准备好了。"他按下笔记本上的一个键，伊娃姨婆担忧的脸出现在屏幕上。"我不知道，芭布斯①。我怎么知道它是不是好的？"

莱克茜看到她姨婆的脸，精神大振。她感到自己放松下来。在这大半天时间里，她头一次微笑了。她并不像自己想象的那么孤单。"你好，伊娃姨婆。"她向屏幕前挪了挪说。

"她在这里，芭芭拉！"伊娃的脸上露出一个大大的笑容，"过来看！这是我的莱克茜。"

我的莱克茜。

一个体格魁梧、有着一头钢灰色卷发的女人，弯下腰来，窥视着摄像头，微笑着。"你好，亚莉克莎。我姐姐一直谈论着你。"

"你好，芭芭拉。"莱克茜轻柔地说，竭力控制住自己的情绪。

芭芭拉的脸移出了视频区，伊娃向电脑又挪近了一点。她看起来变样了，更老了；她的脸颊晒得黑黑的，满是皱纹，头发全白了。"那么，告诉我一切事情吧，莱克茜。"

斯科特离开房间，关上了他身后的门。

"我去看了格蕾丝。"莱克茜说。这是她想到的第一件事。

"她怎么样？"

"悲伤。漂亮。孤单。"

"哦，你一定很难见到她。"

"所有事情都很难，伊娃姨婆。因为我知道会很艰难，所以我本不想来这里，但是现在我在这里，所有事情都是一团糟。"

"我猜你见过你的小伙子了？"

"是的。"

---

① 对"芭芭拉（Barbara）"的昵称。

315

"然后?"

莱克茜耸耸肩。"已经过去很久了。"

"你看起来很疲惫,莱克茜。"

"今天比较不顺。我很难找到工作,也很难负担得起租房生活。也许,根本不可能。"

"你才刚出狱,莱克茜。也许你需要回家来,让我们照顾你一阵。巴布斯和我有个两用沙发,等着你来呢。你可以在这边找份工作,也省钱。斜卷理发店的佛洛伊德说他很乐意雇用你来接电话和打扫卫生。你不用付房租,很快就会有个舒适的小窝了。"

家。

莱克茜得承认,家的舒适轻松吸引着她。她需要有什么地方想要留下她。"但是我怎么能又离开格蕾丝呢?她永远不会原谅我的。"

"你知道有一个还没有准备好的妈妈,对一个孩子来说会有多么艰难。给你自己一些时间,变得坚强快乐起来,再回到你的女儿身边。等你找回你的生活后再回去。我想那是负责任的做法。"

"负责任的做法。"莱克茜重复道。她讨厌这个建议,即便她认识到它道出了真相。现在的她只会让格蕾丝困惑。当她自己的人生都还是一团糟时,她怎么当一个好妈妈?格蕾丝值得更好、更稳定的生活。莱克茜了解那些不可靠的妈妈们。她们不能让孩子获得安全感。

"亚莉克莎?"

她尽可能灿烂地微笑着。她不想再谈论这些了。这伤了她的心。"那么,你那边有什么情况?你上了那些编织课吗?"

"天啊,是的。"伊娃笑道,"芭芭拉和我编织了足够多的毯子,可以铺满一个汽车旅馆了。等你来这边时……"

*

在这个潮湿的六月天,从 40 层楼眺望出去的景色显得很阴郁。太空针塔①就在她的右手边,像一个黑白的圆盘悬在沉闷的灰色天空上。

朱迪站在窗边,看到玻璃上映出她鬼影一般的倒影。她努力想静静地站着,表现出镇定的样子,但是不起作用。她在自己的皮肤上感到神经过敏,浑身不适,好像空腹喝了十杯咖啡一样。她咬着大拇指盖,来回踱步。恐慌就在

---

① 西雅图的著名建筑。

她的视野之外潜伏着，她感到它跟踪着她，像一道角落里的阴影，伺机猛扑过来。但她无法确定恐惧的来源。她只知道自从读了莱克茜的信，她开始害怕了。

"我很为你骄傲，朱迪，"哈里特用她特有的平和声音说，"再次面对莱克茜需要很多勇气。"

"我没有面对她。实际上，我尽力不去看她。"

"但是你确实有去看她，是不是？"

朱迪点点头，一边咬着大拇指盖，一边用脚敲打着地板。

"你看到了什么？"

"我看到了那个杀死了我女儿的女孩……我孙女的妈妈，我儿子的初恋。还有……一个我过去关心在乎的女孩。"朱迪紧张地挠着她一侧的脸颊。她突然觉得毛骨悚然。"我怎么了，布鲁姆医生？我感觉我要疯了。"

"不是疯了。我想也许你准备好去试试同情心朋友会①了。今天就有一个，你知道的。两点钟。"

"又是那套？"朱迪叹了口气坐下来。她用脚轻敲着地板，双手一会握成拳头一会又松开。"我将坐在一个集会里，跟其他悲伤的父母们一起。我该谈谈米娅吗？那能让她回来吗？"

"某种意义上。"

"一听就是没有失去过孩子的人说的话。不了，谢谢。"

"唯一的办法获得终——"

"得了吧，如果你说'终结'②，我会立马出去。没有终结。那只是一堆哗众取宠的话。我仍然无法听音乐——任何音乐。几乎每次洗澡的时候我都会哭。有时我在车里尖叫。我跟我的女儿说话但她无法听见我。所有的那些都没有离开。"

"你过去常说你感到阴郁。"

"我说过我生活在阴郁里。一片浓重的灰雾。"

"并且你觉得米娅死的那晚雨水看起来像灰烬一样？"

"是啊，那又如何？"

哈里特透过她的半框眼镜凝视着她。她要说的已经点明了。"所以，如果

_317_

———————————

　　①　通常是一种自助的、针对家庭丧子之痛的组织，为家庭遭遇的悲伤和心理创伤等提供支持和帮助。

　　②　此处布鲁姆医生的上句话没有说完，说到"The only way to get clos—"就被朱迪打断了。所以这里朱迪推测她要说的是"closure"这个词。

你仍处在阴郁中，我想你也许该环顾一下四周。也许现在你可以看到一些东西了。形状。人。"

朱迪停下咬指甲。"你什么意思？"

"我知道你的痛苦不会结束，朱迪。我不是傻瓜。但是也许你最终会准备好接受还有更多不止是痛苦的东西。那就是为什么你现在表现得像一只被宠过头的贵宾犬一样。你害怕*感觉*，但是不管怎么样感觉都在产生。你足够开放到可以让莱克茜·贝尔走进你的家。那已经是很大的一步了，朱迪。"

"我给格蕾丝念故事，和她玩了一次棋盘游戏。"朱迪静静地说。

"那些让你感觉如何？"

朱迪抬起头。"像个奶奶。"泪水在她的眼眶里打转。她直到现在才意识到这一点。"我对扎克很苛刻。我就是……无法看到他而不想起……"

"想起来是没关系的，朱迪。"

"不是我的那个方式，医生。这……很打击我。"

"也许在你让自己振作起来之前，你需要接受适度的打击。"

"我担心我无法再振作起来了。"

"你会的。你在以你的方式好起来，朱迪。"

"接下来我要做什么？"

"跟随你的心。"

这句话让朱迪打了个寒战。她这么努力才封死了她的情感，一想到又要放开它们，她感到害怕。她不知道自己能否做得到。如果她还想做到的话。

在接下来的咨询时间内，朱迪试着去听布鲁姆医生的话，但那种恐慌感又升腾起来，淹没了一切，除了她自己的一呼一吸。要是她再次打开自己，却只是被痛苦吞没呢？要是她所有的进步都白费呢？不久以前，朱迪还几乎形同废人，一团哭泣着的灰色人形，没有药就无法度过白天。

在她本期咨询结束时，她对布鲁姆医生说了一些话——她不记得是什么话了——然后走了出去。

现在天气半阴半晴。云朵是海滩沙子的颜色，低低悬在天空。阳光透过一些地方洒下来，而雨也还在下着，只是雨点很小，本地人几乎都没有注意到，集市上的游客们却都缩在颜色明艳的雨伞下。她站在布鲁姆医生办公大楼前的角落里，在这个哭泣的天空下，试着去想该走哪条路。她突然觉得，好像无论往哪里走都是错的。

"你还好吗，女士？"一个小孩出现在她身边说。他有着一头蓬松的头发，胳膊底下夹着一块滑板，他让她想起很久以前——或者也许是一秒钟前——扎克和米娅上中学时的样子。

她真想丢下一切，现在就跑回她的车里，开到轮渡码头然后回家。但是她不能。今天是星期三。

"我没事，"她对那个孩子说，"谢谢你。"她向前走，步伐缓慢。雨水打在她的头上，偶尔有一两滴落在她的眼睛里，但她几乎没有注意到。

不一会儿，她已经站在她母亲开的艺术画廊门前了。大门关闭着，门两边的窗户上都挂着巨大的画布——一幅是传统的风景画，画的是斯卡吉特谷的郁金香，主要用了金色和红色，花朵在一片朦胧、忧郁的黑色天空下；另一幅是静物画，画的是一只插满了粉色大丽花的花瓶。观者只有凑近细看才能发现古瓷瓶上的毛细裂纹。

她走向旁边的门，打开那些巨大玻璃门中的一扇，进入一间优雅的大堂。她对门卫打了招呼，走向电梯，搭乘电梯到了顶层。

电梯门在顶楼打开：4000平方英尺的的象牙大理石地板，搭配着高雅精致却让人不舒服的法国古董家具。落地窗框出西雅图的天际线、艾略特湾，此外，在天气好的时候，瑞尼尔山也被纳入这幅画卷。

"朱迪斯，"她母亲走过来说，"你来早了。你想来一杯酒吗？"

"急需。"朱迪跟着她母亲走进客厅。这个地方极少有实墙，仅有的墙壁都被刷成奶油白色，挂着巨大的画作，没有一幅朱迪喜欢。它们都有些阴暗，带着绝望感，让人悲伤。光是看看这个房间里的画作就一直让朱迪觉得压抑。除了这些画以外，其他地方都没有颜色。朱迪坐在壁炉旁一把白色椅子里。

她母亲递给她一杯白葡萄酒。"谢谢，妈妈。"

她母亲坐在朱迪对面的浅色沙发上，看起来好像准备主持一场优雅的派对——她的白发盘成了法式扭卷，时髦别致；她的脸熟练地上了妆，突显出她的绿色眼睛，最大程度遮掩了她薄薄嘴唇周围扇形散开的皱纹。

"你看起来很沮丧。"妈妈说着，啜了一小口酒。

她母亲很少会这么亲密，甚至注意到了她的情绪变化。通常，朱迪会微笑着编造一个漂亮的借口，但她被莱克茜的出狱、被那封该死的信和现在明显陷于痛苦中的儿子——被所有的一切摧毁了。她已经筋疲力尽，也很害怕，即便她不知道是什么吓倒了她。保持不变？放手？坚持？再也没有什么让她感觉安全的了。她想要有人说说话，有人帮助她找到一条出路。但那个人不会是她的母亲。

她想要微笑，换个话题，假装她心中没什么压力，但是她的整个生活都在分崩离析，她似乎已经不剩什么气力来假装了。"为什么我们从没有真正地聊过天？"她缓缓地说，"我甚至都不了解你。你肯定也不了解我。为什么会这样？"

母亲放下了酒杯。她的身影在阴天下背着光，看起来神圣超凡。朱迪第一次注意到母亲看起来又老又疲惫。她的肩膀瘦削，像鸟骨一样，脊椎开始向前弓了。"你，在所有人中，最应该理解，朱迪斯。"母亲的声音尖锐且纤细，像一片刀片，但是她眼中的神情也许是朱迪所见过的最柔和的表情。那里有悲伤。悲伤是不是一直都在她的眼中？

"为什么我该理解？"

母亲看着窗外。"我爱你爸爸，"她静静地说，嗓音变了，"在他去世后，我知道我还要照顾你，我也想关心你、照顾你、爱你……但是我的心空了。甚至我的绘画能力也消失了。我以为这种情况大概会持续一天或一周。"她看着朱迪，"但是它一直持续下去了，当境况终于好转，让我能够喘口气时，你已经疏远我了。我甚至不知道怎么让你回来。"

朱迪震惊地盯着她的母亲。她怎么从来没有想过事情是这样？她只知道从她爸爸葬礼那天起母亲就放弃了绘画，她走出了那栋房子，几乎再也没有回来。

"我看着你成为那种好妈妈，我很为你骄傲。但是我从没说出来。反正你也不会听我的话，尽管也许这是我的成见。不管哪一种，我都没有说出来。然后我看到你犯了和我同样犯过的错误：我看到你不再爱扎克了……也不再爱你自己了。这让我心碎。我本该告诉你你做错了，但是你总是认为我很脆弱，而你很坚强。所以，是的，朱迪斯，你——在所有人当中，你——应该理解我的错误。你应该理解为什么我以那种方式对待你。"

朱迪不知道该说什么。她感觉她的整个人生、整个自我都裂开了。

母亲站起来。一瞬间，朱迪以为她准备走向自己，跨过她们之间的距离，也许坐在自己身边。"你还年轻，"母亲最后说，"你还可以撤销这个错误。"

朱迪感到自己开始发抖了。这就是她一直害怕的事情。"怎么做？"

"人们以为爱是信仰的行为，"母亲说，"有时它是意愿的行为。我想，我没有去爱你的力量，朱迪——或表现出那份爱。我不知道是哪种情况，但是最后，有什么区别？你比我要坚强。"

从某种意义上说，这也是这些年来布鲁姆医生一直在说的道理。朱迪瞥见母亲眼里的后悔之情，她好像由此看见了自己的未来。她不想有一天，到自己八十岁的时候，孤零零一个人。"我不是唯一一个可以撤销错误的人，妈妈。"

"我不再年轻了，"母亲说，"我已经错过我的机会了。我知道。"

"那就是那些午餐的原因。"

"当然。"

"那就是为什么你希望我接管画廊。这样我们就会有一些共同语言。"

"你有没有想过画廊的名字从何而来？JACE。你爸爸替我们命名了这个画廊：朱迪斯·安妮，卡洛琳，爱德华①。他认为在这个名字里我们会永远在一起。"母亲叹了口气，"这是我的另一个遗憾吧。"

朱迪站起来。她的手抖减轻了，突然间她觉得自己比过去这几个月，也许是这几年，都更坚强了。她不知道如何能改正她所选择的所有错误的道路，但是是时候开始撤销她的错误了。一次一个。"周六，我会带格蕾丝去水族馆。你跟我们一起吧？"

母亲给了她一个不确定的微笑。"真的？我可以在轮渡码头跟你们碰头。就定11点吧。之后我们可以在伊瓦尔餐厅吃午饭。你和你爸爸过去常常喜欢把法式炸薯条扔给海鸥。"

朱迪一瞬间记起这件事来：她跟爸爸妈妈一起站在围栏边，将薯条扔给在他们头顶盘旋的海鸥。就是那样，小南瓜……这孩子还挺有臂力的，是不是，卡洛？

"他爱我们。"朱迪说。

母亲点点头。"终于能谈谈他了，真好。"

朱迪就这样明白她该做什么了。也许这些年来她都知道，但是现在，此刻，在这个新开始的甜美光芒里，她准备好了去尝试。"我不能留在这里吃午饭了，抱歉。我还有一些事情要做。"

"当然。"母亲说。她好像被朱迪这个突然转变惊讶到了，但她没有表现出来。她领她到电梯边。

那里，她们彼此对视了很长时间。在妈妈满是皱纹的脸上，朱迪看到了另一个长久以来被忘却的女人面容，那个热爱画画的女人。

"我会想你的，朱迪斯。"母亲轻柔地说。

"我也是。周六见。"

朱迪离开了简朴的顶楼，回到维吉尼亚街的地下停车库。她从车库驶出黑暗区域，开进雨中。她小心地开着车，到达了国会山社区中心。那儿，她在车里坐了九十多分钟，等待着。每一刻都用尽勇气：直接开车走掉会更容易，那

---

① 这个画廊的名字是他们三人名字的首字母拼在一起而得的。朱迪斯·安妮（Judith Anne），卡洛琳（Caroline），爱德华（Edward），分别取 J、A、C、E。

是她之前做过多次的事情……

最终，一辆车开上来，停在她前面，然后，又一辆。几分钟内，她看见人们进去了。大部分都是女人，独自走在雨里，没有打伞。

朱迪知道这个选择多么可怕，但她也知道其他选择有多危险。

爱是意愿的行为。

太长时间以来，她一直害怕爱。

当她打开车门、走进雨中时，她的手在发抖。她握紧拳头，穿过街道。

一个女人走到她身边。她很年轻，有着飘逸的黑色头发和棕色的眼睛，眼里满是泪水。

朱迪跟着这个女人的步伐向前，尽管两人都没有说话。

敞开的大门边，一个标志牌上写着：**同情心朋友会。下午2：00。悲伤支持小组。**

朱迪停下来，也许甚至跟跄了一下。恐惧从她心中冒出、蔓延，如此之快，如此锐利，让她无法呼吸。她脑中想到的是转身，快跑。她没准备好。她不想做这事。要是她们想让她对米娅放手怎么办？

她旁边的女人碰了一下朱迪的手。

朱迪倒吸了一口气，转过身。她看着这个黑发女人，现在她不止看到了她的眼泪，还看到了理解。这里是另一个女人，眼神空洞，紧紧抿着嘴唇，忘记染发打扮。朱迪知道这个女人了解被痛苦和心痛至极的麻木填满是什么感觉。

这就是我看起来的样子吗？朱迪突然想。她做了她人生里从没做过的事：她向一个陌生人伸出手去，握住。她们一起，穿过敞开的大门。

*

到最后，还是跟最开始的情况一样。没人愿意雇用一个有社会学学位但没有真正工作经验的前罪犯。随着莱克茜的期望减弱，她的希望也在减少，终于到周四下午晚些时候，她知道自己只是在走过场罢了。

现在，当她坐在拉里维埃公园的漂浮木上时，她明白了。

她真的不会有机会了。

想到这里，莱克茜闭上了眼睛。

她知道她要做什么。在这里待上几小时只是缓冲一下情绪，无他。

是时候了。她将这件不可避免的事情推迟得够久了。

她走到停车处，跨上自行车，蹬车上山，向着主干道骑去。她经过夜路，绕了一圈回到法拉戴家的大宅。她紧紧抓着车把手，让自己一路颠簸地骑下碎石私家车道，停在车库前。她发抖得厉害，难以将自行车在车库的侧墙处停好，最终她放弃，任由它倒在高高的草丛里。她不禁又看了一眼那个废弃的花园，记起它曾经被精心修剪照料时的盛景。

连锁反应，她想。悲伤有无止境的后果。她将这个想法搁置一旁，走向大门，快速地敲了敲门——在她失去勇气之前。

朱迪打开了门。"莱克茜。"她明显很惊讶地说。

"我有一些东西想请你转交格蕾丝。"

"她在楼上扎克的卧室里看电影。"

"哦。我不知道她在这里。"

"你想见见她吗？"

莱克茜知道她应该说不，但是她怎么拒绝得了呢？她点点头。她不知道此时该用什么言辞来配合自己的姿态，于是转身背过朱迪，上楼走到扎克的旧房间。在房门口，她停下脚步，用足够长的时间深深吸了一口气，然后敲门，听到一句快活的"请进"，推开了门。

"嗨，妈妈。你在这里做什么？"格蕾丝坐在扎克的床上，皱着眉。

莱克茜其实绊了一下。她试图用一个微笑掩饰她的错误，却意识到自己的微笑也很难看。

有太多东西一下子涌上心头——格蕾丝漂亮的小脸，她喊着的"妈妈"……还有扎克的房间。

每一个目及之处，都是关于这个她深爱的男孩的回忆——一堆塑料恐龙，一个足球，一批收藏的彩色迪士尼录像带，绿色盒脊的盒装电子游戏。但是，那本放在梳妆台上磨破的《简·爱》最让她剜心。她走过去，拿起那本书，抚摸着它表面起皱的封面……她看到她的名字以潦草的笔迹写在内封上。这么多年来，他都留着这本书。

"你不是来带我走的，对吧？"格蕾丝担心地问。

莱克茜放下那本书，转过身面对着她的女儿。"不是。我可以坐在你旁边吗？"

"好的。"

莱克茜爬上床（扎克的床，但是她不该再想那些已经不重要的事情了），尽可能地靠近格蕾丝。"那天我吓倒你了。"

"没有什么能吓倒我。我曾经一拳揍在雅各布的鼻子上，他可比我高大多了。"

"我不该说想让你和我一起生活。我完全不是那个意思。"

"哦，那个啊。你不想要我跟你一起生活？"

莱克茜缩了下身子。"我不知道怎么当妈妈。并且我也看得出来你有多爱跟你的爸爸在一起。"

格蕾丝似乎因为这句话放松下来。"你知道怎么做纸杯蛋糕吗？"

"不知道。为什么这么问？"

"我不知道。妈妈们就是会做各种东西。"

莱克茜靠在扎克的床头板上。梳妆台上方横跨房间的布告栏上仍然满是各种剪报和他在高中获得的绶带。为什么获的奖，她已经不记得了。"那么，我猜你想要那种会做纸杯蛋糕、走路送你上学的妈妈。"

格蕾丝笑了，掩嘴压住笑声。"我住得太远了，不可能走路上学。萨曼莎·格林的妈妈给每个人都做了万圣节披风。你知道怎么缝纫吗？"

"不会。我很可能要被赶出好妈妈那一类了。"莱克茜低头看看她的女儿，失败感在她心中裂开。

"我希望养一只花栗鼠，"格蕾丝说，"我会让你跟它一起玩的。"

莱克茜忍不住笑出来。"那很酷啊。"

"爸爸说花栗鼠不是宠物，但我认为它们是。"格蕾丝笑着补充道。她立即以手掩嘴。

莱克茜温柔地将格蕾丝的手从嘴边拿开。"永远不要害怕大笑，格蕾丝。"

格蕾丝抬头用充满希望的眼神看着莱克茜。

莱克茜知道她会永远记得这一刻，如果她够幸运，没做任何事搞砸这次见面的话，也许格蕾丝也会永远记得。

她把那枚蓝宝石戒指从手指上摘下来，递给格蕾丝。"我希望你收下它，格蕾丝。"

"这是大人的戒指。"

"也许你爸爸可以给它穿根链子，这样你就可以挂在脖子上了，等到它适合你时再戴到手上。"

"它真漂亮。"

"没有你漂亮，小公主。"

"我爸爸才这么叫我。你为什么要给我这个？今天不是我的生日。"

莱克茜艰难地咽了一口气。"我得走了，格蕾丝。我想。我怎么想无关紧要。我来这里就是错的。我还没准备好。"

"准备好什么？"

莱克茜无法说出口。"但是我会尽快回来的。我希望你记住这一点。我会每周给你写信，尽可能多地给你打电话，好吗?"

格蕾丝的下唇颤抖着。"我对你很小气。"

"你没做错任何事，"莱克茜说，"我本不该来这里。我只是……一直在伤害法拉戴一家人……我……能给我个抱抱吗?"

格蕾丝爬到莱克茜的大腿上，给了她一个大大的拥抱。莱克茜靠着她的女儿，努力想将这个拥抱的记忆印在两人身上。"我爱你，格蕾丝，"她对着她的耳朵轻声说，"不要忘记这点，好吗?"她听见格蕾丝小小的打嗝声，这个声音让莱克茜心碎了。她感到自己的眼泪簌簌落下，这次，她无法收住眼泪了。

"别哭，妈妈。"

莱克茜擦了擦眼睛，拉开身子，跟格蕾丝面对面。"哭泣有时候是好事。我等这些眼泪等了很长时间。你可以给我寄你在学校画的画，我会将它们贴在我的冰箱上。"莱克茜靠得近了一些，吻着女儿圆鼓鼓的小嘴，"我会学着做纸杯蛋糕。"

"好啊。"格蕾丝说。她看起来既悲伤又困惑，满脸疑惑不解。

莱克茜不知道如何才能既将这些情感传递出去，又不做出她无法兑现的承诺。有些结局就是无法如你所愿。现在她所能做的就是制造一些回忆，道别，憧憬一个更好的未来。她会尽可能快地攒钱，再回来跟她的女儿一起生活。

她最后一次吻了格蕾丝，松开她，然后下了床，站在床边低头回望。

格蕾丝生气地跟她的手腕镜低语着，努力不哭出来。

"别哭，格蕾丝。一切都会好的。"莱克茜边说边抚摸着她的头发。

"她也这么说。"

听到这话，莱克茜其实已经能够微笑了。"你很幸运，有这么一个好朋友，但是我跟你做个约定:如果你跟你班里的同学交上朋友，真的交到朋友，我就在九月一年级的派对上给你捎一些纸杯蛋糕过来。"

格蕾丝睁大了眼睛，抬头看着莱克茜。"怎么做?"

"什么怎么做?"

"我怎么交朋友? 没人喜欢我。"

莱克茜又坐下来。"好吧，你不能一直揍男孩子们和说谎。如果你想交朋友，你要做些友好的事情。你们班上最温和的女孩是谁?"

"萨曼莎。但她从不和我说话。"

"好。明天，你就走到萨曼莎面前，对她说一些好话。但你绝不能欺骗或撒谎。告诉她你想跟她一起玩。"

"如果我做不到呢?"

"你能做到的，"莱克茜保证说，"我曾经有个最好的朋友，我能告诉她一切事情。她总能让我微笑。当她在我身边时我从不会觉得孤单。"

她最后一次抱了抱她的女儿，强迫自己从床边走开。在经过《简·爱》那本书时，她又一次触摸了它（*他留着这本书不代表什么，不要想太多*）。在走廊上，她停下来回望了格蕾丝一眼。

格蕾丝缩在大床上，看起来格外渺小和悲伤。

"我爱你，格蕾丝。"

"再见，妈妈。"格蕾丝抽泣着。

"告诉你爸爸，我向他……问好。"她关上了身后的门。

她本该以最快的速度逃离这栋房子。如果不是她看向走廊那头——米娅的房间，她本该做到的。但她几乎是本能地向那个房间走去，推开了房门。

这个房间像往常一样欢迎着她，将她吸引进来。她走向梳妆台，米娅的手机放在一张写有英文、页眉上写着 A 的纸上。一排塑料布雷耶小马在窗台上一字排开。还有十几张米娅的照片——她在排练戏剧时，在舞蹈课上，跟扎克一起坐在海滩边时。这个房间里再也没有她和米娅的合影了，尽管她们的合影曾经到处都是。

"我……有一阵子没让自己进这个房间来了。"朱迪在她身后说。

莱克茜转过身，脸上发烫。"抱歉。我不该——"

朱迪伸手拿起床头柜上的毛绒狗。黛西狗狗。"我过去常睡在这里。后来，迈尔斯和我的治疗医师很是担忧，我便关上了门。埃里卡会打扫房间，但我不会进来。"

"在这里我能感觉到她。"莱克茜平静地说。

"你能？那你是幸运的。"

莱克茜走近了一点。"她很爱这个房间，但是讨厌那面镜子。她总说它看起来像个艺术品。但是她知道你有多喜欢它。"

朱迪坐在床上。当她抬起头时，她的眼睛里闪着泪光，嘴唇不停抖动："那晚你为什么要开车？"

莱克茜其实很感激她坦诚直白地提出这个问题。"我也千百次问过我自己。扎克喝得大醉，米娅也好不到哪里去。他们俩都没法站起来，真的。他们不想给你打电话。当时太晚了，他们又喝得那么醉。"她停顿了一下，"我不想给你打电话。我太想让你爱我了……然后扎克坐上了驾驶座。我不能让他开车。"

"为什么那晚我要允许你们去？我知道派对上会喝酒。我还给了他钥匙。"

莱克茜走向床边，感觉自己像一个九十岁的老奶奶，关节虚弱，泪眼汪汪。她坐在朱迪旁边。"是我的错，朱迪。都是我的错。"

朱迪缓缓地摇摇头。"我也想相信都是你的错，不是吗？"

"这就是事实。"

"这些天来我努力想要更诚实一点。我知道你爱格蕾丝。你仍然爱扎克吗？"

"我一直努力想要不再爱他。我会继续努力放下他的。"

"你应该跟他聊聊。"

"我不知道该说什么。"

"他很快就要回来了，"朱迪静静地说，"跟他聊聊。告诉他你的感受。"

莱克茜几乎被那点小小的善意打动了。这让她想起了这些年来她跟朱迪的所有对话，她们像母女一样的那些时刻。正是因为朱迪，扎克才带莱克茜去了那次舞会，然后他们俩之间的一切才真正开始。"他们有你真幸运，朱迪。他们知道的。米娅是那么爱你。"

"我想念她的声音。"

莱克茜从床上滑下来，爬到床底，在床板之间摸索着，直到她找到了她要找的东西。她拿着它爬出来，又坐下来，将那样东西递给朱迪——那是一本小小的粉色日记本，封面上画着一朵橙色的百合。

"哦，我的天啊，"朱迪吸了口气，伸出手去，"她的日记。"

莱克茜将它放在朱迪的手里，然后站起来。"我要走了。请告诉……扎克，我每周会给格蕾丝打一次电话，会经常给她写信。"

朱迪低头盯着日记，用手掌摩挲着它，好像它是一块昂贵的丝绸。"什么？为什么？"

"在离开之前我有一些重要的事情要做。"莱克茜甚至不确定朱迪是否在听。"一个很早之前我就该做的道别。但是朱迪……更好地去爱格蕾丝，好吗？她需要你。"

27 | *chapter*
夜路

*

米娅的日记。

它一直在这里，等待着。朱迪用指尖拂过那把斑驳的铜锁，然后缓缓地打开了日记本。

米娅·法拉戴的财产。私人所属。禁止进入。对，就是说你，"进攻者"扎克。

亲爱的日记，

我很害怕。把这些写下来可以吗？我知道这让我看起来有多差劲。但你不会在意的，是不是，日记？

在高中学校没人想要跟我说话。妈妈说高中会比初中好很多，但她总是那么说。她怎么会知道我是什么感受呢？她是啦啦队长，说不定还是返校节舞会皇后。要是梅里贝斯·阿斯特叫她披萨脸①，她会怎么办？

我真希望我没有哭。那只会让一切更糟糕。

现在我很可能要跟 MB 坐同桌了。

糟透了。

过去对我来说挺容易的。那么，呃，发生了什么呢？在小学我有很多朋友。嗯，啊，好吧，也许他们是扎克的朋友，但我们总是一起玩耍，我也不知道我有什么问题。现在我知道了。男孩我了解。

妈妈在喊我们吃早饭了。一天中最重要的一餐。是啊，对。

失败者出局。

---

① 指一个人脸上痘痘多。

亲爱的日记，

你不会**相信**今天发生了什么。好吧我将把一切都写下来，这样我就不会忘记任何事。

首先，妈妈对高中的看法错了。至少一开始错了。我跟扎克走进学校，尽管他拉着我的手，我也好像是隐形人一样。好吧，也许我不该穿那件粉粉的短裙和那双高帮鞋，但是我不像其他那些女孩。她们知道，我也知道。这身打扮让她们不愿靠近我。她们笑我又怎么样？

午餐简直是恐怖的一餐。我走进餐厅，几乎要吐了。没人跟我有眼神接触。扎克跟他的那群"芭比和肯"朋友们①坐在一起，他挥手让我过去。我才不会去那边呢，因此我拿着我的书出去了。

那就是这件事发生的时候，日记！

我坐在这棵小树下的草地上，嚼着口香糖并读着书（《呼啸山庄》），这时，这个女孩走过来问，我可以坐在你旁边吗？

我告诉她这是社交自杀，她微笑了。微笑。然后她坐下来，我们开始聊天，我们在**每个方面**都一样。

我不想给人带来厄运，但是我觉得，她想做我的朋友……

这难道不酷吗？？？

亲爱的日记，

莱克茜昨晚在我家过夜。我们完全愚弄了妈妈，假装 11 点就睡下，但其实我们溜出来去了海滩。我们在那儿坐了几个小时，聊天，谈论**一切**。她喜欢我，别人都不喜欢我，但她不在意。我们将会成为哈利和赫敏。永远的朋友。

亲爱的日记，

莱克茜让我试试参加学校的戏剧，《豌豆公主》。我竟然**获得了一个角色**！

没有她我该怎么办啊？

托德·莱蒙邀请莱克茜去跳舞。她还想保守秘密呢，但高中就是这么一出肥皂剧。没有人能真的保守秘密。除此之外，哈利想让我知道。她大笑着告诉了我这件事，并说我是个没有约会的失败者。

为什么每次有事情不对时妈妈总会知道？当我放学回家时，她看了我一

---

① 美国玩具公司美泰公司在芭比娃娃诞生两年后，创造了芭比的男朋友肯。这里米娅用来形容扎克那些长得好看、家境优渥的朋友。

眼，就走过来拥抱了我。我试图推开她，但她依然抱着我，我哭了。是的，日记，我就是那么酷。当我跟她讲完整件事时，她说我需要记住，好朋友希望彼此都过得最好，我应该记住那一点。

确实如此，日记。我的确希望莱克茜快乐。如果她去参加那个愚蠢的舞会我也完全不会介意的。

莱克茜没去舞会。她说她更愿意在家跟她最好的朋友一起看电影，所以我们这样做了。我们做了爆米花，看了电影。甚至扎克也跟我们一起待在家。他说没有我们，任何舞会都完全是浪费……①

"奶奶。"

朱迪抬起头，看到她的孙女站在床边。她穿着粉色绒线毛衣，卷卷的金发乱成一团，看起来就像米娅在那个年纪时的样子，这让朱迪有一点迷惑。这些年来第一次，感觉米娅触手可及。这本日记将她带回到了朱迪身边。

格蕾丝大哭起来。"我、我妈、妈妈走了。"

更好地爱格蕾丝吧。她需要你。

朱迪下了床，一把抱起格蕾丝。"没事的，宝贝。"她轻声说。然后突然间自己也开始哭了。她贴着格蕾丝，贴着她柔软的、圆鼓鼓的脸颊流泪，闻着她头发上芳香的婴儿洗发水的味道，想起……

"我告诉她我想跟、跟爸爸生活在一起，"格蕾丝呜咽着，"我确实想跟爸爸一起，但是……但是我也想要妈妈。我应该告诉她这一点的。"

"哦，格蕾丝。"朱迪透过模糊的泪眼看着她的孙女。在柔焦中，她不仅看到了格蕾丝，还看到了扎克和米娅。还有曾经是他们一部分的莱克茜。他们都在格蕾丝的脸上，在她的眼睛里，在她嘴下粉红的蝴蝶结里。朱迪怎么能忘掉那一点？

不，过去她是忘记了。她一直都知道这一点；她故意不去看它，害怕那种痛苦会杀了她。但是扼杀感觉也带走了她的喜悦，将她留在那片麻木的灰雾中。

某种意义上，此刻他们又聚在一起了，伸开胳膊拥抱彼此，就像米娅在世时他们会做的那样。

她将格蕾丝抱到米娅的大床上，跟她依偎在那里。

格蕾丝缓缓松开她的小拳头。她的手心里是扎克给莱克茜的那枚誓盟戒

① 日记原文到这里戛然而止，不是一个完整的句子。此时朱迪被格蕾丝的话打断了阅读。

指。"看看妈妈给了我什么。"

朱迪拿起这枚脆弱的戒指。这是多年以前让她无比不快的东西：一枚小小的白金戒指环，上面有颗小蓝宝石；她认为这样的戒指会让一个年轻人的人生脱轨。"他真是浪漫。"她叹息道。

格蕾丝把大拇指塞进嘴里，环顾四周，喃喃地说："谁？"

"你爸爸。我早该知道迈尔斯和我培养出了一个浪漫主义者。"

为什么她没为她的儿子懂得如何深爱一个人、知道如何梦想未来而高兴呢？为什么在鹅卵石出现在后视镜中之前，看起来像巨石呢？[①] "那枚戒指是他送给你妈妈的圣诞礼物。"

朱迪解开她脖子上戴着的细细金项链。她让那个钻石吊坠落在大腿上，从格蕾丝手里拿过戒指，将它串在链子上，然后在格蕾丝的后颈扣上链子。

"你看起来像个小公主。"朱迪吻着她孙女的脸颊说。她一开始亲吻格蕾丝，就无法停下来了。她吻啊吻啊，爱抚着她，依偎着她，直到格蕾丝大喊饶命，叫着"停下来，奶奶——痒痒！"并"咯咯"笑着。

最后朱迪抽开身，看着格蕾丝。"我爱你，我早该每天告诉你一百遍我爱你。"

"那真是很多次呢。"格蕾丝又"咯咯"笑起来，并捂上了她的嘴。

"不要去盖住你的笑声，格蕾丝。你的笑声很动听。"

"我妈妈也这么说。"

妈妈。

那个普通的词，她一生都听到的一个词，怎么会突然变得如此锋利？*你曾是世上最好的妈妈。*

悔恨包围了朱迪，她感到因它窒息，但当她低头看着怀里的小女孩时，她又能呼吸了。悔恨缓缓地融化消散，被一线脆弱的希望替代。"你妈妈有一颗像阿拉斯加州那般宽广的心。我忘记了那一点。她让我的米娅——还有你爸爸——快乐。"

"那是什么？"格蕾丝指着朱迪另一只手上的一本书问。

她都没意识到自己拿着它。"那是你小姨米娅的日记。"

"你不该读那样的东西。汉娜·蒙塔娜[②]说——"

"没关系的。"

---

①　比喻看起来很大的困难或挑战，克服后发现不过小事一件。
②　美国青少年情景喜剧《汉娜·蒙塔娜》的女主人公。

"因为她已经去世了？"

朱迪急促地吸了一口气，等着即将袭来的痛苦。当然，痛苦在那儿，在那个可怕的世界里，但它很快就走了，她很惊讶地发现她仍然能够微笑。也许最好的做法是去面对一件事，将它说出来，而不是将它隐藏起来。"是的。这是她给我们留下的东西。"

"她是什么样的人，奶奶？"格蕾丝问。朱迪在想，格蕾丝把这个问题憋在心中憋了多久，害怕向她家里的任何一个人问起。

"她像……一朵美丽的、脆弱的花。在她遇见你妈妈之前，她连自己的影子都害怕，孤单……非常孤单。"她擦了擦眼睛，"她想当个演员，我也认为她本可以成为演员的。所有那些安静的年月并没有被浪费。米娅总是在观察人，感受着她周围的世界。当她走上舞台时，她像完全变了个人一样。你妈妈帮助她走上了舞台。正是莱克茜劝说了米娅去尝试她的第一部戏剧。"

迈尔斯出现在门口。"这是在干什么？你们两个看起来像是撇下我在偷偷开派对。"

"是的，爷爷！"格蕾丝站起来说。她从床上跑过去，扑进迈尔斯张开的怀抱里。

"奶奶在跟我讲米娅姨妈的故事，"格蕾丝说，"看看我妈妈给了我什么。"她拿起串在链子上的誓盟戒指。

"她在给你讲米娅？"迈尔斯问，然后看着朱迪。越过格蕾丝的金发，他们的视线对上了，一份不动声色的理解在两人间传递。他们都知道，哪怕只是提及米娅的名字，都有什么含意。他爬上米娅的床，放松地靠在她们身边，一只胳膊搂着朱迪。

"你怎么会一直这么坚强呢？"她问他。

"坚强？"他叹了口气，在叹息声中她听见他心中涌动的丧失感。"我不再强大有力了，"他说，"但是，谢天谢地，我有耐心。"

"对不起。"她平静地说。

格蕾丝扭动着挤进他俩之间。然后她坐起来，昂起头。"爸爸要是知道妈妈给了我这枚戒指不会生气吗？"

朱迪突然明白过来：她知道为什么莱克茜要给格蕾丝这枚戒指了。*在离开之前我有一些重要的事情要做。*

莱克茜那天不止是要离开格蕾丝。那枚戒指意味着道别。

*

莱克茜骑上主街，将自行车停在斯科特的办公室外。

他还在办公桌前讲着电话。看到她进来，他微笑了一下，举起一根手指。*等等*，他用嘴型说。*别走*。

她坐在办公室的沙发上等着。等他一挂电话，她就站起来走到桌前。"我犯了个错误。"她站在他面前说。

他停下了收拾他的文件，抬起头。"你什么意思？"

"你知道格蕾丝对我说了什么吗？我已经是一个妈妈了。我应该知道怎么当妈妈。但是我不知道。我不知道怎么当我女儿的妈妈。我没有工作，没地方住。一无所有。我没有准备好。我回来所做的一切就是再次伤害他们。伤害格蕾丝。"

"莱克茜，你不能放弃。"

"我不打算放弃。我仍然想修改抚养协议，我也想当格蕾丝的妈妈。我必须做对她最好的事情，而非对我最好的事情。"她的声音弱下去，她所能做的就是耸耸肩，"我试过找工作。哈，显然，一个二十四岁的前罪犯甚至都不能当个兼职的清洁工。房子的事情就不用说了。最好的情况也就是我在什么人家里租一个房间。一周工作七十个小时，只是为了生存。我怎么照顾格蕾丝？怎么照顾？"

"莱克茜……"

"请听我说完，"她低声说，"不要让一切更艰难了，好吗？我感激你为我做的一切，但是我打算明天早晨去佛罗里达州了。伊娃给我找了份工作。我将攒下足够的钱，一年后再回来。大巴 9：25 发车。"

"哦，莱克茜……"斯科特说，"我真希望你听我的……"

"请让他们给我寄照片来，"她静静地说，努力避免哭出来，"谢谢你为我做的一切。"最后她说。

"扎克怎么办？"斯科特问。

这个问题让她如此伤心，她甚至都不打算回答了。

"需要明天开车送你到车站吗？"

"不用了。"她最后想说的，就是再次跟他道个别。"我都安排好了。我将詹妮的西装留在会议室了。替我谢谢她。"

"你可以亲自告诉她。今晚一起吃饭吧？"

"好的，但是之后我有些事要做。"

"你需要帮助吗？"

"不。我要一个人做这件事。"

*

朱迪坐在扎克家安静客厅里的沙发上。她不想打开任何灯，因此淡紫色的夜色透过窗户爬进来。在黑色的壁炉里，一束橙色的火焰舞蹈着，这一次她感受到了炉火的温暖。迈尔斯和格蕾丝在大厅里，用任天堂游戏机玩着游戏，她不时听见"咯咯"的笑声从那边传来。格蕾丝就像突然被点亮的一道光，她不停地说着话，而且整个下午没说一句谎话。朱迪深信刚刚和孙女一起度过的几小时将会成为他们家庭生活中开启这个新部分的精神支柱性的记忆之一。它是未来生活新篇章的开始。

但是即便她参与其中，朱迪也越来越有紧迫感。她知道，还有更多的事要做，更多的错误需要被纠正。

最后，大约 7 点钟，大门开了，扎克单肩挎着重重的背包，走进屋。

"你这么晚才回来。"朱迪站起来说。

"最后一场考试真是太难搞了。"他扔下背包说。他看起来筋疲力尽，"我想我考砸了。"

"你操心太多事了。"

"你这么认为？"

"我给你打过电话。"

"我的手机没电了。抱歉。"

她从沙发上站起来，立在原地，盯着他。即使到现在，她也不太确定如何和盘托出她的全部心思。过去的几天太令人吃惊了，她感觉自己像座冰川一样，开始缓缓融化和移动。

"我还去了趟律师办公室，"他迎上她的目光说，"我同意修改抚养计划。这就行了。我知道你不喜欢这样，但我不能再伤害莱克茜了。我不会再这么做了。如果她需要自己带格蕾丝一阵子，我也准备同意。"他顿了顿，然后静静地说，"我不该喝醉。要是我没喝醉——"

"别，扎克，我——"

"你不能管这事，妈妈。我知道你有多在乎一切，但是这事关于我、莱克茜和格蕾丝。我必须去做正确的事情。"

"我知道。"她说。是时候了，"我很为你骄傲。"

他们像一对在同一个战场上打仗的士兵一样，她和她儿子。有一些事情要说，但它们还词不成句；不过它们会被及时说出口的。重要的是他们活下来了，并且依然有爱——他们之间有爱，他们周围有爱。其他的一切都是附言。

只有一件事她现在就需要跟他说。有一个问题要问。"你仍然爱她吗?"

扎克似乎因为这个问题崩溃了。在他眼中,她看到一种脆弱的年轻和一种可怕的成熟。"我一直爱着她。我甚至从没试过不去爱她。"

她将儿子揽入怀中,抱着他,几年前——当他还年少,伤了心又很害怕时——她就该这么做了。她真希望自己那时就知道什么是最重要的。"我爱你,像空气一样不可或缺,扎克。"

他紧紧抱着她。"我也爱你,妈妈①。"

这是这几年来他第一次这么叫她,带着那种小小的亲昵感,她内心的冰山融化得更多,更加贴近原来的自己了。她缓缓抽开身。"我想她明天就要离开了。也许是去佛罗里达州。"

"为什么?"

"她认为没有她格蕾丝会过得更好。"

"但那真是疯了。"

"莱克茜总是试图去做对其他所有人来说都正确的事情。她就是这样的人,不是吗?我本该记起这一点的,扎克……莱克茜对我们……对我来说,有多重要。"

扎克看着她。她在他眼里既看到了希望也看到了担忧:她真的觉得存在的希望和认为并不存在的担忧。"你说什么?"

"去找她,扎克。告诉她你的感觉。"她微笑着推开搭在他眼前的头发,"她是我们家的一员。她需要知道这一点。"

"她不会在意的,妈妈。我让她进了监狱。"

"你不能一个人揽下全责,扎克。"

"够了。她怎么可能原谅我?"

"过去这几年里我是个糟糕透顶的妈妈,你能原谅我吗?"

"没有必要。"

"那就是我们要做的,扎克。我们……原谅。我曾担心你和莱克茜太年少,不懂爱;现在我仍然觉得你很年轻,但你不年轻了,是不是?我们都不年轻了,人生也从来不走直路。"

"她在哪里?"

"我不知道。"

扎克拥抱了她一下,然后匆匆忙忙出了门。她仍然站在门口,盯着空空的

---

① "妈妈"这个词扎克用的是西班牙语。

私家车道，感到迈尔斯走到她身边。

他伸出一只胳膊搂住她。"他去找莱克茜了？"

"是的。"

"变化来得真快。"

"变化可以这么快。"她转身面向他，双手环过他的腰，给了他一个吻。

这真是一个奇迹，真的，他们的爱如此持之以恒。

"奶奶，爷爷！"格蕾丝像条鳝鱼一样滑进他们中间，"让我们玩糖果乐园吧。奶奶可以当弗洛斯汀公主。"

"你奶奶不玩——"迈尔斯说。

"我愿意再玩一次糖果乐园。"朱迪说。

真奇怪啊，一个句子就可以解放你内心的某种东西——如此微弱的东西。

他们坐在壁炉前的咖啡桌边。棋盘铺好了，他们有说有笑地玩乐着。当最后他们把棋盘收起来时，大门"砰"地打开，扎克走了进来。

"我没找到她。"他说。他看起来又痛苦又生气。他将车钥匙扔在门口的桌子上。"我甚至都不知道上哪儿去找。"

格蕾丝跑向他，他抱起她，吻着她的脸颊。

"嘿，爸爸。看看我妈妈给了我什么。"她举起戒指。

朱迪觉得她的儿子简直要膝盖一软跪倒在地了。"誓盟戒指，"他边说边让格蕾丝滑落着地，"她再也不想留着它了。"

"爸爸？"

他走到窗前，盯着外面漆黑的海湾。"她会在哪里呢？"

"谁？"格蕾丝问。她走到他身边，将手插进他的后兜里。

"我去公园找过了，她的旧活动房屋旁边树林的那个地方也去了。我找过市中心的每一扇窗户。我甚至去了墓地和……夜路上的那个地方。她就像消失了一样。"他转向朱迪，"她有说过什么吗？"

朱迪努力去回想。当时她光顾着日记本了，几乎没听莱克茜说了什么。另一个需要赎罪的错误。"我想她说了些关于最后的道别的事情。她很久以前就该做的一件事。我本该拦下她的。我本该——"

"道别？"

"是的，没错。她说她还有最后一件事要做。一个她很早之前就该做的道别。"

扎克抓起钥匙冲出屋子。

*

莱克茜本想等到午夜再行动，但是她等不及了。她很焦虑，对她不得不做的事情感到反胃。最终，大概9点半，她忍无可忍了。她离开斯科特温暖的、充满爱的家，骑车去了拉里维埃公园。她站在海边。海浪呼啸着，扑向她又退下，不断让她想起她的初恋。但最后，是该离开的时候了。

她将自行车推上小山，骑上主干道。在这个夏日夜晚，即便已经这么晚了，主干道上依然满是漫无目的的散步的人，莱克茜带着一股旅游城市本地姑娘驾轻就熟的劲儿，穿行其中。当她经过那些永远定义了她青春时光的地方时，一阵淡淡的忧伤突袭了她。她会永远记得那个曾经走在主街上的女孩，那个女孩和她最好的朋友一起大笑，等着一个开白色野马汽车的男孩到来。

在海滨大道上，她放慢了速度，沿着海岸骑行到法拉戴家的私家车道。她将自行车藏在沙龙白珠树里，然后靠近树丛，直到近到可以看清房子的灯是灭着的。

没人在家。

她松了口气，走下私家车道，绕过房子的侧面。

夜晚占据了后院。一盏门廊灯照亮了其中的一扇门，将灯光洒在闪光的灰石露台上。月光照亮了海浪，将草坪变成了蓝色。

她轻松地经过烧烤区，绕过那对俯瞰着海湾的躺椅。她打开借来的手电筒，用一束黄光照向那棵守护着这片土地、避免海水入侵的巨大雪松。

在树根处，她用手电筒扫视地面，考虑应该从哪里挖起。

"我们本该做个记号的。"她对着他们孩童时的旧影说。

它将是一个约定。

我们永远都是朋友。

永不说再见。

他们本不该埋下那只愚蠢的保温杯，不该让他们自己困在怀旧中。

也许，她就不该想起它来。谁能想到一个约定会变得如此沉重，一个承诺看起来如此严格？

她缓缓地跪下来，感到冰冷的沙子一下子粘到她裸露的皮肤上。她在沙地里挖着，将大堆沙子堆到一边，然后，另一边。

它不在那儿。

她挖得更快了，感觉绝望升腾而起。她必须将这个挖出来，必须跟扎克说再见……

"这是你在找的东西吗？"

她听见黑暗中传来他的声音。她抬起头，发现他正站在大树边。她刚刚一定跟他擦肩而过……

"我猜你抢先了。"她尴尬地站起来。

"你不能拿走它，"他说，"它要留在这里。就像我们一起许下的承诺一样。"

"那个承诺死在夜路的一场车祸里了。"她说。

"是吗？"他慢慢地走向她。

"别过来，扎克。请别过来。"

"为什么？"

他离得这么近，她没法说出话来。她转身欲离开。

"别走。"他说。

他不知道这句话对她产生了什么样的影响。"别，扎克。太晚了。我无法再接受它。就……让我走吧。说再见。将保温杯扔进大海里吧。"

"我想念她。"他说。莱克茜感到自己的眼泪流下来了。

他们怎么会从来没有进行过这样的谈话呢？她正想开口说她非常抱歉，但是他摇摇头说："但是我也想念你，莱克茜。"

"扎克……"她现在几乎已经无法从泪眼中看清他了，但她不想将眼泪抹掉。

"我不知道你怎样才能原谅我……我无法原谅我自己；如果你恨我，我也懂。但是莱……哦，天啊……我真的万分抱歉。"

"你抱歉？是我杀了你的妹妹。"

他看着她。她看到他有多迟疑不定，多害怕。"你还能再爱我吗？"

她看着在泪水中模糊了身形的他，看着影子和月光，记起他第一次吻她的时候，第一次牵她手的时候，他站在法庭说他也有罪的那天，将他们的女儿抱在臂弯的那天。这一刻，一幕幕都在他们之间回放——好的，意外的，悲伤的，恐怖的。他们还是孩子时和现在努力做个大人时的一切事情。哪怕她背上重物投海淹死自己，也无法再否认自己对他的爱。有些事情就是存在于人生中，她对他的爱便是其中之一。无论他们年轻也好，或是有一大堆理由要分离也罢。唯一重要的是，他的血脉以某种方式融入了她的血脉，从此他们水乳交融，没有他，她就会迷失。"我的确爱你，"她静静地说，"我试过不再爱……"

他将她拥入怀中，吻了她。她的唇一碰到他的唇——如此甜蜜又疼痛的熟悉感，她就感觉好像灵魂在被桎梏了多年后终于冲破枷锁获得自由，伸展开来，张开翅膀。她在高飞，在翱翔。她紧紧依偎着他，最终大哭起来，为她害死的最好的朋友，为她耗费在狱中的那些年，为她的女儿——她永远地错过了她的婴儿时代。她曾奢望过这一刻，而这一刻比她希望的更浓厚；她曾试图狠心掐灭这份爱，但这份爱势不可当。

她后退了一步，惊奇地凝视着他。眼泪将他的睫毛浸湿，根根如针，让他看起来不可思议地变得年轻，像极了曾经的他——多年前在这样一个夜晚，高速公路上的汽车灯光急速地扫过他们，她倾心爱上了那个男孩。"怎么办？"她所能说出口的就是这短短一句，但是她知道他懂。真的，他们怎么可能回到过去呢？

"我太爱你了，莱克茜，"他说，"我只知道这点。"

"那么，我们该怎么办？我们如何开始？"

他将那个脏脏的保温杯小心翼翼地递给她，好像是交付一件来自失落文明的手工艺品。从某种意义上说，它确实是。"我们信守我们的承诺。"

莱克茜拿着那枚时空胶囊，想象着里面的金耳环、圣克里斯托弗奖牌和磨损的友谊手环。

莱克茜感到米娅跟他们在一起——在暖和的夏日清风中，在树叶的沙沙声中，在海浪平稳的心跳中。她吻了一下沾满沙子的保温杯，再次埋好它。当完成时，她轻轻拍了拍埋回原处的沙子。"她在这里。"莱克茜说。这些年来第一次她感觉她的好友就在身边。

扎克终于微笑了。"她一直都会在。"

然后他拉起她的手，他们站起来。"跟我一起回家吧，莱克茜。"他说。她所能做的就是点点头。家。

他们安静地走向房子，她想：这就是我们如何重新开始的方式；这就是我们跟我们的女儿说话的方式。手拉着手。

*

第二天，格蕾丝早早醒了。她穿着粉色连体睡衣，一路拖着她的黄色毯子，睡意朦胧地穿过狭窄的走廊，走进她爸爸的卧室。

他的房门关着。这很怪异。她推开门，刚想张嘴说，**起来，瞌睡虫！**但她说出口的却是："哇……"

妈妈和爸爸睡在一起。他们有点交缠在一起，正在熟睡。

格蕾丝的心有点扑通乱跳。

她的**妈妈**在这里。

她拖着脚步走向前，爬上床，挤进他俩之间。在她还没能开口前，她的爸爸开始给她挠痒痒了，她"咯咯"笑着，直到无法呼吸。然后她躺在妈妈和爸爸之间，感觉自己很想哭，尽管她并不知道为什么。

"我在这里生活你同意吗，格蕾丝？"她的妈妈问。

"我以为你要离开了。"

"你爸爸改变了我的主意，"妈妈说，"这样对你来说也可以吗，格蕾丝？我可以和你们一起生活吗？"

格蕾丝听了这话"咯咯"笑了。她感到如此快乐，都忘了掩嘴了。"当然可以。"

之后，格蕾丝有许多话要对她的新妈妈说。她说啊说啊，直到爸爸床边的闹钟响了，然后她突然坐起来说："我得去上学了。今天是最后一天。你会开车送我上学吗，妈妈？"

"我不会开车。"妈妈边说边紧张地看着爸爸。

"那很奇怪，"格蕾丝说，"所有的妈妈都知道如何开车。"

"我会把我的驾照考回来的，"妈妈说，"到你一年级的时候，我会做好准备。好了，现在一起吃早饭怎么样？我很饿。"

格蕾丝扑到爸爸的背上，爸爸背着她进了厨房，将她放在桌边她的座位里。

吃饭时，她忍不住盯着她的妈妈。她发现她爸爸也是如此。这感觉像一家人。

格蕾丝现在想到了更多要对她妈妈说的话。从吃早饭到出门上车，格蕾丝说个不停。她告诉妈妈芭比娃娃有多能弯折，汉娜·蒙塔娜和辛德瑞拉有多酷，她憋气能憋多久……在她意识到之前，她已经脱口而出："我不能像艾希利·哈梅罗一样滑水。"

他们正坐在车上，开往学校。

妈妈在她的座位上转过头，看着格蕾丝。"真的吗？"

"可能是。"

"但确实是真的吗？"

格蕾丝颓然地靠在她的座位里。"不是。"只说真话很难。怎么会有人喜欢她这样的人呢？

到了学校，爸爸开出共乘车道，停在学校侧边的大树下。

"我可以陪你进教室吗？"妈妈问。

格蕾丝又一次感到那种悸动的心情。她笑了。"你可以让我秀一把了。"

妈妈微笑道："我很愿意。"

她们穿过一群小孩，格蕾丝开始感到恶心。妈妈会注意到她没有朋友的。

但是妈妈一直牵着她的手，一路走到班级门口，到那儿，她蹲下来，看着格蕾丝。

"你记得我给你讲过我最好的朋友米娅吗？"

格蕾丝点点头。她想吮吸大拇指，但她要是这么做的话其他孩子会嘲笑她。

"在我遇见她的那天，我非常害怕。那是开学第一天，没人喜欢我。我跑出了餐厅，因为我不想跟任何人坐在一起。然后我看到了这个独自坐在一边的女孩。我走到她面前跟她说话。我们就是那样成为好朋友的。你必须要勇于尝试，格蕾丝。跟什么人说说话。"

"好的，妈妈。"

妈妈热烈地拥抱了她一下，吻了吻她的脸颊。"放学时我会来接你。"

"你保证？"

"我保证。"妈妈说，然后她慢慢退后。

格蕾丝紧张地看着班上，孩子们都在忙着做各种事情。她看到了独自一人站在储物柜边的萨曼莎。"爱丽儿？你在吗？我需要你。"

继续。

格蕾丝低头看了看她的手腕镜，她看到一抹黄色闪过，听到一个声音，像笑声，又有点像奶奶家房子前海浪的声音。"我很害怕，"她低声说，"我该说什么？"

你知道该说什么。你不再需要我了，格蕾丝里娜。

"我需要！别走。"格蕾丝开始恐慌了。她的脸颊发烫。她害怕自己就要哭出来了。

继续，格蕾丝里娜。现在你有妈妈了。相信她。

格蕾丝最后一次看了看她的妈妈，然后走进教室。

她的心狂跳着。她深吸了一口气，向萨曼莎走去，就那么站到她身边。"我妈妈昨晚回家了。"最后她说。

萨曼莎转向她："那个间谍？"

"她并不是真的间谍。"

"那她是什么人？"

格蕾丝耸耸肩。

"哦。"

"今天你想坐在我旁边吗？"格蕾丝咬着嘴唇说。

"你会打我吗?"

"不会。"

"你想玩跳房子游戏吗?"萨曼莎最后说,"因为我想。"

"想。"格蕾丝微笑着说。这是个谎言。其实,她不知道怎么玩跳房子,但是她想学学。反正她觉得这不是一个糟糕的谎言。"我爱跳房子。"

*

黎明轻柔地唤醒了朱迪。她跟迈尔斯躺在床上,感到他的身体紧贴着她,听见他的呼吸声中有一些哽塞——这意味着一会儿他要开始打鼾了。

她吻了吻他胡子拉碴的脸颊,掀开被单,下了床。透过卧室窗户,她看到美丽的肉粉色天空在钢蓝色的海湾上闪耀着,并且,这些年来头一回,她去找相机了。

她穿着厚绒布睡袍,光脚站在外面,拍下了粉色天空映衬下的黑色雪松剪影。突然间,一切对她来说好像是全新的。露水在茂密的绿色草坪上和石头露台上闪烁着。她想到过去他们常在这个后院举办派对,欢声笑语萦绕,她渴望再拥有那样的时刻。以前她买了一张大大的户外餐桌,想着未来有一天她儿孙绕膝,大家围着这张桌子其乐融融。它有好些年没有用过了。

她有意走到外面,将桌子的塑料遮布拉下来,让它又暴露在阳光下。

接着,花园吸引了她的注意。

她光脚走过带着露水的草地,低头凝视着她荒废的花园。一切都乱糟糟的;她曾经那么仔细修剪的一排排植物,现在一团姹紫嫣红,无法分辨。到处都是花朵——不管她的缺席,它们依然盛开,五颜六色的花朵彼此缠在一起。

之前,她会在这里看到一片混乱:植物长在不该长的地方,花朵恣意绽放。她会去找她的园艺工具——钳子,泥铲和木桩——动手开始修剪再造。

但是现在,在这个明媚的早晨,她看到了自己之前没有看到的东西。混乱之中有一种美,一种暗示着事情出错、而错误又终被克服的野性。她伫立良久,低头看着这个虽已荒废、但依然美丽的花园。最终,她跪在草地上,开始拔除野草。当她清理出一片地方来时,她颤抖地站起来。这是个开始。

她走向玻璃墙的温室,她曾在这里装满黑土的花槽里倾注了大量心血。如今这里的东西已被遗忘,布满蛛网。一个供水系统让一切都还活着;植物,像人一样,学会了在多岩石的地带生存。在后面一个高高的架子上,她找到了她要找的东西:一包白色小袋装的野花种子。几年前,米娅和扎克的一个朋友在喜互惠超市外卖种子,她便买了一袋。是去哪里的一趟旅途上,她想。她从未打算种它们，她可不种那些可以在任何地方发芽的野花。

她从架子上取下这包种子，走出去，站在她那过于繁盛的花园的中央。

她将这些混杂的种子倒在掌心里，盯着它们，记起事物在一开始时都是多么小。她微笑着将种子撒进花园里。有一天，她会惊讶于这些种子长成什么模样。不久，也许明天，她会在这里——米娅掉了第一颗牙的地方，种一棵白玫瑰……

她回屋泡了一壶咖啡。咖啡烟熏、烤制的香气充满了屋子，吸引迈尔斯蹒跚地走入厨房，他伸出手，含糊地说："咖啡。"

她递给他一杯黑咖啡："给你。"

"你是个天使。"

"说到这个……"

"说到什么？"

"天使。"

迈尔斯皱了皱眉。"你知道我在没喝咖啡前脑子不清楚，我们是在谈论天使？"

"今天我打算去趟墓园，"她静静地说，"我昨天决定的。"

"你想要我跟你一起去？"

她爱极了他的主动询问。"这是我需要自己去做的一件事。"

"你确定？"

"确定。"

"那你到家后给我打个电话。"

"害怕我跳进什么裸井里？"

他吻了她一下，抽开身。"去过了，做过了。再也不担心了。你已经回来了。"

"叫我佛罗多。"

"不是佛罗多。山姆。山姆回了家，结了婚，有了生活。"[1]

"你说得对。我是山姆。"

345

---

[1] 这里朱迪和迈尔斯的谈话引自电影《指环王》的故事。由于故事本身非常恢宏，这里仅作简述。夏尔的霍比特人佛罗多继承了拥有强大黑暗力量的魔戒，之后跟他的好友山姆一起踏上前往魔多销毁魔戒的远征。一路上佛罗多多次受到魔戒的诱惑，差点不能完成使命，而山姆坚定陪伴，不离不弃，多次相救。魔戒销毁后，佛罗多身心俱损，离开中土，前往西方土地。山姆则回到夏尔，回归原来的日子，娶妻生子。（但小说原著最后交代，山姆在妻子死后前往西方土地。）因此，朱迪先自喻为佛罗多，但迈尔斯纠正从创伤中恢复、开始新生活的她是山姆。

接下来的半小时，她站在他身边，在厨房里一起喝着咖啡聊着天。当他离开她去冲澡时，她被这一切的不平凡击中：他们又可以站在一起谈论一些琐碎小事了。一场可能的晚宴。最新款的咖啡机。获得好评的电影。

她有一整个小时没有去想她的心痛了。对一些人来说，这听起来也许微不足道，但对她而言，已经意义深远，像横渡了英吉利海峡。它让她得以窥见自己过去放弃的某种东西：再次做回她自己的可能性，甚至有一天幸福快乐生活的可能性。她知道她永远无法摆脱悲伤，但也许哈里特是对的：她可以继续生活下去。也许时间不能完全治愈伤口，但它给予了你一副铠甲，一个全新的视角，或一种笑着而非哭着去记忆的方式。也许有一天当一个陌生人问起她有几个孩子时，她可以简单地回答说一个，然后谈论谈论扎克。

老天，她希望如此。

她在浴室里碰到迈尔斯，他前脚走出淋浴，她后脚进去冲澡。他拍了拍她的光屁股，她微笑着溜开，不让他摸到，扎进热水里。当她正将头发上的护发素冲掉时，玻璃门打开了。

"你确定你自己去没事？"迈尔斯又问。

"我很好。打个电话给扎克，提醒他们明天我们要去水族馆。妈妈在那边跟我们碰头。"

迈尔斯顿了顿，她太了解他了，知道他正若有所思。

"什么？"她边说边走出淋浴，用一块大毛巾裹住身子。

"几年前我们有个大的结婚周年纪念日。我们没有庆祝它。那……之后，我们再也没有庆祝过任何一个周年纪念日了。"

"今年我们会好好庆祝一下。在肯尼斯吃晚餐。"

他递给她一个熟悉的蓝丝绒盒子。

她伸手去接那个柔软的小盒子时，浑身都在发抖。盒子顶部的丝绒已经磨旧了，那是因为她经常拿着它，但是她有好几年没再碰它了。她深深呼出一口气，打开了盒盖。在白色内垫上，米娅的毕业典礼戒指骄傲地立着，金色的戒环在阳光下闪着光。曾经空空的戒托上已经安上了一颗闪亮的粉色钻石。

朱迪抬头看着这个她深爱的男人；他们的爱和他们的承诺所具有的全部力量，浸透了她的全身，像潮水一样将她的心带回了家。他比她还了解她自己；他知道她需要这个纪念物——一件她可以戴在手上、每天都能看见的东西——来铭记他们的女儿。

"我爱你，迈尔斯·法拉戴。"

他摸了摸她的脸，微笑着："你是个勇士。你知道吗？"

"我希望是。"

他又吻了吻她，低语道："替我向她问候一声。"然后他走回卧室。

在他离家之后，她吹干了头发，穿上一条舒服的旧牛仔裤和一件白色帽衫。通常，她会花时间化个妆，但是今天，她觉得无须再隐藏什么了。她就是这副素面朝天的样子：一个在心灵之战中生存下来的女人，皱纹就是此役的证明。

她本想立即出门，但不知怎么的，她做不到。于是她花了接下来的几小时做家务，将家里的东西上上下下收拾了一番，洗衣服，为晚餐做焙盘菜。

拖延。最终，下午1点刚过，她深吸一口气，停止了忙碌。是时候了，朱迪。现在。

她将小手提包挎在肩上，走向她的车，开车上路。当她开到转角时，阳光在低处蓝色的海面上跃动，沿着两岸的窗户闪烁。如此美好，如此美妙的一天。

在夜路，她放慢速度。这条沥青路改变了她的人生；等她再敢转上这条路时，已经过去了好几年。最终，是时候去面对它了。

她转了弯，继续行驶。然后，大约半英里，她将车停靠在路边。她缓缓下车，穿过马路。

那些纪念物的残迹几乎已经看不到了。

她站在夜路的急转弯处。

即使是在中午，这里的森林也格外幽暗。路两边的常青树古木参天，茂盛繁密，它们的树干长满青苔、长矛一般，高高耸入夏日的天空，挡住了阳光。深过膝盖的影子沿着坑坑洼洼的沥青路投下来；空气静谧安宁，像屏住了的呼吸。期待着。

她不该在此处久留。如果有人看到她站在这条孤独的路边，流言蜚语又会四起，人们会担心她。但是，她仍然闭了一会儿眼睛，回忆起那个夜晚。很久之前，雨水化为了灰烬……

放手吧。

最终，她回到车上，驶离派因岛。

不到三十分钟她就到达了目的地。这让她很惊讶。不知怎么的，她原以为这个地方很远。毕竟，她花了几年时间才到达这里。

墓园是一片被修整过起伏的草地，镶嵌着死亡的装饰物：墓碑，纪念物，石凳。

她深吸了一口气。"加油，朱迪斯。你可以做到的。"她探身从车后座拿出三只粉色的气球，是她昨天在花店买的。她抓着绳子，举着气球，下了车。她想了一下自己昨天查好的路线，但这真的不重要。她就是蒙着眼睛也能找到她的孩子……

那儿就是墓碑了。一块光滑的花岗岩墓碑，中间蚀刻着米娅的脸。

米娅·艾琳·法拉戴

1986—2004

亲爱的女儿和妹妹

永世铭记。

那儿还有一个小小的生命礼物的标志，纪念着她救下的生命。

朱迪举着可笑的气球，盯着她女儿的肖像。即便是在花岗岩中，米娅的笑容也是那么灿烂。

"我很抱歉我花了这么久才来这里。我……迷失了。"她最后说。当她开口，就无法停下来了。她坐在一张花岗岩长凳上，对米娅诉说了一切。

这些年来，朱迪都担心她会忘记她的女儿；担心时间总会消磨她的记忆，直到不留任何坚实的东西。但是现在，她举着气球坐在这里，在阳光下，记起了所有事情——米娅过去常常一边吮吸着大拇指，一边抚摸着她的毛绒玩具狗缎布面的爪子；每次她一看到朱迪在共乘车道时，就快步跑来；她把柑橘掰成一瓣一瓣来吃，每一小点白茎都要剥掉；她那么快就长大了。

"很久之前……我给你买了这枚戒指。"朱迪边说边感受着悲伤和喜悦在同时撕扯。真奇怪，这些情绪如何能在这样的时刻里共存。"我为一个十八岁的女孩，一个我视为我的未来的女孩，买了这个礼物。"她低头盯着那颗粉色的钻石。它在阳光下闪耀着，跃动着。

每当她看到这枚戒指，她就记起关于她女儿的一些事。有时她会哭，但那也没什么，因为也许有一天，她会再次微笑，甚至是开怀大笑。

那就是过去几周里她学到的道理。在悲伤之海里，存在着恩慈的岛屿；在时间之河里，存在着那样的时刻——让人记得那些留下来的而非所有已经失去的东西。

她站在那里，松开手让气球飞上了天。粉色的小点盘旋着，在一股看不见的气流中弹跳着，好像一个没耐心的女孩抓住了它们又错手松开。仿若笑声的声音穿过树林，朱迪感受到一种深沉的安宁。之前她错了：她的女儿就在这里，在她的身边，在她的心里。即使当朱迪因为太心碎而无法找到她时，她也一直都在这里。但现在是时候道别了，"再见，宝贝……我爱你。"

这些年来第一次，她相信她的女儿能听见她的心声。

致谢

*

特别感谢杰出的家庭律师阿曼达·杜布瓦。

你的鼎力相助让我穿越了本小说里法律问题的迷宫。若有任何谬误，均为我之过失。